生活・讀書・新知 三联书店

去国的悲哀 / 西北的剖面

杨钟健 著

Copyright © 2021 by SDX Joint Publishing Company.
All Rights Reserved.
本作品版权由生活·读书·新知三联书店所有。
未经许可，不得翻印。

图书在版编目（CIP）数据

去国的悲哀；西北的剖面 / 杨钟健著. —北京：
生活·读书·新知三联书店，2021.7
（杨钟健游记集）
ISBN 978 – 7 – 108 – 07056 – 2

Ⅰ. ①去… ②西… Ⅱ. ①杨… Ⅲ. ①游记 – 作品集 – 中国 – 当代
Ⅳ. ① I267.4

中国版本图书馆 CIP 数据核字（2021）第 007018 号

责任编辑	曹明明
装帧设计	康　健
责任校对	曹秋月
责任印制	徐　方

出版发行　生活·讀書·新知 三联书店
　　　　　（北京市东城区美术馆东街 22 号 100010）
网　　址　www.sdxjpc.com
经　　销　新华书店
印　　刷　河北鹏润印刷有限公司
版　　次　2021 年 7 月北京第 1 版
　　　　　2021 年 7 月北京第 1 次印刷
开　　本　880 毫米 × 1230 毫米　1/32　印张 14.5
字　　数　323 千字　彩图 22 幅
印　　数　0,001 – 5,000 册
定　　价　78.00 元

（印装查询：01064002715；邮购查询：01084010542）

写在前面

　　游记是一种特殊而重要的体裁，特殊人物在特殊时期的游记，往往能够反映一个时代的侧面。杨钟健先生是我国古脊椎动物学的开创者和奠基人，除专业研究之外，涉猎广泛，不仅精通英语、德语，还熟悉拉丁文和希腊文，热爱诗词和散文写作，在长期的野外考察过程中，非常重视记录自己的所行、所见、所感、所思。他一生所作七部游记，分别为《去国的悲哀》（一九二九）、《西北的剖面》（一九三二）、《剖面的剖面》（一九三七年完稿）、《抗战中看河山》（一九四四）、《新眼界》（一九四七）、《国外印象记》（一九四八）、《访苏两月记》（一九五七）。杨老在做地质调查时，常将所见所闻称为"剖面"，此中含义一为实际观察到的地层剖面，反映其地质构造和科学内涵，另一则为人生的剖面。这些游记，以身处国运动荡时期的一名学者身份，以科学眼光记录了地质古生物工作和祖国的山河表里，体现的是那个年代国家和人民的状况，以及学者们的风骨。

本书收录其中两部。《去国的悲哀》是其第一部游记，于一九二九年在北平平社首次出版。主要记述他一九二三年去往德国留学以及归来的经历。旅途从故乡陕西华县出发，经北京、上海，以海路赴欧，在船上途经中国香港、越南、新加坡、马来西亚等地，到达欧洲之后，在慕尼黑、巴黎、柏林、伦敦、瑞士游历博物馆以及做地质考察，后从慕尼黑取陆路经维也纳、华沙和莫斯科，再由西伯利亚入东三省而归国。前后历时近五年。年轻时的杨钟健，求学之余参观欧洲的博物馆、著名大学等，对于欧洲科学人文的发达、人民的外貌和精神状态，都感到新奇。而国外国内云泥之别的境况，也令他备受刺激。诚如他所言，此次旅程充满了"欣喜和悲戚"，并不能完全融入求学旅途的欢乐，也不能完全畅怀。杨老一方面对于国内情势终抱乐观态度，但同时也对胜利的一日何时到来充满未知感。他一方面认识到中国大力发展科研、科普宣传的必要，但同时又以自己不过得一博士"虚衔"自卑，时常有"百无一用是书生"之慨。这种心情为此书带来一种时代的沉重感，的确与书名中"悲哀"二字紧紧相扣。

为本书画封面的是姬德邻先生。而为本书作序并画插画、题写了卷首诗的人是王德崇先生（一九〇〇至一九八四，字子休，陕西省高陵县人），他于一九二五年考入北京大学后，与杨钟健相识于"共进社"，任《共进》刊物主编，一起积极宣传马列主义，痛斥军阀。一九三六年以优异成绩考取公费赴美国留学，先后获得哥伦比亚大学教育学硕士、康奈尔大学农业经济学博士。一九三九年回国，在农业经济学术研究上有较深的造诣，著有《农场管理学》等。他自幼聪敏好学，是一位进步青年，且颇有胆识勇气。杨钟健先生与之交情甚笃，视其为"相知"。本书前面几部分即是以写给王德崇的信件的形式呈献给读者的。字里行间可见二人惺惺相惜、志同道合的默契。

此外，书中提及与作者有交谊的人物，皆为一时之秀，在此举一人为例。孙云铸先生为我国古生物学的奠基人，二十世纪二十年代留学于德国哈勒大学，一九二七年，与杨老在哈尔茨地质旅行途中相会，二人计划成立中国古生物学会。此实为我国古生物学界具有里程碑意义的事件。

书中很多人名、地名皆为外文——英文德文拼写混杂，杨老原稿即如此，具体是哪里，编辑过程中尽量补了中文，并修改了当时排版的错误拼写，但是仍有很多已经不可考证，只能保留原文，留待日后了。此外很多地名与今天也不同，如今日之华沙，杨老称之为"瓦萨"，今之慕尼黑为"明兴"，凡此之类，均不做修改，一为并不影响阅读，二为保留整体的韵味。

杨老写完《去国的悲哀》，将稿件交于北平平社编辑出版，就又出发了。他受翁文灏先生嘱托，去往山西西部、陕西北部一带旅行调查三个月，又去东三省不到一月，然后参加中美考察团前往内蒙古和二连浩特东部一带，最后是参加中法科学考察团，由张家口出发一直向西到吐鲁番、乌鲁木齐，然后取道西伯利亚回到北平。杨老将这四次旅行的经过和感受记录下来，汇集成册，取名"西北的剖面"，由翁文灏作序，于一九三二年出版。之所以称之为"剖面"，杨老意为"几乎上自天时，下至地理，乃至人世沧桑，世态炎凉等等",无一不"或深或浅地切剖一下"。值得一提的是中美考察团和中法科考团这两次中外合作考察项目,在历史上有着浓墨重彩的一笔,杨老作为亲身经历者记录的详情,具有非常重要的价值。此书曾于二〇一四年在我社出版过一次,今次为了将杨老的游记汇集整齐,于合订本中再次收录,希望能够给读者以完整的叙述,也令读者体会到杨老复杂的心路历程。

三联书店编辑部
二〇二〇年六月一日

总目录

去国的悲哀　　/ 1
西北的剖面　　/ 181

去国的悲哀

杨钟健·著

《去国的悲哀》初版封面

給他們

我自一九一七至二三在北京讀書，七年中間，死了我的祖母，我的望桂，我的祖父。一九二三至二八，就是這本小書的胚胎時期，方幸沒有什麼變故，不料當我初回，就連遭了家財被搶，家室被焚，二叔被害，和我的煥月病亡等不幸。今竟於本年除夕前一日，慈父又舍我而去世。謹誌于卷首，以示不忘他們。

鍾健誌 一九二八年除夕于北平。

初版呈献页

留德前在上海（一九二三）

杨钟健的导师施洛瑟(M. Schlosser)

在明兴(慕尼黑,一九二四)

明兴大学建筑（杨钟健摄，一九二四）

在明兴南郊绿林依莎尔河畔(一九二四)

和同学们在德国兰施图尔附近进行地质考察(一九二六)

留学期间地质考察中途站台上(一九二六)

留学期间地质考察途中

乌普萨拉大学维曼教授将林奈水杉木块作为生日礼物赠送

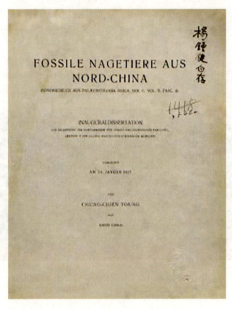

博士论文《中国北方之啮齿类化石》
封面（一九二七）

给 他 们

  我自一九一七至二三在北京读书，七年中间，死了我的祖母、我的望桂、我的祖父。一九二三至二八，就是这本小书的胚胎时期，方幸没有什么变故，不料当我初回，就连遭了家财被抢，家室被焚，二叔被害，和我的焕月病亡等不幸。今竟于本年除夕前一日，慈父又舍我而去世。谨志于卷首，以示不忘他们。

钟健志　一九二八年除夕于北平

目录

序　　/ 1

去国的悲哀　　/ 1

　　一　　/ 1
　　二　　/ 5
　　三　　/ 9

由上海到明兴　　/ 12

　　（一）由上海到香港　　/ 12
　　（二）由香港到西贡　　/ 16
　　（三）由西贡到新加坡　　/ 19
　　（四）由新加坡到槟榔屿　　/ 21
　　（五）由槟榔屿到哥伦布　　/ 25
　　（六）由哥伦布到吉布丁　　/ 29
　　（七）由吉布丁到亚历山大　　/ 35

（八）由亚历山大到巴黎　　　／ 41

（九）巴黎—明兴（Paris—München）　　／ 46

东阿尔卑斯四日旅行记　　／ 51

二十一日　　／ 52

二十二日　　／ 57

二十三日　　／ 61

二十四日　　／ 64

明兴大学迁移明兴百岁纪念及感想　　／ 69

一　　／ 69

二　　／ 70

三　　／ 72

留别明兴　　／ 75

明兴—哈勒—柏林—沙市尼磁　　／ 83

旅瑞典杂记　　／ 89

在柏林之见见闻闻　　／ 112

哈士山旅行偶记　　／ 124

西游记　　/ 131

重回明兴后杂记　　/ 146

归途记　　/ 157

回国的悲哀　　/ 171

结语　　/ 177

校印后的几句话　　/ 179

序

在这样黑暗残酷的世界，在这样暮气沉沉的中国，在这样灰色惨淡的北平，我心中无时无刻不充满着焦躁和苦痛；健兄所作的《去国的悲哀》适于此时出版，读了再读以后，在悲哀一点上，我对健兄这本著作，起了无限的、深深的共鸣，而书中搜集材料的丰富、描写情景的逼真，更使我得了不少的慰藉。

健兄在中国政局最黑暗的时代，曹锟贿选总统行将成功的时候，他带着无限的悲哀，于（民国）十二年八月由华岳山下别了他的故乡华县，来到北平；九月又别了他的第二故乡北平去到上海；十月下旬又别了祖国的上海，由海道以赴欧洲。在赴欧的程途中，他曾游历香港、西贡、新加坡、槟榔屿、哥伦布、吉布丁、亚历山大等地，而在欧洲又数次到人世最繁华的城市巴黎、柏林，且又一次到了伦敦。他在德国居留数年，取得博士学位，又因常做地质旅行及陈列馆的参观，故德国的名山重埠，几乎都已游历。他于（民国）十七年二月由德国明兴（慕尼黑）取陆路归国，又经维也纳、莫斯科等地浏览，由西伯利亚入东三省而回到北平。前后时间将近五年，而地方的游历，在欧亚大陆上绕一略似椭圆形的大圈，且又到了非洲的一部。在现在交通便利的时代，做这种长途旅行，当然不算怎样稀奇的事，但是做这种旅行的人，能在其终日奔驰、精神疲敝之余，不惮烦琐，将其所见所感，有始有终地一一记载出来，确实是很不容易；因此健兄能将他这五年间在欧亚非三洲的壮游，做一有系统的描述，我觉得实在是一件极可欣祝的事情。

这本书的特点，可为读者介绍的，约有四端：

第一，本书与普通的游记略有不同，普通的游记常是一种起居注式的日记，取材但求其详细而不加以客观的审择，此书则在各种事物之中，抽精撷华，其关系重要者无不赤裸裸地描写出来，其关系个人日常行止者所述甚少。

第二，本书记述事情的范围，不像普通一般国外游记多偏重城市的情况，尤多专注意于政治或教育的一方面；此书则对所到各地的各种情况，平均注意。又因作者常到穷乡僻壤、山崖水津做地质旅行，故对西欧各地的自然风景、乡村情况，记述尤多。

第三，本书作者经历的地方既多，自然所接触的民族，强弱不一，他历览亚洲南部的各弱小民族，深入欧洲西部帝国主义的巢穴，他对于弱小民族不能振兴的原因和帝国主义内部的隐情，都有深刻的观察与评判，更可作留心世界情势的人的参证。

第四，本书全部的叙述固然在时间和空间上，都是一贯按着先后的自然顺序，但是各部分的体裁，颇不相同。第一篇可以说是一种杂感，第二篇是几封书信，其余有的是日记式的，有的是小说体的，凡此种种，在形式上固然似不一致，而在实质上或更能引起读者浓厚的兴趣。

总之，作者是想用一种新的方法，把他在国外五年间所观察的各种现象，尤其是他人不曾注意的地方，很逼真地、轻巧地介绍给祖国的同胞，现在也可以说，他用的这种方法，确实已有相当的成功。

健兄回国，还不到一年的时间，初到北平，即染重病；继遭匪祸，家室被焚，二叔遇害；暑假期间，爱妻病亡；而终于同年除夕前一日，慈父骤尔以脑充血病故。——健兄在本书最后一篇的结语上说："五年前的那一天……辞别了祖国，……那时候带着满腔的悲哀和少许的希望去！……五年像白驹过隙似的过去了！……可怜我仍然带着满腔的悲哀和少许的希望回来！"现在健兄更以带着满腔悲哀的身体，深陷于无限的悲痛之中，过其现在"度日如年"（健兄最近来信中语）的生活，即对于这篇序文，亦不能在付印以前，校阅一过，更使尝以"相知"相期许的我，不禁潸然泪下了！

十八年二月十日，王德崇序于北平

Ammers 湖风涛中之孤舟（一九二六，六，十三）

天空的乌云弥漫，
湖面的恶浪滔天，
小帆一叶，
忽隐忽现；
她象征着人生的行程——
她陷入了无边的黑暗；
天呀！
人生原就是这样的虚玄！
人生原就是这样的惨淡！

一九二九，一，一七，德崇题

去国的悲哀

一

我去国之议决定了,我悲哀的情绪也加增了!

我有一天从我一个亲戚家跑回家里,酷热的天气,简直要把我的心融化了。夜来一阵急雨,我的一颗心,又似滴在冰桶里。母亲,叔父和弟妹们,他们劳苦了一天,都做他们的好梦去了。我睡也再睡不着,一滴一滴的雨珠,好像莫一滴不打在我的心头上,我安能禁止它的哀鸣呢?

整活到二十六岁的我,算是于今年完毕了大学教育。可是在这样紊乱社会中所受的残腐不完的教育,与其说是荣幸,不如说是羞耻!学士头衔之于我,简直好像罪犯之加了一种新镣铐!个人的志愿,社会的情形,政治的状况……莫一个不迫我到外国去,睡着的慈爱的母亲啊!我哪里忍心舍你远游呢?我只是被他们迫走了。

我跑到热闹场中——或说是名利场中——看多少同学、故交,都在那里为着面包,头也不回、汗也不擦地活动;多少和我年龄相若的朋友，也都可以渐渐在名利场中，自树一帜了。我真佩服他们的才能、勇气；他们才不愧为"扬名声，显父母"呢！可怜我呵！我的心似滴在冰桶里了。

我在家中看见多少和我年岁相当，而失了教育的儿时朋友，他们对于耕耘，那样的辛苦，对于家事那样的当心，对于他们的父母妻子又那样天真和爱，真令我的心醉了。他们中也许有人执掌家事，他们的才能，已非我所能"望其项背"了。他们哪里了解愁烦与悲哀呢？

还有我所知道的多少比我小得多的姑娘，十年以前，她们不过是村中顽皮的女孩子，许多天不梳的头发，尽在污垢不堪的脸上，二蓝的衫裤，对于她们，简直是一种乡下苦女孩子的制服。现在她们都一个一个被可怕的媒妇送到那家庭的狱牢了。她们中多少人，已经是"为人之妻"叮叮当当的婆娘了！她们中多少人，已抱下孩子，真是"绿叶成荫花满枝"了。她们，如何不刺动我的情感呢？

无论我跑到哪里，人家都是各有所活动，各有所贡献。回顾我自己，不觉自惭形秽，觉得我自己简直是无才无能、庸愚不堪的书呆子。"书呆子"！真正的"书呆子"，只怕我还不配；但是为了这些关系，我真要庆祝我将来变成真正的"书呆子"了。我哪里有心情，把留学当一个"进身之阶"呢？

我只愿意我变成一个"书呆子"！

有一天，我到一个亲戚家里去。这一天，偶逢他的家里客人很多，我能借这机会，和些天真的父老相见，真算一件难过的事。我也很想和乡下人谈,但不知道怎么了,总是谈不到一起。我现在要自己忏悔我的罪过了。

有一位拿着一把蒲扇,衫子的纽子莫有,露出很红而带些黝黑色的胸膛,坐在椅上两条腿叠起,好像一股麻花似的,用很和蔼的口气问我:"你从洋里回来,大约至少可以做一个知事吧?"

我听了这句话,立刻脑中开了会议,但是想不出一个回答的话。我又同时想这句话实代表一部分人的思想,绝不是一二人有如此疑问,他不过很诚恳和蔼地说出口罢了。我自己不免想:"哪里有地质,或者说是古生物知事呢?况且我于做官……"

我虽莫有注意,却不能再迟疑了,于是我便向他说:"不!此去不过念书,念书不一定可以做官;而且我学的地质,更于做官很远。"

但是发问的那位还未回言,大家已众口一词地表示不相信的样子,而且还有一位说:

"哪里的话,念书岂不为做官?回来必不只一个知事呢!"他说话的神气,处处表示仿佛他于这一行晓得非常清白的样子。我于无意之中,把前意更为解释一下。而且还说到社会上可活动的方面很多,不仅是政治,更不仅是关于知事一类的官。即退一步说,官也未尝不可做的,不过照目前这样官,如为做官,抱腿已足,实不必留学,我此去不过专学地质,以后如何,目前哪里说得到呢?

但是以我的口舌,哪里能开他们的茅塞呢?不特说不到开茅塞,我细察当场空气,仿佛他们以为留学都可以做官,我方才所说,不过欺瞒他们罢了。只有一位开明的先生,还仿佛以为我学地质,"可以开采，富国富家，于以赖之"的样子。

他们这时候对我有这样谬误的希望，也难怪他们将来对我有无限的指摘了！记得有一年我三叔从东京回家，带了好几个箱子念过的洋装书。一箱一箱，抬起来很重，一些旁观人，看了那个样子，都不免"侧目而视"，以为是带着洋钱回来了。他们哪里知道我三叔每年费家中数百元呢？想到这里，我不免为我日后回家的情况胆寒了！

我对于一些人问我的这样一个问题竟也是拙于回答：

"你这一次去，有官费吗？"

我委实不能决然说我是完全自费去的。假使我的家庭，是一个很殷实的家庭，或便有立刻不假思索地回答"完全自费"的勇气。而我家不过是由我祖父及我二叔辛苦耕耘的一个苦农业家，虽说有我父亲、三叔、四叔在社会上做事，全不能有若何的伟大收入，而我父亲之于教育界，更是有义务无权利呢？我很不愿意说我是自费，而格外引起一般人的怀疑，甚至土匪的垂涎。

说是有点官费罢！不特不能道诳，而且军阀之于教育，简直视同他花园中几盆花草，哪里会当一件正经事呢？不妨再说仔细点，或许连他的几盆花草还不如，因为他对于花草，有时还施以相当的爱护与培植。像我这种人，且莫说莫有官费可补，即有缺额，那也轮不到我啊！

经费！在现在这种经济组织之下，"智识即金钱"，有钱便可买来，无洋钱便休妄想。我之能得到买智识的机会，哪里是我自己的什么才力，我不能不回想到我那……了！

暑假过了,我要动身东行了!人是个富于感情的动物,何况我这次一别数年,且要远行呢?在今如此远行的我,格外令我难堪。

和我情爱最深、关系最密的家人父子,反不能常在一起,而天天要和那关系最浅、感情薄弱,或且奸诈顽恶的一般人常常接触,这实在是一件最不平、最难为情的事。每天举目所见、充耳所闻,多少无耻的人和魑魅魍魉的事,刺激到我的脑际,这是何等悲愤而难堪啊!

我记得那一天——好像是八月十七日——我对我慈爱的家人,一一要辞别了。我那母亲哭得话也说不出来,却恐怕我看见了伤心,假装着去洗脸;我那姑母正经话一句也说不出,只说几句平凡的上路的套话;我的父亲、二叔送我到县里,也都现出一种不可形容的样子。次日我由县东行,我父亲和两校的先生朋友,送我到县北门外,我直到现在,仿佛还觉得我父亲那为县教育劳苦而花了的一双老眼睛,还在视着我,我简直不能还强装着,说是一个英雄伟人,对于离别"满不在乎"了!

我常想今年是我演别离剧的一年,不知要和多少爱我的、我爱的暂时言别,这不过其中之一幕,然而时间虽然一刻刻地过去,而我的印象,却因之格外深刻了。

二

过了几天(一九二三年,八月十?日),我从呕吐昏眩里,勉强爬起来，向四边望了一望。迤西隐隐约约，仿佛一层白纱似的一座高山。我还知道那是太华山。在潼关绝看不见，因为被那讨厌的黄土高原遮住了，可是现在虽远了，大体的华山，还可隐约望见。原来我已在黄河舟中了！两边黄土原中夹着村落市镇，船夫大半都说得出名字，只是我已莫心情打听了。我只不住地望着我的太华，我怎样才能伸出一只绝长的手，和他来握别呢？

船是摇曳地下去了，但并莫有留下痕迹，好像车一样跑过了，留下一道给后人走路的辙。虽然有不少的浪，可是一会儿又为别的浪替代了。我并不觉得船跑得怎样快，两岸的景色，还依依不舍地对我留恋，其实我这一天，已经过了平常陆上所走的两天的路程了。

上了岸，立时停止了昏眩，比吃药还要灵验些，可是昏眩的痛苦，还占据在我的心坎里。

"土匪"！这是在现在中国最通行的东西，哪里会莫有的呢？不过在旅行中，和土匪接触的机会，格外多些，所以不免大生戒心了。平心讲起来，土匪实在不算中国最坏的人。土匪何尝照军阀那样破坏法律，欺诈平民，吸吮人民的脂膏，逢媚外国的军阀，增加国内的祸乱呢？土匪何尝照官僚那样诌媚军阀，作奸犯科，剥夺民财，损人肥己呢？土匪何尝照一般政客和议员，奔走权贵，挑拨是非，掀动政潮，祸国殃民呢？土匪何尝照现在一些下流文人，堕落青年，依附地位较优者的鼻息，无恶不作，希冀成未来的政客与官僚，种国家百年的祸根呢？土匪的行为，有时的确可以为弱者、被压迫者吐一口鸟气。土匪的功过论，我可以断然地说，至少不能比现在的军阀、官僚、政客、下流文士更坏。

但是土匪终是为人所痛绝的，之所以这样，实是因为牵动了眼前的治安问题。我虽然这样"讴歌"土匪，"赞美"土匪，可是我在和土匪接触机会多的时候，对这样可"讴歌"的土匪不免格外发生戒心，这是什么缘故呢？现在回想起来，终是我不纯洁的自私自利的根性的表现！

似乎我也要和土匪告别了，所以不免想到这些话。等他日回来时候，还可以见我所"赞美"的土匪横行于中国吗？我是希望好呢？还是不希望好呢？

京汉路上的军队多极了，不特车上大半是灰色的大兵，便是每过一站，都可以从车窗中望见来来往往的兵，不绝于路，这是中国铁路上一种特色。铁路上对于平常客货车，已加了好几次价了，可是加来加去，老加不到他们身上。其实退一步想，即莫有这现象，收入加多，也只是进了几个军阀的荷包，于国家有什么利益呢？

京汉路于我很有交情，自我到北京后，平均每年至少跑两次，但从莫有见稍微改良过。所以它虽然是我的故交，我对之莫有什么留恋。

我说过，人生不过是旅行。我的人生观，可以说是"旅行的人生观"，假使我的话有几分对，我这回比较长期的旅行，应该是全部人生旅行中很有意趣的一段。所谓旅行是什么呢？就是在短的时间内转变空间。一生的时间中，转变了许多空间，哪里有数十天的时间中转变许多空间有趣呢？但是空间转变以后，还可再从头转变一下的；至于时间，一去之后，永远也不会再来的了。我们对过去一刻一刻的时光，都是"一别千古"的永诀，可是平常人对于空间上的离别，印象很深，普通人一般所感伤的离别，大半都是空间的，而对于时间上的永别，除偶尔说几句"白驹过隙"的话以外，并不觉得什么。难道时间的价值，不值空间么？我以为是由于时间转变的秩序，是很行缓的，而空间转变得十分急剧。譬如我们把陕西、河南、直隶等地在数天之内，快快地过去，假若哪个人对于哪个地方是旧交，当然发生留恋。但是在另一方面，我们绝不能把一年两年的时光，很快地在一分两分钟过去。它还是一秒一秒，不慌不忙地过去，所以也就不大觉得了。然而我们记着，空间的转变，可以用人力制止，我今天不离别什么地方，是可以的；但时间不能用人力制止，我今天不过这一天，可以么？

　　我现在说这一段话，是聊以慰藉我自己对许多地方、许多朋友离别的情绪，并以慰我的朋友们。我们能把时间、空间看得并重最好。目前的遗憾，不过在最近这个时间内，我们分手罢了。空间离别的缺憾，还有机会来补的，我们且不要让那时间，偷着慢慢过去了，为我们旅行的人生上，留下旅行完结后不可挽回的遗憾。

　　虽照上一段这样讲，和我结了七年灰沙因缘的北京，我总觉得要和他离别了。临离开北京前，还并不觉得什么。只有同来的朋友一去，汽笛一鸣，车已慢慢移动的那几分钟，最为可贵。因为那时脑筋中的情绪思想，是最难分析的。

我偶然把头伸出车窗外边看了一看,一切都很愁惨。沿着城墙的带着秋色的柳枝,迎着微风不断摇摆。我不能认为是给我点头话别的表示,安知不是她自己哀吊未来的冰霜之苦呢?

大凡在舟车中,最易令人心绪不定,胡思乱想。因为看书不好,写字不好,谈天又莫许多人,外边的景色又转变得十分急剧,在在都是引人胡思乱想的因子,"人非木石",哪能不动情呢?

在这样的"车声隆隆"中,我到了上海。这也是可以欢喜的事情。离家远一段路,离目的地便近一段路了。

上海,我觉得太繁华了,却也太贫瘠了!这样的社会组织使我不能信托物质文明。社会组织不改变,物质文明直是罪恶多些。我很相信上海平民的百分比,比内地还要多些;我很相信上海每天发生的罪恶百分比,比内地还要多些;我很相信上海的教育公共卫生等等,不会比内地好多少……什么繁华的中心,罪恶的中心罢了。

三

所谓去国的纪念品,最重要的,恐怕要算是"护照"了。许多去国前的精力,都用在这一册皮面金字二十四页,用现洋二十三元一角换来的护照上头。所用二十三元一角,仅是护照费和领事签字费,我自己跑腿的费用还不算。前几天我从德国领事馆取出护照,独自在黄浦滩上走,我脑子里想:"只怕非去不可了!这不是护照！"一方面我的左手不由得到衣袋中摸一摸护照，一方面又不由得看一看真个是淡黄色的黄浦，唔！不多几天以后，可敬爱的黄浦呵！你将要送我到我的目的地去了。

  现在我不了解这样一个简单的问题，就是我的去国，为什么悲哀呢？也有些似乎对的答案，然而究竟不大恰切。像现在这样的国家，尤其是我将要和他离别前所见闻的一些事体和现象，很可以使人对于"去国"，抱着乐观。这样的国家，有什么可以留恋的呢？但是也可以回转来想，正惟如此，悲哀的情绪，所以加增了！
  把国内的情形，不妨简单回顾一下，军阀所赐予人民的，不仅是使人民感觉着生命的、财产的不安，使他们物质上蒙莫大的痛苦，而且常常闹许多惊天动地、人所不齿的玩意儿，使我们民族，蒙永不可洗涤的耻辱。因之稍有骨气和知识的人民，常常觉得精神上有莫大的苦痛。篡窃和贿买……固然令我们感觉到莫大的耻辱，便是与军阀政客相依为命的匪祸、烟祸等等，何尝仅仅令我们感觉到物质上的苦痛呢？
  再仔细把近来外国人对于中国的策略和势力伸张的情形考察一下，实在令人可惊。他们不仅对于中国的经济或是商业的战术上，使中国人民，完全在他们暴压之下呻吟，而且用种种手段和方法，使我们言论集会，甚至行动的自由，也为他们剥夺无余。再就最近列强对于中国的事实来看，和对朝鲜、印度等国，有什么分别？还恐怕不及呢！现在这样的中国，更不必向大家说："同胞们！起来！要亡国了！"实在是已经亡国了！

可以希望——或者只是渺茫的幻想吧,为这样的中国,留一线生气,培养未来的幸福之花的是哪一个呢?

国民的眼光太浅,年年差不多有希望,而年年也有失望。总归是这一年所失望的,就是去年所希望的。这是历年来的事实,但是社会环境的坏,和个人或团体堕落与衰朽之速,也实在可以令人不寒而栗了。

天啊!何尝是无谓的悲哀呢!无论如何有"五千年的历史""四万万的人民""物产丰富""人才茂盛"……只是依现在情形看来,除我亲爱的家人和一些可敬爱的朋友外,有什么可以使人发生惜别之感呢?"培植未来幸福之花"的重任啊!为了过去的经验和教训,我不敢轻易属望于别人了。

真个要走了!一切都是要走的设备。凡是我近来的一切动作,都代表我的走。

朋友们!再见罢!我自己不能忘记我是被他们迫走了,我的朋友们,也不要忘记我是被他们迫走了。

我这样走,于个人仿佛是偏于享乐,但何尝想如此,而且真正讲起来,何尝是享乐呢?

由上海到明兴

(一)由上海到香港

德崇弟：

我现在要开始报告你，我从上海动身的情形了。

十月二十六日早六点起床，父亲已先我而起，叫开我的房门了。把行李收拾完毕，零碎东西，交给父亲带回家去。七点由旅馆动身到法国邮船公司新关码头。送我的有我父亲、三叔和朋友杨明轩君，同行的有学友王恭睦。

到码头便上载我们上盎乾斯的小火轮。一切很忙乱，尤其是搬运行李的困难。在我看这是旅行不可免的现象，而据我三叔说文明的国家，并不如此，这是中国的精神的表现。

八点许小火轮开行，因为送行的人，可仍乘此轮回来，所以送我的他们三个，也乘轮同去。在船上遇见去德的赵、徐二君。行约一刻钟，即到盎乾斯停泊的地方。又忙了一会儿，移上大船。我所订的船位是三百一十三号，床位是F号，同房四人，即王、赵、徐三君及我。因均同赴德，相见甚和蔼。

行李安排妥帖后，即送父亲、三叔、明轩仍到小轮。离开船差不多还有一点钟，这时候匆忙已去，满腔的情绪，纯为别离所占领了。我并不是莫有许多话可讲，我只怕泪比话先出来，便隐忍着。所以相互注视比对话的次数多。有时隐忍不住，面向汪洋的水，让自潮出的泪花干了再回过头来。这样伤感的情绪，我自信不专是为家人朋友的，原因很多，然而我不高兴去再分析。因为分析的结果，不过更增加伤感的程度。我是一个莫勇气的儿女情的英雄么？我不愿意这样简单地承认，可是我也不去否认。

别离的时间，反而觉得很长，到十点多，那载我来、仍送他们回去的小轮船开行了。当船开的时候，两个船慢慢地离开了。大家都脱了帽子，摇手离别，似乎一切的嘱咐和希望，都借以表示出来。船开是不再停了，果然不到一分钟，已望不见他们了。

我们的盎乾斯——共用三百五十元现钱，而得一月多的居住，并送我们到马赛的条件下，可以这样称呼——于那小轮行后不久，也就开行，一切的情绪，因她的开行，格外浓厚，我不住地看着两岸。我所以这样望，不因为风景的可爱，而只因为是"中国的"罢了。

船走了约一点多钟，到了长江口外，忽然停泊，心中很诧异，后忽记得不久以前某友去欧所坐的船在口外停一夜才开行，我们这船怕到明天才开啊。

船上无事，到各处跑了跑，借以知道她组织的大概，这我确乎不必细说，一因我的观察还不周到，一因各船组织不同，读者不能借此知道一切航船组织的情形。

好几点钟已过去了，船还未开，拿包东西的一张旧报看看，借以遣闷，不幸这张报恰是十月十日那一天的。大选的尾声，送总统证书的情况，不合于需要的宪法的公布，贿选的总统的就职，公使对临案的牒文，各地战争的情况，土匪的猖獗等现象，都借这一张旧报纸呈于我的脑际。快要去国的我啊！哪禁得住这样的刺激呢？

船上的饭食很好，一天三次：早八点咖啡、面包；十一点中饭，三样菜，一块面包；晚饭在六点，和中饭差不多，而分量较多。这一天因船未多走，和在陆上一样，所以吃饭如常。

因为白天在船面受了些风，晚间头痛异常，八点睡下，发汗一次。到八点十分，船忽呜呜然动，知道这远行的盎乾斯认真开行了。

二十七日早晨起来，经夜船的震动，我昏困不堪，因为这是预料得到的事，所以并不在心。可是平时所预想到的可爱的海，因而莫有兴会去赏玩。雨很大，又不能到船面上去，闷坐在房内，拿《努力》最近的几期看。有时看着我今年来的日记，仿佛看别人的日记一样。今年是我生活变动最繁杂的一年，看了之后，很令人感觉到人生之寂寞、烦闷、喧闹、和蔼等相反却同时存在的情绪。

同房两位，都会点中国音乐，并拿有中国乐器。这是我去国前所希望的一个志愿，而终未偿。他们有时无聊，拿出乐器，奏一二曲，在船的震动声中，海水的荡漾声中，加些清谐的歌曲，使昏疲的我，得了一点愉快。

约在下午两三点的时候，勉强到船面上走一走，风雨还很大，而遍海都是很小的帆船。我们的船，还不觉得怎么样，那些船都摇得显出不可支持的样子,然而并莫有危险。这些船,才的确是那"一叶扁舟,大洋遨游",我不过在诗上有时用幻想的句子,随便说一说罢了,对于她们,是何等惭愧啊!

夜来很好,不再呕吐,想来是因为习惯了的缘故,枕上急切不能就睡,脑中幻想到许多地方,直到入梦,我的梦还萦绕于我所爱的家庭和北京。

二十八日七时许起来,天气清和,船行十分平稳,身体亦觉安适。我们的房间,高处靠海,有一个小窗,直径不过一尺长,头恰可伸出。从房内向外望很像一幅中国式的图扇画,云一块一块的,浮在波浪起伏的海水上,显得很有章法。这样活动的扇片画,时时换片子,更比呆板的团扇画好得多了。

午间午饭,还能勉强吃,但不敢多吃,恐怕呕吐,在上海本要买一椅子,因忙未果,幸船上有椅出租,租到马赛二十法郎,价并不贵,所以租了一个。饭后拿了几本德文书和信纸到船面,坐在椅上,很是舒畅。

以前听说船上每天有行程报告,向旅客说明走了多少路,几时可到某地,但我还莫看见,也许是我莫有见。因为我还不大清楚,此时到了距什么地方最近的地方。但是依以前航过的人的经验来推测,明天可到香港,那么此时船行虽不在广东边界,也不远了。

西边海水尽处耸出一带连绵不尽的山脉,有些还很高,我哪里敢定是属于什么地方呢?可是无论如何,总是中国的土地,我的目光,不断向那里注去,也许是因这缘故。

到三四点钟以后,我又发热不已,比以前数次更甚,至六点钟最甚,后由船上医生诊察了一下,给了两种药,一即时吃,一明早吃。我于是吃了药,便蒙眬入了病乡和梦乡,有时还隐隐听得浪花打船的声音。

(二)由香港到西贡

德崇弟:

二十九日自睡梦中起,仍觉身体飘荡不定,困得差不多到不能再困的地步。勉强到舱面上散步,借吸新鲜空气。船在两岸山中徐驶,山上草木繁盛,还望房屋以及烟囱也很多,疑为香港,返舱问船上司事,知果为香港。约八点半,船已停泊,船长报告于次日午十二点钟再开。我因连日太难受,决定上岸一游,除赏玩风景外,吃中国饭和在陆地住宿一夜,是我重要的要求。这两件事,在四五日前,简直不成问题,而今观若珍奇了。

十二点偕徐君上岸(其他两位先上岸,并未检查),找邮局送信后,到一饭铺吃面,似不可口,且价贵异常。后游公园,并由火车上山。车不用火车头,上时以铁绳向上吊,下时向下拖,司铁绳上下之机器,在最上一站。坡度自四十度乃至六十度。又续坐肩舆到升旗山(为插英国旗处,香港以此地为最高),再由原路下。后游公园过先施公司买零物回船。夜又上岸,同行各位,又买了许多东西,后到先施房顶花园憩息。此时我身体已很安适,因旅馆太贵,为省钱计,还是决计回船。本来邮船公司往来送客小火轮,今天最后一次是十一点半,十点钟到瑞华楼吃了些面,即到码头,为时尚差四十多分钟。

同伴提议，坐一次电车，把香港两端看看再回，免在此鹄候。适有一路电车题明到"Happy Valley"，我以为顾名思义，到那地方去一去，也许快活一点，遂相与一跃上车。不料已走了十分多钟，见还不到。好容易到了，而又已无车再回码头，因为时太晚，电车一一回厂了。这一急非同小可，也顾不得看 Happy Valley 到底 Happy 不 Happy 了，下电车的那一秒钟，就是我们"向后转"的那一秒钟。急急步行，很少的洋车，便有也因不懂话雇不成，只有汗流浃背地走着。但是以十余分钟电车的速度，所过路至少在十里以外，以能力有限的两腿，可于距小火轮开行不过十分钟内何能奏功呢？同伴都显出很焦急的样子，走得十分起劲。我倒不着急，也并非我可以因此在岸上住一夜。只因已经赶不上了，还是慢慢地罢，不中用的急，还是不急的好。到码头，小火轮已开过半点钟，我对于留岸住宿或上岸是无成见，同行均欲回船，于是雇一小船，上船已十二点多了。

三十日早起，大雨如注，而且雷电交作，天气很暖，和北京初夏天气差不多。四周的岛，都被云团团围住，这样大的雨，不能再上岸，于是借船未开行，在船上洗澡。洗毕，雨仍未止，看那耸立海面的香港，还在云雨中撑持着，也正在洗澡。乍见的香港，昨天忽然看了一下，有什么可以令人凭吊的呢？

自然，凡是中国人要是经过香港，只要他有相当的知识，必然回想到香港是中国外交痛史的第一章，而发生无限感慨。便是许多外人至此，也大概都不由得把这一段故事想一下。我呢？在国内已十分感觉外国势力的强大了。香港割于英，和中国内地许多地方的未割于英，这不过是名义上的分别，其他情形，简直在一个水平面上，有什么可以诧异的呢？靠现在的中国来争外交，不过增加国民呻吟的哀声罢了。

香港地本荒山，自为英所有，力加整顿，山坡及山上马路，如螺旋，又有铁路，沿海码头，均为填海建筑而成，一切情形在在令人感觉英人能力的雄伟，"愚公移山""精卫填海"，中国人不过随便讲讲，他们的确实干啊！

十二点半船又开始驶行，我因休息了一天，且加意吃药防卫，因之不觉痛苦。雨不久亦停，船似在一群小岛中行，风景秀丽，令人神往，直到下午三点多，已四面不见陆地。汪洋的海中，我们的船奔波她的前程。

三十一日早七点起来，天气很热，所有的设备都是夏天的，然而还不够用。想到北方落叶满地的暮秋天气，真同天渊了。

下午船行很稳，简直莫有什么风浪，我差不多完全在船面上看书，有时望一望那汪洋的海，海水已变成深蓝色了，宛似一块顶大的藏青地毯铺在地上，只是多些美的波纹。船过处激水成人字形的波浪，激成的白浪花，漂流水面，和用肥皂洗了的清水差不多。从前我听人说："轮船过处，水被分成渠，半响不能合拢。"这样写法，依我看来，实嫌过分，即不成渠，而所成微凹，顷刻亦为水所填，只不过流些白花花的痕迹给人看罢了。

夜间吃饭时，买了一些这个船上的明信片，打算寄给国内最关心我的行程的，但是我将如何把这海际云霞的光辉、水面波浪的闪耀……寄给他们呢？

十一月一日，今天真可算得"风平浪静"了，风是有，只到送来天际凉气和吹成水面可爱的波纹为止。记得今年春天,我在西湖,一只小小的船,在美而秀的西湖中荡漾,但是那水浪波纹的起伏,比今天还大些。什么海洋,只是大的西湖罢了。

听说明天可以到西贡,三天的水程,又把人弄得怪厌了,所以盼到西贡的心很急,这一封信,也就报告到今天为止了。

(三)由西贡到新加坡

德崇弟鉴:

自由上海上船后,在香港、西贡各发一信,不知已收到了吗?海上生活,已过了十天了,倒也安之若素,不觉其苦,请弟不必远念。沿途所发各信,吾弟可按次收到,是我现在惟一盼望的事,我希望我马上到了柏林,就可以接到你报告每次信都收到的好消息。

二日早六点多,船即抵西贡。西贡是安南部惟一商埠,法船尤必过此。船由河道驶入内港,河并不宽——远不及泾渭——而航海大轮,可自由驶入,真令长江、黄河愧煞了。

船未到以前,验了一次护照,盖了准予上岸的图记,但我们到下午才上岸游。最苦是天气太热,令人不耐,比我们家乡盛夏还热的太阳,直晒得人发昏。大家热得不堪,于是发起到小店喝汽水,很出人意料,每人一杯汽水,取费本地通用洋五毛。汽水虽贵,并不怎么好,大约最贵的汽水的享受,这算是第一次了。

随后,我们到公园去。一切都是热带的,树木花草,全都很茂盛,不显出凋谢的样子,只有一种不知道名称的树的叶子,不断被习习声送到地下,仿佛给我们游人指示,虽然这样热,但的确是秋天的神气。园中动物也很多,虎、豹、熊、猴子、象和热带的蛇,都各有各的牢笼,陈设着给游人看。最令人不忘的是那一池盛开的荷花。我二十多天前在南京莫愁湖看见那满湖的荷花已凋碎得不堪了,想不到今年还看见一次盛开的荷花。莫愁湖的荷花,和这里的开落时间不同,然而同受着自然的支配,是一样的啊!

晚饭后,我独自到街上去,语言不通,十分困难,但还是买了几样东西,而且喝了一碗莲子汤,回船后天气仍太热,即在舱面露宿。

三日早起,读带来之《申报》国庆刊诸论文,船上仍装货,起重机搬货声,殊令人生厌。所装货以白米为最多。大概外国轮船去各国时,载生货往;来东亚时,以熟货来。东亚民族,处于这样经济的侵略下不自觉其苦的何止千百万!难得先施公司门口和仿单上有两句话把这个情形全盘托出:"统办全球货品,输出中华土产。"他们所以很惹人注意地看出,实含有夸功的意味,我们对于现在国内自命为爱国的商人,不一样绝望吗?

下午和同行几位,仍到西贡街上闲逛,某君提议坐汽车游行全埠,乃雇一汽车,把西贡最繁盛的地方和乡下最荒凉的地方,都跑到。一切街市的情形,宛如内地各商埠。商人,十之八九,皆为中国人,尤以广东、福建最多。一切政治及较大的经济权,自然操于法国人手中,而普通商界势力,还是以华人为中坚。所谓安南人,无论男女,显出莫有精神的样子,宛然亡国奴,令人不能忘怀。这样的神气大概一方面亡国是主因,而他方面,又由亡国后,法国人对之因势利导,格外发达了。满街有标明"公开烟灯"的铺,为一般人吞云吐雾而设,此地人的嗜好鸦片可以想见。外人多不注意处,污流之气,不可向迩。促进各弱小民族的觉悟与独立,因为我东方觉悟青年不可幸却的一大任务,但我们中国目前,其去此等情形,实相差有限,真令人有"自顾不遑"之感了。

四日早十点许开船,到下午一点多船始出海口,直向南行,虽有微风,但无大浪。下午天气转阴,所以天气转觉清凉。

五日船一直向南走,也莫有什么风浪。到下午,天上四面并莫有云,而忽然大雨倾盆,也算海上奇景之一。

船上等级分得很严,三等客不能到头等地方去,在一只船上宛然可以看出阶级的区别和金钱的势力。三等客中除我们四个学生而外,有往新加坡的两位华侨,相处倒也相得;其余便都是俄国人、法国人,但是这些人,并不是因为他们是三等的缘故,大半处处表示出很下流的样子,令人不耐。

听说明天可以到新加坡,以后的情形,只有待下次信再写了。

(四)由新加坡到槟榔屿

德崇弟:

现在我把我最近关于旅行所得的观感,写来告诉你,我相信是你乐于知道的,也是许许多多相知未知的朋友,乐于知道的。

第一,在现在交通便利的时代,无论如何,旅行已不是一件很困难的事,然而旅行每终觉感到非常不便。这个不便,倒不是我们中国内地交通设备不好的"蜀道难",也不是到处土匪军队横行,使旅行者生命财产时感不安,实是语言和币制的不能统一。我们都知道北方人听福建、广东话,和听任何不懂的外国语一样。其实一生出门,到处感觉到语言的困难,虽说最普通的英语可以勉强通行,但究竟有限得很,且限于较上等的人知道。又如在西贡,连邮局人员也不通英语,非用法文或本地土语不可。至于币制,更麻烦了。上海洋不用于香港,香港不用于西贡,西贡不用于新加坡,不特国自一币,且埠自一币。所以我们首到一个地方,头一件事,就是换钱。自然其他困难也有,但是哪里赶得上这两样的。然而这两样都是人造的,不是无法可以使之统一的,我不能不唱"一切国际化"的呼声了。

第二,我近来常常感到物质享受的过分,我每拿一件东西要用要吃的时候,不由得想道:"我有什么权利与资格来享受这个呢?"我不特自己这样想,并且常常借任何人这样想。三等舱上,比较都是些"穷汉";然而他们这些"穷汉",大都比我阔得多。尤其一般女客。她们虽在旅行中,而"一天三换衣"的架子,丝毫不改,而所装饰的,在我看来,每一件都有可以使乡下农夫农妇享用一年而有余的价值。然而就精神上说,他们——包含着我——对学术上、艺术上有什么贡献呢?就是物质上说,对于工艺上、实业上,有什么尽力呢?凭什么可以得到这样非分的享受啊!我远远望见头等客厅,一般乘客的阔绰,远过于我们三等的,再看看船上的工人们终日劳动,狼狈不堪,我的心弦,奏起异样的悲调了!

第三,"故乡"这件东西,究竟是可恋的,而这"可恋"的条件,不能用故乡的好或坏做标准。我的感情仿佛告诉我:"只要是你的故乡,你就爱她罢!"所以我在船上每每看乏了海水的波纹和云霞的颜色以后,往往拿出地图来,查一查船所走的地位,和故乡对于船的方向,便向那一个方向望一望。虽然依然是茫茫的海水,接着那淡蓝而抹着些白云的青天,而感情驱使我必得这样。"引领怅望""遥望故乡"这一类的话,我相信不但不是套语,而且非身经其境的人是不能说出的,可惜被一般滥调的文人引用坏了。

现在再照常告诉你旅行的行程罢!六日早,船行十分平稳,海水也由深蓝转绿色,知将近陆地,海风送爽,天气反较在西贡一带为凉爽。十点多,已到新加坡,尚未靠岸,有许多人驾那真正"一叶扁舟"到船旁要钱。船上客以一毛钱掷水中,彼可跃入水中抢取。此等人对于海中抢钱,已成一绝技,真是"百发百中",而一船搭客,为要看着那水中抢钱的把戏,也乐于掷钱,但以毛钱起码,有以铜子掷下的,他们都鄙而不取,甚或詈以恶声,可见他们"其业虽贱",而"其欲甚大"!

船靠岸后,我和同行诸君,到岸上去走,四个人坐了一辆汽车——因为这里坐汽车比洋车合算些——除把新埠公园、喷水池等地跑了而外,与其地街市,也都大半跑到。但是"走马看花",还不够形容我们的匆忙。一切神气,令人感觉到华侨在此地方势力的雄厚。据说居民四分之三都是中国人,简直和中国属地一样,不过最高统治权操于英人手中罢了。南洋群岛一带占地二百余英方里,华侨人数约五百万,凡有人烟的地方,几无不有华侨踪迹,我们行无所事的政府,对于商业保护殖民政策,向不过问,一任人民自由发展,而乃有如此成功,哪能不令人惊奇呢?

跑了街道以后,到上海栈去吃饭,上海栈是在某君游记看到的,意在吃一次痛快的"国饭"。不料价既昂,而味又太不合口,四人用钱九元四角(合中国洋十元多)不得一饱,真冤枉透了。

船至次日才开,于是夜间又上岸去,坐电车乱跑一阵,连我自己都不知道跑了些什么地方。最有趣是在某地下了电车,附近有一戏台,对面有一神庙,一望而知是写醮神演戏的,台上正奏着开场的音乐,一切设备和台下卖小吃的以及观众的情形,宛如内地演戏敬神一般。回路简直远了,好容易问了几次印度人,才转到码头,乍见的新加坡算是又告别了。

南洋一带,怕要算人种最杂的地方,可以说各色人都有。最惹人注意的是黑人,黑得直和用黑粉抹了一般,然而都还很和蔼,有问必答。至于他们的装束,绝不能认为是原来的,上身是西洋式的衫子,而下身围以彩色裙子,以红色为多,好像同国内一般人以外套改作大氅,成了中西同化的装束了。

七日早五点半即起,登船面呼吸清气,东望太阳,正从水中云中出来,不到一会儿,船便开行了,新加坡为此次航行最南地方,在赤道北不过一度多些,过此便绕向西北。两边有许多海岛,海水也不很深,船好像在大河中航行,一切的美,我哪有能力寄给你呢,只成了我私有的了。

下午海水格外平静,海行十余日,皆风平浪静,尤以此日为最。假使莫有我们的大船经过,只怕水面上仅有花纹似的波纹。然而船行时,依然十分震动,并不照平常在陆地那样舒畅,这乃是由于船上机器震动的缘故,不能归咎于那平静的海啊。

长期旅行,沿途以寄朋友信及家信为第一要事,但因各地币制不同，邮票不同，一切十分困难，幸而船上还可以送信。每封信半法郎，较在岸上寄还便宜。同行某君自西贡寄国内信一角，新加坡一角二，贵而费神，大不合算。听说南洋一带寄国内信之所以如此贵，实因他们抵制华侨的缘故，若果如此，他们用心，可谓无微不至了。

从船上得的消息，明天早上可到槟榔屿，我这信是要赶船前发的，那么明天的消息，只有在下一次信时告你了。

（五）由槟榔屿到哥伦布

崇弟左右：

你还记得我上次信中一段消息吗？海水很平，简直莫有什么风浪，尤以七日一天最为清和。但是这样的情形到八日完全变了，八日早起虽知船仍在海峡中走，可是望不见涯际，有时有几个小岛露出水面。天气很愁惨，虽是夏天的急雨那样下，却带有秋雨的风味。波浪很大，十多尺的浪，像小山似的涌于水面。两个浪相击，除发出一种凄凉的声音外，把那湛绿的水，立时打成白花，白花又相击成大粉屑，像雪花带雨似的漂于水面。这时候我们的船呢？较之平常自然是摇动不堪，但究因在船中大睡，并不觉怎样；不过要是站起来，不稳固罢了。这时最令人担心的是那两只小火轮和民船，眼看着船的倾倒，已到水浸入的程度了，而立时又同样程度地倾向另一方，船身随浪高下，至少有一丈多。我不由得想："那船不危险么？乘众不担心么？"然而这的确是"看戏流泪"，不到一会儿，都一一靠岸了。

十点多钟吃中饭时，风浪更急，吃饭人数，比平常减少三分之一，大约都困于波涛了。我因十多天已成习惯，尚可勉强支持。十二点船到槟榔屿，只停泊海峡中，并未靠岸，船上报告，下午五点，即向哥伦布开行。时大雨仍急，我本无决心上岸游览，乃有一可操汉语之俄国人和同行王君，都有兴趣一去，遂即乘船公司迎送之小火轮上岸。波浪汹涌如前，方才那些小火轮航行的情形，我们此刻身受了。

上岸后，虽然此地有中国庙等地可游，但因为时甚促，不敢前去，只在靠岸一条街上游一游。同行俄国人因换钱跑了十多家，以行市不合，终未换成，可见此人老于世情，不致吃亏。我们出国以后，似乎总觉得外国一切都是文明的，买东西不讲价的，其实并不然，譬如人家一块中国钱换南洋钱一元，我们只换九毛，诸如此类吃亏之大，可想而知了。

槟榔屿街市，也非常整洁，和新加坡差不多。华侨在此，由各方面看来，也是一样繁多。物价很贵，比上海差不多贵一倍，有一家中国书店，代买内地书籍，凡国内重要些的出版物很多。马来西亚本地人很少，印度人很多，仿佛都安居乐业，习于亡国而不自觉了。

三点多乘公司小火轮回船，五点船开，一阵更急的风雨，仿佛报告前途恶消息的神气。夜间一切都昏黑，看不见什么波浪，只觉船身上下左右摇摆，相信波浪很厉害罢了。有时听得浪打船身的声音，但因在夜间，倒身睡去，一切都付之梦寐了。

九日早起，风浪还是很大，惟已不如昨日那么厉害，在船面上，还可以看书写字。船自新加坡到槟榔屿向西北，过槟榔屿后，差不多直向西行，因地稍偏北，而又新雨之后，天气并不酷热，宛如北京阳历九月天气。

午饭后，兴至写一篇小说名"李老儿"，三段写完以后，风浪转大，不能执笔。波涛时起，浪花飞溅，好像一大锅水，受热沸腾一般。晚饭简直不能吃，勉强去吃，一汤甫罢，即行回房呕吐，但吐后我又勉强去吃，幸得不吐。

吃饭后我莫有到外面去看风浪大到什么地步，而船身上下动辄丈许摇荡不止，坐立不住，只有躺在床上，想来风浪，已成此地航行未有之那么大了。

这样的波涛，哪里睡得着呢？三等房位，因在船尾，所以动摇最烈。一上一下，好像由升降机起落一般，也好似打秋千一样。这时候简直莫有什么办法，只有受摆布罢了。

这一夜船很热闹，除了平常照例船动时机械鼓荡声、浪打船身声而外，添了猛烈的海风呼声、浪与浪的击撞声、船上的放笛示警声和船破浪而生的摇撼声。在这些声中，我的心不免回到一万五千里外的祖国，有时也竟不免到一万五千里外我所要到的德国。有时什么也不想，只静听那些声音的唱和忍受那一上一下的苦痛；有时也可以渐渐入睡，然而不免时常被那惊人的波涛或噩梦惊醒了。

这样迷迷糊糊在惊慌中过了一夜，不知道怎么也到了十日了，十日里醒来，明知不能吃早点，遂也不再勉强，仍旧躺着。风浪和昨晚一样凶恶，午饭也不会吃，船役送来一杯盐汤喝下，幸尚未吐。随后因要小便，一颠一跛，勉强出去，顺便看一看波浪。惊人的波涛啊！哪里是海面，简直在乱山中了。好变而伟大的海洋啊！你从那深蓝的、带有花纹的、可爱的地毯的样子，变到那好似一池春水，仅起了微微波浪的程度，又变到沸腾一般一大锅开水的程度，如今又成了山岳了——动的山岳了。

回船仍旧躺下，一切都很凄凉，声音除过昨晚听到的那些不算外，新加了同伴的呻吟声、隔房小儿的哭泣声、大人的呕吐声和远处少数战胜波涛的胜利者的嬉笑声。任何人处在这样的情形下，是如何地难受啊！风浪初起，我并不想求免去风浪，我只求我的抵抗程度增加的速度，常快于风浪加大的程度，而事实上竟不然，一夜波涛，我在这一次战争中，不能不承认自己是个弱者了。

晚饭同午饭一样不会吃，夜间仍照昨夜那样过去。哥伦布！哥伦布！早到哥伦布！这是大家不期而同的希望了。

十一日六点风浪似较小，起来可勉强洗脸，早点亦可吃些。船面坐了一会儿，乃昏眩不堪，风浪已恢复到前日沸腾的状态，午饭还可勉强一吃，吃后还可以勉强给你写这几天的经历，不能不算出人望外的幸事了。

十二日天气清和，风亦较昨日为小。计程本今日可到哥伦布，但因为前日风浪过大，船行很慢，明天才可到。船仍在一望汪洋的印度洋中走，四天未见一船，亦未见滩地。真可谓"孤舟"了。

风浪虽较平，但身体因已受摧残，竟自疲倦不堪，天气又很热，除静坐船上，望一望天际的水色云色外，简直莫有兴趣有所事事了。

（六）由哥伦布到吉布丁

德崇弟鉴：

我现在不能报告你到哥伦布的真正时间，因为我十三日一起床时，船已安然停泊于哥伦布的内港了。哥伦布为印度锡兰岛西部一埠，为东西航行孔道。早起不久，即有英吏来检验护照，莫护照或有而未经英国官厅签字的，都不许登岸。我于八点半乘公司迎送旅客的小火轮上岸，上岸后先到维多利亚公园，因连日海行甚苦，急欲一到公园散步。公园布置亦甚精致，和香港、西贡、新加坡等地公园一样，均带有热带公园色彩。至必恭维其好到如何程度，我很不愿说。但沿途所经各公园，都是真正"公"园，非照中央公园而实"私"园；而且也不照中央公园那样包罗万象，聚茶园饭铺、照相馆、球房……于一园，占所有地皮，抹煞风景，只怕只有我们中国公园是这样，而且也可代表我们的民族性了。

公园游后，继到印度佛寺，纯为新式建筑，反引不起人对于宗教与古代建筑的兴感，而一般沙弥，见人就要钱，更是令人生厌。但一切陈设，都极精雅，有一座房内有卧佛，进内须脱鞋，我不高兴脱鞋，未进去，但因其他游客进内，我乘间也看了一下，还有一楼，上陈经典和大相片极多。经为印度文，如游客略给小费，可得数包，但我疑心这是假的。多数和尚手持经典"那么那么"乱念，每佛座前，均有一大树，并且有鲜花供奉（他们似乎并不烧香），我对这点不大感兴趣，一绕之后，立刻就出来了。

随后到市场买了些水果，贵而且莫有什么可吃可买，梨、石榴、葡萄都很少而特别贵,香蕉不耐久放,热带所产如椰子、可可之类,又不高兴吃,结果只买了些橘子罢了。街市也大致看了一看,可是有时方向还分不清。同伴买了些宝石,我也无用处,又怕上当未买。乃到一饭铺吃饭,两人吃六罗比(合中洋三元六七角),随就回船,已十二点多钟了。

从上海起身到这里,可算真到了外国地面,街市简直找不见中国人,商埠上也莫有了中国字,华侨的势力,似乎已莫力气到这里来了。市民十九是印度人,皮肤黑得发了光亮,上边穿洋式衫子,而下边系一步裙,并不着裤,莫有看见一个穿鞋袜的。一般人受工商业发达的影响,非常想钱用用,而又被压迫着,无力弄钱,结果只有生种种罪过的或较为不罪过的方法寻钱。同伴某君受敲诈之苦,乃愤而说如此民族应该亡国,这只怕是一面之词,于事实未看清白,也太刻薄了。

船上报告下午四点开船,此次开行之后,到红海东口法属"吉布丁"港才停,要七八天才到,大家才受了波涛之苦,都有些惧色。然而不走可以吗?现在不能计前途的艰险了!上船后再莫下船,四点解缆启碇,直向西而稍偏北驶行。现在我回望中国时,已由向正北看,转成向东北看了。

夜间天气很好,海水很平,已恢复可爱的状态。一轮纤细的新月,又挂在天空,给这一夜更添了不少的幽趣。今天已是阴历十月初六日,至少有三点钟的月色给我赏玩,而且预计今后的海上,添了可爱月色,可为旅客减少寂寞不少,一切的烦闷,都为它所除去了。

十四日天气十分清和,并不热,已到了穿单衣刚合适的程度。

海面浏览之余，想起昨天所遇，还有些足记的，一并写在这里。

由大船乘小火轮上岸，路经头等舱位地方，那里的一切设备，自然十分阔绰。客厅很大，舱面清洁，因在船中部，既无震动苦处，也莫有讨厌的煤渣和煤气。最令人注意的是在这里见有许多副中国麻将，四人一桌，各在那里"竹战"，西洋人近受麻将传染，本已成一平常事，每年输入美国的麻雀牌，为中国出口美国货的大宗。但在一只船上，有这样多的麻雀，其嗜好之深，传染之速，均不免令人十分惊奇了。一个桌上，三位年皆不满十五的西洋男女孩子，也在那里"三角交战"，这自然是所谓头等客应有权利，一船上的苦工，应该站在机械旁边终日尝机器油的滋味，不得稍息。我觉得一只航海轮船，足可代表一个现代社会的组织，差不多社会上一切情形，都可看得出来，这样的观感，使我更增加相信的程度了。

从上海起身，一直到这里，甚且一直到地中海中部，所过的都是弱小民族的地方，他们都处在白色人种积威之下。中国虽然独立，但也不能例外，而很少发生有效的、有气力的呼声。一些外国人——白人游览回来，在种种方面，直接间接看出他们瞧不起人和傲慢的神气，简直足令稍有些血性人发指。说到这里，岂能不令人的国家主义和民族主义的观念深刻一些呢？国内许多青年往往醉心于那些好听名词，乃排却历史的关系于不顾，以为世界大同可在最短期内看见，不嫌太梦想么？

还有一件令人不由得注意的，也许是我到现在才注意到的，哥伦布每个地方，无论商店饭店以及寺院，都挂有英皇和皇太子的像，这大概是英政府的一种教育。我虽不能把幼小时父亲师长所讲，关于亡国所受的痛苦，和所见关于此类的叙述——在匆忙的旅行中证实，然而由此不由联想从所知道的可怜的亡国后的情形大体是真实的了。

这天天气始终清和，身体也因昨日停泊一天，一切都恢复原状了。

十五日，天气照昨天一样好。早六点即起，未及洗脸，即到舱面，意在看一看日出的奇景。恰恰一轮红日，由海水中涌上的时候，但可惜不凑巧，一大片黑云遮在那里，太阳只能把天水相接的一带，染成血红色。她的本来面目，终不能看见，只隐隐约约望见一块红晕，慢慢从水中潮上去了。

昨天晚上不到九点，我即回房就寝，同伴中以我睡得最早，而以我睡觉得最迟。他们都一一入了梦境了，我还是"鱼目炯炯"，哪里有丝毫的睡意。孤枕无聊，从枕旁取出在上海时所接家中及朋友们的信，很用心一一看看。我本来平常有这个毛病，每当无聊时，拿这作一种消遣。现在旅况萧条中这样看看不特可以解除"鱼目炯炯"之苦，且令我感觉到旅行人最大而不可免的一种苦痛，这苦痛是什么呢？在你给我第八信——我去国前你给我最后的一信——已全盘说出了：

"你在舟中，还许可以来信，我确于明日以后，就不能再给你信，因为你已经接不到了。"

那时——我将动身时——相信这话，但印象不若现在之深。真的，的确！我二十多天不接家中及朋友们一封信，在我开始有接信的能力——脱离孩提时代——时到今天，这算是第一次。我安能不把旧接的信,像新收的一样念呢?又安能不引起我的心灵对于这件无可奈何的事的惆怅呢?

而且还不仅仅是简单接信的问题,在同一原则之下,我可以下一个比较笼统的概括陈述,就是:"关于我随时想知道的消息,被一一打断了!——因为旅行而被打断了!"究竟非法上台的曹锟总统,现在怎样在那里坐着总统的椅子呢?究竟内地的土匪,怎样在那里不断以新奇的法术吮吸百姓的膏血呢?究竟我在过去两年中,差不多每月必见两次面的《共进》,现在怎样由编辑室到出版部,再捆成一捆送到我毕生不忘记的吉安所左巷六号呢?曾经喂我知识的孔母北大,现在是怎样在灰色的北京城圈下,干那"最高学府"的事业呢?……像这类事情,我哪里说得完,倒不如归纳一句说:"究竟你和我素日相知的朋友们,在课余饭后,怎样在那秋风——或者已成冬风了,当你接到此信——吹得不成样子的老杏树底下谈所欲谈,笑所欲笑呢?"

这天下午,海上很热闹,我们的船因速度较快,赶上一个同路西行的船,又遇见一只船东驶,可惜相距较远,看不大清白。

海上时时有动物出现,但是隐于水花中,看不真切,哪里可以认得是什么呢?

下午五点,船上司事嘱旅客试验救生带,这是船上一种照例的手续,其实无所谓试验,只把救生带戴上,由船上人点一点名就算完了。救生带并不是带状,而是用十六个圆柱状白布连起来系于胸前背后,如军人的一大排子弹一样,又附一小水壶,大约是为人在海中解渴用的。

十六日天气照常清和，船行也不感苦痛，但因为这样，反觉异常平淡，而我所想报告的，转觉无可报告了。因此想到平常忙乱的时候——许多人这样想——每想过清闲日子，艰苦时候每想过幸福的日子，未免是多此一想，平淡清闲幸福的时光，并不照平常所预期的那么可爱啊！

十七日船行汪洋，如在平地一样，因为波浪很微，船身也不大震动，但是海景，未免令人看得厌了。海洋之可以讴歌，并不照我在大陆时所预想的那么可爱，究竟太简单了！除了蓝的海水，白的云，淡淡的清天，一颗太阳外，简直一无所见，而这些四分之三都是大陆上所具有的。晚上少了太阳，却多了光芒依稀的星星和月亮，然而也都不是大洋所私有的。大洋所私有的动物植物以及一切宝藏，都在水平面底下，不轻易被我们看见。一般人所讴歌的"海之神秘"，或许在此，但究竟有什么可以讴歌的呢？

十八日天气清旷，天空格外蔚蓝，计程已当在阿拉伯半岛南部，这一带气候干燥少雨，宜有这样的天气。

我们的航船线以北，望见许多黄沙的岛屿，突出海面，宛如山岳，而其顶甚平，又类平原，虽远不能看其详，但观其色，知所谓寸草不生，当非虚语，实不类热带风景，令人不免聊到六七年内每年数次经过的河南黄土高原了。

自哥伦布启碇后，因初经风浪，对此印度洋的茫茫长途，殊有畏色，而五六日来，都是风和日暖的天气，真出人意料了。

三等舱上客，无一非下流，前已约略述过，此等乘客无论平常，谈天，吃饭，无处不露出下流变态，而其男女间种种丑态，更令人不愿去写。我不能以此遂概括地骂西洋人，但念此等人十九自我们中国来的，其在中国固宛然一洋大人也，尤其是在内地，无论官场私家，奉洋人若神明，贤愚不辨更何怪人家瞧不起中国人呢？"你愈瞧起他，他愈瞧不起你。"原是多数人的通病啊！

这天晚上，是在海上以来，最可纪念的一晚，海水平静，波纹几乎不大找见，天上云雾很少，只留了快要沉落的月和每夜照例点缀的星，月光充满在苍天碧海间，迤南现出一块黄沙的小岛，除几点磷火似的灯光外，别的分别不清什么。我们船过处，遇见一只小帆船，帆船久不看见了，所以令人感着新奇，因为那岛的赤黄色，遂令人想到如此风景，岂酷类赤壁？但赤壁哪有这样伟大呢？我自薄暮至深夜，徘徊舱面上不忍去，而因孤舟远羁，离群独游，终觉寂然，不便令人生"如此良夜何"之感了。

十九日的海面，不如昨天那样平，但也还波皱得可爱。昨天所见的那些岛屿，已都在我的视线外了，又是浩浩汪洋，不着涯际。计程明天可到吉布丁，我这封信，因为付邮的关系，又不得不就此告止了。

（七）由吉布丁到亚历山大

德崇弟鉴：

二十日早晨起来，看船已折向南行，知正在进吉布丁的海港了。果然到七点多钟，从海水尽处，望见黄红的陆地，一会儿大小船只也多起来了，岸上隐约现出些房屋，这就是吉布丁了。船不能靠岸，只在离岸还有八九里的地方下锚。

船初到便有一件事很可惹人注意的，就是像在新加坡所见的"海中捞钱"的故事。但比较起来，只有要钱的目的相同，其方法与组织都是两样。新加坡来客以钱掷水中，要钱者才跃入水中去取，而且每一小船，只有一人，钱既拾后，上船再要。这里一船载着许多人，中有似为首领的，装饰颇华丽，指挥其手下先行入水，口呼"啊！好！"浮游水中，向来客要钱，而且在水中做种种舞蹈歌唱，比新加坡规模宏大且有组织多了。一些乘客，为要看看这样有悖人道的把戏，也竟以钱投入水中取乐。这样要钱的很多，几乎数不清，到下午两三点钟后，才渐渐少了。

为要急于会见吉布丁，船到不久即上岸，此处莫有公司小火轮迎送，须坐小船上去，每次十法郎，以十人为限，如不满十人，还须出十法郎。上岸不久，午饭时又到，在岸上吃饭，生怕被敲竹杠，于是又回船，在岸上莫有看到什么，只见了数不清的要钱的乞儿和些洋式的旧式房屋。回船以后，本地人来船上卖东西的很多，所卖的也极其繁杂，最要为鸵鸟毛、蚌蛤贝、风景明信片、水果、旧邮票等等。

船定次日上午八点才开，因为这里上下货物很多，起重机把一捆一捆的牛皮从小船搬入货船，代表着非洲早已为欧洲的外库，不由得令人想到上海先施公司门口"输出中华土产"的招牌！

吃饭以后，一来天气太热，二来上下货物的机声，震得人难受，遂又上岸去。这里代步的东西，以破烂的马车为最多。雇了一辆，把所有可去的地方，游了一下。这里也莫有公园和别的有名的地方，所最令人注意的,就是本地人的房屋了,似乎较有钱的,住宅虽简陋而还有房屋形状可寻,平常的只住在用树枝撑起来围以破席的像茅庵似的屋内。天气太热,又莫地方可去,只得到一咖啡店歇息,而要钱的、卖东西的又扰得人不堪,至于苍蝇之多,真不亚于夏天的观音堂的栈房。到五点才回船,路上见这里修马路、筑墙,及一切泥筑的建筑大半用珊瑚,可见此地珊瑚之多了。

吉布丁之荒凉,正如我来到以前所预想的,我这里所谓荒凉,不限于物质的,这里虽然是荒都,也有些洋式房屋点缀不少,在民族自决和弱小民族自决的莫气力的呼声中,看见那些向人讨钱,嬉戏无所事,蠢然如鹿豕的黑人,不令人生起荒凉之感么?寸草不生的荒山,晒人头闷的烈日,显分黑白(黑人,白人)吉布丁的一幅凄惨不堪的图画,就这样绘成了。

夜间天气,转觉十分凉爽,表示虽近海岸,而仍受内地沙漠气候的影响。

二十一日早八点开船,开船时那些在船上卖东西的和在水中要钱的,都像昨日船初到的样子,来了一下,好像话别的神气。出港以后,还微向东北,再转向西北,才入红海东口。这里海峡较窄,据说名叫"哭海颈",大概因为内连红海,外通大洋,风浪常是很大,所以获得这个名称了。船过此地时,两边皆望见岸,东北是亚洲的阿拉伯半岛,西南是非洲大陆,都是干枯的,几乎见不到植物。海峡很有风浪,船震动也较前天更为厉害。

二十二日天气还是依然的清和,只是海水的波浪大些,船身左右移动不止。坐在舱面上,望见栏杆一会儿升到半空,一会儿又落到水面。幸船身左右移动，不大觉苦，如照在槟榔屿、哥伦布所遇风浪，船身上下移动，恐已眩晕不堪了。下午波浪较静，夜间月色很好，因为正是阴历的十月十五，月不特光洁，而且圆得可爱。同时迫人不能不到舱面看月的就是热的天气，自吉布丁后，虽然纬度逐渐增高，而因在两边荒枯的沙漠大陆中，气温不特未减，反而加增，舱内热不可耐，就在舱面消此酷夜了。可是十点多钟后，天气转凉，舱面风很大，又只得回房，气候变迁急剧，真是海洋而沙漠的气候了。

二十三日天气温和，风浪很静，船大体向北行，只微偏西一点。红海在地图上看起来，是一个很窄而长的海峡，但船行其中，仍望不见边际，这实在是人的眼力太小了。这样短小的视力，在大洋不能见大洋之大，在小海不能见小海之小，所看见的都是四围为天际所覆盖的一大盆水。

二十四日，风浪平静，自上船到今天，已整三十天，只两天过较大风浪，不可谓非幸事。下午两边都可望见陆地，因红海北端很窄，预料苏夷士明早当可到。夜间船上水手有跳舞音乐，但不大可观。

二十五日早七点多，船到苏夷士，并未近岸。船上布告，在这里要检查身体，可是只见把船上夫役看了一看，对于旅客，只在旁注意一下，有时还觉不着自己被注意，就算完事。并未检查护照，想因不登岸的缘故。十点多钟即向运河驶行。在此三点多钟的逗留，除望一望两边黄山外，只见船上埃及人卖东西的。所卖的东西，以风景明信片、糖果最多，烟珠串子等颇不少，但要价却很贵，易于上当，和在东安市场小摊卖东西一样。

船进运河后，两边很窄，两船不能并行。以东为阿拉伯，以西为非洲，仍然极目黄沙，寥无人烟，只有西边，因苏夷士埠在那里，又因运河沿河所设的管理设备都在那里，还有些人工努力培植起来的树木，可见虽然黄沙，并不是绝对不可以垦殖的。

这里小帆船很多，往来很快，只是帆是三角形的，不照国内帆船是长方形的。

过运河后两面瞭望之余，偶然生出一个感想，自印度南端到将要西过的意大利为止，所过地方的区域，可说是"世界的陕西"。陕西在中国历史上的地位，和这一带地方在世界人类史的地位，实有相似的地方。古代文明的源泉，埃及、巴比伦、雅典……世界大宗教主佛耶回都生在这一带地方。无论该回顾不该回顾那是另一问题，而由不得我的心思，正如同我的眼睛向天涯看一样，向过去"时间的距离"回顾了。

苏夷士运河，算是近代大工程之一，也同古代文明一样可以引起我的注意。它是民国纪元前五十多年，由法人雷赛（Lesseps）建议开修的。纪元前五十三年四月二十五日开工，到纪元前四十三年十一月十七日才完工，所费计一千七百万镑。运河连红海和地中海，长八十八英里，约当西安到潼关的距离。河通三湖，以便储水和避船，至于这些湖是天然或人工，不得而知。无论何船过此地都要照吨数纳费，旅客也要纳，不过已在船票价内了。这项收入，明说是为修理运河用的。

船在运河中航行非常慢，而且为避他船，常常停止。船过运河，正和火车过不坚固的桥一般，不能尽所欲为地跑，倒很可原谅。

今年的秋，又被我捉住了！这个时候，和我从上海起身时差不多。习习的风刮到脸上,虽不觉冷,而亦不温和,虽然见不到代表"秋"的"红叶""黄菊",但我却认识这是秋了。

从苏夷士起行时,预料下午五六点钟可到,但候到月亮上来还莫有到,九点半还莫有到,不得已就睡了。半夜从睡梦中醒来,觉船已停止,上舱面去看,果然船停在运河北口的波赛了。月光下边只依稀看到布满灯光的房屋。

二十六日早吃过茶点后即上岸,先到海边看建议修筑运河的雷赛像。修理得十分雄壮,雷赛左手持地图,右手指运河。这时恰是潮来时候,便看了一会儿潮。虽然海行近三十余日,每天有潮,而身在潮中,反不觉察,下船才得看到。然后把街市跑了一下,遂到书店买了些东西,即回船吃饭。饭后无事,又跑上去,无意中见一所学校,要求参观,学校校长、职教员招待很周。该校是希腊人办的,相当国内二等,而程度较高,共有学生五百多人,男女同学,以埃及人为最多,学生气象活泼远过于国内学校。我们到时,他们都跑出来看,职员大有禁止不得之势。我自幼至今,未与学校脱离关系,而最近有三十多天,未见学校,今天才见,虽未看到什么,而心中十分快活。

下午三点回船,四点向亚历山大开,向来法邮船到波赛,多直开马赛,而此船绕道过此,据说是因接有该地电报催促去的缘故。因此我的海程,不竟也要多一幕了。

当船停在港内时候,埃及人上船卖东西的很多,比以前所经各岸都多,舱面上立时成了临时市场,除水果、珠宝、风景明信片外,有埃及织的花单,非常美好。有一件事,令人不胜嗟叹,就是一般法国水兵、水手,乘人家做生意忙乱的时候,任意偷取东西,我亲眼看到许多次,有时被卖者察觉查取索还,有时查不出就叫骂,而该水兵和该水手等"面不改色"不以为耻。像这样的兵,和我们国家的兵比较起来,只怕还在更下一个水平线,因为我向来还莫有明见中国兵偷人家东西,抢劫宁可,尚不失"大丈夫不做暗事"的风度,如此丑态,我认为比西洋人游历中国,宣布任何中国不好的情形还丑,我很想以此问问全盘讴歌西方文明的人!

夜间睡到床上,因风浪较大,不能成寝,不由得想到近代大工程苏夷士运河,我想那设计建筑运河的雷赛像很庄严地立在河口,数十年来往的船只自由通过,只是当初修筑运河的不知千百工人哪里去了?秦始皇筑长城,隋炀帝开运河……大家都如此讲述,如此崇拜,而为这些牺牲的人们的腥血臭汗,只可从这些记载的字里行间,被好发神经病的人隐隐看去,但仔细想来,一部历史,不过如此,这样平凡的事实,似乎不值得人大惊小怪了!

(八)由亚历山大到巴黎

崇弟左右:

二十七日早七点半,船把我送到这次旅行意外想到的亚历山大了。亚历山大是埃及的上海,但此"上海"强处是,它不仅是近代商业、政治军事上一个重要都市,而且具有两千多年悠久的历史。十点半吃饭后上岸,先到邮局送信,后到此地最有名的 Fompey's Rilliar 去。买票后有人引导。最令人注意的即所谓柱石,石在一高丘上，用五块红花岗岩造成，共高三十七米（约十一丈），周围十七米，如此五块大石，如何用人力垒成高塔，十足令人惊叹。其前有所谓狮石（Sphinx），用石雕刻，人面狮身。埃及之有狮石，若中国之有钟鼎，同为历史特色。柱石之下，有空洞，据说为古有名帝后的坟墓，引导人长于法文而短于英文，所以也听不清白。此古迹已两千多年，而柱石、狮石等，均甚坚固，可想见彼时建筑的精致了。

游此地后，到公园去。公园中除花木繁盛外，内有狮、狼、猴很多，野鸟、山猪、孔雀等等也有。出公园到有名的亚历山大陈列馆去，馆大有北大第二院南北楼之和，中陈列物均系埃及七千年的宝藏，最贵重的为古代雕刻、古代器具、古代书契、古代货币、古代瓷器和埃及特有的古代死人棺椁等。其中东西，仔细研究，非竭许多专门学者毕生精力不可，绝非走马看花所可了解，但其中陈列十分纷乱，毫无分类，而说明有则见长而不切要，有的简直莫有，这也许是了解这些东西的人太少的缘故。看毕已下午四点多钟，即回船。

游陈列馆后，有一感想，埃及亡国者再，现尚不能完全独立，其历史上的重要宝藏，尚能保存不少（听说开罗陈列馆更多），而我们中国许多历史要品，反成连年出口货之大宗，岂不令人——中国人——羞耻吗？

船至二十八日下午三点才启行，早晨起来，无事，乃于饭后又上岸去，到海边法国公园一绕，流连街头，消磨时光罢了。下午一点回船，到三点多才开。这一开就要直到海程末的马赛了。

船开后微有风浪，以前听人讲地中海风浪最凶恶，不过五六天就到马赛了，前途的希望究竟光明得多。

二十九日，风平浪静，天气很凉，正是晚秋了。

这一次长途旅行，所过地方，民族较有进步的，要算埃及了。埃及名义上是英国保护，但许多实权很能自主，而且一般人心理，排英最烈，一切气象，都不照别地弱小民族那样萎靡。现在虽离开埃及，而那男人们戴红色黑缨的帽子，女人们蒙面和身体的黑布，还常常留在我的脑中不去，我确信埃及的前途，是很有希望的。夜间天气很冷，海风吹面，使人发噤，今年捉到的秋差不多又过去了。莫有月光，昏黑中只有船上电灯照到海面，隐约可以看到波纹，印度洋的月色，不禁令人回首欣赏了。

三十日天气还很清和，只是温度不高，以前热闹的舱面，现在冷落起来了。十一点后，据船上报告离马赛还有七百九十七英里，依平常速度推算，下月二日晚上，可到马赛。

船到这一带，正同我的故乡在一个纬度上，就因这一点观念，每到舱面上去，总不由得令人向东张望，然而也只能一"怅望"就完了！

十二月一日，地中海的波浪，我居然领略到了。海面上虽然波浪不大，而船上下摇动很厉害。舱面上冷风刺人，又不能久在上边停，只闷卧在床上，由她摇动罢了。所幸还可勉强支持，已算"喜出望外"了。

二日风浪较昨天更大，虽尚能吃饭，然而十分勉强。十二点船上报告距马赛只有一百多英里，晚七八点即可到，真令人一忧一喜：喜的是快要弃船登陆了，三十八天的海上生活，快要告别了；忧的是法文不懂，上岸手续麻烦，这一层手续，快到眼前了。

下午八时，船到马赛，但未靠岸，因此还和载我西来的盎乾斯做一夜的留恋。

三日早晨七点，船还停在港外，八点才靠岸，靠岸后，检查护照。到九点多些，才有接客的人上船，我即托一人照料。行李运到岸上，要受检查，检查得并不详细，也不故意为难，只是很费时间，到十二点才完。行李交与照料人于下午五点在车站验取，因而我可以自由行动，便和三十八天的盎乾斯作别了。

头一个地方要找的是中国领事馆，在一座大栈中的一间小屋子里，领事是法国人，未见一中国人。中国有如许爱做官的人，而反留些给外人做，令人不解。这位领事先生不会说中国话，他讲法文，我说英文，彼此都不大懂。所要求的事，只是求他代到电报局给巴黎友人打电报，他倒十分和蔼地照办。

打完电报后，到一饭铺吃饭，拿上菜单，一字不识，后由一通法文的通译才成，所吃十分简单，而四人竟用去一百四十法郎，几合中洋十八元，不觉瞠目，如此干法，恐不到一个月要"囊中金尽"了。

吃饭后到街上，冷风凛冽得令人战栗，有二三要饭的向我们讨钱，其可怜状况，和中国叫花子一样，街上除车马喧闹外，有些落叶随金声吹来吹去，点缀着这秋初的天气。为消磨这半天工夫起见，便到公园去。公园门口建筑十分壮丽，因地制宜，引水自高至下，贮一大水池，水过瀑布处，有许多雕刻，可惜我非艺术家，不能赏鉴。内里布置也十分美好。旁一园陈列各地动物，亦美不胜举，这公园是依山坡修建，一切布置，都比沿途所看的好得多，流连到下午三点多出园赴车站，铜像、石像沿途都可看见，和内地碑楼差不多一样。

到下午五点才和照料行李人会见，买票，行李过磅，上车，自然又是一回麻烦。因为一切不懂，全由照料人指拨，花钱很多，然而没有办法，只要可以上车到巴黎就得了。

快晚上八点车才开，火车滋味，又尝到了，车速度很快，摇得十分厉害，比地中海风波，直过无不及，而不觉其苦。昏夜中望不见外边风景，车内热气，凝结在玻璃上，像糊了一层白纸，更看不见什么。只有过车站时，可以望见站台上的灯笼罢了。过了几站，连灯也无心去看，东倒西歪地睡觉了。

四日黎明，醒后不过看看外边景色，郊野的秋色，我领略不少，计程已是巴黎东南一二百里内了。七点，八点，九点……将到十点，居然到巴黎了。到后遇见接我的何鲁之、李启林二君，一切由他们照顾，省事不少。中午十二点多才定住在巴黎大学附近沙尔明尼街（Kue Svebnone）的基尔森旅馆（Hotetgerson）中。天气阴雨，而他们照顾得诚恳，真令人过意不去，然后到附近一个中国饭馆吃饭，一月莫拿过箸的我，在国外遇到，其高兴可知。下午找了几个相知的朋友，关于德国情形，也打听一下，但言人人殊，也得不到结果，如何到柏林，还莫计划到，繁华的巴黎，且先住几天，一方面给在德友人写信，俟得回信后，才可决定行期。

十二月五日自巴黎寄

（九）巴黎—明兴（Paris—München）

动身前的感想

在巴黎经过十多天的犹豫，无论德国情况如何，为了求学起见，终于决定到德国去。所不同的是，未过柏林，一直由巴黎到明兴了。

起身的前两天，我曾到巴黎的伤兵院一游，其实可以不必叫伤兵院，叫作军事陈列馆最为妥当，拿破仑的墓也在里边，内中所陈列的都是关于军事的，如法国有名的军官，与他国战争所得的东西，等等。法兵占安南和我国打仗所得的"勇"字号褂和黄龙旗等，也在里边占相当的位置。就最近欧战说，所得德奥的枪炮，几乎把院子放满了，德派使求和，和约签字的一辆大车，也陈列在内边。因为天气不早，我不及一一详看，然而于我也莫有详看的必要，我只觉这样的设备，至少含有鼓舞战争的功效，谁有我们大国民那样宽宏大度呢？中日战败的遗念物，陈列在东京数十年，不动声色……德法世仇，谁也知道，战胜者的尊荣，只足以鼓舞战败者更加努力。

其他关于在巴黎所见闻的纪念，号称以公理战胜却无什么公理之可言的战争事件多得很，我不必一一去讲，只拿这一件做代表好了。

由巴黎到明兴过斯述斯堡（Strassburg），战前为德地，现归法有，但普法战争前实为法地，由是法而德、德而法，这些所过地方，因德法交争，现又为法有，去治德死命的沙尔（Soas）矿区不远。所以引起我上述一点不相干的观感。

沿途所见

（民国）十二年十二月二十一日夜九点，我和繁闹的巴黎告别，上车手续有少年中国学会友李幼椿君照料一切，所以毫不感困难。车由巴黎东车站起行，已夜里十点多了，天气很冷，车外飘着代表酷寒的雪花。车上很拥挤，我所坐的车上，以法国兵为最多。我看到这些法国兵，立刻回想到来时在船上所见的那些法国水兵和在伤兵院所得的杞忧了。

一夜车上的似睡非睡，二十二日早八点多，到了法国东边的斯述斯堡，此地本来是法国的地方，后为德占去，这次大战后，又到法国手里，实是一块法而德、德而法的地方，我不知道这里的百姓，是怎样的感想？十点多由此地换车，只过十数里地，过莱茵河到德边境的开尔（Kell），此地很小，不过一小车站，由此车票可以直到明兴，但车票上说明要换车两次，其实我由此换了三次才到。

我有时候很留意于界线，我常由华县过华阴时，在两县交界的那一个碑子上，必要注意一下。出潼关东三里关门外，河南、陕西分界的碑子，也要注意一下。这一次我由法来德，听说战后这里，以莱茵河为界，我不知道他们也像中国那样立碑子莫有？在车上一刹那经过，不及细看，而且风雪中只望见白茫茫一片大地，怎会分得出显然的界线呢！由开尔动身后两小时内，换车三次，路上情形不熟，语言不大通，但终于莫有错误遗失。未到德前，常听说德人痛恨外人，尤以南部为烈，现不幸正要到南德去，所以常存戒心，可是路上所见得的，证明完全不确。换车时向他们询问，他们十分客气地答复，而且我因上路匆匆，未带食品，车上又莫有卖的，差不多一天莫有吃饭。同车上人,分许多饼干、面包于我。夜十一点半到明兴下车后,因已深夜,不便找朋友,只得暂住旅馆,同车某君代我搬行李,找旅馆,直到把我安排妥当,才道晚安而去。他们排外的消息,经此完全否认了。但我不能因此以为所传闻者不是事实,时间的因子,不可忽略的。不过我这次感觉到德国人同法国人一样可敬爱,但他们又何致成为仇敌呢?

明兴初瞽

到明兴八九天以来,差不多天天大雪纷纷,天气是不十分酷冷,但街上积雪数尺,很足令人望而生寒。此地为德南部一大城,又为守旧党之根据地,战前为一王国,在各方面,都有可令人注意的地方。不过我因语言尚未通畅,又因打算在此做较长期的居留,以后机会正多,于各方面均未及观察,惟一感觉到的就是生活的过费罢了。

什么是初瞽的明兴呢?语言不通,视而不见,听而不闻,不同瞎子的初瞽一样吗?

我因此要求朋友们饶恕。

十三年一月夜十二点四十五分,于明兴

Köngs 湖泛舟（一九二四，九，八）

攀登 Watzmann 山峰之中途小憩（一九二四,九,六）

东阿尔卑斯四日旅行记

在外国大学，每于夏季这一个学期，例有各种修学旅行。至于学习自然科学的如地理，如植物，如动物，如地质，如岩石，如矿物等，旅行一事，简直是必修科。旅行对于学问上的裨益，是不待说的；对于我们外国学生，又可借此逛逛外国的山水，看看外国乡下生活的情形，尤其觉得有趣。

五月二十一日至二十四日四天，学校地质系决定到奥国边地东阿尔卑斯山中，做地质旅行。居留奥地的护照，以及一切手续，均由学校包办，个人一点也不费事。这一回旅行关于地质上的东西，我觉得于未学地质的人，太不感兴趣，所以虽为修学旅行作旅行记，却决定一字不提起。但关于别的许多地方，能引起人的感触，我觉得很有记述出来的必要。这就是这篇旅行记的动机了。

二十一日

约定早四点四十五分，在总车站会齐，至迟四点便得起来。及我赶时候到车站，教习学生已经到了二三十人了。五点钟进站上车，五点十分钟开车。参加此次旅行的，共有四十二人。除一位教授、两位助教而外，都是学生。学生中，以国籍言，除三位中国人、一位希腊人外，都是德国人。以性别言，女生至少占全体的三分之一，这一点很引起我的注意。我国大学的女生，研究自然科学的很少，至于研究那跋山涉水的学问，更是绝无仅有了。别的原因，我也不能在此一一详为叙述，单说体格一层，中国女子，大多弱不胜衣，每天要令她从早九点爬山到晚六点，虽不能说是不可能的事，至少可断是很难能的事。至于西洋女子爬山的本领，据我参加旅行已有五六次的经验看来，我敢断言至少中国青年学生中，十有八九是望尘莫及的。谁能说此时中国民族不是衰弱的呢？

车行不到两点钟，便到了德奥交界的小城，名叫寇伏石坦（Kufstein）。城在东阿尔卑斯山一个大谷中。所谓东阿尔卑斯，乃是指自波登湖（Boden Sea）以东的阿尔卑斯山而言，为德奥分有。这一条大谷中有河名茵河（Mn Fluss），自山中流出，这谷也名之曰茵谷（Matal），为由德国南部南入阿尔卑斯以通奥国西部和意大利的要道。谷的北口有小站名费希巴黑（Fischbach），去年曾在其地有过一天的地质旅行，看地势，和北京附近的南口很相像，所以我常戏叫作南口。进了此阿尔卑斯的"南口"，便重峦叠嶂，山巅的积雪，和天际的白云相接，况且又是春末夏初的天气，一切山中的

在东阿尔卑斯 Sonnewend geb. 地质旅行（一九二五，五，二三）

在 Rhan Pfalz 的地文旅行（一九二六，五，二五。在 Land stuhl 附近照）

景色，正是一年风景最好的时候。

我们由寇伏石坦入奥国境，一直即上附近的皇家山（Kaiser Gebirge）。所谓皇家山，中有一条谷，即皇家谷，分作两半。我们今天所跑的，只是山谷左面，照预定计划，明天才由右面再向寇伏石坦。大凡地质旅行，凡遇见关于地质重要地方，停留一下，教习指点着讲一讲，可以找化石的地方，找一找化石，随即继续前行。到了中午，在山坡有水的地方，拿出个人自带的东西，乱吃一阵。天天如此，不觉其苦，若在我们中国人看来，必以为是很苦的生活了。

西洋任何山，我们可以分作三部分，第一部是森林布满的部分，全在比较低的地方。西洋的山不似中国许多山，任其秃然荒弃的。凡是可植树的部分，莫不种着树。若是没有树的部分，必是山势较高，过了树线以上了；或是山势过于奇突，实在没有植树的可能。普通游山旅行的人，大半只跑这一部分。第二部分是没有树而乱石乱堆的部分；即在树线以上，树木不能生存；而岩石受风化力又很大，同时流水较少，搬运不易，于是半山上，便呈露这样一部分。第三部分，当然很高的山才有，就是不但没有树，草也稀少，大半是雪，而为岩石崎立的部分。因为山顶坡度最高，岩石风化，不易停留，所以在这一部分，多有危岩壁立的奇景。我们所跑的山，前两部分都有，而第三部分都是羊肠小路，崎岖异常。但路旁或是树上，或是岩石上，皆不断涂有红色标记，所以虽是不曾走过的人，也绝不怕迷了路径。而且路上每遇有交叉的地方，都有牌子，上写着到各路去的方向，和距离的里数，或是步行所需要的时间。

一天跑到天晚，即在山谷中一个小店中安歇，由助教分配房间，各人到各人房中去布置一切。房中只有一床，床上又没铺盖，只有一个棉单子。这样的店，我也不必多去形容，实在说来，很和国内那车店骡店乃至普通旅店中的污浊狭小、黑暗等情况相为伯仲。在我这已饱尝过国内旅店滋味的人，当然不以为奇。所奇者，他们上自教授，下至学生，亦皆安之若素，不以为不满足，并没有我以前进中国小店叫骂而不满意的神气。只是这一点精神，我觉得大多数的中国青年，便难办到。我常说凡能享得住福，受得下苦，能过这生活，也能过那样生活的人，是最了不得而有用的人。在中国青年中，我至少还未发现许多；至于这些同旅行的人，也难因这一夜简鄙旅店，便可以这句话推崇他们，不过就这晚他们住旅店的情形看来，可以说是近似了。

这个旅店，虽说内容那么鄙陋，然而外表也却还过得去，兼衬着那一片天然的青山绿水，更为这个旅店生色。旅店中并备有该店和附近的风景明信片出卖，买的人也很多，我也买了几张，留作纪念。这在我国许多大地方，也很难找出的。原来外国市镇，无论大小，莫不有其地风景明信片出卖，旅行或游历的人，也多买几张，或寄与亲戚朋友，借当共游，或自己收存，留作纪念。我到欧洲将近两年，因常有地质旅行，所跑地方，多穷山鄙谷，却没有一个地方，没有出卖此等明信片的。更有些有癖的人，专以收集各地明信片为一嗜好，和收集邮票等一样。西人此等精神，可谓之"搜集的精神"，我国人未尝没有，但终不如西人。此等精神，在学术上有很大的关系，我这里不必详述了。

二十二日

早五点即起,太阳还深躲在山背后。草草用早点后,立即出发,时间不过五六点钟。这一天跑的是皇家山的右坡,地质上的构造,恰和左边对称,而山势有些地方,还比左边崎岖得多。那些女生,一个个跑得不亚于男子,前已提过,是不待说的了。她们的祖若父没有逼其缠脚的恶习惯,而她们自己又都正在壮年时代,此等跑出勇气,虽说可以佩服,却也没有什么可以惊奇。可惊奇的,是教授年在六十左右,胡须已有三分之二以上成了银白色,而仍然提着手杖,挥着汗珠,领着大众一步一步上那七十度以上的山路,不特毫无倦容,且精神百倍,多少青年学生,也赶他不上。我国人未尝没有像这样的。我每每看到外国老头子上山的精神,也常常想起我祖父七十多岁还攀登太华的往事。然而平均计算,中国老头子总不及外国老头子有这等强壮的精神。至于拿中国读书的老头子和人家比,那简直是天地悬殊了。

这天一坡一坡,一岭一岭,由积雪的部分,跑到乱石的部分,再由乱石的部分,跑到森林的部分,已下午两点多钟了。但究竟还在山上,便想不到这半山腰中,会有一池绿水映到眼底。听说皇家山共有两个湖,此为其一。湖水清洁可爱,天上的浮云,山头的积雪,在水中反映如画,此等风景,另外给人一种快感。阿尔卑斯山中,湖泊最多。瑞士及东阿尔卑斯一带,之所以风景佳丽,这也是一大原因。即在阿尔卑斯山北边,已到平原,乃有不少的湖泊。如明兴附近有名的湖泊,不下八九个。此等风景,原为冰期时代的一种特征,我们不必细讲。单说人家利用此天然遗留下的形势，再加以人工修理，莫不弄得锦山秀水，处处引人入胜。我国有湖泊的地方也不少，新疆、西藏等地，更因地理关系，湖泊尤多，然能一方面兴利以灌溉，一方面可供人赏鉴的有几？两两相形，不禁令人生无限感触了。

过了那湖，又跑了一程，已到了近山口的地方。但大家须知道，下山比上山虽然总快些、容易些，而吃力的程度，并不相上下，或者还要厉害些。谚谓"上山气喘，下山腿软"。腿软起来实在比气喘难受得多。此角度很大的坡下来后，即有马路相接，虽仍在山谷中，但不远就可以出山了。推因当修马路的时候，在两旁不免开了许多石坑，此石坑遂为我们这天之所以到此地的目的。原来地质家出外所要找的，无非是露头，就是岩石暴露于外边的部分。露头共分两种，一是天然的，一是人工的，人工的多因矿工、路工而成。所以近代矿业和铁路业、运河等工程发达以后，为地质系添了不少探求地质知识的机会。说来话长，在此不必多讲。单说我们在未看这些人工造成的露头之先，因已过正午，肚子发饿，便就附近有自来水管地方，一堆一堆地吃起自带的午饭来。

有人必然以为在山上有自来水管，十分惊奇，以为穷山鄙谷哪有什么自来水管子，殊不知外国极小的地方，都有电灯、自来水、邮政等设备，这也是人家百年来科学进步之赐。我们中国一些人只看见他们以科学造成的战争，却忘记了科学的好处，岂得谓是持平之论。再说到吃水一方面，因外国有自来水管的地方多，所以旅行竟可以不带水壶。记得前五年在北京西山旅行，水壶一破，跑了一座山渴得要命，下了山不管是什么水，便拿起就喝。试想中国乡间池沼河流的水，喝了还不危险吗？即没有意外，只可说是幸免罢了。大凡喝水，以就自来水管喝为最好。如万一没有，择山谷泉水或小河中的流水喝喝，亦无不可。虽从有杂质的岩石中流出来的泉水总没自来水清洁，但另外有一种美味。至于山外池河的水，在中国固不宜尝试，在外国尤不宜尝试。因为外国大工业发达，工厂到处都是，每把工厂中不用的杂质，由水管流到外边，其不洁净，虽不是有什么微生物的不洁净，却一样十分危险。

至于旅行出外所带的午饭，说来十分简单，普通不过黑面包和香肠罢了。阔气一点的，有几个鸡子儿；但鸡子儿很贵，非我们穷学生所能吃得起的。香肠等东西，既不好，且又油又盐，最不易于夏天旅行用。我此次出来，自己发现一种好东西，便是买的几个小水萝卜，临时切片蘸盐吃，既不十分发渴，而又清脆可口。这天正吃得高兴时，适教授过来看见，也说此等办法很好，并谓以前即有人带新鲜的黄瓜等以代肉类，既可免口干，又十分卫生。

不一会儿大家都草草吃完，随即相继看那些人工露头，沿马路而下。不一会儿即看完，出了山口，去寇伏石坦不过半点钟即可到。今天的工作，至此已完，只候六点钟的火车，再向南行到某地继续游行。遂约定于六点前在车站会齐，一面任人四散，随意游览。但寇伏石坦为一小小地方，并无什么可看，即到一饭店略歇，接着也买了几张风景明信片。到六点上车南行，不到一点钟即到布勒克斯来克（Brixlegg）下车。布勒克斯来克也是茵谷中的一个小镇，当晚即在此住下。此地非深山之中，所以旅店比昨晚好得多了。

晚上吃饭的时候，大家随便谈天。几个中国学生，也常常和他们攀谈。无如这些人所说的话，大部分没有什么意义，所问的问题，尤不值识者一笑。什么中国有水果没有，中国有音乐没有……由此可见外国学生常识少的可怜。记得从前会见一位外国学生，说日本比中国大，向德国比中国近。要不然他们在中学没有习过地理，要不然就是进大学后完全忘记了。其实也没有什么可以奇怪的！我国离他们远，我国的国势，又一天天陵夷下去了，而他们平常自幼至壮耳中所听的关于中国的事物，既少又不好，怎能怪他们对中国有不多的了解呢？不过想到他们那"中国有没有……"的疑问，也觉得他们太可怜了。

在外国，男女的界线当然不严，席间许多女生，也和一位中国学生乱谈起来，谈到高兴处，那些女生一定要他唱唱中国的什么歌。此次来旅行的三位，没有一个可以唱的。说到这里，又是我们中国学生的一个短处。外国无论男女老幼，都能唱几首歌，而且爱唱。至于他们的国歌和军歌及平常流行的歌，简直没有一个不会唱的。所以在外国，最容易听到歌声，无论城内，无论乡下；无论白天，无论黑夜。这的确是他们的一点长处。至于那好处，非本地所当讨论，就只有不提。中国学生，对于唱歌，向来不大注意。以在此地（明兴）二十多位中国学生，竟无一人能唱中国国歌，岂非绝大的奇事耻事？每逢外人谈天或聚会的时候，他们总要求中国人唱唱中国歌或弄中国音乐，在他们以为这是随便的要求，必定十分容易，而无如中国学生当之，简直是莫大的难题。这一种被迫唱中国歌的情形，不知到德来已见了多少次，不过这一夜，见迫于许多女生，更是迫得无可奈何罢了。

二十三日

早五点起来,六点钟出发。昨晚因到时天已黄昏,又已疲倦,一切都不曾看清白。上山的路,正横贯此小镇,仔细看了一看。外国无论村镇大小,至少有一个教堂,大一点的,还有一个坟园。外国无私家坟地之设,坟园当然是必有的,至于那教堂呢,恰与我国每村有什么庙相当。

至于乡下的房屋,大半也是三层两层的,也不是他们阔气,或喜欢住楼,不过是一种习惯罢了。外表看去,大半涂上石灰,弄得干干净净。可是街上污浊的样子,令人走路时,也要小心,一不留神,说不定你脚上便踏中羊粪、狗粪,或其他污浊的东西。房中的设备,有的固然很好,有的也就不敢恭维。单就厕所一事讲,往往令人虽然十分想大便,而蹲不下去。原来外国乡下人,和我国城里人一样是最讲面子的,反正附近石灰岩很多,不缺石灰,随便往墙上涂涂,便干净了许多,而内部许多地方,简直可令人"掩鼻而过"。街上走的小孩子们,赤脚光腿,脸上也是抹得和我国戏台上的花脸一样。农村狭小,农人穷苦情形,也和我国差不多。可是读者注意,我在此据实把所见的一点向大众说一说,却不是说西人如此,便视为西人也不过和我国人一样,做那些东方文化先生的材料。我不过见许多只游巴黎、柏林一类地方的先生,回国去,看中国什么都是大退化,而以为工业化的国家,什么都比我们驾而上之,所以只据实说说,也不顾忌讳了。我上已说过西洋人乡下和中国城里一样,这分明是近代所谓物质文明所赐的一点小谬误,我且不必再详说下去。我只望国人无论对什么事情,切不可由一点点局部的事实,而遽下全部的断语,否则必难免绝大的谬误了。

我们由这个小镇,过了那茵河,又经了几处人家,便渐渐到了林中,地势也渐渐高了起来。这天所上的山,比前两天上的,更为崎岖,足上了有四个多钟头,才到了一个富有化石的地方。在此耽搁了许多时候,又吃了简便的午饭,再上到山顶地方,看一个地质特别构造。在山顶并没有久留,仍由旧路回来。由找化石地方转身回走的时候,因这天的工作已完,便各听自由地回家。有的爱在山中流连,不妨多流连一会儿;有的想即时下山,也不妨信步回寓。教习又介绍了山下所寓地方是一个小镇名叫拉屯堡(Rattenberg),谓其地有中古时代古迹的堡塞,为意大利式,可以看看。我遂决定去看,便立刻下山。虽然我已有了病,还努力在跑。同跑的有一位专习动物的同学,彼此且走且谈,不知怎么谈到农人乡下的情形。我便说到来欧所跑的地方,都觉得村堡稀少,这分明是人民都集中于都市去了,这明明是物质文明下的一种病症;而那位先生东辩西辩,终不承认。以后我问他近来欧洲盛行归田运动,他赞成不赞成,他却说赞成,可见他以前之强辩,不过是不情愿自己露出弱点来罢了。

下山后问路到拉屯堡。这里房屋多深入地中,窗子也比较小。这位同学说这是意大利式的建筑,其实是不是意大利式,我也不得知道,而我看他的神气,也未必知道。再走到山脚,即到那堡塞之下。高处的堡塞,也懒得跑进去,只看了地下的一个。这样的东西,在国内不知看见了多少,所以到此,外人以为稀奇的,在我倒觉得平常了。我前已说过戏把费希巴黑叫作南口,这地方真和南口相似。那天我们到着的拉屯堡,便和居庸关、八达岭诸地相当了。在历史上,也十分相似。中国历史上不断有和北方民族战争等等古迹,欧洲也是一样。意大利往日之视中欧民族,也和我们当日视蒙古匈奴一样。这些所谓古迹,都是古人血腥的纪念。

西人对于保存古迹,重视非常,凡稍微有价值的东西,无不由国家或公共机关保护修补,不至于有丝毫的损失。如他们什么名人或半个名人的居宅啦,用具啦,都还好好地保存;更大的纪念,不待说了。至于我国,虽然说是文明很老、历史很久的国家,而所有什么古迹,多半不是保存下来的,乃是遗留下来的。如果不加以人力保存功夫,只怕终归有什么也没有保存下来的一日!

看了这一点点古迹之后,即问路回寓。这一夜还宿在昨夜所住的那家旅店里,一切都是仍旧,所不同的,我已得病,一切不如以前各种情形快活罢了。到晚上吃饭,因自己以为有了病,便大吃起来,回头算账,也不知吃了多少。因为一到奥国,用的当然是奥国钱,而奥国钱还和两年前的德国马克一样,纸票上起码有三个圈,而这有三个圈的票子,又值不到几个钱;所以一用钱,动辄就是几千几万的,弄得人头疼。起初还有人以为奥国钱既和多年前德国钱一样,必然也和以前一样,有便宜可占。殊不知三五年来,他们对于此道,大有经验,哪肯再吃亏。因之一切东西,只有贵,没有便宜;加以换钱的贴水,便觉得奥国的生活,比德国还贵了。

二十四日

这天因为火车的关系,六点钟多点,即由旅店动身到火车站。不料火车误了钟点,等了许久才到。上车到附近一地名武二格尔(Wörgl),也是山谷一小镇,不要半点钟即到。下车后仍上山。这天跑的,为一大山谷,所以并没有崎岖的山路。并且由谷的这口到那口,都是马路一般的大道,可以走自行车和汽车。大概也因修路的关系,两边有了不少的人工露头。此地路不崎岖,我们也不上山,只由林中穿行,清泉流于下,绿荫蔽于上的风景,算是这几天中之冠。谷中不断有人家三五,又不断有小教堂、十字架等。西洋教堂十字架之多,并不亚于我国的庙宇。每个山头上,都有个十字架,也正和我国许多山顶上有什么庙一样。这几天旅行所过地方,又都是旧教势力。旧教在德国南部和这一带,差不多可算是清一色的宗教。学生中十九是信这一教的。他们听到我回答他们不信任何宗教,直吓得摇头咂舌。关于这一点,实在不敢恭维。

近午的时候,仍然寻到有自来水管的地方吃饭。我因有病,勉强支撑着。同行中有不少人十分看护,这是应感激他们的。

到快下午三点的时候,已出了山口,这几天地质的工作也完了。而且这次旅行的工作,也完全完了。火车要到五点钟开,因又散队各听自由。我因疼极,乃与五六个人,在山坡草地上,休息休息,也便和他们乱谈一气。由此知道德国学生的思想,也不过那么一回事。我觉得这也不能怪学生,实在觉得由于现在学校,只注重分得细,弄得精,只图学生有一技之长、一学之精,而忽略了他们应有的思想、必具的常识，且太不注意于各科连贯的功夫，因之都成了这般有手没脚的畸形东西了。其实平心讲来，现在的学校，本是造零件的机器，哪里是造整个的人才的。要希望这等学校造出人才来，差不多是不可能的，但细想起来，或者也没有这样的必要。

下午四点半的时候，慢慢走到彭德尔（Pundl）车站。由此回到寇伏石坦，因候车又停了一点多钟，便借此到一饭铺休息。奥国酒本很著名，而我因病未敢喝。六点多出了奥国境，再到德境，上火车回明兴。

这时天色已薄暮了。四日之中，天气都很好，而这时山坡却吐出一层层的云雾，一会儿居然有雨点打在车窗上。雨点与雨点并排，一丝丝地流下，和人的眼泪差不多。所幸雨并不很大，一阵儿太阳落处，又染得天空的云，血一般的红，这又是什么象征呢？除了隆隆的车声而外，还听得洋人的歌声。在这样情形下，我的脑中，不断有祖国山河，及其他一切事情的印象，引起了半悲半喜的情形。也在这样的情形中，我的身体，随着火车回那暂作家园的明兴了。

十四年，六月一日，完于明兴外科医院中

阿尔卑斯山中的地文旅行(一九二六,六,二九)

阿尔卑斯山的山坡小憩（一九二六，六，二九）

明兴大学百年纪念中之大游行（一九二六，十一，廿七）

明兴大学迁移明兴百岁纪念及感想

一

明兴大学,原来不在明兴,系一四七二年(当明宪宗成化八年),成立于距明兴以北约七十公里的依果尔城(Ingolstadt)。但到一八〇〇年(清嘉庆五年),拿破仑时代,由此地迁于明兴东北约六十公里的兰磁胡特(Landshut)。在此不久,又于一八二六年(清道光六年),由巴燕(Bayern)国王路易第一(Ludwig Ⅰ)移于明兴。今年恰当她移此百年纪念,有极隆重的纪念活动;我旅学南德适逢其盛,于瞻览之余,不禁有种种感触,因写此文,以资纪念。

所谓纪念者,不过是一个历史的回顾。由深刻的回顾,可以鼓励现在,希望将来。况且百年来在自然历史上,虽然不算一回什么事;但在人类历史上,确有若干的沧桑。就明兴大学来讲,虽有四五百年的历史,然以自移明兴后发展最为迅速。又因明兴成为巴燕首都的缘故,遂蔚然成为南德文化的中心。现在大学的建筑,星布全城,学生有八千余人,一切设备,均十分完善。按巴燕为战前德国四大王国之一。战后，政改共和，然似十分守旧。有人口七百余万，面积不过当我国较大之一道，但全境有二大学（除明兴，其他在维尔茨堡，Wüizburg）。若将我国高等教育与人数相较，其惭疚为何如？

然吾人又未可因此而消却勇气。人类进化，加速度（acceleration）最大。如明兴人口当一八二六年时，尚不及七万人，今则在八十万人以上。该大学发展，亦是近数十年间事。又如我国北京大学虽有近三十年的历史，然长足发展，亦不过近十年间事。我国人如能有不甘后人努力奋起的精神，终有与人并驾齐驱的一天。

以上所述，姑借作本文的引言。以下先述此地大学庆祝百年纪念的种种盛况，再把我个人所得的感想，一一记下来。或者人家此等纪念有供吾人取法或警戒的地方；或者我的感想，在若干读者中能引起同情的共鸣。

二

纪念的正日子，本是十一月二十七日。但二十六日，学校即已放假。是日学校方面，不用说是结彩悬旗，即官厅方面，亦皆悬旗志庆；全埠各大报馆，均有临时增刊；学校教授中，多有纪念论文。

是日晚八点，在学校大教室，举行纪念节开幕典礼，并欢迎庆贺来宾。到会者为学校教授及其夫人，重要贵宾，如各地庆贺代表及政府官吏等，学生中仅有少数加入。此夜校长致开庆祝及欢迎辞。名流政客中，亦有演辞，随后即在校中会餐。最可注意的，为是夜十一点举行烛火游街大会（按即相当提灯会，特不用灯而用火把）。

学生大半参加此烛火游街会。十一时由学校附近出发，先到军事陈列馆门前，因门前有欧战死亡纪念建筑。全队到此地后，奏哀悼乐，致哀悼辞，由地文系主任教授德加克（v. Drygalski）代表全体，贡献花圈。随后又到巴燕国王路易第一纪念像前，致一花圈。然后将每人之火把，焚于王宫旧址后边，于是散队。时虽在深夜，而看者人山人海，轰动全城。大队所过，交通为之断绝。

二十七日为纪念正日。上午十时即见学生成群结队，集于大学附近之凯旋门旁，十一点许依次出发。最先为学生，间以三大乐队，后殿以学校职员及教授。鱼贯行至国家戏院门前，遂入内。盖大学纪念之正式庆祝，借该地举行。内容不免仍有照例许多演说，德国国务总理亦在场，巴燕政府许多重要官吏，亦均在场。此日沿途参观者，反不如昨夜之多，盖因白天一般人多有工作的缘故。

是日夜间，学生方面，假一大座酒店开学友同乐大会，并招待教授及来宾。晚九时，校长亦到场演说，会中不外大喝其酒、大演其说、大唱其歌。演辞及所唱歌中，多带帝国主义色彩，处处表示出"德国德国，超出一切"的神气。欢呼狂闹，直弄到夜深始散。

以上所述，或是我全部看到，或一部分看见的情形。此外闻各方面对大学百年纪念，捐助基金甚为踊跃。德国政府特捐七十万马克，闻该校将以此钱作为扩充一切之用。还有最可记述的，是于二十七日晚上，还有祀上帝大典，详情不得知，无非为大学祈福而已。此种丑态，在吾国早已绝迹，不图尚见于号称文明之欧洲，此盖因其宗教势力过大之故。闻新旧教不同关系，分两教堂，一为天主教，一为耶稣教，举行，我颇以没有参与此怪象为恨。

三

关于人家纪念庆祝的种种详情,我只能择要记述一点。太详觉得无有必要。不过关于人家一个大学纪念,最令人易于感觉到而且深刻不能忘的,就是人家的百姓们和大学打成一片。一个大学纪念,大有变成全民众纪念的神气。全城欢呼、娱乐、庆祝之情,处处令人感觉到。烛火游街会虽在深夜,而依然万人空巷。再处处看出人家民众对大学的教授,有不少爱戴之情;对他们大学学生,有无限爱惜希望之情,此等情形,在我们实不曾见到。北京大学二十五年成立纪念大会时,虽然也点缀得十分热闹,然至多不过一部分知识阶层在那里做种种点缀风光的举动;一般民众,对之仍是十分冷淡。由此我深觉得,虽在资产阶级的欧洲,而人家大学确有几分平民化。我国要做到如此地步,每一大学纪念,至少该大学所在地的居民人人欣欣然有喜色,尚须大大地努力才行。

再人家大学方面,和政府方面,也可看出是打成一气。官场的种种仪式上的套子,如大总统的祝贺电报、国务总理的出席致辞等,固为虚套,然比我国那样过于敷衍了事,相差已是很远。何况人家实际上对学校经济方面、行政方面,无不有切实的资助。我们若想到吾国教育当局和行政当局常常闹架(谁是谁非,不在本处注意之列)的丑态,再和人家的情况相比,那么我们大学教育没有长足的进步,乃是当然的事实了!

再次,就是他们关于一个大学的纪念节,也要把国家主义和帝国主义的色彩,带得十分浓厚:他们偏要借此时凭吊他们大战的死者,一切举止,十分郑重。察他们的用意,当不外两种:一种是忏悔的意思,承认以前惟我独尊的国家主义的荒谬,武力统一世界之不可能,而对若干不幸被此等谬误思想断送死者,抱无限哀悼,借此促现在德国青年,切不可旧梦重做;再一种就是鼓励的意思,以为以前因种种关系,未能成功,对死者不胜哀敬,借此机会,促醒民众继续努力,以竟他们"先烈"未竟之志。但是我由种种方面观察的结果,觉得他们这种举动的用意是属于后者,而不是前者。在他们种种举动中,仿佛都带着"德国国民,德国国民,尔忘我威廉大帝未竟之志乎?"的神气。此等现象在将来所发生的恶果,我不忍说,也不必在这里说。

最不可原谅的是他们敬上帝的行动,其原则上的谬误,不待辞费而解。然若了解他们一般思想和许多举动,则此等怪象,亦觉毫不足怪。巴燕地方,又是有名守旧的地方。如今年新定规矩,禁止耶稣诞节前四星期的星期日跳舞会,以示"斋戒浴以祀上帝"之意。大学内天字第一号一科便是神学系。……凡此种种情事,已足解答为什么他们于大学纪念进教堂了。(按要注意的,是他们的进教堂和我们以前教育上典礼进文庙——孔庙,大不相同,是相似而非相当。)

总之,大学在欧西所占的地位,及对于国家的重要,由明兴大学的百年纪念可以体现出来。至于大学内容的完善,及对于学术上的贡献、对国家和民众的尽力,又可从各界对一大学纪念的欢欣情态上表现出来。此外种种吾人视为不满意的行为,初看似十分可怪,其实了解他们所处的地位及背景,亦不无一二可以原谅的地方。

在上文已曾提过纪念的意义和文明进化加速的现象，我国人如能善于去取，努力自强，那么我国的教育前途，或者有比他们这等纪念更庄严灿烂的一天罢！

留 别 明 兴

　　那一夜风雪很大，我坐在列车中向外看不见什么，因为玻璃窗已镶一层厚而不透明的冰了。有时呵开冻的冰片，向外望望，也只望见白茫茫的。在白茫茫中，自然分辨出若干高高低低，间或有些树林和野村灯火，映到眼帘然终于感觉到烦闷和孤寂。

　　车内却比车外热闹点，车中满得许多人没了座位，因为大家都赶回过他们的"圣诞节"。他们用我所不懂的语言交谈。有时候他们和我攀谈，好容易借着手势、面色、腔调等等之力，也只能了解十分之二三。我在斯述斯堡换车时，忘了买吃的东西，到晚上饥肠雷鸣，颇不可耐，幸有某德国人以所余黑面包数片见赠，得图半饱。

　　在这种情况下，听说过了史吐特加儿特（Stuttgart）了，过了乌尔木（Ulm），过了奥古斯堡（Augsburg）了，约当夜半时，居然到了明兴了。下车一切茫然，幸有某德国夫妇引领，找一旅馆。

　　到旅馆头一件大事，就是吃东西，因夜深无热饭可吃，只有吃茶和面包。店东于茶、面包之外拿来一杯酒，看店东示意，似令倾酒于茶中,而我自想,酒与茶合饮,未免笑话,然终似倾入茶中,觉这或因中西风俗不同之故。亦许因我不懂语言,别人故意捉弄我罢!如此想来想去,在当时实为一大难解的谜题。其实分吃合吃,均无不可,那时大惊小怪,全是"乡气"作怪罢了!

这是我那一年由巴黎过斯述斯堡初到明兴的情形。现在呢?不知不觉已快三年半了!而且我不久就和我三年来当作京城的明兴作别了。因将离明兴,遂不觉想到当日初到情形。不想则已,一想到便禁不住有种种感触,啊!时光之流啊!

那时初到欧洲,一因初到异域,二因语言不通,三因在途中及在巴黎时所听种种关于德国不好的消息:什么金融不足啦,什么德人富于排外性啦,什么内乱不息啦……因之既入德境,便有三分戒心。而且在上海向德领事馆所求在德入境证上,分明注明不准到巴燕,因不懂德文竟不知道。到巴黎请人一看,才知究竟。虽然在巴黎设法可以办到巴燕境内,然对到巴燕,不免尤增了几分戒心。

但在中途情况,已如上所述,虽然饥寒交并,但对德国不但莫有何憎恶,且觉十分可亲。现在呢?将要离开明兴他去的我,反对这异国山河,大动了惜别之情。明兴啊!快要与君作别了。他日再来与否,固不可必,或者再来的可能性还多些,但目下终要与君作别了!

计我十数年来,大半在大都市中生活,然所谓大都市者,不外三个。一是西安,计不下五年之久,在那里竟完成了我的中学肄业时期;北京六年半,完成了大学时期;在明兴三年半,在大学求学期中,又加上一个大学时期。而恰在明兴是我结束学生生活的时期。

今后不久，事实上再不能有一次学生生活了。念学生生活之可贵不免对这完成我学生生活的明兴，有无限的爱惜。这或者可以说是我惜别明兴的一个原因罢，或至少是原因之一罢！

在明兴三年多，究竟得到什么？想来想去，还不过是一个博士虚衔。在北大所得学士，已如囚犯之加上一重枷锁。现在所得博士，不是枷锁之上，又加一层枷锁吗？！嗟此枷锁，寒时不能作衣穿，饥时不能当馍吃，革命时不能当武器用。然而用了多少金钱，用了多少时光，所得的不过如此而已！不过如此而已！

近来我忽然想喝啤酒，每吃饭时，总要喝一点，然而我之喝啤酒，并不因好喝，实因它是明兴的特产，趁机不能不喝。原来明兴素以啤酒著名，和潼关的酱菜、凤翔的烧酒一样。明兴土著常讲："明兴是个大的啤酒村。"做酒的工厂，不计其数，而一年四季，又有多少花头。许多饭铺，简直实行强制喝啤酒，否则饭价增加。所以明兴恰和美国的禁酒主义相反。可是我三年以来，喝酒简直是例外，今因将要与明兴作别，深恐将来有欲喝不得之日，所以竟不能不喝一点了。

明兴又是著名的艺术都市。明兴的建筑，明兴的绘画，明兴的音乐，都有若干可取之点，尤以建筑著名。但究真相如何，是否名副其实，我因是门外汉，未便妄下批评。关于这些，我却是大约都看到了。有不少的地方，当然使我不能忘记，是我日后回忆明兴的好材料，是我将来如再来明兴的大引力，也是我现在惜别明兴的原因之一！

明兴又是德国南部文化之中心，因为她是巴燕的首都。文化之表现有两方面。一是大学，此地大学之规模内容及学生数目，为德国第二，为巴燕第一。大学及工业高等学校，内容均甚完美。我能在此有三年以上求学的机会，而且在此完成我的学生生活，尤觉于此大学，有无限之爱恋。她却是我最爱的母校之一，我今离明兴而去，对她实有恋恋不舍之情。然而我不去可以吗？唉！爱也得去啊！自从有了会合，便就有了别离，上帝是这样安排的啊！

其次则为陈列馆。陈列馆为欧洲文明结晶之一，而明兴陈列馆之多，尤为德国第一。著名的德意志博物馆（Deutsches Museum），关于一般科学及工艺机器等，几包罗无余。自然科学陈列馆之大及丰富，为德国所仅有。此外军事陈列馆、艺术陈列馆、国家陈列馆、人类学陈列馆、阿尔卑斯陈列馆……均十分著名，在此不能一一详述。总之陈列馆为欧洲文化之结晶，而明兴又为陈列馆之结晶，这样好的都市，一旦舍去，安能令人不恋恋呢？我岂是"此间乐不思蜀"，实在是蜀有可恋者在啊！

至于明兴附近的风景，尤其是我留恋不舍的。以南有庄严伟大的阿尔卑斯，年来因做地质旅行，到了不少地方。附近又有许多冰期后遗留下的有名的湖泊，我虽未全到过，但十九都是到过的。此外又有那"绿的依沙"河。依沙谷中的风景，尤其是秋色，我常说我自到明兴，才了解秋的美，才知美的不只是春光，那金黄的秋和银白的冬，都是一样的可爱，才忘记了秋的可悲。于此可见风景影响于我的情感和思想了！

风景中所不能忽略而不提的，还有南部的绿林、西北部的植物园、南城的动物园、西城的展览会公园和附近草地、近城的所谓英国公园等等。英国公园，尤因年来住地较近之故，竟成惟一课暇散步的地方。所令人值得纪念的不只是里边一般自然的风景和那小小的湖沼，而尚因有一不大中国式却有几分中国式的中国塔。考中国塔之来历，我并不知，亦无暇去考，但因它冠有"中国"字样，遂不免动了恋恋之感。且中国塔之在英国公园确占重要位置，可比之于春明馆之在中央公园，每逢佳日，士女如云，杂以音乐及儿戏，一般人工作之余，多就近于此得片时闲散，于是中国塔遂成为名胜之区了！

等到我将离明兴的几日，觉得连许多不好的地方，也都怪可爱的。我明知这是感情支配了理智，然而奈何不得，只得由它。世上有多少人的理智都被感情支配了，何止我一人呢？我近来觉得一草、一石、一树、一桥、一街、一巷，都有纪念价值，至少有我个人纪念的价值。可惜我别时仍是匆匆忙迫，不能一一与它们告辞——事实上也做不到。我最后离明兴的几天，走了这条路，恐怕辜负了那条路，跑了那个地方，又觉对不住这个地方。我恨无分身术，能到各地向我所爱的各处，一一告辞平安。

明兴啊！你有多大的魔力，打动了我如此热烈的情绪，你也不过是我旅学的一个都市，我在北京六年半，离北京时，也不过如此，但北京是我国的首都啊！无论北京如何灰色，我不爱它也得爱它。然而你呢，须是我心目中之所谓"异域"，我是你心目中之所谓"洋人"啊！但是我们却仍是难割难舍的。可见感情和人类的爱是不受国界支配的啊!

离开明兴!离开明兴!前多月恨此时机之不到,今则将到而惧其到。离明兴的日子,终于决定了,于是觉得这离明兴的前几天,格外可宝贵。其实想来想去,明兴于我究有何可留恋的呢?除了在此虚得一博士头衔不计外,什么好的大学、美而丰富的陈列馆、令人不忍辞别的风景,都是人家的,而不是我们的。即照上边我所发的一点谬论,感情不分国家界限,是可以爱的,可以爱到不忍分离的地步。然而这些东西,都是死东西。我有情感,她们无情感;我爱她们,不忍离她们而去,她们却不爱我:这种单相思,岂不令人哑然失笑吗?

正惟如此,所以我的情绪愈发悲哀了!三年半的明兴生活,所得不过如此,明兴别矣!你不过是我旅行人生中的一个比较长住过的栈房罢了!天下莫有不散的筵席,栈房岂能久住,说到这里,又觉没有什么可以悲伤的了。

还有一件事,不得不志在我去明兴的悲哀里,这事至少当是使我悲愤情绪增加的催化剂。在明兴读书的中国人,不止我一人。当我初到此,已早有许多人到这里,我到后不久,人也慢慢增多了,然而没有组织。中国人向来缺乏组织,明兴的中国人,当然不是例外。有人提议要组织,我不但不反对,而且极力赞成,因想用人力,把明兴中国人弄成例外。其结果有了中国学生会了。然而此会的发生动机,不过如此,不料后来因种种关系,既闹了许多意见,又弄了许多笑话,种种陈事,我在此不能详述,亦无详述的必要。我此后又得了一点经验,就是证实了我那"人是闹意见的动物"(见《共进》三十一期)的定则,又觉得人力回天之究为不易。但我对此事,却因功课关系,忘了十分之九,除有任其闹意见,任其无组织外,则无第二办法!

但是偏偏不凑巧,我们所组织的、以后不生不死的明兴中国学生会,要于我离明兴之先一日开会。又是照例不足"法定"人数,这不是给我离明兴的别情愁绪火上拨油吗?嘿!天下事最害怕的是比较,俗说"识货不识货,单怕货比货",所以比较方法,占近代科学方法的重要位置。若我偶下自主地把所经所见闻的外人富有组织等性质,和我们贵国人物一比,不令人肝肠寸断吗?

我所以说这一段话,不是责人,乃是自忏。大凡物议语谤之来,半由自取。惟教你那时候不安心读书,却想给人治病,其结果病未治好,而自己得到一个"赤化"的徽号?!

唉!在明兴中国学生生活中的一些印象,不过如此!我怎能禁得住不哀伤呢!

然而我终有点舍不得明兴,这真有点令人费解了!

真到离明兴的一天了。天气格外好。其实我离明兴的前七八天,差不多天天都是好天气,仿佛故意增加我留恋的程度似的。我本可早几天离明兴,然因明兴本年的手工业展览会不日开幕,颇想看了再去,所以才迟到这一天。这一天我真个看了展览会了,然而远不如以前看各陈列馆之有兴会。看后游了 Bavolxa,走到特蕾西娅草坪（Theresienuese），坐在草地上，虽有汤、刘二君陪坐，但谈话甚少。太阳慢慢西坠，上车的时间，刻刻迫近。大家计议吃饭去罢，心中不免将三年半来的过去种种，又重新记起。我终觉得我此次离明兴，如此烦恼，是不大可解的，至少不是以上所述种种事实可解的。我在本章，不能详述了，只有等以后各章，看机会，再略要提及罢！

吃饭后，尚有一点时间，我有意特到 Nenhauser strasse 五十一号的 sete skademe 门前一去，表示辞行之意。其他什么英国公园中国塔、土耳其街……恕不能一一告别了！

啊！明兴！夜色皎洁，月圆如镜，这是我离明兴时的夜景。况又在春光正好、百花怒放的时候！计在明兴四度"春光"，不料这第四度只度了一半便不能度了。

他们送我到站，我只一一与他们握别上车，他们望着我，我却不敢直望着他们。

这时候我所见的明兴，只有车站了！

唉！明兴！再会！但愿不久可以重见！

明兴—哈勒—柏林—沙市尼磁

照这一夜坐车所得的经验,若是以后有人问我坐比较长途的车,是搭夜车好,还是白天车好,我必答他"若是有月亮的时节夜车好,否则还是白天"。

这一夜月色真好,恰又是阴历十五,圆得不能再圆的月,挂在差不多没有云雾的天空。星星当然很稀,于是天空格外显得旷阔,仿佛这宇宙专为她安排的似的,只有她配这样独步天空。地面上呢?诚然没有像白天似的,一切都没光亮,然从车窗看出去差不多什么都看得清白。我现在只用说明白,这一夜是五月的一夜,那读者就可知道那夜景美好的一斑了。

然而我究不能专看这么好的夜景。这么好的夜景,终不能把我思潮扣留住,使我不想才别了的明兴。明兴的月夜或许——简直是当然——比车上的月夜格外好啊!

车上很寂寞,我们那一间屋子内,除我外只有三位老少娘儿们,她们谈着她们的家常,半途都下车去了。结果一间屋子,只我一个人,于是我格外感觉到沉寂。我觉得这样美好的月夜,竟同在沙漠中一样。

这样一夜,天明了。于是我在哈勒(Halle)下车。

哈勒在德国中部,哈勒大学内之地质系,因瓦尔特(J.Walter)之经营而著名。我来德时,葛利普教授除介绍明兴外,亦介绍此地,惜我限于时间,不能在此长住,但不能不看一看其一般的设备。且习古生物学之孙云铸君现正在此,尤为到此下车之一主要原因。孙君为我国习古生物学之第一人,去年代表我国出席万国地质大会,现在此研究。我到站后,孙君来接,行装等等料理妥帖后,即候孙君领我到地质系参观,又见了该系教授及助教多人,瓦尔特尚在美国未回,以不及一见为恨。至此地陈列馆之内容,在此惜不能详为一一介绍,但可略述于下,以作我此次游哈勒之纪念。

该陈列馆,计分四大部分:一为本地地质部,即将本地地质构造、重要岩石矿物、各种化石、地质历史等等,做有系统的陈列,使观者一看,便知本地地质上之各种概要,对本地人,尤足唤起其爱故乡的观念。此等部分,瓦尔特提倡最力,但在各地陈列馆也多有这一部分的设备。惟哈勒位于 Horz 与图林根森林(Thuringerwald)之间,二地均为地质上重要部分,因之此地之"本地部分",遂更斐然可观了。

二为地史部。本部即将化石及岩石,依地史先后排列,使观者转游一过,即可了解地球自有生物以来所历种种变迁及生物演进的大概。此等设备,各处陈列馆均有。此地规模较小,并无任何特色。

惟有一种陈列方法，为我以前所未见或见而未留意者，乃是一种"架板式"的排列法。择化石或岩石的重要者，把古一点的放在下边，较新的放在上边，活像地层一样，与一般平铺摆法不同。此法有时并不适用，但有些地方，可使初学者一目了然，故于学校及一般参观的陈列馆，确有好处。

三为古生物部。此部即把化石依生物系陈列。此地此部，亦甚狭小，不必详述，至于"架板式"的陈列法亦在本部常见。

四为地象部（即可谓 Allgemeine geolgie。关于地学分部法，我曾有地学的系统一文论及，见《学生杂志》）。本部特色，为他处所不及者，即依地质上各重要现象或问题，一一设法陈列。如何者为"相"、何者为"标准化石"等等，均令人一目了然。此中十九都由瓦尔特之力而成。故多见于氏之著作中。

总之此地陈列馆之建筑则甚为老旧，内部亦不十分丰富，惟陈列各法，确有一二可采之点。据孙君言，此地陈列馆居德国第三位，则上述所谓不丰富者，亦不过与柏林与明兴相比而言罢了。

在哈勒除看地质陈列馆外，还看了动物园，一如北京之万牲园，不过较为丰富。所谓动物园者，不过是活动物的陈列馆而已。此外我们看了附近一点地质。

现在所令人不能忘记的，乃是哈勒的风景，我未到哈勒以前，心目中以哈勒是一座工业城，必甚枯燥。但一看之后，工业城诚为一工业城，然其风景之秀丽，实出人意料。那崎岖不平的山地，夹着那可爱的沙丽河（Soole）。这时候正是五月的天气，草木蔚绿，百花盛开。最壮观的是丁香到处都是，芳香扑鼻，令人欲醉。以前常听人说撒克逊有小瑞士之称，今只看了哈勒，已令人有"名不虚传"之感了。

但是我不能久留，我于是离开哈勒而到德国的首都柏林了。

我是初到柏林，虽然我在德国快三年半了。柏林的形形色色，无论在哪一方面，都有令我详看一下的必要。可是我这一回除了到的一晚和离开的那一早而外，在柏林不过两天。如此要把柏林详看一下，确是不可能的事。我因预有愿头，就是希望由瑞典再回柏林，所以把希望放在后边。

初到柏林时，有在明兴相识之 Dr.I.Weber 来接。下车后找到一寓所，后即同去吃数年来闻名不如见面的"国饭"。饭馆中中国人确触目皆是，但是我无一识者。我因与 W 说闻柏林有中国学生不下数百，而在柏林招待我者反为一德国妇人，不觉令人凄然。饭后略做散步，W 即回，我依所开中国数人地址，连找数人均不见，后竟于途中巧遇韩氏夫妇。韩为华侨，妻为荷兰女子，前在明兴有一面之缘，此次来柏林时，刘海蓬君嘱便中可找，与 W 别后去找，而门已关。无法可进时，恰恰一对夫妻，散步归来，因得相遇。可见天下事的离合，实有些不能臆测的地方。

次早到使馆，意在问瑞典有无中国使馆或代办等，结果空跑一场。后到中国学生总会，遇前在佛兰克府所识人数位。后回寓，王光卿君来访。王君为少年中国学会发起人之一，因得为通信朋友。我们去同吃国饭，言及守常北京遇难，及少中情事然以不能详谈为恨，且王因课忙，须他去。我后与W略游柏林繁华地方，又看其大学、旧皇宫、教堂等等。

柏林的确很繁华。我看了柏林，不免联想到巴黎，联想到上海。然上海是比不上巴黎和柏林的，我所以联想到或是因性质相近。但是太繁华了，一切都是极热的，令人不可奈。因之许多人都讲，柏林，宜过路一观，而不宜久住，我亦同有此感。在交通最热闹的地方，每穿一条街道，须小心又小心。在大城走路，简直是一种艺术。一不小心，受伤还要受罚。至于娱乐场所，也到处呈现疯狂的态度，同样也是罪恶的渊薮。我到柏林与W及韩氏夫妇谈话间，他们都不期而然地提到柏林的窃案、盗案等等事。唉！这就是都市特别扩大后的一种病象！

次日早韩太太来找，我们去看地质陈列馆。此地陈列馆为德国第一，当然规模十分宏大。我希望以后再来，当比较详看一下，今因仓促，不过走马看花而已。然其中许多特有珍贵的材料如始祖鸟等，均比较亲切地看了一下。

下午我们看了极有趣的地方。据韩太太讲，柏林有一中国区，住中国商人甚多，此区即在柏林有名之贫民区中，她颇动兴趣前往一观。至于中国商人来历，说来话长，原来我国有许多人（多为江浙人）以中国丝茶瓷器等，带到外国销售，但并无正式营业机关，往往沿门求售。此等人多半并无护照等，然而到处乱跑，使馆亦无办法。他们大半也不懂语言，有许多行动上，实在有许多不宜代表我国地方。据说此等商人，各国均有，柏林有数百之多，其在外国营商勇气实足令人佩服，然其方法则不敢领教。但他们大概是限于资本的缘故，亦是无法。我们到此以后，果然看见不少中国人，我与之攀谈，太半彼此不懂，因他为南音、我为北音的缘故。最后遇一位可操汉语的，据说在法国已二十余年，今来德，目下营业不好云云，惜我限于时间，不能做详细的调查。然我视为这确为一重要而有趣的问题，值得研究。此外把贫民区种种情形也看得不少。明娼甚多，白昼拉人。住室污浊黑暗，人民口音粗鄙等，与别区相比，真有天渊之别。韩太太谓此等地方，为一般游柏林者所不肯见、所不愿见、所不常见者，但我能一游见人之所不易，大可为初游柏林之重要纪念了。

我从柏林起身，车行在一望无垠的平原上，一直接白垩纪的白垩海岸，不免要暂与德国作别了。来德后三年半，只因两次旅行在奥境勾留数日，这一次算是较长久的离德，但还不算正式的，因我决定将来无论如何，还须由瑞回德。

德国，再见！

旅瑞典杂记

从柏林开往瑞典去的列车，虽过波罗的海峡，但从柏林起身的车，全用过渡的轮船，由萨斯尼茨（Sassnitz）海港，直载到对过瑞典属特雷勒堡（Trälleborg）海港。由此火车开到马尔默（Malmö），亦为瑞典临海的一港将此列车分为两部分，一部由此开往挪威京城奥斯陆（Oslo），一部即开往瑞典京城斯德哥尔摩（Stockholm），大凡头二等车，在柏林上车时，只要认定所往地的车，可不必换车，惟三等客车，在由萨斯尼茨至马尔默间，有时必须换一次所欲往地的车，因由柏林去的列车的三等车，只开往奥斯陆或斯德哥尔摩而约与此列车同时到萨斯尼茨，由汉堡（Hamburg）开来亦开往瑞典、挪威的列车三等客车只开往奥斯陆或斯德哥尔摩，由同船渡过彼岸，旅客可乘时调换所欲去的地方车辆，三等客到处不如头二等之舒服，于此亦可见一斑。

我是往瑞典京城去的，而由柏林起身的三等车只开往挪威京城，所以我到了萨斯尼茨，便换由汉堡开来的往瑞典去的三等车上，可一直到瑞典京城。但虽如此，已简便了许多，可免下车、上船、下船、再上车的数次麻烦，交通上真便利非常，闻此等设备，成功不久，大约其他和此情形相似地方的海港，码头必可继续仿办了。

　　列车装入船中后，不久即开行。这天天气晴朗，海波不兴，格外提起人的海兴。船初开行，旅客争在甲板，散步远望，白色的海岸，渐变为隐约可辨的苍茫陆地，不到一点钟连这也看不见了。按此海峡，不过三四小时可过，并算不了什么汪洋，可是这时候四面水天相接，令人颇有汪洋的感想，这并非果真宇宙太大，实在是人太小了。

　　船行中途我有些饥意，乃入饭室吃饭，但因数年不曾海行，虽风波不大，而却有些昏晕，竟致吃得草草了事，幸为时不久，即可登陆，否则恐怕要大闹晕船了。

　　船到彼岸特雷勒堡时，已比薄暮还迟些。反把车由船运到陆地，又经瑞典警士检验护照之后，车始开行。不久车到马尔默，一部直开往奥斯陆，一部开往斯德哥尔摩，最可惜的到瑞典国境后，天即黑暗，由此直到瑞典京城大部分在夜间，不能赏鉴此地新风景。可是此地已甚向北，又值夏季，故夜非常短，约凌晨三点钟，太阳即已出现，那时候从睡梦中起来，所看到的车外风景，虽然不曾仔细，已令人感到若干快感了。

　　从马尔默到斯德哥尔摩约走十二点钟，故我到瑞典京城时，已是次日早晨。由此开往我的目的地乌普萨拉（Upsala）的车，尚在两小时后，所以我可以借此时间略看看瑞典的首都。

　　我出了车站，语言既不懂，路也不认识，便信步跑去。出东站向右走不远，便看见碧水一带，两旁房屋栉比，水上船只往来如鲫。

向右手边一看,近处有一建筑,十分宏大,后知为市政厅,便以此为目的地向前走去。该建筑位于水滨,十分宏大,风景亦有可取,但因恐误上车钟点,不敢久恋乃仍由原道而回车站。

瑞京初来不过如此,预计以后回德时当可再来一游,故此时实无任何流连。

不时便上了去乌普萨拉的车。乌普萨拉在斯德哥尔摩西北,快车一点钟可到,为瑞典旧京城,现瑞典有名之大学即在此城,乌普萨拉亦因其大学而名称于世。我到乌普萨拉下车后,先把行李存于车站,意在徒步去找来此所要访之维曼教授,不料才把行李存好出来,遇见一人面带髭须,身穿平常衣服,背着一地质家常用的背包,向我脱帽道:"你是不是杨某?"我听此语遂答曰是,意谓必为维曼教授派人来接我的,不料此人接着道:"我便是维曼教授。"我才知他亲自来接,但他那一身装束,可令我疑为听差,其质朴的样子,实在令人佩服不已。

见了维曼以后,即同他一同找了一家旅馆,因我一句话不懂,只有请他代劳。旅馆在距古生物学系很近的地方,每天五克朗。随即到古生物系去,甫进门,维曼即说"这里便有你一位同乡"。乃正是维曼教授室中装修之由山东蒙阴县所掘出的恐龙化石。后略有谈话,并参观其学系中一切布置,即辞出回旅馆借以稍事休息而收拾行李。

回旅馆后,除布置室内、检出行李以外,并由税关取出以前直由明兴运来的行李,因之竟未休息,并之昨夜车行一夜,疲劳非常,惟下午四点维曼即约到其家吃午饭。原来此地吃饭时间，颇与我家乡下相差，早饭九到十一点，午饭三至四点，晚饭六至八点；但事实上，据维曼言，因在假期中，常有若干迟延的。会维曼后即同步行至其家中，其家在伍捕塞拉西南隅，由古生物学系步行二十分钟方到，路过大学新建筑、旧王宫旁、植物园、动物学系门口，至其家。盖彼处别墅栉比，在一大森林旁，十九皆大学教授私第也。维曼家质朴而雅洁，室中图书罗列，院中杂花争放，令人有不可言之愉快与感想。维曼介绍其老妻及其次子，彼习法律，其长子习地质，近在南美做地质研究云。

时饭尚未十分齐备，乃出外散步。遥望以北平坦地面，维曼指为寒武纪后浸蚀地面，后到森林中，林中岩石，纯为花岗岩，其表面受冰期时代浸蚀之迹，无不一一历历可见。按人每到一地，除赏鉴风景而外，兼能了解其所以成此风景之故，顿生科学上兴会，其乐实难笔述，然此乐惟自然科学家有之，他人不能也！

吃饭中间，与维曼谈及，住旅馆太贵，求设法找一民房，彼即允可。乃于饭后，即同彼找一民房，约定明日即搬家。彼又介绍一学生常吃饭之地方，俾每日可至其地吃饭。随后即与之跑到各处陈列中国化石地方，原来伍捕塞拉大学古生物系尚没有独立的建筑，附于地质及矿物系中。因地方太小，年来所收集的材料分存于五六处，维曼曾告诉我其建筑独立学系计划，已将完成，不久行将动工，并以其建筑图样见示。把分存化石地方一一看完之后，维曼并给我各地方的钥匙，俾我自次日起，可自由进内参看。了结了这一件事以后，他并带我游览城市。伍捕塞拉本不很大，人口约有三万，故重要地方，半天来已跑得不少。现在所去而特别可记的乃是最有名的大植物学家林耐（1707—1778）所遗下的植物园，内并有林氏陈列馆。惟时已很迟，不及细看而出，遂与维曼作别回寓休息。

这就是我到伍捕塞拉的第一天。

自从这天以后，我便暂留在伍捕塞拉，借此机会，得把这有名的大学城认识认识，但为篇幅所限，以后不能用记账式的日记办法，记述我的所见、所闻、所感了。我不愿意作我自己在瑞典的"起居注"，因为觉得是孤独的、干枯的，人家也觉得是孤独的、干枯的。所以此后只能用杂感式的办法记述了。

但是我在此时不能不抽出一点地方来，说一说瑞典近来所存储的我国古生物方面及考古方面材料的情形。这也就是我来瑞典的动机，也就是在伍捕塞拉停留若干时候的原因。

原来民国三年我国政府请瑞典人安迭生（J.G. Andersson）为地质矿产顾问。自此安氏即在农商部矿政司及地质调查所供职，照安氏所著的《龙和洋鬼子》（*Der Drache und Die Fremden Teufel*，英、德、瑞典、法〔？〕等国文字均有印本）一书叙述，他到中国后三年，忽然动念头，想替瑞典陈列馆采集材料，后同瑞典一位有钱贵族商量，得一笔款子，从事此事，他又与中国方面商妥，其详情甚为复杂，此地不能详述。简单说来，在中国采集，一切名义上，均是中国的，费用是中瑞合股的，所采集的材料，送往瑞典分途请人鉴定研究。材料研究，发表文字一方面，由中国名义发表，材料亦以一部分归还中国。此等办法，看来于中国方面，不无损失，但若和以前各国在我国之调查队相比，不免有天渊之别。且据我个人观察，因此等办法，所获成绩甚大，因而提倡起来我国人对于此等事业渐有兴趣及努力从事的风气，实为不少。但仔细想来，材料之大部分，沦陷于外国，研究之大部分，亦均外国人。我们不当怨人，但当责己。深望此后能更加努力，使我国科学有不如政治一样受外人支配之一日，那么依我个人的观察，政治也或者有一天可以跻身于完全独立之林了！

我留伍捕塞拉每天的日程，十分简单，早起即到"中国化石的堆房"去做那"与鬼为邻"的生活，十二点许去吃早饭（我因经济关系，把午饭省去，因假中午饭可迟到十二点半钟）。瑞典早饭和德国大不相同，甚丰富，和午饭不相上下，普通也有五六种小凉菜，如黄瓜、萝卜、白菜、腌鱼等，再加几种香肠及火腿，至于牛油和牛酪，乃是照例有的，此外还有热汤和热菜可得。这里的饭厅，颇提倡自动的精神，学生吃饭的地方，当然如此。饭堂中有一大桌，桌上放有各种食品，就食可依次自动去取。此等方法，若行之我国，必然秩序纷乱，抢夺不堪；但我在彼，几近两月，从未见过一回类似此类情形，亦未见有食物不干净情况，所以我在吃饭中间，亦得到不少的教训与感触。

伍捕塞拉城本不大，而一般街市又甚宽阔，街上多用本地或附近产的凝结岩铺成。西部多为商市及民居，大学建筑、旧王宫与植物园均在东部。我吃饭的地方，即位于东西区交界之地,故一出饭铺，即为大草地及树林，著名宫殿及教堂、图书馆、大学等。我每吃饭后,即散步于其间,此地地皮崎岖不平,因之尤饶有自然风趣。王宫位于高崖上,由此可以俯览街市之全部,本城许多重要建筑,无不一一在望。城之南部,有一公园,风景颇佳,亦为我足迹每日易到的地方。

下午再做几点钟"与鬼为邻"的生活,有时或维曼见访,或我去找维曼谈谈天,我在此数十日所可与谈者,只此一人罢了。

晚饭后回寓,或散步,或回家闲坐。我由旅馆所迁住的新寓,在四层楼,窗向北开,远眺寒武纪后侵蚀地皮,使人不期而然地感觉时光的悠长和其魔力的伟大。

在瑞典我所得印象最深的为仲夏节(Muttdsommerfest),即我国的夏至。就是北半球白天最长、黑夜最短的那一天。瑞典因为地很偏北,所以夏季白天特长。据说由伍捕塞拉由火车北行二十余小时,即到太阳白天不落的地域,太阳只在天空转一个圈子,至于冬天,当然恰为相反。瑞典中部,虽不如此,但夏至前后数星期,差不多太阳至下午九点才落,而至十点多,犹清亮异常。夏至前后若干日,则夜更为短,此即所谓"白夜"。

我今天因为次日定下午二点上火车去瑞典京城,由彼再与参加地质旅行各位会齐。收拾行李以后,即早早就枕,以资休息。因为火车下午二点才开行,当然时间从容,故亦未上闹钟,不料睡中偶惊醒,拭目一望,红日满窗,再看手表,已近两点,于是大吃一惊,以为必已是次日下午两点,火车已误,不能与其他人相会,既失约又不能参加旅行,为之奈何!及起开窗一望,见是红日初上光景,再略加沉思,知尚为夜间上午两点,原来此间此时夜间特短,所以此时已太阳很高罢了!

瑞典地方因为冬天白天短,黑夜长,而且又很冷,享受天然风景机会很少,所以夏季(六月至八月)大学当此时放极长之假,许多事业均较停顿,大部分人均各去山林或岛上休养游览,以享受自然风景。所以风景较为优良的地方,无不游人蜂集。按夏季旅行,欧洲各国人大半如此,德国尤甚,尚不如瑞典之甚,因夏季特短,故用之惟恐不尽。大半西人每人每年至少有一二次休养或娱乐旅行,若与我国人无事不出门且以出外为畏途相比,真有不可同日而语之概了。

瑞典在此等情形之下(挪威及其他北地各国当均如此)造成自然的平民节,乃是当然的事。仲夏节前后,人鲜有家居的,大半出外旅行。一般青年男女"白夜"跳舞唱歌于林中及旷野,我夜间出外散步,无一回不听见歌声,看见舞场,尤以仲夏节将前一夜为最。按欧洲各国假日,无不带有宗教意味,独瑞典此节为一自然节,与我国中秋、重阳颇有相似之处,至于其一般人民对于此节之普遍善于利用情形,则又非我国所可与比了。

我常说欧洲都市表面三种特色,此三特色,也就是欧洲文化的表现,所谓三者,一是教堂,二是纪念建筑如铜像等,三为各种陈列馆。伍捕塞拉,虽为小城,亦是如此,主要教堂,虽只有一个,其他邻近小教堂亦有数处,其最大教堂,即在大学附近,建筑甚为宏大,闻曾被火一次,后经重修,内有名人坟墓,大生物学家林耐亦在内，教堂有教室陈列历史上有纪念价值之衣物，亦为一陈列馆性质。

至于铜像及关于各种纪念的建筑，几乎触目皆是，大约都是已逝的国王、有名的政治家、学者等等。我以为此等纪念的建筑，和我国牌坊、碑石及一部分神庙如老爷庙、岳王庙等相当，而教堂则与我国的寺院等相当，西人每称中国为"庙的国家"而忽略了他们的国家为"教堂的国家"，真不免有"丈二高的灯台，照人不见己"之议了！

说到陈列馆一方面，确是我国人所当惭愧。伍捕塞拉最有历史价值的陈列馆为生物陈列馆，此陈列馆内容，乃将生物生活状态，如海边、深林、旷野、池沼等等活泼地表现出来，使人一看如真，如身历其境；如生物生活状况、生物互助情形、生物竞存情形，无不表示无遗，而又神情迫肖。此等办法，近年各地大陈列馆多已仿行，但实由此地试办，所以规模虽小，而在历史上具有相当价值。此外科学史上有重要价值的，前已提过，就算林耐的植物园了。此地究因为城市太小，关于规模宏大的自然科学陈列馆，尚没正式成立，他们并非无材料可陈列，不过不公开，所说不公开，但实地上是半开门。如有各学校或团体甚或私人去要求参观某部分东西，无不可得其允许而得到好的结果。

一天我在公园散步，忽有一学生和我攀谈。最初他问我懂不懂瑞典文，我答不懂，商议结果，我们用德文谈话。他说他本是俄德"杂种"（父为俄国人，母为德国人），所以说一口漂亮德国话，但他现在已是入了瑞典籍了。我们在公园且散步且闲谈，倒也说得十分投机。公园中每到下午，游人如云，虽然在假中，而学生依然不少，白帽子触目皆是（瑞典无论男女学生均一律戴白顶帽子）。公园系在一条小河边，对岸便是码头，由此坐船可到瑞典京城。此外有一间大饭铺，每天有音乐娱客。我们沿河南行，到大路转弯处，那位瑞典学生指给我说，那树在伍捕塞拉颇有名气，因为是"希望树"，无论谁心中有希望愿意达到，可独自一人静悄悄地前去绕树左转三匝，同时祷告所希望的事，则不久可以达到，灵验非常。这明明是一种迷信，所谓神树了。此等神树，在我国甚多，在此所不同的，不过没有那些"有求必应""保我赤子"的匾额罢了！

我便乘机问他此地还有莫有别的迷信事，他讲得很多，可惜我有许多已忘记了。此外不特有许多迷信，还有许多无聊的忌讳，如一般学生当考试前必得在大教堂后某一石阶上行走，否则必落第；女人早起穿袜子如穿反了，便表示一天不吉利；关于一切编号头的数字，某号数甚不吉利（可惜此号数我忘记了，大约是二十七，在德国以十三为不吉利的数字），所以许多地方竟避去该号不写。

次日他又带我去看伍捕塞拉的图书馆。图书馆位于旧王宫及大学之间，地亦在高崖，馆前有一条大街，直贯全城。图书馆旧建筑因不足用，又在后部扩充一大部分。内中书籍之多、收藏之富为瑞典第一。进馆右手即有一大厅，内陈列一种有价值的手抄耶稣经典。此外名人所遗留的书信、文稿等笔迹甚多，无不很宝贵地存在里边。楼上阅览室各种杂志，应有尽有，又有一厅为做专门研究潜修之所。我们在内约有一点钟，我所得的印象很深，我很感谢这位"他"，他告诉我许多瑞典的民俗，还陪我参观这有名的图书馆。

一天下午，天气很好，我吃饭后照例散步。走到王宫附近，遇一中年男子，看其相貌装束，颇像德国人，后经询问，果为德国人来此地旅游的。他也同我一样，一句瑞典话也不会讲，最可值得我钦佩的，是他一个人独步旅行到此。据他说，他除三点多钟轮船外，自德到此，全为独步，夜间亦不住旅馆而住帐篷。此等办法，不但因为便宜，而且别饶兴趣。西人每当夏季，如此旅行的甚多，他们除浏览山水外，别无目的。据他说，他次早即须动身，目的地在太阳不落的北部。我当此时，正当经济困难的时光，而又孤独无聊，一听他说话，不仅气为之一壮，且我对他那样精神，真惭愧多了。

不久还遇见过一位近六十岁的美国人，亦乘夏季由美到此旅行。但他是坐火车的，也到北部去看不落的太阳，我同他曾到一咖啡店吃过一回咖啡，得聆他老言论，无非说大话、吹牛而已，颇足代表美国式的人民。

可惜当我到伍捕塞拉的时候，此地大学已放假，不能把大学及学生生活情形，详为观察。不过还有不少的学生，留在城中，每天街上，尤其是下午六七点钟时，常有学生三五成群，来来往往。学生都戴有白顶帽子，故十分易于区别。这里的女生，似乎不少，至少校中女生的比例要高于明兴大学。一般女子，尚称秀丽，不如德国南部女人以胖及粗腿见称。不过维曼第一天同我散步时，适有数女生走过，彼称瑞典女人腿之好，为德国各地所不及，未免有自夸之嫌。

我在伍捕塞拉，若干日中，常看见男女学生，坐于汽车上环游城市，手持鲜花欢天喜地，到处高呼，不知何故。后经询问，始知为入学考试及第后的庆祝。据说此地大学，有入学实验考试，为由中学生活转入大学生活的大关键，故若及格，高兴非常，同学们无不互相庆贺，除在屋内有种种庆祝与娱乐外，兼有插花游街之举。此我所听说是如此，但是否属实，便不得而知。按德大学，虽无入学考试，但入学后，亦视为莫大荣幸，且因中学校规甚严，毫无自由，及入大学，骤为解放，无不畅所欲为，故大学第一年级，用功者很少。瑞典大学学生，恐也是如此罢！

德国大学生，有各种集会，各会有各会的会所旗帜、标识，大半各会有各会的制帽，会员必须戴，但也有不戴制帽的集会。制帽颜色形状，各不一样，奇形百出。瑞典学生虽戴白帽，但此帽当为学校的制帽，而非会的制帽。但也似有各种的集会，且其规模较德国为大，各有各的固定会所，各会所均有其悠久的历史与宏大的建筑，内中阅书室、游艺室、音乐室等等，无不具备，听说冬季亦有跳舞。且德国大学生入集会与否，多为自由的，至于瑞典则每人必须入一会，虽外国学生，亦须入会。此等组织的来源和功用等等，可惜我未深加研究，未便臆说，但就表面看来，似为自治团体之一种，很有许多好处，非只如德国学生的集会，以吃酒与击剑为要务。

六月初伍捕塞拉大学地质矿物系和瑞典京城高等工业学校，合举行一次地质旅行。我由维曼的介绍，得以参加前往。七日下午，我由此动身到瑞京和他们会齐，计伍捕塞拉矿物系主任教授一人、瑞京高工地质系主任一人、瑞典地质调查所调查员一人、瑞京自然科学陈列馆地质专家一人、学生三人，连我一共八人。这天下午到代格弗斯（Degerfoss），夜宿于此。次日看附近第四纪地质后离此坐汽车到玛丽斯塔德（Mariestadt）。次早即又坐汽车到 Kinnekulle 及其附近看寒武奥陶及志留泥盆等层地质，夜即宿于此。十日上午先坐火车，后换汽车，沿途略看第四纪地质，到格吕特（Gryt）在此看志留泥盆地层，夜宿于此。十一日上午仍看附近地质，下午到 Wernesberg 上火车到 Oxnered 地质考察队尚继续做考察，但我因须急回伍捕塞拉且该考察队以后所研究的为太古地质，于我不太重要，故与之作别，又因欲看附近风景有名地方特罗尔海坦（Trollhätten），故又南行至此地，夜即宿于此，到次日夜车回伍捕塞拉，于十三日午刻始到。

此行来回七天，关于纯粹地质方面，得益不少，我虽不懂瑞典文，但他们有时用德文解说。然我尤念念不忘的乃是借此机会得看看瑞典乡下的情形。瑞典地方约与德国相等，但人口不过当其六分之一（八百万人），约与我陕西人口相当，故比较地广人稀。人口最稠为南方及京城附近，北部甚稀少；宜于耕耘之地，南部较多，余则因多为太古代地层不宜耕种，因而森林甚为繁布。瑞典森林在世界最为著名，于其国之经济上，甚有关系，如工业造纸及火柴最为著名，出口货亦以木材为大宗。我此次旅行，每天无不见有茂林，以和我国北方山上相比，真令人惭愧无地。

瑞典的建筑，和欧洲中部各国稍微两样，尤其是乡下的民房，多用木质，平常是两层，甚为美观而适用。我国房屋，美而不适用；

一般欧式的建筑,实用而欠美观。此可谓兼得两者之长了。

乡下的生活,也和城中一样贵,无论早饭午饭,都至少五六克朗(约合中洋两元半),但我不能因此断定瑞典乡下生活一概很贵,因我们地质旅行,到处住房吃饭,都很阔绰,均与在德国的地质旅行,大有分别。还有一层,就是大部分路程,均用汽车代步,但此有不得已的原因。因瑞典铁路,不如德国密布,至很陋鄙地方,均通铁路。瑞典只重要干路为铁路,其他均用汽车路代之,此等办法,我觉得于幅员辽阔的我国,颇可效法,且不仅瑞典如此,今年欧陆各国汽车企业与铁路竞争甚大。

我单独在特罗尔海坦浏览了一天,因此地有著名的瀑布。此瀑布不特风景壮绝,在地质上也极有兴会,因为在地质史上最近的过去,北海尚由此与波罗的海相沟通。今之瀑布,实为当年所留的遗迹,但因人工建筑,此瀑布已非天然旧观,亦因人工改造之故,又增其他美观。为船只不为瀑布隔阻起见,开有工程甚大的运河,经干闸,船始可上下通行。此等工程,尚非我国一般人梦想所能到的。

我在伍捕塞拉经月之久,已把彼处所存中国化石,大约研究了一过。一因瑞典生活太贵;二因在彼太感孤独,时值假中,连维曼亦迁居乡下;三因时间关系,不能在彼做一较长的专门研究,故决定仍回德国,在德国过夏。但我仍不能即刻起身,除因研究化石外,尚有一事,即校对我的《中国北方的啮齿类化石》一书事。印刷亦因在假中,工人大半停工,故排印甚慢。因此延之又延,迟之又迟,始得由伍捕塞拉动身。

Tegernsee 附近之可爱的小学生（一九二七，七，七）

瑞典特罗尔海坦的大瀑布

在瑞典的地质旅行

我虽在此只住了一个多月,在此期中,从未见过黄面孔人,亦未操过汉语与人谈话,此为我生来第一次长时间与汉语及黄脸人生别。但我在彼虽然寂寞,亦时有乐趣,况有维曼处理一切,尤免去许多困难,因此我临别此地前几天,反有恋恋不舍之感。念此地远在欧洲北陲,即他日可重游欧洲,但是否能到此地,实为问题。我初来此地,颇思明兴,今将回德国,又有不舍此地之意,我于是不能承认我是一个易动情火的人了!然而世界只是一逆旅,今天到此,明天在彼,一切都随着机遇(亦可谓命运)推移罢了。

维曼不久也到德国去做旅行,但我因须在瑞典京城停留数日,故夜先他而离伍城。我们握手言别时,他说:"祝你在古生物上有很多的运气。"(Viele Glück in der palämtologie!)我于他对我此次旅此照顾一切,很感谢盛情外,他这一句诚恳的临别祝语,又是我毕生不能忘记的了。

我虽已两次在瑞典京城斯德哥尔摩下车,但均因时间仓促,未能浏览城市。此次回德过此,颇欲乘机一游,且在此欲一访在中国从事地质事业多年之安迭生。彼盖新由中国回来,前在伍捕塞拉曾一见,约到此访彼,我到此后又因印刷事,到印刷局,无意中会见对安氏采集化石事业捐资很多的拉各雷留乌斯(A.Lagrelius),他为人和气可亲,我对他的捐资事业,实起无限敬意。

安迭生氏,近年以来科学上兴趣全由地质方面移至考古方面。安氏在中国最后一次大工作,在甘肃一年有余,专发掘人类学、考古学上遗迹,关于地质古生物上若干成绩,似只为附带的收获。关于安氏何以改变，科学上与会及其最后所从事之事业，是否为其供职地质调查所的重职务。（我非不满意关于人类学及考古学上之发展，且十分欢迎，至少和其他科学一样重视，不过就安氏本人职务言，我不无多少怀疑耳！）我不愿在此褒贬。安氏及其他许多人士得其政府之许可，成立所谓东方陈列馆（Ostasiatirhe Sammlung），但其内容只是中国陈列馆，内中除自甘肃所采集的材料外，由其他地方所采集者，亦不可胜数。安氏领我一一参观，并郑重指出某某部分，不久仍原回中国，意似恐我睹此过分伤心，故做此安慰之词。但我实亦无他话可说。我对中瑞所定关于发掘种种事情的态度，前已略为述出，兹不再赘。我国人不争气，日以自相杀伐为能事，不从事于科学之研究及已有宝藏之整理，但学术为公，又岂能永远禁止人家亦不必研究，其实中国将来虽亡，中国学术及一切有价值之文化必不致亡，不过身为中国人，未免有些太难为情罢了。

　　安氏又招待我去参观瑞典京城的自然科学陈列馆。地点在郊外，为扩充后之新建筑，规模甚为宏大，内容亦多可观，自然此地最有价值而最丰富的为古生物各地层及其他化石了。

　　在此我得机会与主要研究中国植物化石之哈勒（T.G.Halle）教授相识。盖在我国所采化石，动物归维曼主任研究，植物则归哈勒。哈勒领导我们参观其伟大的陈列馆，并指一地为中国厅，专为陈列中国植物化石之用，我在伍捕塞拉东方陈列馆的惭愧与感想不期在此又为之复活。

　　关于安氏在中国的努力及此次招待我的盛意，我也十二分地感谢他。

瑞典京城的国立陈列馆（National museum），我曾抽暇独自参观一次，内容十分丰富，关于斯堪的那维亚半岛种种古董，尤为丰富。此外安氏派其女助教某，同我游览附郊之某公园。园中有瑞典各地乡下建筑及生活情形，使人一看，便于其建筑、民俗等，有明白的印象。瑞典京城陈列馆甚多，惜我时间有限，未能一一参观，殊为恨事。

关于瑞典京城内重要建筑，除王宫及各大陈列馆外，多半是教堂，此地教堂甚多，几与明兴不相上下，各教堂均有其专名什么 maria、sofhia、Jakob 等等。王宫建筑，颇为宏伟，两面临水，风景尤佳，其前左手边国会亦雄伟可观。

在此尚有一事可记的，就是在此得以拜见此地的中国使馆。我由柏林来瑞时，曾打听此地有无在任或代办公使，据云莫有。见安氏后，彼云此地公使馆有一李君在此代办一切事务。其实我并没有什么事可办，不过既到此，看看我国使馆，也不妨事，乃特抽暇前往，果得遇见李君。馆址距城稍远，陈设多中国物件，十分雅致。据李君云，正式公使，早已回去，留他看门，其妻本亦在此，后因经济关系，送伊回国，现在全使馆只一李君与一听差而已。看此可知我国在瑞典公使馆萧条之一斑了。

我留瑞京，一共三天，此三天中以大半工夫消遣于陈列馆中，城中风景，不过随便偶一留意。此地因城占湖滨，水陆交错，风景之佳，见称于北欧。城市一切情景完全为欧洲式的。其特色也是一样，不外三多——陈列馆多，教堂多，纪念建筑多。街市的清洁，则又似过于欧洲中部各城市。瑞典这样一个国家，能将国内弄得秩序井然，人民安居乐业，我老大国家的国民对之，真有惭愧无地之慨了。

我带着这样的感想，离开斯德哥尔摩。斯德哥尔摩！愿以后可以再见，至于以后能否真个再见，就要听命于那位"机遇"先生了！

我原来计划于回德途中，到大学城隆德（Lund）参观一次。因瑞典有二大学，一在伍捕塞拉，地即在此。但一因时值放假，二因快车到此不停，只得作罢。

以上把我在瑞典一月余生活中的一部分，约略叙述了一下，我现把总感想记出一点，作本篇的结束。

以上所述，虽然很杂乱，也可看出，瑞典那么小的国家，那么多的人口，那么贫瘠的土地，那么不适宜的气候，居然民生那样的丰富，秩序那样的整齐，政治那样的精良，学术那样的发达……这是什么缘故？

据我个人观察，这并没有什么可惊奇的，因为瑞典（挪威、丹麦亦然）可以能励精图治，蒸蒸日上，具有别的国家不能兼而有而彼兼而有之的原因：其一，地点与欧洲中部各国相近，吸收近代文化最为容易，所谓"近水楼台先得月"；其二，近代欧洲政治及世界政治，咸集视线于近东（巴尔干）、远东（中国），及其他欧洲以外各地，故瑞典、挪威各国，既有就近吸收文化之便，又无各种国际政治纷争之扰（最近欧战，瑞、挪均来加入，所受影响却小），当可以从容图治，以有今日的现象。

但这却不是惟一的原因，一国蒸蒸日上的重要原因，仍要看国民努力不努力。加以较优的原因，不过进步快一点罢了，否则虽有较优的原因，亦不能为助。如欧战期间，我国乘机可改进之事甚多，惜有势力者，忙于私争，以致坐失机宜！

在"白色的夜中"，车声隆隆，窗外景色，无不清白可辨。郁茂的森林、青绿的农田、瑞典式的民房，演电影似的从车窗中闪过去。我不断看着这美丽的、清静的地方，心中又不时念到我那经年战争、兵匪满地的祖国及故乡！我不敢比较，我又不能不比较！唉！何年何月何日，和瑞典人口差不多相等而富庶远过瑞典的陕西，有那么密的铁路、那么好的大路、两个世界有名的大学、一个有名有的高工，……

毕业后的欢欣（瑞典学生生活之一瞥）

依沙河及德意志博物馆（明兴景物之一）

展览会场之一瞥（明兴景物之二）

在柏林之见见闻闻

我以前已提过,我决定重回柏林,当把柏林较为详细地认识一下。但莫有料到我重回柏林,竟居留近三月之久。此三月中,除八月上半月离开柏林外,不曾离此他去。不过我仍不能把柏林有系统地整个介绍于读者,以下所述,仍只是我个人生活中的一些经历和所得到一些有兴味的事情。

我在柏林住的地方,为夏洛特堡区(Charlottenburg)中最热闹的一条街,虽在四层楼上,而街上喧闹之声,仍震耳颇甚。电车、公用大汽车(Omnibus)、汽车,及其他杂音,弄得差不多莫有停止的时候。最痛苦的是夜里,到深夜两三点钟,还依然喧闹,以后虽稍为清静,而五点多钟,又照样闹起来了。所以我初到柏林惟一的痛苦,就是晚上睡不安静,白天触目所见都是些不愿见的热闹。可是我在柏林依然是相知很少,依然是索居寡欢,所以我的生活,可以说是热闹中的孤独,和我在瑞典冷清中的孤独的生活相比,还是后者较为可爱一点。

每一次出外，都要接多少不愿接的传单，大半是商品广告、电影院广告及医药广告。本来柏林的电车内外、公用大汽车内外，及街上比较可贴广告的地方，无不为广告贴满，但还嫌不足，继之以此等传单。我曾听人述其到纽约的感想，谓彼在纽约所看见者，无非广告，我到柏林，亦有同感。一般商店，打折扣、大减价等戏法，和上海一色一样，而又过之。我虽明白如此，但也上了一次小当，我住的附近有一衣店名 K.D.B.（Kleid Dich Billig），即"请进穿便宜衣服"的意思，此衣店差不多每天派人在十字路口散传单。我当时因不久要参加一地质旅行，非一套旅行衣服不可，但同时手中经济又不宽裕，不能买很好的。无可奈何，乃进内一试，找得一套衣服，有两条裤子，一长一短，衣料表面看去，十分结实，价六十马克，遂决定买下。我当初以为纵然不合算，也不致大上其当，不料我以后旅行时穿那长裤子，不及两天，即不能穿，始信受骗，但悔也来不及了！

晚上在街上随时可以看到明妓暗娼，尤以我住的那一带为最多。关于柏林娼妓情形，我所知很少，如娼妓的数目、警察如何管理及营业情形等，我可谓一无所知，所呈现于眼帘的，只是许多重要场所或繁华的街道，尚有来来往往的下流娼妓，或倚门求售，或竟实行拉客。有一夜我回寓比较晚些，进大门后，放亮电灯，正在上楼梯之时，忽闻门外有叫喊声，回头一看，见有两个妓女由大门内望，且不时提起衣裙，以其生殖器示人。以前我在国内时，听有人述欧西妇女不穿下衣，我视为不经之谈。但如今这个传说，至少在妓女界证实了。

在城内住得烦躁已极，所以每于星期日，若是天气好时，或我独自一个，或与友人到郊外或附近地方去图半天的清闲。柏林位于北德大平原上，所以莫有何等高山，但冰期后所遗下的湖泊甚多，兼以到处森林繁茂，草地极多，故风景亦十分可爱。若此等地方在我中国，如直隶中部南部之许多湖泊，虽不为荒地一片，然除农田外，必无何等风景，大凡人杰地始灵，否则虽有好的风景而人力不加改良，不施保护，亦只是荒野而已。德人盛称其未占我青岛以前，该地皆荒山野地，而一二十年之内居然林木郁然，风景清幽，为我中国北方有名海港之一。我听到这样的说法，很惭愧，然而我无法否认，因为这是事实。

柏林附近头一个可游览的为波茨坦（Potsdam），为旧王宫所在地，在西南部，约半小时火车可到。此地之所以著名，初不因风景而因历史上极有价值的王宫，王宫规模甚大，园中一切景致，亦美不胜收。所可惜的，我只在此地有一二小时的勾留，未能详细鉴赏，故亦不能尽情报告给读者，也是因为对于王宫一类的东西，兴味甚薄，故虽在柏林住了许久，也不能重去一回。

好几次星期日，我同韩氏夫妇二人及一挪威人、一德国人（均为韩君之友）到柏林东南部之埃尔克纳（Erkner）去，约三刻钟火车可到。及其他近郊游散，若遇天气特别好时，游人多得几如柏林城中最热闹的街道，但渐走游人渐渐分散，最后到树林深处不过偶尔看一对对的男女或来来往往或坐卧在林树中情话罢了。我们也找一块清静地方，这时候的安息，有说不出的乐趣，一切烦恼均不期然而然地置之度外了。

每个湖边或河边，差不多总有几处游泳的地方，男男女女，混在一起，或游泳于水中，或休息于岸头；游人比较多的地方，无不有酒店、饭铺、咖啡店，杂以音乐舞蹈。此等人民娱乐的兴趣与太平景象，实非苦于兵匪中生活不安的我国父老同胞所能梦见。我每次出游，都得同一感想。我每与友人谈话，无一次不为此事太息。

印象最深的还要算那一次和姚从吾、毛子水、蔡镇瀛三君的柏林北郊之游。因为三君都是北大同学，又均曾相识，他们的谈话，又使我得到不少的教训。我们还有一回在柏林植物园。但是可惜的是，我们说来说去，对于目下国中纷乱情况，终找不出对症的良药。我的意思，国事至今虽非一原因所致，亦非一原因所可治，凡冀图以惟一方法视为包治百病良药者，无不失败。但是我同时也承认我对于政治上见解的幼稚，因为我自去国以来，精力全注于自然科学一方面去，无力及此，且去国日久，国内情形尤为生疏，一切批评，每多隔靴搔痒，实为不可讳言的事。唉，以前我痛恨许多学生变为零件机器，不料我今也快成了零件机器了，为之一痛！

究竟柏林有多少中国人，谁也不知道。新旧学生会不知道，公使馆也不知道，连有多少中国学生在柏林及在外省，均不知道。至于每年学生及中国人在外的数目、职业、生活状况的统计，当然更不知道了。本来不注重数目字，乃我国人的通性，然明知此通性为我国人一大毛病，乃竟知过不改，真令人大惑不解。我国现在究有若干人口及其他别的重要的数字，目下不能知道。在现在国内状况下，不能知道，尚可原谅，但我在柏林所感觉的不知道，乃不可原谅。

在柏林之见见闻闻

因此所问来的答案，当然大有出入，甲某说，大约现在在德学生，有一百多人，乙某说有二百多人，丙某说有五百多人，这一类数字，试问有何等价值？

但是有几件事实的确有十分可靠的可能性，我兹约略述之。一近年旅德学生，比之欧战前若干年大为减少，且有逐渐减少之势。据吾人耳目所得，总是回国者多，新来者少，此其原因虽不能十分断定，但国内纷乱不已，恐必为重要原因之一。二沿门叫卖的小贩商人，比以前多，此大约因十五年波兰、立陶宛等国驱逐我国商人出境之故（关于我国此等小贩商人，说来话长，后当专章讨论）。三在柏林无论商人学生，均比较外省为多，此实因柏林为德国首都之故。

我很想得有机会，把我国学生商人及其有业无业同胞在德生活情形认识一下，然而我终未达到目的。因我是最不擅长交游的一个人，所以在柏林三月之久，竟不认识一个新相识。不过那里中国人，确是不少，康德街上随时有国人的足迹。常易见中国人的地方，当然为中国饭铺。我第一次到柏林的时候，有四个饭铺，及我第二次来，只留有三个。一个为京津饭店，在康德街，资格最老，规模最大；次为广东饭店，亦在康德街，规模较小，价目亦较为便宜；规模最小的为亚东别墅。在各饭铺吃饭的，除中国人外，多印度人、安南人及日本人，不时亦有其他外国人光顾，尤以京津饭店外国人最多。在此等饭铺，的确可以尝一尝国味，不过公司饭全为米饭，于北人不大相宜罢了。京津饭店公司饭每餐一马四十五分尼，广东饭店一马二十五分尼，亚东别墅则只一马克。京津广东二饭铺，除卖饭外，兼贩卖中国茶叶及其他干果食品等等。不过我所不解者，他们也代卖许多明明日本商标的日本货，而亦冒称为国货。若说他们不认识日本货，分不出国货与非国货，那未免太小看他们了。

在中国人比较不绝迹的地方，当然有中国学生会了。在柏林的中国学生会有两个：一为留德学会，成立很久，资格很老，以研究学术、不问政治为标志；一为中国学生总会，成立不过三四年，范围较广。两会在过去二三年中，曾有很激烈的争斗，闹得使馆亦无法解决，闹到德国法庭。关于两会过去争闹的历史，我当时在明兴，故不能知之详尽，此时我也不愿详为补述。但当我到柏林的时候，风声甚为平息，两会似各脱离于"政争"之外，而从事于"会务"之努力。两会各有其固定会址，且闻使馆亦各予以相当之津贴。旧会会所内，有书报阅览室，有乒乓室，有照相部，此外并从事于参观工厂等活动；新会亦有很大的阅览室，并随时请名人演讲，其他会务亦正在计划实行。但两会犯同一毛病，即活动会务者及常到会所去者不过那么少数几个人，大多数学生，大半是"超然派"，不属于任何会的，即隶于会中，挂名者尤居多数。所以严格说来两会均未达其所以有此会之目的。再进一步严格讲来，可谓无中国学生会，因多数学生依然是散沙一堆，而此两会又不过都是少数人消遣娱乐或谈话的地方罢了。我所不解的，何以以知识界的中枢、前途最有希望的中国旅外学生，亦不能对于此等小事达成一气、共同努力呢？

要看闹意见最烈的，还要算关于政党的组织了。在欧洲中国人政党的活动，柏林比较上只居于支部的地位。大本营多在巴黎，青年党且以巴黎为发祥之地，共产党以前总部亦在巴黎，自国内国共分家、到处闹清党以后，中心点渐移到莫斯科去了。各党在柏林均有固定活动机关。至于国民党之下，又分许多派，有所谓左派国民党（汉口派），有所谓正统派（南京派），有极右派的三民社（西山会议派），各派各自有其号召与成立之理由。我个人对于政治改革，极表同情，并愿努力，然我处此各派雄起、互相是其是而非其非、置共同敌人于度外的情境之下，终不敢贸然以身许任何政党。我有时愤极，常以为今之尽粹于主义或爱党者或有其人，然今之真求在目下情境之下，解决国事，爱惜老百姓者无人，甚且多数仍与军阀官僚，同一毛病，呜呼！此国家所以愈救愈糟也欤？！

柏林中国商人及工人是有何等组织，我尚不知道——大概是没有的。以说各党支部，常设法在商人中活动，求得若干信徒，终至各部商人、工人，各自有其"主义"，而常彼此争吵。总之我国人在柏林，在德国至今尚缺乏一共同联络感情、灌输知识、宣传文化的组织，我中国人缺乏组织能力，真是无可讳言的事实了。

有一天我和朋友王光祈君谈天，我们谈到政治，谈到我国人好闹意见的种种事情，追究原因，王君归纳于"知识不足"四字，我很想在此把王君的话的大意记在下面。

他说："现在国人纷争不已，全由不权利害轻重，由小节而误大事。何以如此，实由不认识某者为利为害，或某者为较大之利或较小之害。德国当欧战方了，各地革命军蜂起，建立共和，但当时保皇党及守旧派尚握兵符，势力亦不可轻视，但共和之终能成立，实由保皇党等同意。如果与革命党决裂宣战，协约国必更肆其毒技，瞬至德国有亡国之危，所受损失更大，因而隐忍赞成共和，此为一例。

又德国当前大总统死后,关于新任总统选举,各党争执甚烈,乃选举结束,竟为极右派中极顽旧之 v.Handenburg 当选,此时左派共产党、社会民主党,亦有不可侮之势力,宣布决裂,或促使一二根据独立,亦为可能之事,然卒能承认相安无事者,实由左派各党鉴于决裂之害,比 Handenburg 当总统更大,此为又一例。"

因此王君断论十六年春间国共之局面,若发生于德国,必不重演成宁汉分家,以致北伐停顿。

城西南部有一公园名 Luna Park,园并不大,内有一小湖,风景亦甚平常,为夏季人士聚集之所。因园中不只是如其他公园性质,仅供游人散步憩息,而是有许多种娱乐设备。其表面颇似明兴的十月节(Oktoberfest),但不特性质上不同,且规模亦甚小,而内容亦不如十月节之美好。又可比北平的城南游艺园及上海的新世界等,但不同之处,亦甚多,总之 Luna Park 为柏林特有,也可以代表柏林一般生活。园中除咖啡店、饭铺外,十九均是游戏品及类似赌博的游戏,有时夜间有烟火或拳术等助兴,一大音乐厅,每日必有大的乐队演奏,此外还有一个耍马戏场和游冰场。在夜间差不多咖啡及饭店均有跳舞及其他杂耍,游人则各阶层人都有,混杂不堪言状。跳舞场中,尤多下流人的足迹。

凡是到过柏林的人,就知道柏林有不少的夜间娱乐场。此等娱乐场,大半至夜间三四点钟才关门,大半娱乐场各有其特性而性质稍异,大半不出音乐舞蹈及其他杂耍等。此等娱乐场分布地方以 Jägerstr 及 Ruieducbstarse 一带为最多,但别地方也有。许多此等娱乐场中，备有女跳舞者，亦可说是妓女，以供游客选择。此等女跳舞者，为与该跳舞场多做生意起见，无不抱竹杠主义，酒、糖、花……无一不要，无孔不入。究竟此等女跳舞者生活如何，与我国妓女相比苦乐如何，可惜我未深加研究，不得而知。

按西洋跳舞之俗，为男女交际所必需，故西人无论男女，无不会跳舞者，各大城跳舞传习所林立，生意无不兴隆。此等办法，我绝不反对，且有相当赞成，且觉为纠正我国男女界线过严之弊及为达到真正男女社交公开起见，此等办法，尤有提倡之必要。故在明兴时我常与友人谈，谓将来回国如无事干，设一跳舞学院。但及我到柏林，目击此等下流跳舞场之后心灰意冷，不敢贸然肩此重任。因差不多一切好习俗如制度，一到中国仅有其弊而无其利，恐跳舞亦不能免此例外。事实上据我所得消息，国内年来虽在兵戈不已之时，但各大城跳舞之风，已十分通行，可也用不着我们提倡了。不过将为害为利，只有等后再判断罢了。

但除上述下流跳舞场之外，亦有许多比较上等及很好的跳舞场，女人多比较上不带妓女性质。此外大咖啡店小咖啡店，无处不有，且均生意很好。大半西人的咖啡生活与音乐生活最为普及，一杯咖啡可以坐五六小时不去，所以许多人不叫"吃咖啡"而叫"坐咖啡"。黄金光阴如此耗去，殊为可惜。我很希望此等文明病，也不致传染到中国，但恐终是一种妄想罢！

若是初到柏林，或在任何城市，仅跑过跳舞场，坐过咖啡店，而只有短时间勾留的人，决想不到如此淫侈无度的民族，国内事业会那样的发达，科学会有那样的进展。但事实淫侈是淫侈，娱乐仍是娱乐，而其一切事业，依然蒸蒸日上，推其缘故，大约不外两个解说。

第一，我们到一个都市所看见的音乐舞蹈、电影、剧院、杂耍等等生活，只是表面的。西洋人真正的生活，努力于事业及尽粹于学术等精神，初到的人，只在娱乐场所的人，或在外国停留不久的人，均不大容易了解得到。凡是在外国久住的人，能与各阶层人接触，必然会了解并观察到西人实不只是嬉戏终日，他们用功于正事时，努力用功于正事，但娱乐时也实在力求尽兴为乐。关于西人此等特性，我以后尚拟详为讨论，此刻所要提明的就是他们做工时做工，玩耍时玩耍。

第二，大概外国也有不少的流氓及无正当职业的人，或富家子弟，终时以游荡为生，淫佚嬉戏，无日或止，其他妓女式或半妓女式的生活，即以此为职业，无可讳言。但这究只是一部分的现象，大多数人民绝不均是如此，否则百政绝不能斐然可观。我们看了北京八埠及上海四马路种种情形，不能执此以批评全北京、全上海甚至全国如此地坏，那么我们看了 Jägerstr、Ruieducbstarse 的种种情形，也不能以此评判柏林或全德国有如此地坏。西洋文化之所以为西洋文化，不只在跳舞场中！

在明兴时，有人告诉我大学校女学生中有妓女混于其中，我听见大为大惊小怪。据说不过若干女生，有真正的学生证，不过不大上课，尚在勾引男生。此等情形，由中国妓女的意义的观点看去，当然带有妓女性质。不过在外国，妓女与不妓女全无明确界线，公开的男女交际,社交公开,在顽固视之,或视为妓女式生活,但在我们看或正是一种进步的好现象。

此等情形,听说在柏林也有,所可惜的就是听说大学校中,竟不时有真正妓女(以此为职业者)混杂其中。此外据说普通的女学生,大半也容易被男子勾引,或有意被男子勾引,甚至或进一步勾引男子。此等原因,完全是经济的关系,亦是经济压迫。原来家境不充裕或父母对于经济较不放松的女生,每月由家中所得,仅能勉强维持其简单的学生生活。但好娱乐为人之本性,况德国人又为最会寻快乐的民族,况又在很繁华的柏林,此等简单的生活,如何挨得下去,看电影啦,听音乐啦,跳舞啦……当然要求得相当机会,以应需要。因此据我的朋友说,女生很容易被勾引或且勾引人。

关于柏林大学还有一事,很值得在这里占几行地位,这也是一位朋友告诉我的。他说内部各机关,大半是人浮于事,本来一人可办了的事,往往用两三个人。尤容易看出的是擦地板的老妈,据说每人每日不过擦一点或两点钟,便可将全校地板擦完,试问为什么用若许老妈呢?

我听了这个说法以后,忽然提醒我在柏林亲自观察一点,原来柏林凡是公共的地方如舞跳场、咖啡店、戏院等地的厕所,例有一男人或女人在内把守。厕所内大半备有洗脸地方,若一擦手或洗脸,甚或向其所备的镜子照一下,少不下给那伺候人一点酒钱。有的伺候人除服役外,兼在厕所中经营一种小本营业,就是出卖肥皂、香水等化妆品,及预防花柳病或禁止生育的药品或橡皮等。最令人不满意的,是 Luna Park,其厕所中设备并不精良,而依然有人伺候,又在壁上大书文字，全用教训的口气，大意是："若是爱好清洁的，必然不吝啬一点小费！"在明兴公共场所的厕中，有时也有此等现象，但不如柏林之甚。我到柏林不久，此等怪象，即引起我的注意。其实此等伺候人，本可不要，原为变相的乞丐。然而把守厕所，在大都会地方，竟成了一种职业了！大凡文明愈进步，职业的种类也愈多，乃是当然的现象，然我思此等本可不必要的职业，而竟要发现，也是一种人浮于事的病象，原来这里也有汰员简政的必要！

以上把我第二次在柏林居留时的所见所闻，随便记出一点，作为我在柏林时所留的鸿爪。但关于我参观的地方，多未提及。柏林为德国首都，可参观的陈列馆及临时性质的展览会，多不胜举。我在柏林除地质古生物陈列馆常去外，间亦到于我有兴趣的陈列馆去。我们要知道，陈列馆实为欧洲文明之结晶，但因各人兴会不同的关系，我不能在此把许多陈列馆一一详述，不过我所一再要声述的就是有机会到欧洲、美洲去的人，切不要错过了机会去看伟大的及自己有兴会的陈列馆，不要以跑了几条街道，就算到过某地方了。

三月之久，我终是住在那热闹的 Wilmersdorfstr. 45，我虽然动了几次要搬家的念头，但一来因为房东尚甚和气，二来我在柏林索性是五日京兆的生活，一动不如一静，就此迁延地住下去。其实以后那街上的电车声、公共汽车声、汽车声，以及人们喧闹声，也渐渐习为故常，不觉得怎么样烦躁了。可是我生活在柏林，依然如同在沙漠中一般寂寞，孤独，烦闷，……

哈士山旅行偶记

本年德国地质学会在哈士山（Harz）的戈斯拉尔（Goslar）开年会，并在附近有若干地质旅行。我因已加入此会为会员，且为认识此会内容及参加一二旅行起见，遂决定加入。哈士山在柏林西南部约一百五十公里处，为德国中部古生代残留著名的山地之一，故在地质上颇负盛名。又此地风景颇佳，故有名养病地及避暑地颇多，夏季避暑，冬季跑雪，成为游人蜂集之所。我借此前去，可谓娱乐与修学兼而有之了。

那一天上午，背上背包，提了手杖，到车站上了四等车，和繁华的柏林，暂行作别。这天因为是星期日，天气又特别好，所以车内非常拥挤。大凡德国人每到星期日，最喜出游名胜或山林湖泊。星期日车票，如买来回票，特别便宜，这也是政府奖励国民旅行之意。他们三三五五，对对双双于佳日出外，或散步或游泳，过那"辟克泥克"（Picnic）的生活。且说我这天车行二三小时后，始得到坐座，车窗外风景时时变换，我因走这条路是初次，所以特别感兴趣。最令人印象很深不能忘记的是，此时正是收获的时节，男的女的，均从事于割麦、打麦等工作，使我不期而联想到故乡。车过 Habbstatt 并不换车，一直到戈斯拉尔即寓于所预订的旅馆中。因到会人一个也不认识，也不知已到了多少，且为时尚早，乃独自做参观城市及附郊之游。

戈斯拉尔位于哈士山之西北部，虽靠哈士山，但尚在山外，约当我国之一县城。但商务繁盛，建筑的整齐，公园的优美，许多旅馆的规模宏大，与教堂及旧王宫的庄严，实非我国普通县城所能望其项背。此虽地临哈士山，亦为避暑地之一，但德人对于保存古迹及改进物质生活，处处努力，乃始有此结果，亦为重要之原因。戈斯拉尔之所以著名，是因为其具有化石性质，整个城市差不多是一块大化石，因悉为德国中古都市规模所存留的都市之一。大部分的建筑，均尚为古式，令人游行该市，宛如身在欧洲中古时代一样，比如旧王宫、旧市政厅等，均保存甚好，内又有陈列馆性质，展出许多历史珍品，故尤使此城生色。

且说我独自跑山坡，半路有一小酒店，在那里略做休息，再前行至林木岔处，又有大的饭铺酒店，且例有音乐舞蹈。我因不耐烦躁，独自到林中，草地厚处，席地休息。这时候悠扬的音乐，不时送到耳中，游人三三五五，不时触到眼帘，又远望或近看那些多情男女。天气很温暖，天空除淡淡的几片白云外，只有那可爱的太阳挂在深蓝的天空，林中草木与野草的香气，真堪使人陶醉……

不久太阳躲到树林背后去了！戈斯拉尔的教堂中，送来报时的钟声，原来已七点了！我始带着哈士初恋的热情与思念故乡的痴意，慢慢回到旅馆。

晚上在旅馆的饭厅虽有自由集会，但到者甚少，已到的许多人中，也没有我认识的。后来接谈的结果，居然认识了三四位。至于此等谈话会，全为私人交际，与会务无何等关系，我在此可乘机把德国地质学会约略谈一谈。

德国地质学会成立于一八四八年，今已七十九年了。四年前（一九二三年）曾在明兴开七十五周年纪念大会。该会每年有大会一次，在任一地方举行——此地点当然由先届大会决定，今年地点在戈斯拉尔。此会既有近八十年的历史，而此八十年中，又为地质学发展中一个不可忽视的时期，故该会工作，在地质学史上，殊占重要地位。会员不限于德国人，但大半多为德国人，大凡有名之地质学家古生物学家，无不在内。其会员，已一千五百余人，散居各处，总会所在柏林。该会出有杂志两种，一为每月报告，一为论著汇刊，均十分有价值。

会前有两天地质旅行，共有两组，均有人领导，我加入施蒂勒教授(Prof. Stille)领导的一组，所看为哈士山周围地质(Harzvorland)，原来哈士本身为古生代残留山地，但四围亦间有中生代地层，如三叠、白垩等。我们两天所看者均为戈斯拉尔附近，即哈士山西北部地质，此数纪岩层，不特地层上，令人兴趣非常浓厚，即地质组织亦殊饶兴会，施蒂勒为格廷根大学教授，于地质组织尤著名，故尤能引人入胜。

此次参加除我外，尚有孙云铸先生，故得减去寂寞之苦。孙君服务地质调查所及北京大学，一九二六年夏代表我国参加马德里之万国地质大会，后又在德国哈勒研究，实为我国人研究古生物学之第一人，我在此能与孙君再见，且同加入旅行与开会，当然高兴得了不得。

开会受到戈斯拉尔市长及许多代表欢迎，种种仪式，均为陈套，无可记述。正式开幕后，上午下午均有演讲。可惜第一日正式会，我偶因病未能参加，其他各演讲会，则无不旁听，大半听讲材料中，关于应用地质者多，且专有下午演讲关于石油问题之各题目，次为普通地质，关于古生物者最少，此亦无足怪，因德国另有古生物学会，不久亦开年会，故纯粹古生物方面论文多在彼会宣读。

正式开会期间，尚有数组半日地质旅行。我加入两次，一次看附近有名之钾矿工厂，一次到 Lauted thod 看下石炭纪地层。两次除科学方面的享受外，于所到地方风景人物，均得认识若干。两次旅行因距离较远，故来往均用长途大汽车代步。因德国各处，交通甚便，除铁路密布外，乡下马路更密如蛛网，差不多极鄙地方，均可通行。

印象最深的，还是开会后那四天旅行，因为此四日所到各地，不但为哈士山地质最要部分，亦实为此次各地质旅行中最重要之旅行。所看地层，大半为志留纪、后泥盆纪，沿途数地如 Harzberg、Mägdsprang、Lantexbere、Wreda Bernbenstein 等，均为著名夏季游人避暑养病的地方。

此次和我以前所参加旅行不同的地方：一是全旅行均用长途汽车代步，免去跋涉之劳；二是每日午饭都在饭铺吃很好的饭，不比以前午间只在山上吃自带食品；三是夜间除正式吃饭外，所在旅店均是比较好的旅馆，而绝未住过小店，所以如此者，据说因参加的有不少年龄较大之人及大学教授等，至于为把哈士山重要地质于四日内看完，亦为一重要原因。

应该特别纪念的是旅行的第一日，因与孙君同组，故途中格外兴趣浓厚。我们不知怎么谈到有组织中国古生物学会之必要，于是即以此为谈话的题目。那一夜我们住在 Mägdsprang，同寓一间房子，真有抵足做长夜谈之乐。次日孙君便回哈勒去了。以后当孙君过柏林赴英时，我们正式拟出简单草案及公启等，但大体均脱胎于旅行中所谈的结果。我们很希望中国古生物学会将来能正式成立，且名副其实，对古生物上有大的贡献。

此四日旅行指导者由二人轮流担任，此二人均为柏林地质调查所地质调查员，且专在此地工作者，并有十万分之一的简明地质图，故颇收事半功倍之效。惟欧洲各国关于地质及古生物学上之研究已有近百年的努力，故大的发现与新异的采集，不易发现，其学术之努力，已及于很精确及细微之各问题，所谓研究程序，已进至第二时期，非如我国，尚在第一时期。譬如德地质图，除学校用之简明图外，莫不有十万分之一乃至二万五千分之一的详图。在于地质上有名区域，往往有更详的地图。至于我国除近年来因地质调查所努力之结果，仅有北京、济南幅及太原、榆林幅二幅出现，余则尚在调查中，或尚全未着手。所以在科学上，无论如何不能不承认我们是后进的，要与人家并驾齐驱，实非国人大努力不可。

关于此次开会及旅行，尚有一二感想，不妨一并记在此地。

第一，他们开会虽有四日之久，而关于会中事务如报告会务、清理账目等不过一小时便完全了结，其余时间，完全用于演讲及讨论。尝见我国许多会，往往章程成立之日，即该会寿终正寝之时，即或奄奄一息；而每开会时，其时间常为琐小无聊之事务占去十九，或每为一不值一文之小事，意见争执而不休。尝在明兴每于明兴中国学生会开会时，此等痛苦，无一回可免，因此我国许多集会，使人感觉不到会的存在必要与兴趣。

第二，他们每演讲均有详尽之讨论，旅行时亦然，讨论时毫不客气。且会中年岁甚高之宿学与新进之学者聚会一堂，新进者不因宿学而有所顾忌，应辩论的仍辩驳，宿学亦不因自己为宿学而回护，当认错仍认错。至于讨论时仍尽情讨论，且会散后，仍是感情如故。按此等情形，在一般视为当然，无何等稀奇，然在我国一般学术界，似对此尚不无一点惭愧。

第三，此次各旅行，虽大半用汽车代步，但时值八月上旬，酷暑未退，且崎岖山路，上下亦费力气。但许多六七十岁之地质学家，仍随行上下，不少有倦容，但少有躲懒者。由此不特可看出他们对学术的忠诚与兴趣浓厚，且可看出他们民族身体的强健，非我们"东方病夫"所可与之同日而语。

但他们的种种行为与性质，不一定全是可令人佩服而可效法的，坏毛病恶习气，仍是不少。如他们学术上门户之见，有时甚深，以致是非不明；如他们一般不谦虚的态度，一得之愚，无不视为奇珍；如他们正式开会时自由退席或谈话；等等。舍短取长，是在善于效法者。

开会及旅行完全完结后，我本可即回柏林，但因有一多年通信而未常一见的朋友李赋东君在格廷根。而格廷根又距此地很近，所以我便顺道到格廷根，在此除与李君欢会外，兼得看了德国一个有名的大学城市。我在此地共停了五天，就中以一天与李君游附近之 Hann-Munde，后即由此直回柏林。

格廷根人口不过数万，实因大学而著名。城市清静，如在乡间，最宜于读书用功，虽为小城，然一切设备，均为我国大城市所不及。如广大的公园、庄严的戏院，以及著名的医院、图书馆、陈列馆等等，均井井可观。闻此城从前（欧战方了后数年），我国人在此，就学者甚多，惟近年则一年少似一年，当我到此地时，闻不过六七位国人罢了！

在格廷根尚有一可纪念的事，就是我得有机会一谒刘庆余君的墓。刘君与我曾为三秦公学同学，后入上海同济学校，与李君同来德国就学，不意到德后竟因病以致不起。陕西在外留学生本来很少，况以刘君之好学与勤苦，尤觉令人爱惜。

在此曾以一上午参观此地大学的地质系及其陈列馆，施蒂勒教授，为此地地质古生物系主任，声言此地陈列馆，为教育用的性质。又许多附近产物，十分详细丰富，但以外各地，则为数不多。然此等设备，比之我北京大学尚超出数倍。可惜时值假期中，施蒂勒及校中许多人，均不久他去，因之我不能再有机会详为参观。

西游记

回柏林后,我即设法要离开柏林。我有两条路可走:一是向东到 Breslar 去,到彼去参加一九二七年的古生物学会年会,也有不少的演讲和旅行;一是向西,过比国(比利时)前往英国,再由英过法回德国。经了多少次考虑,终是择了后一条路,不过不能参加古生物学会的年会,实在是一件很可惜的事。

离开柏林的时候,并没有什么特别的感触,我仿佛有这么一点情绪:"谢天谢地,我要离开柏林了!"我不解柏林于我或者我于柏林何以那么没有感情。但是平心讲起来,柏林亦有她的世界上的地位,绝不因我之好恶而有所损益。况就我本身讲,亦有多少使我留恋不舍的。那里的自然科学陈列馆,我曾去过许多次,无论内中材料,或是主管的人,都给我留下很好印象。至于柏林许多相知的朋友,虽说他们并不是柏林也不能代表柏林,然而当车轮开始移动时,终不能令人无动于衷。

上车时很拥挤,到车中来回跑了几次,找不到座位,颇令我回想到以前由京回陕或由陕回京时京汉及陇海车中的情形。似睡又醒地胡乱混了一夜，次早车到科隆，此为德国西部沿莱茵河一大城，两年前做地质旅行时曾路过此地，彼时尚有英兵驻守。此城亦有大学，商业亦繁盛，最著名的是教堂的建筑即在车站旁，过此地不下车的人，在车上亦可望见。我此次到此地，一因时值清晨，不过早上六点多钟，二因八点即要上车西行，故也莫有久恋的机会，只在车站旁莱茵河岸略一领略莱茵清晨的美景罢了。

我此次西行首先拜会的一个新城市为比利时京城布鲁塞尔。我在此虽只有两天半的停留，但也得到不少的见识和经验。我初出车站，无形中便得到很浓厚的"法国气"的印象。街道上的种种喧闹、咖啡店的桌子一直摆在马路旁人走路的紧边、建筑的格式等等，无不令人联想到四年前初恋的巴黎。找好一旅店以后，看见旅店中一切，连床铺的样子，都和巴黎一样。本来法、比相同之点甚多，莫有什么可以奇怪的，不过久住德国的我，一到此地，看见和德国大不相同，兼语言不通，确真有"到了外国了！"的感触。

虽然觉得一切大不相同，但构成都市的重要实质，究竟一样，就是铜像、教堂和陈列馆。教堂和铜像等触目尽是，除表面上的赏鉴外，于我没有别的更深的兴趣，我所要看的惟一便是陈列馆了。我在此地，参观了许多有名的图书及美术陈列馆，内中均美不胜收，且有不少极有价值的作品，回思我国此等收藏可说完全限于私家，在北京除阴历年节厂甸的会上有许多图书挂在当街或席棚中外，不曾有规模宏大的书苑，不禁惭愧无地。此外此地植物园虽小，然内容亦颇不恶,至于动物园此地没有,乃在距城较远的一小城,最为有名,惜我莫有工夫专去拜访。此地的自然科学陈列馆,我共去了两次,内容十分丰富。尤于人类学方面之采集为丰富,古生物学上最著名的为全世界有名的禽龙（Lguanodon）；所可惜的是时值假期,又因无人介绍,未得机会拜见此地有名的古生物学家杜鲁（Dolls）。

布鲁塞尔的风景,据我看来,本来没有什么奇特,不过他们处处施以人工修理,遂使大有可观。闻城内某小空地砌石为阶,围以花草,中喷流水,系用我国庚子赔款所修造,王宫附近隙,亦布置得楚楚可观,近郊有森地,为夏季游人游息之所。总之外国都市之所以雅致可爱,发于自然者十之一,由于人工者十之九,苟我国各都市急起直追,亦不难与之并驾齐驱。尝看外国人之中国游记著作,无论内容好坏（用中国人的眼光）及何种性质,无不提到我中国三大毛病,一曰都市不讲究,二曰山上无森林,三曰乡下道路太坏。此三者实为观瞻所系,无论精神文化方面如何高及其他物质方面如何好,但此三者表面之事不改良,终为莫大之耻辱,况我国人所自夸之精神文化方面,用科学眼光观之,尚不无许多估计考虑的地方吗？

在此遇见的国人计有五六位,均甚和蔼可亲,尤以在此地研究图书的孙君世灏,于我此次过比,招待最为周到,没有他恐我不能把比京关于图书方面的特长,有机会看到。最凑巧的是在此地遇见一位在伦敦求学的,可结伴去英。原来暑假期内,在英我国学生,多乘机到法、比等地避暑,一因生活费用比英低,二因亦可借此了解大陆情形之一斑。

从比京到英京的一段路上，因得有程希孟君和曾宪孚君为同伴，颇不寂寞。由比京动身，不到两点钟之久，便到海岸，港名奥斯坦德（Oostende）。由此须下车，上轮船候到对岸英港 Dower 时，再舍船上车。此等办法，远不如由德港萨斯尼茨（Sassnitz）至瑞典方便。我想英国与大陆交通的重要，至少不亚于瑞典、挪威之于欧洲大陆，何以竟不加以改良？想来想去，得不到满意的答案。

上船后开行不久，风浪即大作，英吉利海峡素以风浪大著名，加以此等过渡轮船又小，抵抗力薄弱，因而更为摇动不堪，浪打进船上，行李差不多完全湿了。虽然如此，却仍可勉强赏鉴伟大的海景，自（民国）十二年由上海乘轮西来只这一年有两次机会，赏鉴赏鉴海的奇观。

船行不过三小时即到英港 Dower，在此上岸时，照例检查，随即上火车。英国三等车颇像瑞典三等车，设备甚为精雅，而车开时，驶行之平稳，似尤过于瑞典。可惜时已入暮，不及领略两旁风景，车行约两小时，即到伦敦。下车后寓大学附近之大学旅店中，因比较便宜，我国学生亦多有寓居其中者。我所住的房子很小，在最下一层，每天连早饭五先令。据说这是一种学生旅馆，专为招待学生，价目算是极公道的。

按我预定计划，拟在英国多逗留几天，以便把英国种种情形，比较详细一点地认识一下。我尤所盼望的是于参看各种陈列馆之外——自然特别是自然科学陈列馆——关于英国社会人情上细看一看，并想有机会做一二次地质旅行，但不幸这些计划，都成幻想。

经济状况迫我不得不早日离英，虽然生活比德法并不贵多少，但究竟费一点，而且我那时手中并没有多少钱了。因此，我在伦敦，只有八九天的勾留。这八九天中，以大部分时间用于参观陈列馆。各重要陈列馆，大都在一起——南肯辛顿——所以既省跑路，又省时间。关于参观各陈列馆详情，殊无如流水账一般记述的必要，但我趁此不可不说的，却有几点。

第一，英国各陈列馆中，因各方面关系，常有许多地方，为大陆各陈列馆所不及。如科学方面，十八、十九世纪各大科学家中，英人最多，且多倡导者，其所遗留纪念品（譬如瓦特试验蒸汽的东西等）实可称为无价珍品。又如地质学方面，因英伦古生代地层研究最早最详（古生代纪名如寒武、志留、泥盆，均源自英国），除历史的特色外，材料方面，亦有特色。再如英国海外殖民开始事业，为各国冠，世界各地如非洲、大洋洲、印度、北美，无不有其广大的殖民地，因之其帝国机构之材料，丰富异常，为各处类似此项的陈列馆所不及。最可注意的是，因英国和我国的种种关系，我国美术品如瓷器、雕刻品、绣织品及我国近代许多史料（如关于太平天国的文件等），均分存几个陈列馆中。苟我国人不急起努力，恐将来将有甚于此者！

第二，伦敦各陈列馆，除一二例外，大概无论星期日、假日或平时均不收入门费，与大陆各国只限一定日期（免费）开放，余则酌收入门费者不同。至于为什么如此，我一刻尚得不到相当确切的答案。

此外我在伦敦所看的有国会的建筑、许多有名的教堂、著名的伦敦塔（Tower of London）、动物园及几个有名的广大公园。伦敦一般的建筑，比较上并不高，大半均为二三层楼房，且都市中有几个大公园，因之都市所占地面之广为各大都市最横之发展者，与纵的发展如纽约者恰相反。各公园确为英国式公园，一切设备，务求其迫近自然，不多强施人工雕琢，我自此才知道为什么明兴的大公园叫作英国公园。

英国人向以绅士式与商人式的民族见称于世。我虽居此甚暂，未多与英国人交接，但也时时感觉到，这个批评的确不错。他们对人，无论如何，都是和气可亲。据说年来，我国国内排英运动，虽高出云表，但他们对我国人表面上仍不改常度。这样说到好处，就是有大国民的态度；说到坏处，是奸诈，是虚伪。

星期日承吴、郑、曾诸君带我到近郊汉普顿（Hampton）、里士满（Richmond）去游，得领略近郊的景色，真令人可以忘返。我们本想顺带一看植物园，竟因天晚作罢，不胜怅然。大半西洋任何都市近郊均多树木，多花草，多历史上有名的建筑或陈迹。虽为天然景色，而无不施以人工的润色，道路宽大而清洁，所以交通便利，人人乐游，与我国都市附郊多"出郭门直视，但见丘与坟"的荒凉景象恰为相反。

伦敦也有好几个中国饭铺，有一个很阔，且有音乐舞蹈，其他均中等。我常去吃饭的地方，则为许多工人所组织，地甚狭小，内悬中山遗像、遗嘱及其他有名人物像。闻国民党伦敦支部机关即设于此。至于伦敦我国工人数目及详情，我尚茫然，不知其详，惟知工人中以广东、福建人为最多,水手及其他苦工者居多,但知识比国内一般工人高,且富于爱国思想。至于我国留彼学生界的详情,因所接洽人极少,尤为茫然。

我在伦敦印象最深的,是在那里过国庆日的那一天。上午到自然科学陈列馆辞别连日会见并代为照料一切的霍普伍德(Hopwood),并见了由美来游历的少年古生物学家S.Mpsson。下午到分科大学动物系会在明兴相识研究中国猪类化石的Pearsod女士,她又介绍了动物系主任Watson。英伦大学古生物不归地质系而归动物学系,所以她在Watson指导下研究,我因此除看了中国猪类化石外,又把动物系的设备看了一看。

之后我即赴那小饭铺的国庆纪念会,向总理遗像三鞠躬,读遗嘱演说外,并有唱歌,其词似为新撰,其词如下:

共和歌

共和,共和,五族为一家。世界大民国,厥为我中华。左山右海雄居东亚。长江大河,富庶莫加。气候和,百物丰,天府雄国言非夸。席卷美非澳,囊括欧罗巴。青天白日旗灿烂如明霞。万岁万岁祝我中华。

爱国歌

爱中华,爱中华。我爱我中华。中国同胞们,群起爱中华。救中华,救中华,我救我中华。海外同志们,快快救中华。

上两歌，第二歌尚可不必深责，第一歌殊觉不切事实，吹牛太大。我不解国事如此，国人尚何心再养成夸大狂之心理。

会场的旗，当然是青天白日旗。

随后又赴中国公使馆的国庆纪念会。远远望见使馆楼顶上有一面五色旗随风飘展，入内则除数十中国人及几个外国听差与茶点外，一无所有。人来，脱了大衣，吃了点心，又穿了大衣即去，此之谓庆祝国庆！

唉！伦敦初恋，不过如此。可惜我没有详细把伦敦看一下，照我预定的计划，然我究竟带了些甜的苦的味道回去，回欧洲大陆去。

我由英回大陆未取来时的原道，系由英国的口岸福克斯通（Folkstone）到法国的口岸普兰（Bonlogue），海峡较阔，需时也长些，但此日风平浪静，不特没有晕船之苦，且把航行的乐趣，又大大领略了一回。在普兰未久停随即上去巴黎的车。法国车震动太甚，车内陈设亦不见佳，不但不如英国的，连德国的亦不如远甚。

巴黎虽于四年前到过一回，可是这回竟如新到一般，不过究有几条街道，几座桥梁，几个教堂，几处陈列馆，几家铺子，甚至连人民的一些性情，好像依稀认得，尚不负从前的一面之缘。

我重来巴黎的惟一目的，在会德日进（Teilhard de Chardin），彼为法国一教士，又为一著名古生物家，近关于我国河套及甘肃东部地质古生物，多所发现。闻彼初由中国回法，但将来仍到中国，且有在地质调查所任事之议。我因翁咏霓先生的函嘱，故亟思与彼一晤。所以到的次日即到自然科学陈列馆去见，并得见了蒲勒

（Boule）教授。我于数日之内，除把该陈列馆关于古生物部择要详看外，并把彼由中国带来许多化石略为研究了一下。因此我居留巴黎的大部分时间悉用于此，连别的陈列馆，也不及详为观光了。

但几个要紧的地方，我还乘机看了一看。除重上铁塔至于绝顶外，于星期日上午到卢浮宫陈列馆，后乘电车到近郊的凡尔赛宫，即欧战和约签字的地方，宫内陈列除几件家具及许多油画外，几无他物，但一椅一桌无不有其纪念价值在。宫外公园，亦殊不恶，特人工布置太甚，颇为死板。我在巴黎游览许多地方，多独来独去，虽语言不通，亦不感困难。随后找见了四年前在巴黎相识的李士林君，他不但还在巴黎，且还在原地方住。他带我游览许多繁盛地方，又看了中国使馆中国式的房。我们到拿破仑墓，意欲一看，因太早尚未开门，不能入内。回忆前一次日暮时与李文伯君来此，因太迟亦未入内，奈何与拿破仑之墓无缘，以至于此！

看了巴黎的街道，觉得不如德国的整洁。许多铺子，夜间开门，星期日亦照常开门，街道两旁多小摊，甚有负物沿街叫卖等情形，颇有些和我国都市相似。咖啡店无街无之，闻一般人坐咖啡之瘾，十个就有七八个，所以咖啡店虽多，常是人满。淫侈之风，亦为各都市之冠。

此地中国饭铺在欧洲各都市中算是最多，价较便宜，也较为发达。但我偶听说什么派的人，多在什么地方吃饭，什么党的人，多在什么地方聚集，且闻不时冲突，打架以手枪相向，似有两饭铺已卷入政争之中。又有一饭铺，很为宏大，楼上楼下均有音乐舞蹈等，经营为各家之最。各饭铺多为妓女或暗娼常到的地方，或者此即发达的一个原因。闻留巴黎中国学生中,有经年不得见太阳的,是实是虚,我尤难以断定了。

有一天无意中遇见两个中国学生,姓名、籍贯我也记不起了。他们带我吃咖啡,有一个即自声言在法五年,习工,得有超等证书。不久又言每日甚忙,什么外国人今天请他吃饭,什么明天请他吃酒。随后又说他在上海与各报馆无不认识,我将来回国时,可以通知他,他可以在报上代为吹嘘……末了叹了一口气说:"现在中国就是如此!"

巴黎生活较为便宜,本可多住几天,而我实不耐久住。非因语言不通,乃实因繁华过甚,于我太不相宜,正同柏林之于我一样,因此很想早回明兴。我在巴黎虽也只勾留了八九天,却也得了不少的知识经验,但我来法两次,所视为遗憾的正同在英一样,没有得到机会到乡下饱尝乡村生活。

西游至此,可以告一结束,因这是我在柏林时预定最末到的都市。其他想到的地方很多,均因时间、经济不足而割爱。我决计由巴黎回明兴,但不想取道以前我经过的斯述斯堡,而想过美因茨(Mainz)经佛兰克府而回明兴,因我还打算到此地参观一下修理化石的技术。

在巴黎车站和李士林君作别,于夜色苍茫中,只感觉着旅途的荒凉。车外看不见什么,车内旅客大半做不安静的睡眠。我在如此情景中,精神多少有一点快慰,说也奇怪,就是回德的快慰。

第二天早晨,车入德,入境全不受检查,觉得一草一木均似久别重逢，宛如重回故乡一般。因回忆前在巴黎晤李文伯，彼谓彼游德国，觉一切均两样，及重回法国，觉得如回家乡一般，我今可谓适得其反。但何以如此，并非法国于李君特别好，德国于我特别好，亦非我特别爱德国而李君特别爱法国，不过各因住该地较久，一切较为熟悉，而且受了盲目的情感支配罢了。

到佛兰克府下车后，即到中国学院，意在找罗良铸君，不料罗君已谢事他去，便由该院女书记介绍一旅馆。一切略为布置以后，即去自然科学陈列馆见 Leuchs 和 Rishter。Leuchs 前在明兴教书，近升至此，Rishter 则为此地正式教授，二君前在戈斯拉尔开会时均曾会过，且有来游之约。因此连在此参观关于修理及制造化石事项，原来此地有一修理技师，极为熟巧，而且关于修理方面的设备亦远为他处所不及。

佛兰克府，连这一次，算是到过三回了——其实只有两回。第一回是一九二四年夏天随普通地质教授在莱茵河做地质旅行时到此，因换车的缘故，在此停了五六点钟，且在夜间，只在车站附近游览了一阵，所以等于没来。第二次即在本年（一九二七年）三月，由明兴起身与鲁斐然、刘钧二君专来赴中国学院所召集的中国学生联欢会，这件事我以前本拟专文记述，后因事中止，可在这里约略记一下。

原来在中国多年的卫礼贤（R.Wilhelm）对于中国旧学问颇有研究，翻译中国典籍很多，回德即在此地倡立中国学院，不久归入大学，但经济仍大半仰给于私人捐助。该学院成立后，极力联络中国旅德人士，意在得其赞助。本年三月由该院发起中国学生联欢会，到会者近百人，以由柏林来者为最多。在该地一切食宿事宜，均由该院招待。白天由该院导游各名胜如最大之教堂、歌德故居、自然科学陈列馆、植物园、生物陈列馆、书院、动物园，晚间则有各种演讲娱乐等。此外又以一日做旅行，计先到 Wesbaden 后，参观一香槟酒厂，后到莱茵河中一小岛 Eutville，由该岛主人某侯爵夫人招待。闻该侯爵对中国学院捐款最多，且对东方文化有兴会。后又到鲁德斯海姆（Rudersheim）一去，所看者无非酒厂而已。按自欧战以后，西洋各国，尤以德国为最，对我国及一切东方文化，兴会突增，惟大半只得其皮毛或连皮毛也得不到好的，但苟能努力为之或可蒸蒸日上。至于我游此地所得惟一教训，即佛兰克府许多事业如自然科学陈列馆、书院等均由私人之提倡而成（中国学院亦然），据云该城之发达亦由私人出力居多，此等成绩与其人士办事精神，颇可纠正我国许多人专靠好政府的谬误思想。

我与佛兰克府有上述的因缘，所以对于各地殊乏再游兴趣，也实因时间关系，除在自然科学陈列馆外，再无闲暇。

我此次游佛兰克府，虽未得与罗君相会，却认识了继任罗君职务的丁文渊君，畅谈数次，每为快慰，星期日我们去到洪堡（Homburg），此为一避暑胜地，但过乌瑟尔（Oberusel）车站时，即见在该站下车人很多，在由乌瑟尔到洪堡途中，又看见许多人向乌瑟尔的方向去，及我们到洪堡下车时，一同下车者寥寥无几。游览街道，亦觉得十分萧条，因此我们即断定在乌瑟尔必有什么热闹可看，问于路人，则谓本日为 Kirchueih 节（为天主教一俗节），我们乃乘长途汽车前去，到那里时果见人山人海，拥挤不堪，却也没有什么特别可看，只是有许多杂耍、杂摊及其他娱乐场，看去颇和明兴的十月节相像，但规模小得多，按 Kirchueih，凡天主教盛行区均有，但不见与民众集会有何关系，今此地如此，不过借名目以实行其必须的秋收时节娱乐罢了！（此等说法，颇有考究地步，姑存之。）

我们略一游览后，因为时尚早，乃进一跳舞场，意在消磨时光之外，在此吃饭、听音乐，随后于秋雨蒙蒙中回佛兰克府。常发生的一种感想，不禁又涌上心头，就是德人的及时行乐性格与一般升平气象。我每见人家民众娱乐或各种热闹场所，常联想到我国兵匪饿荒等等苦况。俗云"识货不识货，但怕货比货"。两两相比，能不令人感觉不快吗？

这一次在佛兰克府只停了四天，便离此直回明兴去。此次由柏林西行，所游各地甚多，但都限于时间与经济，不能多住，计此次离德回德不过二十多天，有的地方是新到，有的地方是重游。然今兹游后，不知何时又得重来，遂不觉有步步辞行之感。抱着如此的感想，且回我多年权作故乡的明兴去。

特蕾西娅草坪每年之十月节（明兴景物之三）

英国公园里天真的孩子（明兴景物之四）

重回明兴后杂记

当我由柏林西游计划决定之后,即计划重回明兴。回明兴的原因:一是数月来所跑地方甚多,然均觉有格格不入之慨,远不及在明兴安适;二是已与明兴白劳里商定回明兴实习关于古生物学手艺上必具之知识;三是据我个人经验,在德国,明兴生活比较便宜一些,然此层殊不可靠,或者只是我对明兴较熟,可以省钱,而在别城,情形生疏,遂不免多花冤钱。但是无论如何,我竟重回到明兴了。明兴有那么久的历史,我对明兴又有那么切的留恋,当然回明兴后,精神有一番快慰了。

但是我到明兴,究竟较迟一点,最有兴会的,供人娱乐的,平民的十月节已过去了。原来明兴习俗每年九月中旬至十月初,在城西南部大草场有一大平民会,其会场乍看,颇与吾乡之六月六会或腊八会相似,但实不相同。因十月节全为娱乐性质,而六月六等会则主要为贸易性质。就性质讲来,当与吾乡的新年后或六月间麦收后各种赛会及娱乐等会相当,然内容则又大不相同。我重回明兴,颇以较迟不得再一看此大会为恨，但我在此已看过两回了，印象还是依依不去，我就暂拿来作我夜间斗室无事的消遣，随便记一记罢。

会场大小，年年稍有不同，但大体说来，所占面积很大，约当北京的中央公园二倍，中贯以宽广道路，路旁及草场，都为各种营业店铺占满。会场所有，大部分都是关于娱乐的，约可别之为三类。第一类为关于吃的和喝的，最重要的自然是啤酒，明兴各大啤酒厂均有可容数千人之临时广厅，备客进内饮酒，并有音乐助兴，有时有人喝得非常多，几令人难以相信。世界之啤酒以德国为最著，而德国的啤酒以明兴为最著，故明兴每年中所有欢乐节，殆无不注重喝啤酒，而尤以十月节为最，故十月节直可名之曰啤酒节。与啤酒同一著名、而往往在吃酒时不可少的为小白萝卜（去皮加盐生吃），为香肠，为明兴一带特有之一种B字形面包（Brezel），除此以外各种食品，亦无不应有尽有。尤令人注目者为烧鸭、烧鸡、烧鱼等，其做法大半于木炭火之旁，置轮状器于旁，轮上插被烧之肉而轮自动旋转，不久肉即可吃，其味甚甘。第二类可以说是看的，有许多数不清的大铺小铺，内中陈列若干景致，游人均可买票入内观看，有的规模很大，应有尽有，且均远地稀见的东西。入门券亦很便宜，约合中洋三四角。如前两年，一年为印度巨观，内容为印度之形形色色，一年为非洲巨观，为非洲之形形色色。有的规模很小，内只备一二种可以称奇之物，如极重的人、极肥的女子、极高的人等等。大凡此等骗人者亦不少，但有时亦颇值一观，此外如幻术、拳术之表演，短幕喜剧之演唱等，均可归入此类。第三类就是关于玩儿的了。玩耍种类中，形形色色，品类更多，然大半是关于运动方面的，有习射的，有习车的，此等游戏往往规模很大，构造十分繁华，非用图加以详细说明，不易了解，兹姑从略。我这里要特别提明的就是他们玩耍种类虽多，但加入者无不十分踊跃，不但是小孩子，大人包括老头亦然，不但是男人，女子包括老太婆亦如此，人人活泼之气，令人一触目即感觉到，可以说人人都带小孩子气，与我们死板的社会，大有天渊之别。

但是十月节会场中种种，究竟不全是关于上述三种的。记得我上一年游十月节时，附近即有农事展览会，凡各种产品用途及制作方法，与应用器具以及各器具演进之情形，均有很详细的展览与说明。因此游人于游嬉之余，似得有求得必要知识的机会。至于十月节各种详情和其精神，于此未能一一尽述，然希望读者由此可以了解一二罢了。

明兴差不多年年都有的一种东西，就是十月节会场迤南的展览公园中的展览会。该地因年年有展览会，故名其地为展览公园。展览会每年一次，期例五日至十日，其种类亦每年不同，如今年为巴燕的手工艺展览会，前年为交通展览会。今年的展览会，我在离明兴赴瑞典时即已看过，故尚不十分懊悔。此等展览会在各大城均有，固非明兴特色，不过我久客此地，习知此间一切，遂对此也不无恋恋。按所谓展览会，就是临时性质的陈列馆，其效用与陈列馆同，不过略带商业性质罢了。

此外如明兴的玻璃宫（Glaspalast）每年例有图画美术展览，不过较之城南的展览场略小些,其性质是偏于美术的罢了,精神上可以说是一样的。

展览公园,除陈列场所外,地方甚大,布置秀丽,以备游人游散。于夏间又有各种娱乐场如十月节等,所以此地在夏间,实是游人集中的一个重要地方。

有一年将过耶稣诞的时候,我偶过明兴的Sendlingtnrplatz,看见那地方为许多小摊生意占满了。虽也有卖香肠等食品、玩耍的东西的,但大部分究竟是卖其他货物及用品。各物有新的也有旧的,价格比较便宜些,去买的人,也以穷苦人为多。周游该场地一圈,便可知与娱乐性的十月节,大不相同。如此情况,以我判断颇和我国都市常有的鬼市、夜市相等,也和我家乡的腊八会有几分相像。大概将过耶稣诞和新年以前,一般人用钱孔亟,有出卖的,有收买的,有必须买而想略为便宜的,遂有此等组织。平常在欧洲都市见其市面的齐整和一般商店的伟大,偶遇此等小摊式的市场如北京的夜市、西安的城隍庙会,几疑身不在欧洲。

起初我以为此等现象,每年只有一回,后来经时较久,才知道此等年市每年至少有四回,而十月节不与焉,计为五月、七月、十月和十二月。十二月的即名为圣诞节年市,地址即在上述地点,其他三个均在旧城东南部之依沙河畔。据我所知各年市均有一定期限,不得无故延长,其中以圣诞节年市为最短,其他至久亦不得过两星期。虽说此等年市为鬼市的性质而非娱乐的集会,但也有不少的点缀,吃啤酒和及时行乐之风,为其国民特性,即此已可见一斑了。

今年我重回明兴，十月节不幸没有赶上，展览会虽赶上而因我已到过，只有十月的年市尚候着我，得饱游数次，尚可算许多失望中一件满意的事。"明兴！我不久将要与你作别了，不知几时可再看此间种种平民节与平民乐事！"我每游赏回来，常不住地这样想。

到明兴不久，就赶上圣诞节的年市，各小摊处在风雪中，卖的买的，我虽不买什么东西，但颇爱看此等景象，而发生一点不甚重要的感触。

在圣诞节前，一切均异乎平常，一般人的生活也不免有若干的紧张。差不多的商店，没有不举行圣诞节大贱卖的，生意比之平常，也格外有起色。原来耶诞节为西洋每年最重要之一假日，一般人于此时例有馈赠，虽父子夫妇间，亦必互送礼物，所以几乎无人不于节前买点什么东西的，其他贺片等更不必说了。因耶诞前两星期内的星期日，并不停止营业，商店照常开门，莫有工夫的人们，也可借此机会买所要买的东西，一个所谓银星期日，一个所谓金星期日。

点缀耶诞节的，可以说是耶稣圣树了。即是以半截刺柏，于枝上施以蜡烛等装饰，于夜间点烛使亮，下陈所有彼此赠品，家人团聚于此树下，不特颇为美观，亦易令人得极深刻的印象而生种种快感或悲感。耶诞节之有圣树，正和我国过新年必贴春联相同。耶诞前十余日，各街衢即有出卖此等树的，大小俱备，任人选择，触此情景，即感岁已云暮快要过年了。

按耶诞节本是耶教上一种故事或传说，不但耶稣是否于此日降生（十二月二十五日）尚为疑问，连究竟有无耶稣其人至今尚为争执未决的一个问题。但他们教中人，极力使此等传说普及化、平民化，于是久而久之不但煞像真有其事，连人类社交上必需的往来，如每年的馈赠等，亦与此合而为一，以致影响及于社会经济方面。故我谓西洋的耶诞节除迷信外，其意义不异于我国的新年——馈赠礼品——与其他端阳、中秋诸节——结账，清理欠人、人欠。其他西洋诸节，多带宗教意味，但宣传者每杂以其他意义，遂使其宗教意义不致久而沦亡。此例俯拾即是，我不能一一尽举了。

我在欧洲，已过了五次耶诞节了，而且无一次不在明兴，宜乎明兴仿佛是我第二个家乡。第一年是一九二三年，那一年节头二三天我才到了明兴，一切都很生疏，寓在一个公寓中，是日看见耶稣圣诞不过暗暗呐喊而已，也莫有什么特殊的感想。公寓主人，尚赠给一包饼干，如此就算把节过了。

第二年耶诞节的时候，我寓在依沙河畔的一个犹太人家中。家中主妇，招请吃饭，夜间并与同在圣树下赏鉴。第二日（耶诞正日虽为二十五日，但二十六日例似为假日）午间，我的主任教授布罗里（F.Broili）招请到其家吃午饭。夜间又赴旅明兴中国学生的聚会。然这些都是无谓的应酬，尚感觉不到耶诞节的可爱。到一九二五年和一九二六两年的耶诞节，均寓于土耳其街的迈尔（Maier）家中。此时离国较久，在外为时亦较长，大有"久与骨肉远，转与童仆亲"之慨，觉得异乡异俗，均不无可爱。与主妇及其宾客，团坐圣树之下，吃酒行乐，说短论长，在此期内，我认识一商人家庭，有时常到他们家中去，也在他家中过了一次耶诞节。凡这些虽属琐碎小事，然于我的印象却是很深的。

今年耶诞节日，明兴大学地文系主任 Lrygaleki 约我到他家中去，席间除地文系一学生外，均其家族成员。因为我快要离开欧洲了，对于此节尤为珍视，坐于点着数不清的小蜡的圣树之下，实有说不出的快感与悲感。有时听他们唱歌谈笑，不觉到激人尤深。总之他们处处表示他们的太平景象，表示他们及时行乐的精神，表示他们家庭和社会的幸福与一切的和谐，这些都是不堪和我国相比的。

我国人对于除夕，往往十分重视。记得在我的故乡乡下，是日午间，必吃所谓钱串子，即水饺加若干面条，夜间又团聚一块吃酒，名叫辞岁。我在外国数过除夕，无不使我回忆到儿童时代的种种情景。他们当然不吃什么"钱串子"，不过夜间照例亦有聚会，或在家中，或在公共娱乐地方，大约以到公共娱乐地方去的占大多数，非如我国大半都在家中。此日各大的小的公共娱乐场，无不利市三倍，大半均有舞蹈音乐。到夜十二点时，电灯一律熄止数分钟，然后欢呼，并鸣炮不绝，亦如我国的燃爆竹。至于何以必须熄灯数分钟，尚不知其原因，以我推想，或借此表示一个段落的意思。此外尚有种种风俗迷信等，譬如交夜时熄灯重明以后，例有扮作打扫烟囱者数人登场，大约是表示扫除过去一切晦气的意思。其他大喝其酒，大欢其呼等事，乃是当然的，不必细说。

最可令人注意是家庭中一种习俗，也可说是迷信或戏法，即饮到交夜时，取冷水一碗，另用器具将白铁少许炼熔，由本人虔诚倒入水中，以察铁在水中所凝的样子，象其形以博饮人来年的运气。大半形状不一，可以由人就其近者猜说，有的是好的，有的是不好的。

譬如白铁入水凝做十字状，即最为不好，表示该人来年有性命之忧。这等虽说是迷信，然也可说是除夕的一种戏法儿。

过了除夕，自然就是新年，其种种欢欣，自不待言。虽然他们不实行我国旧俗的"拜年"，见人就作揖叩头，然几句吉祥话却是照例有的。年前也大家互送贺年片，虽没有贺耶诞那样普遍，然也够邮差忙迫的。

我常说什么叫过节，过节就是欢乐得意之人喜庆的情绪和忧愁失意之人悲哀的情绪距离最远的时候，大凡欢乐人平常也欢乐，失意人平常自然是不得意，但都在人生的旅途上过那"照例"的日子，尚不觉得什么。独有每逢佳节，高兴的人正可借此题目，大为发挥，自然不免有种种铺张，愈是高兴的愈高兴了。至于失意的呢，当然不免触景生情，黯然伤神，真是所谓不有高山，不显平地了。新年一节，当然不能在例之外，你看他们除夕的时光个个找自己所高兴的地方去，图一夜的欢娱，到了新年一天，又有种种娱乐，熙熙攘攘，热热闹闹，虽不见春联而到处表现春气。至于向我国一回想呢，虽然照例有许多出门见喜、利见大人等话头，而实际上的欢喜和悲哀便大不相同了。所以以个人言，人家是得意的人，我便是失意的人；就国家言，人家是高兴的国家，我国是可愁恨的国家！

但是外国人当各种佳节，不纯是做无益游荡的，尤不是沉于游荡、不知节制的，甚且可以说他们在假日佳节等日子所做的事，多是有益的事。他们所做的事，自然有许多是很无聊的如进教堂礼拜，或在家做牌戏（扑克）或其他戏法等，凡此在我国均可找下相当的，如礼拜即等于进庙烧香,扑克即等于打牌等。然而他们许多别的事,却是我国人所不能办到的,此等事可别之为两大类,一是旅行及其他运动等,二是游览陈列馆及参观其他相似组织等。今先略述第一项。

泰西人的好旅行运动,几成为一种癖,人人皆嗜,无一不爱。每人每年至少有一二次比较长期的(一星期至两星期)旅行,固不待说了。便是平常节日及星期日,亦好乘此出游。因其国家交通便利,故虽一日之内,于一百余公里的地方,当日均可往返。国家为奖励一般人游行起见,于星期日及其他节日,无不将火车轮船,大减其价,来回票价格尤廉。因此他们每逢星期日、节日,无不偕妻子,约亲友,或远或近,或登高山,或往湖滨,或散步于林间,或弄舟于湖上,红男绿女,来来往往,此歌彼和,嘻嘻哈哈。此等乐趣与兴会,只可想象求之,非笔墨所能形容者。

至于其他运动的娱乐,说来种类很多,大有不遑枚举之慨。然顶重要而普遍的不过数种。如冬天的跑雪,用特制的跑雪器,在雪山雪地中奔跑,差不多男女均喜此等运动。小孩则有一种小雪车,冬令雪后,差不多各地均可看见。如夏天的游泳,在湖滨、河边、海畔,无不有游泳的男男女女,群去游泳,以此为乐。此外如汽车、自行车等竞赛,及其他各种运动,几乎随时随地有机会看到,星期日假日尤易。可令我们取法的是,这些事不只是几个运动家干,至少旅行、爬山、滑雪、游泳等事,成了人人极普通的嗜好,不只限于少数人。

说到第二项,更为普遍,几无人不有赏鉴欲、参观欲、求知欲。

外国各名城中以教堂学校陈列馆及其他纪念建筑为多,而每逢节日,无不游人接踵。陈列馆中,大半于此日全行开放,任人入览。我常谓西洋的文明,只是陈列馆的文明,因陈列馆兼具保存文化、普及文化、提高文化三种要务,非其他机关所可比拟。西人一般人,对此十分了解,故虽十余龄的小孩子,在星期日、节日于游散之外,往往好消磨其时光于陈列馆,因此其一般人普通常识之丰富,自为当然的结果。

在旧教盛的地方,于新年后不久,有一化装跳舞时期,此时期名曰花衣（Rasshing）,一名喀哪瓦（Carneval）,译言斋戒节,或禁食节,实为宗教上一种鄙俗,且有一些传说,为之附会。此时期长短,年年不大相同,系依一定方法推算。从表面看去,可以说是一个狂舞时期。在此期内跳舞特别盛行,且十分混杂,由我国的旧礼教眼光观察,固然看不过眼,即由其他此风不盛的地方人看去,亦多非议其过于癫狂。明兴为旧教势力集中之一地点,故每年此风特别盛行,几与明兴的啤酒、白香肠并为三美。当此期内不但跳舞场中为另一空气,街道上电车每当黑夜以后,一般奇形异装的男女触目皆是。又不但各娱乐场中,利市十倍,即一般团体,多借此时发起跳舞会,略备余兴,提高入场券,以资筹款。此外一般与有连带关系的货物,也莫有不是好生意的。

我将要辞明兴的时期,恰在此时内,一方目击他们那种疯狂似的欢娱,一方面自己在最近的将来,会有怎样长的、寂寞的、荒凉的旅途——西伯利亚。再向前一想,自己的将来,明明要由一个时期入另一个时期了。以前数十年,虽有种种小事体,然总可概括为学生生活时代。学生时代,为人生最难得、最快活的时代,是一般人都承认的。自此回国以后所处之时代是何等的时代,尚不可知,但无论如何,总不是学生时代了。想到这里,未来的生活,真有和西伯利亚长途一样,令人不免寂寞与悲凄。所以虽然有时参加他们的盛会,而自己的内心,总时时是恐惧的、悲哀的,这等无形中的痛苦,只有自己可以告诉自己罢了。

将别明兴的前多天,生活无秩序和纷乱,正和我的心绪一样。我因此回想几年前,我离上海赴欧的情形,那时一切的行动,都代表我的走,现在一切行动,也代表我的走。收拾行李,办护照,辞相知……这些都是一样的。心绪的纷繁和悲哀,也都差不多,可是仔细分析起来,究竟不同。那时候是去国,现在是回国了。那时去国,抱着前途无穷的希望,现在希望在哪里呢?

在明兴相知的中国外国先生朋友们!再见罢!

归 途 记

到这一天，终于真要离开明兴了，明知非走不可，所以也对之淡然。明兴之须仍在明兴，正如我之终须回中国一样。天下没有不散的筵席，何况明兴在我生活旅程中，也不过只是住得较久的旅店之一呢！在车站上来送的只有韩氏夫妇及汤君三人，较去年离此北上时零落清冷得多了。

车开后一切都很寂凉，兼风雪很大，更引无限悲感。因昨夜睡眠时间太少，疲倦非常，所以对于这将要离别的德国，也无心去多注视。惟车过克木湖畔时，因为我数年前的游地，不能令人无恋恋之意。从明兴起行，约三小时，便到德奥交界地方。计自（民国）十二年十二月二十二日入德迄今，虽中间有到他地方去的时候，但我旅欧的中心地方，总在德国，今兹一别，总算把五年来以他国之地为家的局面，告一结束，所可自慰者，也不过此一点而已。

连于德界的奥属萨尔茨堡（Salzburg），为奥国名城之一，风景佳丽，无论冬与夏游人甚多，惜虽距明兴很近，而数年来竟未抽暇一游，今归心似箭，即勉强下车一游，亦觉索然无味，所以索性作为罢论。下午六点车到维也纳。我此次东归，不取道柏林而取道维也纳，实因柏林我已去过，且维也纳有学友张君席禔在彼，颇思重晤为快。因此虽护照须多签两国字（奥与捷克），亦觉值得。

在维也纳共住了四天半，不料竟以三天的大半时间，用于护照签字上面。原来我离明兴时一切签字，均寄交柏林中国使馆代办，不料俄国对于通过该国期限，有一定限制，且为期甚促。最不可解者，必照所定之日期入境，所以旅行人必预先算好，否则所签之字无效。我在柏林所签之字本不很促，但因使馆寄来太迟，以致无法于所定入境之日，赶到俄国边境。且波兰签字之日期恰与俄所定者相衔接，故通过此路者，必先到俄领事馆办好后，再到波兰领事馆。所以我之俄签字既然误期，波兰者当然连带误期。在我初意，不过到二领馆说明原委，请其将所限日期（相差不过二三日）稍为延长便可，正不必重新签字。不料该二领馆，为充足各国国库计，均声言非重签字不可，所以我此次虽只通过波俄一回，而纳过境税（签字费）各二次，且又费去许多可贵时间，诚为冤枉也。

我虽在维也纳停留极暂，却也看了不少的东西，且因张君在彼，故一切省钱、省时间，真是事半功倍。维也纳也和欧洲其他都市一样，可引人注意者，首推我之所谓三多。教堂于我无缘，纪念铜像，触目尽是，亦不必深究，独有各种陈列馆，有光顾之必要。但其时间上有一定限期，且多在午间，与领事馆办公之时间相同，因之除自然科学陈列馆，势非一去不可外，其他均无暇一访，实为可惜。总之，欧洲各都市，说到同处，无不相同，除三多而外，如很整齐而相似的房屋，如宽大而干净的街道，如很清洁而幽雅的公园，乃至如动物园、植物园，以及备游人休息游赏的公共空地，等等，几乎无一不是如此。所以我曾听友人说过，欧洲都市只看一个已足，其他可以类推。然此不过一面之词，说到不同处，也是很多，没有两个都市是相同或是近于相同的。每个都市都有其特色，正和明兴的啤酒、维也纳的猪扒（Schnitzel，一种食物）各有其特长，他人不能代。就是同一陈列馆，往往甲地有甲地的特色，乙地有乙地的特色，不过一般人非稍有研究区别不出罢了。

维也纳自然科学陈列馆在欧洲各自然科学陈列馆中，亦算很著名的，尤以陈列的精致及装模的美好见长。大约帝制时代，国富民庶，所以有财力及此，若在现在，恐绝不能如此讲究。我因时间太促，只去了一次，仅把地质及古生物一部分较详细地看了一下，其他不过走马看花而已。

此地大学校因张君的领导，也参观了一下，又因张君之介绍得识此地古生物系（但此地实名 Paläonbsologsches Mstitut）主任阿倍尔（Abel）教授，阿倍尔教授年来以古生态学为号召，亦十分博学，于是颇负盛名。惟有许多学者因其太偏于理论方面，往往离实物太远，颇有反对论调。但无论如何，此地之古生物学系总算有一特色，与他地不同。至规模则较之明兴甚为狭小。但此地古生物学系，完全与地质系脱离关系，不如明兴之名义上尚在一起，这当然也算特色之一，因古生物学至今大半尚和地质混在一起。

有一天下午，我同张君到附郊的申布伦宫（Schönenbrun），为一大公园，昔为皇宫，后始改建为公园，附近有动物园。皇宫及动物园均因时间有限,未能一观。此外其他几个公园及名胜地方,虽也去了一去,但因情绪不安,总觉索然寡欢。我在欧所游各地,以在此最觉无味,非地方不好之故,实因归途心绪纷繁,惜别既往,感念未来,遂觉锦山秀水、古迹名城均同荒野沙漠一样。

在维也纳几个夜间生活,亦不无足述者。一夜我们去看 Rcvue,留美中国学生,多名之曰大腿戏,因为一种大杂耍,而主要者无非女子跳舞,装束奇异往往可看见大腿。此等大腿戏在各大都市都有,我戏名之曰柔软体操,苟有看过此戏的人,必承认我之命名,亦有一部分根据。且说我们此夜所看的,闻即由明兴移去者,但所演戏名曰"无不由于爱"(Alles ans der Liohe)。至其他各夜,虽到了几个地方,但均毫无趣味。

在维也纳只是过路,所以对于人情风俗,未能细为观察。但张君居此很久,云此地人颇有东方气,一切马虎,法律多为具文,比之德国,相差甚远。且自欧战以后,国家损失太大,现虽勉强支持,然大有岌岌不可终日之势。因之币制价格跌落,人民生计困难,而外人群集,据张君推测,奥国若不与德国合作,恐终难独立。其实德奥合作风传已久,特西欧各强国反对,恐不易成为事实。

按奥国在欧战以前,为一大强国,土地亦甚广。战后匈牙利独立,波兰独立,捷克失鲁瓦开亦独立。于是土地损失,奥为各国之最。且昔以大国,故有如维也纳之首都,今国小而首都如故。据云维也纳人口约占全国人口之半,故以国家大小与首都大小之比例而算,实以奥国之首都为最大,此实为一病象,无可为讳。

如今且丢过奥国种种情况,再叙我的旅程。维也纳算是我在欧洲最后赏鉴浏览的都市,因我过瓦萨、莫斯科均不打算停留。星期日那一天早,与张君尚到公园散步。对这有名的维也纳,做一回最后的留恋,下午即上车北行。张君送我到车站,握手言别时,不禁凄然。但张君不久还可在国内相见,至于维也纳,或可再见,但就不知何年何月何日了。

开车后约一点多钟,便到了奥国和捷克失鲁瓦开交界地方,不但车停很久,又是一场验护照、查行李的麻烦。所谓禁品最要是应上税的东西。同车有某客于车抵交界前,把许多小瓶子(大约有药品)由箱子放在车中人不易看见的地方,我不解何意。及检查时,我始明白。事后他仍以之放于箱中,并颇露得意之色。可见检查者依然检查,而作弊者依然作弊,徒使大多数好人,受无谓的骚扰罢了!车中同屋子人虽不少,然沿途均陆续下去,故很清闲,可以睡觉,与买卧票无异。

在捷克失鲁瓦开境内约走四小时,即到与波兰交界地方,自然又是一场照样的麻烦。欧洲国都众多,交通便利,往往走一二小时,即另换一国家,故旅行前关于护照签字及过境时查验麻烦,旅客甚感不便。闻这都是大战后的新花样,以前并不如此。我此次过捷克失鲁瓦开,不过四小时,未尝下车,且时在深夜,又无月色,究竟捷克失鲁瓦开的风景,是好是坏,人民是黑是白,完全不曾看到,但签字费竟花了十多马克,合中币六七元之谱,诚为冤枉。

入波兰境后,车中人愈稀少,我亦渐入睡乡。惟半途有一男一女,入坐我室,彼等嬉笑淫荡,弄得室内不大清静,因之竟不曾睡好。

天明早约八点，车到瓦萨，在此须换车，所换之车为由柏林直接开来者。在此只有两点钟，不便去游览城市。且我常闻人言瓦萨人情刁诈，好敲竹杠，因之不无戒心，我之所以避免在此留住，亦是因此。我在车站待车室，虽为时很暂，却也增了一点见闻。候车的人很多，尤多一般似农人、工人之流，我殊不解所以然。乞丐触目皆是，向人乞讨，惟不如我国乞丐之乱叫，尚觉差强一筹。此外又有持许多小玩具及画片求卖之女子。最令我可怪的，有人到我面前介绍某处可以换钱，如何不吃亏，察其行动，颇像我国招揽生意中人。但我究怕上当，竟不换一钱。总之，此地的不清洁及秩序的纷乱，令人一到即可感觉到，而人民举动及诸情形亦觉与西欧大不相同。然此或我个人一偏之见，且为时很短，殊觉无批评资格，所以上述云云，或尚有修正的地方。

由维也纳到瓦萨，共计十七点钟火车，共经三国家，其人民语言习惯等，均不大相同，我所引为恨事的，仍是虽过捷克失鲁瓦开一次，而一无所见，等于未过。

十点由瓦萨起行，夜十点左右到波兰与俄国交界地方。波兰之最末站名斯托尔扑塞（Stolpce），在此只查护照，车即开入俄境。俄国之最首站名Nigroloji，在此须换车，检查很严，但注意者仍是上税的东西。在此忽谓我的护照不对，我即知彼所看到者为柏林所签之字，而非在奥国所签之字，但因言语不通，不免稍感困难，但后竟使之了解，否则不免麻烦。因又思幸在维也纳，虽受麻烦，尚办了此事，否则冒昧成行，到此岂不进退两难。但我对于此等入境有一定期限的办法，仍是不解！

自此我买有卧车票，可照常睡觉，惟在维也纳所患的感冒，至此较重，念长途旅行，负有疾病，甚感不快。次日早起来由车窗外望，白雪无垠，村落稀少，一片荒凉气象，颇似预为未来之西伯利亚写照。是日下午两点本可即到莫斯科，因车误，三点始到。承杨大乾君来站相接，后又先后晤经文、荆山诸友，多年不见，异域重逢，其乐可知。所惜为时太短，不能与其他同乡相见，且无时间游览莫斯科。

我在莫斯科停留不过六七点钟，且与诸友畅谈，对于俄京，可谓毫无所见，比之瓦萨，更觉无发言资格。但即就所过街上触目经见各种，亦觉其井井有条，一切安好，各种情形，比之我国，尚觉超出万万。可见政治组织，只是一种工具与方法，苟善为之，都可过比较太平日子。我尝谓欲建设某种政治组织，正如同造房子一样，中国式房也好，西洋式也好，甚至于无人所住的草房也好，苟盖得好，都可居住而蔽风雨。所怕的这个要盖中国式，那个要盖美国式，另一个又要盖非洲式，其结果一无所成，徒增纷扰，而使人民生活于烈风暴雨中罢了！

夜十点莫斯科车行，计东归旅程中，以由此至满洲里一段为最长，七日七夜。经文、荆山均送至车站，临别不胜依依，人生离合无定，未知后会何日？车开后急切不能入睡，念七日后下车时，即入五年前辞别之祖国。又念今已的的确确离开德国，又念旅途中虽然寂寞，然亦自有寂寞的乐趣。且人生的大旅程中，亦不过是寂寞烦躁，今旅行中的旅行，些须寂寞，又何必感觉不快，……如此思来想去也不知不觉入睡了。

沿途所过各站，差不多都有卖食物的，且备有热水，任人使用。大站车停半小时，旅客颇有从容时，惟所卖食物，时觉不大干净，反不如在车中吃，较为妥当。但饭车中食品，亦贵而不好，闻俄国饮食以前十分讲究，何今退化如此，旅客至此，亦殊无法，只有勉强忍受而已！

过乌拉山入亚洲后，愈觉荒凉，除白雪灰树外，了无可记，但乌拉山左近地势崎岖，尚不无可观。惟贝加尔湖沿岸景色，为沿途最，如在夏季，当更佳丽。此外则黑龙江北岸一带，亦有可取。按现中国界以北数千里，昔均我中国土地，不幸与俄一再划界订约，土地沦没人手，时至今日，现有之界，尚有不保之势，殊堪浩叹。

沿途所遇各旅客中，亦颇有足记的。过瓦萨后，遇由柏林返国之同国人二位，均广东人，不胜欣喜。但因车中座位相隔太远，往返十分不便，未能多谈，甚以为怅。我车相连的车中计有旅客五人，一法人系哈尔滨经商，一挪威人在奉天经商，其他三人，均为德国人，一系往日本神户（Kobe）担任彼处德侨学校教员，余为夫妇二人，在上海经商，据云在中国已十六年，系于三月前回德，今又来中国。五人中除法国人及往日本之德国人外，都会说几句中国话。车中接谈者虽只此数人，已可看出西人之在远东，十九为商人，且为极阔绰的商人，若以比我国在外国类似沿门乞讨的商人，真不啻有天渊之别了。

七天的长途火车，除闷坐或看书睡觉外，一无可消遣，自不胜烦闷。但事实，其烦闷的程度，并不如以前想象之甚。过莫斯科后不久，我的感冒已由轻而痊愈，车中亦可与他人略谈论，且某德国人携有最新式留声机，所以还可听音乐。因此有时有旅行之闷，却无旅行之苦。这当然是交通便利与设备周到的缘故。转念我国内地，新式交通，尚等于无，出门之难，难以言喻，无怪一般人，视出门为困苦的事。

车由莫斯科开行后之第八日夜十点多，才到满洲里。依时间表，当于下午两点到，但因时间与莫斯科时间相差约六小时，且车误点，故迟到。将到国境的俄属数站，兵营甚多，惟在夜间，看不明了。入中国境后，心中感想甚为复杂，非一二语所能尽。总之真所谓油儿盐儿糖儿醋儿和在一起，不知是什么味道。

入中国境时，查验行李护照等，并不麻烦，惟车站上大兵甚多，且军容并不整齐，殊觉无示人的必要。脚行要钱无厌，满带中国气味，令人生一种不快之感。车中卧车虽不如西伯利亚道中的好，但还勉强过得去。次日目睹车外景色，其荒凉几于西伯利亚相若。黑龙江人稀地广，闻近年国人移北满垦殖者，日多一日，尚不失为一好现象。每一车站，均有若干"丘八"，似专用以迎送车辆，借资保护的样子，这实是我国独有的现象。且沿铁路一带，驻兵虽不少，然尚有事，俄国人可于极短时间内，占据北满，因路权及经济势力，均旁落于人，纵有精兵，尚难抵抗，况不精之兵乎？

车中曾与一中国阔人攀谈，数语后，他说："刚从外国回来，恐怕国内一切，都看不惯罢！"我很佩服他，能一针见血地道破当时在车中的感触，国中情形如此，如何能令人看惯呢。语云，由俭入奢易，由奢入俭难，准此例推之可得无数定理，譬如由秩序不好、一切不好的地方，入秩序好、一切好的地方易；由秩序好、一切好的地方入秩序不好、一切不好的地方难，我今正是如此。昔由上海过法赴德，到欧后并不觉一切提高多少，今重入国境，竟令人有不可一日居之感，这真等于由奢入俭了。

夜间九点到哈尔滨，至十一点半始有车开往长春，故在此买了卧车票之后，尚有若干富余时间，乃与某德国人出到街道散步。车站外地方宏广，植有花木，颇有西式气派，街道亦为新修而西式。昔在夜间，且为时很短，未能明白细看。上车后，次日早七点到长春，自此须转南满铁路。此为日本人所经营，车中一切均甚好。下午两点，即到奉天，至此始换国有之京奉铁路。计由明兴起身过维也纳到北京，共换车七次，如过柏林，只换车二次，乃在中国境内，共换车四次，此实由路权旁落，事权不一，实堪浩叹。且由明兴买车票只可买至奉天，而不能到北京，令人百思不得其解。或者中国未加入国际联运之故，或虽加入而因政局不靖，交通时生阻碍，因之有名无实之故。

由奉天开往北京车夜八点始有，所以在此尚有半天的勾留。车中所遇各位，至此都已星散，只留我一人。行李寄存车站后，即出站游览。换车的车站为南满车站，离奉天本城尚远，但在此已看到真正的中国城市气味，乞丐、小生意人、拉东洋车的，几把街道占满，而街道之脏，为沿途所未见。入一钱店换钱，讲价须讲半天，与此等情况隔绝五年今骤见殊不能耐。后到一旅行公司买车票，二等车尚买不到卧车票，只有作罢，好在是最后一晚了。

之后即到饭铺吃饭，久未吃过国饭，至此得一大嚼，殊为快事。堂倌为山东人，询之始知近车站一带街市，虽非日本租界，却归日本人管理，我国人在日本人宰制之下，其苦不可胜言。他遂举出许多事实，无不令人闻之发指。此堂倌言下并谓国势如此，实由内乱所致，颇不满意于军治下，种种私事。我听了以后，气不觉一壮，心中十分欣慰，因觉一普通堂倌尚具如此见解，国家前途似乎有若干希望。

吃饭后为时尚早，又无地方可去，因询问附近有无可以消遣地方，则除娼寮而外，一无所有，只有在街上散步。日本人所开商店及公司触目皆是，而且许多男女日本人公然着和服在街上乱跑。日本人在南满势力，已根深蒂固，比之俄国人之在北满尤甚，实为国家隐患。入暮后只有到车站候车，候车人拥挤非常，大半为苦力一流。车站四壁遍挂"谨防扒手"一类的牌子，且用中文、英文、日文，一若到处尽是小窃扒手。好容易等到八点上了京奉车，二等车中，人并不很多，但车辆不特太旧，而且脏乱不堪，且并未分间，以之比德国的三等车尚嫌不如。而且车上"丘八"往来，任意占坐。听说这次车禁止军人免票乘车，大约此等大兵，就是所谓护路的兵了。然观其傲坐车中，任意谈笑之概，又似为乘车军人。此外许多路警，亦傲坐车中，且此辈亦与许多乘客一样，任意吐痰，大声喧闹。在如此情形中，我只有饮泣，哪里能睡觉呢！

我以（民国）十二年十月二十六日，在上海与祖国告别，以十七年二月二十一日，在满洲里与祖国再见。入国境后，除与堂倌接谈，心中稍慰外，触目所见者，无不令人发生感想。念我初到德国时，德国币制尚未固定，人民生活甚苦，国势大有岌岌不可终日之势。及我离德，不但一切恢复原状，且由许多事业观之，觉其日有起色，前途无可限量，无论都市乡野，均是一片太平气象。今回我国，竟觉一无进步，且多退步。同一时间，何以人能进步不已，我则退步不已呢？

在如此的感触下，过了山海关，过天津，直到夜色苍茫、万家灯火的时候，居然到了灰色的北京了。计自二月七日由明兴起身，共十七日而到北京，中间除在维也纳勾留四日外，余所过各都市，除候车外，均未停留。闻现由北京回陕，往往亦须十余日，我国交通情况，于此可见。且现在路线，尚走不少迂道，如陇海铁路可直贯中亚细亚以与西伯利亚路线相接当更捷近，即不能如此，如若能由张家口过库伦以与西伯利亚路相接，亦可免满洲里之无谓大迂道。此等事业，不知我国几时才谈得到。

北京于我，究为有缘，以前六年半久居于此，十二年去国时尚迁至此，再到上海。今次回国，又先到北京，此后生活，或者尚与北京不能脱离关系。可惜我五年未回家，今虽已回国，但交通梗塞，不知如何才能回家，图骨肉团聚之乐。骨肉团聚，为我回国的惟一愿望，今尚未达到，然则我等于未回国罢了。

十七，四，二，协和医院

英国公园里的中国塔（明兴景物之五）

旅行山中小憩（一九二七,十, 卅）

回国的悲哀

万不料初到北京，即得疾病。本来回国后情绪很不好，又加上病，应当在北京做的事情，一点也不能做，回家又万万办不到，病床辗转，万念俱来。觉得自有生迄今，一无成就，大有欲哭无泪之慨。

我祖父母及诸叔努力教养我、供给我，使我在国家多事而不宁静的时代，由小学而中学而大学，得受完全教育。在北京六年混得一理学士虚衔，自觉教育不良，自己又在课外好参加团体生活，此等虚衔，真是名不副实，一钱不值。而我父母及诸叔又设法使我至德国再受一度大学教育，去国五年，所费将近万金，但自问所学，似亦十分有限，除又得一博士虚衔外，几乎等于空手东归！

每当清夜不能成寐时，自己问自己，觉三十年来，完全为一求学生活，日日求学，年年入校，弄得愈求学愈觉自己所学不足，愈觉自己是一个不学无术的人，这就是我五年来惟一的所得。虽然说"学然后知不足"，然而觉得不足得如此厉害，只恐真是不足。我只有惭愧！

忆当年少时,不知天高地厚,又不知自己有多大本领,对自己有无限的期许。即许多亲友,亦往往只根据一二篇文章,或几句言辞,或其他肤浅的观察,而对我谬加称许,即我此次去国前,许多亲友或书面或口头说过很多期许的话,相知如德崇,于给我去国前一封信上的收束语,竟说了太存奢望的话,语为"祝你到德国一切都顺利,中国的局面,能在五年后清明一点,让你回来,得以大展鸿猷做真正的建设事业"。其他可知。现在看来即最平实、最诚挚的父亲的去国前训示。(去国前在上海接父信,有谓:"汝去后安心学业,力求有所进步。他日回国,能有裨益于国家社会,吾愿足矣。决不想汝丝毫有报于我也。")现在亦不能达其万一。这虽一方面由于一般人对我期望太奢,然我自己不能不努力,以期有所成就,抚躬自问,感愧欲死!至于大家以前既有如许奢望,当然以前的期望愈甚,以后的失望亦愈甚,此是无可讳言的。病中接德崇自上海来信谓:"……总之,弟此时对一切均失望,对弟自己亦失望。"我今为稍一更正,更扩而充之:"此时对一切大部分失望,对弟自己亦失望,他人对弟亦失望!"

倘今后苟能病愈,只有努力自持,以求挽回已失的人心,以求补救自己的前愆,但不知此等最小限度的愿望能否变成未来的失望。思至此令人不寒而栗矣。

从另外一方面来想,又觉对自己的失望,不觉对别人怀疑。忆与小学、中学、大学同学的,只就我所知道计算,其年来在各种舞台上的活动,大则轰轰烈烈睥睨一世,小亦得有一定位置,仰事俯畜。凡留心国中时事的人，苟能略一回思，必肯承认我所说的情形。我不知道的人，不敢推断，仅就我所知道或比较熟悉的人，若说人人才力、学力均在我之上，我虽至无才学兼无志气，亦不敢贸然承认。至于这些所任的事业，若说个个对其事业，均有充分或比较充分的知识，当之游刃有余，或至少不至全体误事，我尤不敢承认；诚然这些所任的事业与职务，比之其他目不识丁、不学无术者，稍有进步，然而我们不能就此满意，以此为满足。何况真有许多——至少有小部分——和那些不学无术之徒比来，不过是二五一十呢？

虽然如此说，但确有不少同学，年来在社会上各种建树及其所得成绩，无不斐然可观，我对之，绝对不敢怀疑，只有五体投地的佩服。我和他们相比，只有觉得我是天下最无用、最愚蠢的浊物罢了！

上边所述，似颇嫌空阔，但我觉不特没有详为举例申述的必要，且觉太烦琐无味，我只有希望善体会的，自己去闭目猜度，当可了解我上所述是由事实抽出来的空洞话。

至于留学生界亦即为我求学生活中最后经过的一种，亦有数语，不能不言。留学生中，有许多是"留而不学"，久之习于外国生活的安逸，多有乐不思蜀之概。其他有许多醉心于革命，从事各种政治活动，而其开会也，散传单也，打架也如故。甚至以手枪相向，尤为国内青年所望尘莫及者。此外当然也有不少人不负留学二字，注大部分精力努力于学问的。然成绩好的也不过对于某种学术或某种技艺，能入门径罢了；即得有学位而所谓博士者，亦不过表示其入门，初有研究学问资格，为研究学问的开始，并不是终结；即令对其所研究，真有成绩，真有专长，然也不过是其所研究的一部分而已，只是零件机器，并不是整个工厂！

国人不明此等情形甚多，对留学生责望太奢，以为一经留学，便成全才，其对于留而不学的一般人抱如此信心，固为可笑，然即对真用功求学的责其万能，事事都办，甚或责其办理所学以外或才力以外事务，亦觉过于不宜。而一般留学生亦多自负不凡，一经出洋，便自觉有不可一世之概，对于小事不屑经手，因而种种怪闻层见叠出。幸近年以来，国人对此迷梦，已逐渐打破，对留学生之迷信，早不如以前厉害，此实为比较好的现象，然内地各处，对留学生抱迷信者似仍不少。

然我为此语之意，并非一律不相信留学生。我且觉国中沿海各省至少留学政策尚不能完全废止，而内地各省如陕西至少尚须努力励行五十年留学政策。我只希望人不要过分希望留学生，亦不要以为个个留学都是好的。

我以前对留学生也是做过迷梦，幸早已不然了！忆数年前与在明兴求学之罗良铸君谈，罗君谓去国后惟一教训，就是把留学生看穿，不迷信留学生了。我实同有此感。

让我抽一些工夫，再把国内的情形看一看，关于五年来国内政治上各种演变的历史及现在的局面，我不愿多叙述，这里不是地方，也不是时候，大概稍留心时局的人，总不会完全忘记，所以我在这里，只约略算一算总账就得了。算总账必先考察成绩。我们当看看年来社会情况和人民生活的情形，因为只有如此，才可以考核出政治的成绩。

社会方面，到处潜伏着危机，处处现不安的现象。诚然自近十余年来，几乎不曾安过，然而从未如近年之甚。至于人民呢，当然是一样的，一天苦似一天。关于具体的事情和土匪的分布，以前只限于内地各省及少数偏鄙地方，现在到了近畿一带了。种烟以前只限于少数地方的，现在几乎无处不有了。战争以前只于一二地方及短时间的，现则几无地不战、无日不战了。……

如此商业一天凋零似一天，农业一天荒废似一天，工业一天零落似一天，文化一天退步似一天！

总之，五年前社会糟，现在比从前更糟，五年前人民苦，现在比以前更苦。这是我对于别离重见的祖国的一般感想。我很希望我的观察错误，因我在外国时，感于消息不灵通，回后又不久，尚没有观察周到。

不过我们于悲观之余，从另一方面看来，实觉不能完全悲观。就政治上说，虽然连年战争不已，然而比之以前，究竟略有头绪些，有主意些。无论何人，若能把南北局面，稍微观察一下，不难判定出优劣新旧，而承认不如以前直皖直奉等只绝对因地盘权力而引起的战争。所以我们距离暂远一点看去，似乎究竟不无若干进步——进步的快慢，姑且不计。

即就工业商业方面去看，亦似不无一二可以乐观的地方，诚然因连年战争，被摧残得不堪，然究有不少人士努力于此途，尚不致前途毫无希望。在这样的局面下,要求显著的发展,当然是不可能的。

至于学术文化一方面,年来颇不乏显著的进步。以前只限移译或抄袭的,现在很多从事于实际的研究或创作。统计年来出版界,虽然比之前多年沉寂些,而近年出版物中虽也有不少坏的,然有许多种类,在质料上的确实在些,的确是代表进步一方面的作品。此外关于学术方面的事业,或已有可注意的成绩,或已在着手进行,苟明悉内情的人,对于这一点,绝不能完全否认。

以上是我回国于悲哀之余,所视为比较可以乐观的。也许这种观察,只是聊以自慰的话,但我希望至少不全是如此。

结 语

五年前的那一天，辞别了家中的慈母、叔父和故乡一些亲友，来到北京。在北京又辞别了一些亲如兄弟的朋友，跑到上海。在上海又辞别慈爱的父亲、叔父和朋友，兼辞别了祖国，去往德国！

那时候带着满腔的悲哀和少许的希望去！

……

五年像白驹过隙似的过去了！异国虽好，岂是久居之地，我只得又整理行装回来——回到我五年前别离了的祖国，回到和我关系很切的灰色的北京。虽然大多数朋友们还没有会到，虽然父亲、母亲、叔父及一些亲戚还没有见到，虽然尚不知何月何日可以道路不梗塞平安地回到故乡，虽然对于国内各方面情形，还没有做深切的观察，……然而已经够了，已经尝着回国来的味道了。这个味道，不但远出我的意料，当也出于我的家庭、我的亲族、我的朋友们的意料。

可怜我仍然带着满腔的悲哀和少许的希望回来！

如何送悲哀入墓，如何滋养希望长成呢？这是我未来的希望和应该努力的！所以我尚不致因五年前和现在的味道相同或近于相同而绝对地悲观失望！

十七年，四月，八日，完于北京

校印后的几句话

本书第一篇才校对完,不幸作者杨钟健先生,竟又为"悲哀"所苦,而向饥荒的故乡,"奔丧"去了!在匆匆临行时,嘱咐小伙计道:"'自序'我也无心来作了,校印和一切都请你负责去办;并且代我致谢为本书帮忙的朋友。"那时我只注视杨先生充满了"泪花"的双眼;心里想着那"命运"恶魔,常常拿着"悲哀"来和人开玩笑,于是就应声道:"是!"

现在我先诚恳地代表杨先生,向为本书画封面的姬德邻先生、为本书作序并题卷首画的王德崇先生和为本书诸多帮忙的刘德三先生,致十二分的谢意敬礼!

同时俺小伙计要向杨先生和读者,致二十四分的歉意!就是虽然校到五次,而错误处仍多——尤其是那些洋文的人名、地名。

杨先生说:"我们且不要让那时间,偷着慢慢地过去了,为我们旅行的人生上,留下旅行完结后,不可挽回的遗憾。"又说:"时间不能用人力制止,我今天不过这一天,可以么?"俺小伙计要多嘴说几句，就是时光一刹那，一刹那，永不停息地过去；我们的人生不知不觉地也就被它——时光——消磨完了。在这人生的程途上，我们常常忽略了眼前的一刹那，而把多少希望，期许在将来，于是眼前的一刹那，"偷着慢慢地过去了！"如是如是地过去，偶尔又来回顾，禁不住来赞叹"过去的黄金时代呀！""回味的甜蜜呀！"——然而——那时间又"偷着慢慢地过去了！"如是如是地积累成"不可挽回的遗憾"！恐怕这才是我们渺小人类最大的"悲哀"？

　　无论是酸辣苦甜的人生之味，我们在尝到的一刹那，就用我们吃母亲奶般的力量，尽情在一刹那味识——且努力地来味识。因为只有丢去了现在的滋味，才十分可惜！所以说，无论在什么时候，总当以这坚强的、宝玉似的火焰燃烧，维持着我们的生命之力，似乎这就是驱除"悲哀"的方法，似乎这便是人生的成功？试问："今天不过这一天——无论是悲哀欢喜——可以么？"当然不可以。那么就得切切实实、一步一步地"过"呀！杨先生已经告诉我们："不要让那时间，偷着慢慢地过去了！"小伙计也竟敢来多嘴，就此"带住"，愿天下有心人无论在任何地方、任何情境下，且抓住"一刹那——一刹那"！莫因是小伙计的话而小看了"一刹那"，积成不可挽回的"悲哀"呀。且问一声"度日如年"的杨先生，以为如何？

平社小伙计

一九二九年二月十五日

于撷华印书局

杨钟健·著

西北的剖面

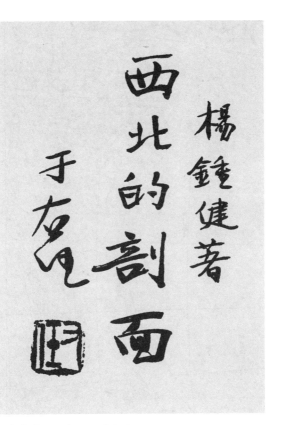

原书书影　于右任题写书名

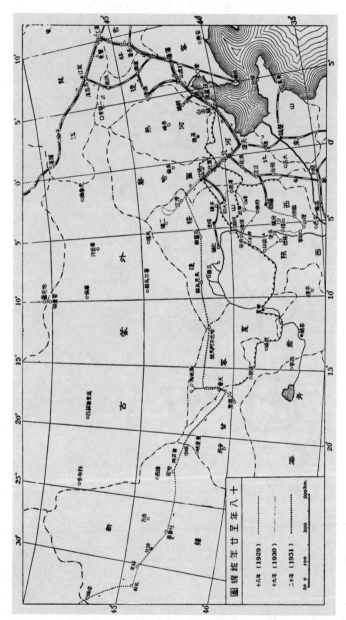

旅程路线略图

在山西、陕西考察时的骡队

中亚考察团在内蒙古的"狼营地"(一九三〇)

在内蒙古"狼营地",与张席禔(一九三〇)

中亚考察团在"狼营地"以南发掘化石(一九三〇)

铲齿象化石发掘现场(一九三〇)

在"狼营地"(中为杨钟健,左二为谷兰阶,左三为张席禔,右一为德日进,一九三〇)

中法考察团的履带式野外汽车(一九三一)

中法考察团中的杨钟健和德日进（一九三一）

纪念先考松轩府君

目 录

序　　/ 191

自序　　/ 195

在黄土沟中
　　——山陕旅话　　/ 201

　　骡队　　/ 201

　　在古火山口旁　　/ 204

　　小石口之夜　　/ 205

　　问路难　　/ 206

　　分水岭上　　/ 206

　　店中三怕　　/ 207

　　冀家沟的雨　　/ 208

　　黄河峡谷　　/ 210

　　羊家湾　　/ 214

羊家湾到府谷　　/ 215

府谷琐谈　　/ 216

化石的长城　　/ 218

神木古禽龙的足迹　　/ 220

在沙漠中　　/ 224

行路难　　/ 225

小北京　　/ 227

在黄土沟中　　/ 229

黄河渡口　　/ 230

旅店中的雨夜　　/ 235

在丛山中　　/ 237

溯汾河而上　　/ 241

太原的一瞥　　/ 243

满游追录　　/ 245

引子　　/ 245

葫芦岛　　/ 246

到东戈壁　　/ 248

二龙索口　　/ 250

昂昂溪　　/ 256

肇东的失望及归途　　/ 258

戈壁初恋记　　/ 261

　　参加中亚考察团缘起　　/ 261

　　到哈达庙　　/ 262

　　骨化石的探寻　　/ 265

　　向戈壁走去　　/ 269

　　狼帐篷的生活　　/ 272

　　归程　　/ 286

参加中法科学考察团漫记　　/ 288

　　起身前的纠纷　　/ 288

　　离情　　/ 289

　　"又是一回！"　　/ 290

　　四里崩风雪　　/ 291

　　在泥泞中挣扎　　/ 292

　　"你伺候他们几年了？"　　/ 296

　　孔雀落之夜　　/ 298

　　吃不饱　　/ 300

　　大队西行　　/ 301

　　又到乌尼乌苏　　/ 305

　　向着荒凉的旷野走去　　/ 306

陷在深沟中　　　/ 311

又在戈壁过生辰　　/ 314

狂风怒号中旅行　　/ 319

额济纳河畔　　/ 324

"就是土匪！"　　/ 329

由天仓到酒泉　　/ 330

还是向西　　/ 335

绕过安息前进　　/ 345

到哈密之日　　/ 350

恐怖的哈密　　/ 356

冒险前进　　/ 362

炎热天气到"火州"　　/ 371

火坑中的烦闷　　/ 375

横穿天山　　/ 384

迪化之形形色色　　/ 390

白杨沟之游　　/ 395

迪化的烦闷及其他　　/ 405

与迪化作别　　/ 413

塔城闻见　　/ 417

十一天的去国　　/ 424

又回到北平　　/ 431

参加中法科学考察团的总感想 / 434

　　一 / 434

　　二、对于中法纠纷的感想 / 435

　　三、西北的危急 / 437

　　四、爬行汽车与西北交通 / 439

　　五、对未来学术上工作的期望 / 441

校印后记 / 443

序

　　游记是一种很重要的文学，但是要成有价值的游记，必须备具若干的条件。必须游历之地具有特殊的意思，然后所记为不虚。又必须游历之人具有观察的知识与了解的能力，然后所记方有意义。一个普通游历的人，到了多人常到的地方，摇笔作文，铺张篇幅，说山便是壁立千仞，记事但知起居饮食，到处可用，无地能专，即使诗词满幅，文章美丽，亦是枉然。老式游记大抵如此。至于有专门学问的人，遇有远游机会，又往往只管研究他的专门范围以内很窄的问题，此外虽有特殊现象、重要事物，只为兴趣不属，遂致视而不见。那正如明察秋毫而不见舆薪，在专家固应原谅，按常理未免可惜。我们学地质学的人是最有游历机会的，背了一个布袋，拿了一把锥子，根究地下的富藏，追寻玄古的历史，这本是我们的本分。但是除了敲石头之外，所经地方的山川形势人情物产种种都有研究的价值，而且往往与我们的石头有关。如果专敲石头一切不管，岂不辜负远游？从这种意志力与了解力的强弱，很可以看得出人的能力与精神。现在专门家研究愈精，目标愈窄，所以一般的观察反而狭小。反不如前辈的学者，虽然有时候在专门研究上稍欠精密，但在一般观察上却往往提纲挈领，能见其大。在这一个观点上，我常想李希霍芬关于中国的著述，在小处看，我们固已有许多改正，但是在大处看，真是我们的绝好模范。不但他的旅行日记和他与上海商会的通信，都是很好的游记，就是他的不朽著作《中国》一书，也可说是一种绝好游记类的文章。读他的书，好像亲到其地，不如平常地质报告的拘束割裂，枯索无味。他对于中国的历史地理都有整个的了解，而且使这种了解与他的地形地质的观察能够融合为一，互相发明。其实专门、普通本来并无根本分别，只在乎人的观察能力如何。所以尽有专门学者能够注意到他的专门以外的东西，也尽有普通游历家能发现很是专门的意义。例如徐霞客当然是一位旧式文人，但他的山形地势的记载，真能活画出当地的地质情形，而且他很明白地赶在近代地理地质家的前头，早已发现了扬子江的真源与云南火山石的成因。所以我常对我们的地质学的朋友讲，我们不妨在我们经常工作之外，利用远游的机会，做一些旁支的观察与记录。我们不是要学安得思游蒙古的宣传，骑成吉思汗的白马去找三千万年前的恐龙，我们更不要学普舌瓦尔游中亚的粉饰，轻易加上动人听闻的名目，来张大他的前人已发现的发现。我们也不要学古伯察游西藏的记录，像做小说似的铺张。但我们很可以根据我们科学的观察，对于寻常事物试求进一步的了解，并且把这种观察与了解，明晰地、具体地写出来，唤起专门学者以外的一般社会的注意。杨克强先生平常是很赞成这种见解的。这次他因地质工作的机会，东北到兴安岭，北过戈壁，西到新疆，可称难得的壮游。同游的更有很高明的学者可以切磋讨论。现在他把他专门工作以外的材料写下来，题为"西北的剖面"，真是一种有趣味的试作。我不客气地称他是试作，因为科学的、有意义的游记，在中国文学中真还是不大多见。我个人的意见，以为专弄文辞的著作，或像起居注化的记载，虽然各有好处，但都不能算作真正的游记。我以为真正的游记，至少要使人读了能有身临其境的真切感想，或者更进一步，能对于其地得到一种提纲挈领的了解。要达到完全的成功，当然必须经若干的试作，而杨先生的试作，至少已有了一部分的成功。

翁文灏

自序

我在学校时，即好留神观察所过地方和所处环境的情形，同好看戏一样；不过不是排演成一幕一幕的戏，而是未编的戏料罢了。因此有许多地方，虽然不能幕幕都精彩，但也有一层好处，就是句句是真的，而无演义一类的东西夹杂在内。十八年[1]我把从去国到回国四五年间的游记杂录等，汇集为册，题名"去国的悲哀"，初意是如此。今把回国以来，在各地所做几次大旅行的游记，也汇集一册，题名"西北的剖面"，其初意也是如此。

十七年回国后，我的家庭即遭了空前的巨变。在这一年中，除在周口店工作外，没有其他考察的旅行，虽然回家三次，也无心到这个上头，十八年四月葬父后回平，翁咏霓先生即嘱赴山西西部、陕西北部一带旅行。自出发至回平，约有三月。十九年四月，又奉命到东三省去，此行来回不及一月，所过地方虽不少，而大半在火

---

[1] 一九二九年。全书不再标注。——编注

车上，停留的地方也不多。由东三省回平后，又参加中美考察团，前往内蒙古二连东一带。此行来去约两月，其大致情形恰与东三省相反，即在一地停留过长，而所跑地方不多。不过在内蒙古旅行，此为第一次，所看的东西也不少，印象极深。最后一回大旅行，就是二十年夏天所做的，仍奉翁先生命参加中法科学考察团。此行由张家口起身，过百灵庙、额济纳河、酒泉、哈密、吐鲁番、迪化。照原来计划，西经沙车以抵喀什，再仍坐爬车回平。但中法两方自起身即闹纠纷，以至到新疆后，中央有令停止工作。于是我们在迪化与法作别，取道昌吉、绥来、乌苏，到塔城，再由塔城入俄境，经阿牙古斯，上火车过斜米巴拉丁斯克、新西伯利亚城，乘欧亚通车回平。这四次旅行，合计路程在两万里左右，足迹所经，占中国北方的大部，而大半又是边荒偏鄙的地方。

这本书取名叫"西北的剖面"。何以叫剖面呢？正同地质上的剖面同一意义，用不着我多费解释。所不同的，地质上的剖面，只限于地层及其构造等，而我这剖面，几乎上自天时，下至地理，乃至人事沧桑、世态炎凉等等，无一不乘兴会所致，都或深或浅地切剖一下。

我预计的方法，只采《去国的悲哀》后半部的记述方法。我觉得那个方法，可以稍微免去记账式的日记的弊病，同时不把一件事情说得太冗长。每一段一段的内容，正同选择一块标本一样。其所叙述的，就是切面的内容，因此前后不必一定一贯。不过本书中四大篇，不是一个时候做成的，又有些是在旅途中随随便便记的，因此有许多地方，不能严格地绳以我所用的方法。这是我心有余而力不足的结果，自然是一种失败，我自己常觉得。但既云"剖面"，客观的认识、判断，全在读者。再书中有许多地方，并未能把我所欲述的尽情托出。如中美科学考察团在外野地生活的许多有趣的事情，因篇幅与时间所限，未能详细记出。又如参加中法科学考察团的情形，若真一一记起来，比唐僧取经的《西游记》还要热闹还要长，比《官场现形记》还要丑。正同地质一样，剖面亦时时有令人美中不足，不能把我们所期望的一一得到。

地质上的剖面，不一定全都是观察的客观事实，有许多地方，观察的人往往根据若干已知的材料，补若干未知的。有许多地方，不同作者可以有不同的见解，正因如此。我这《西北的剖面》也是如此。有许多地方，在我以为是如此如此的，或者竟不十分是那么回事。这是要读者自己小心，千万不要上了我的当。有许多地方，或许因我所留时间太短，所听到的太少，偏于谬误，这是要请格外原谅的。

关于这本书的完成，我最感谢的有四位先生。第一是地质调查所所长翁咏霓先生。四次旅行，都是因他的嘉许，我才有这么好的机会，游这么多的地方。我回国以来，对于学识上人情上均有进益，翁先生鼓励后学的热诚，我时刻不曾忘却。书成之后，又蒙翁先生作序，也是应该感谢的。第二是新生代研究室名誉主任步达生先生（Dr. Davidson Black）。我自回国以来，即与步先生共事，在研究室中，有许多事情都赖他指导。四次考察，虽概名之曰地质调查所，而实是地质调查所的新生代研究室。第三就是德日进神父（P. Teilhard de Chardin），四次旅行，都与德日进同行，他为人的诚恳和蔼、观察自然的精敏、治学的小心和他伟大的丰富的学识，不但让我从知识上得了许多帮助，而人格上也受他深刻的感化。同他旅行，实是一种愉快，令人可忘征尘之苦。最后为裴文中先生。他是新生代研究室中同事，我每次出外，北平与周口店工作，均赖裴君主持，使我得以安心在外，这也是我很感谢的。

令我不能不特别表示感谢的，就是书中所提到的各位，或是经过的地方当局及士绅，全对我竭诚招待，或与我同行，予途中以种种便利。没有他们，我相信绝不能得到这样充实的结果。

此外原稿的抄录，大部分由国桢[1]担任，一小部分由表妹瑞芳和胞妹芝英担任。文字生鄙处，国桢并予以改正。所附之路线图，请地质调查所舒化章君代绘。均志于此，以表谢意。又蒙于右任先生题封面，印刷时同事乔石生君代为校对，作者也是十分感谢的。

全书完稿将付印，我脑中萦萦，尚有不能不说的几句话：我慈爱的父亲，于十七年十二月三十日因脑溢血病殁于手创的咸林学校。以前虽有严重的家变，但有父在，一切尚有办法。自失怙后，家事失其重心，家族四散，到现在整整三年，不但无办法，还有更坏的倾向，我仍旅居数千里外，并于礼于俗应当举行的禫祭，亦不能如仪举行。检视此稿，四游所费时间，均在父逝三年以内。两万里左右的旅程，风霜饥饿，与种种艰苦，我亲爱的父亲已不及一见。沧桑人事，风雨逆旅中仅我时时思及吾父，而吾父已舍我不顾。今书

---

[1] 为作者之妻。——编注

虽成,献于我父,聊以报告我三年内在人生大旅程中的几段小旅行,也不过只能当我思父的一种纪念罢了!

二十年十二月三十日父逝三周年纪念日
杨钟健序于北平石老娘胡同十五号寓次

在黄土沟中
——山陕旅话

骡队

一九二九年夏天,在山西、陕西做了三个月的旅行,同行的有法国人德日进先生。我们同是由地质调查所派出,目的以考察地质、采集化石为主。由北平到大同下火车后,即雇好了六匹骡子:一匹德日进先生骑,一匹我骑,一匹德先生的听差骑,一匹我所带的化石采集人兼夫役事宜骑,一匹我们的厨夫骑,所余一匹,载一对大箱,内装食物用品等。另有骡夫三名。如此出发,在途中排列起来,总有十七八米长。虽不敢说是浩浩荡荡,但总可以称"队"了。我们骡队,虽不能和安得思的汽车队比,也不能和斯文·赫定的骆驼队比,然而在实质上和性质上却是没有什么分别的,并且我们的骡队,虽然有一外国人,而我可胆大地说,我们的确是国货骡队。因为德君已受地质调查所聘任,而为我国服务了。

骡队所经的地方,的确十分复杂。就路线说,的确是曲而又曲的。

左上：山西北部骡队旅行途中（骑者为德日进）
右上：山西北部考察地质情形（执锤站立者为德日进）
下：山西北部之旅店（午间休息）

上：骡队在奥陶纪石灰岩山谷中
中：由保德隔黄河望府谷县城
下：保德县文庙

我们出大同东门,行了八九十里,然后南越山脊,到了浑源。又由此地经小石口,到了繁峙。由繁峙过代县,再入山到宁武,南行至静乐。又由静乐西北行,过岢岚到保德。又从保德北沿黄河过河曲,渡黄河北,行到准噶尔旗,又南折经哈拉寨到府谷。在此过了两次黄河,才西行过神木,经河套边境以达榆林。自榆林东南,经米脂、绥德而到吴堡,由此再过河南折,经石楼、隰县、大宁、吉县而抵乡宁。又由乡宁南行到稷山,最后由稷山沿汾河,经临汾、洪洞、灵石、介休、榆次等县而到太原,在太原结束了我们的骡队,而乘火车回到北平。

就所看见的景物说,除地质的观察较为专门不计外,从沃野千里的平原,到茫无人烟的沙漠;从二十世纪的物质文明,到石器时代的初民生活;从世外桃源的天主堂,到惨无天日的匪患恐怖……真是见不胜见,闻不胜闻。有的竟是见所未见,闻所未闻,旅途中的生活已是富有兴趣,而这次长期的骡队生活,尤在我脑中刻了不少不可泯灭的印象。

我们坐在骡背,一颠一颠,自然的景色,像电影般地映于我们的眼前,种种可爱羡或可厌恶的事情,也不断地在电影般的风景幕上演映……嗒嗒(Da Da),骡子开步走了,喁尔尔尔(Dr……r……r),骡子又站着了,嗒嗒又走了……旅行是这样啊!人生也是这样啊!

在古火山口旁

我们离开大同后第一个重要发现,就是在大同以东约七十里的地方,发现了第四纪初期的火山遗迹。有几个比较完美的火山口和火山熔岩奔流的遗迹,还依稀可辨。在黄昏前,金色的太阳光线,映着我们,坐在这远古的(就人类历史言)火山口旁时,我不禁发了一点神经病似的小小感想。

这个小感想,也只是一个"小"字。我们的人类,的确是太微小了!

残缺的火山口,星散在灰白的大地之上,深黑色熔岩到处还可以看到,火山弹也还找到几个……这些就地质来讲,不过还是很新的事,然而拿人类的标尺去比,就是很古很古的了(这一带火山时代为第三纪末期或第四纪初期)。当这火山爆发的时候,真正的人类或者还没有,即有,还是很简单而原始。

戴上地球史的眼镜去看人类历史,真好像夏天在北方式的大厕所中看那悠游于粪浆中的蛆虫一样。

小石口之夜

小石口为由浑源南入繁峙的一个要道,位于一个很长而险要的谷口,居民街市都还可观。然而最奇怪的,我们这一夜没有找下正式旅店,据调查的结果,所有旅店都已住满旅客了。我们好不容易费了九牛二虎之力,才半哀恳半强占地住到了一个铺子的堆房里。

院子甚大而什么都没有,锅灶自然也没有,于是只得用最原始的方法,做我们的晚饭。饭后和本地几个人睡在一间很小的屋子里,那一种难以形容的气味,迫得人欲死。而又据说本地方不甚安静,时有土匪,恰恰我们所住的地方,在关以外,所以不由得令人又大生戒心。

但是我们奔波了一天，疲乏已极，总得要休息，这时候也顾不得合乎卫生或不合乎卫生了，也顾不得生命财产安全不安全了，所以就早早睡下。

问路难

记得从前初到德国，语言不通，颇感问路的困难。后来语言渐通了，可以不感什么困难了，而我同时又得了一个秘诀（其实是明诀）：原来大多地方路的里数方向等，都很清白地写在交叉路的牌子上，在山中树林内，还有那红的或其他颜色的标志，涂于沿路，所以即便是不认识字，也不会走错路的。

但是我们三个月的山陕旅行，真有问路之难，难于上青天之慨。语言不通是第一，你问东，他答西，你问南，他说北。无人可问是第二，有时走半天或一天见不到什么人。所以倘一个岔路走错后，改正实是费事费时。问下错误是第三，有时他们的路的知识，也实在有限，往往不可深信，因相信他们而得的谬误，跑的冤枉路实在不少，最有趣的是在相距不远的地方，问不同的人，所得的答案大相悬殊，令人无所适从。

分水岭上

且说这分水岭不过一小小的市镇。住户连商店不过二三十家。种种数不清的庙宇很多，然而我立刻看到这地方的迷信和我家乡大不相同。这里没有什么关帝庙,没有什么观音庙,而大半代以老君庙和老子等相似一类的庙,足征道释在山西北部势力不小,在别的地方很少可以看到,但在这里却格外浓厚。

一个大庙中,有一个学校。我们进去看时,找不见教员和管理人,一班年龄不齐肮脏不堪的——有的还有辫子——学生,坐在几铺很大的炕上,虽然窗大开着,而里边的臭气还时时扑鼻。他们读的书,固然有什么新式教本,而四书五经一流的国粹,还放在桌上。我把这种现象,和三十年以前内地情形相比,得不着什么分别,我于是不禁又动了一点凄然之感了。

我们所住的旅店,尤其简陋原始。店主人盛意,请我们住他们的上房,但一进房门,便闻到令人欲呕的恶臭。于是我们决定住在大门旁的耳房。第二早起来,床布单的血迹和身上的伤痕,都表示着分水岭臭虫的胜利。

早晨一早出店门,到田地里吸一吸新鲜的空气,苍蔚的山岭,插在晴朗的天色中,一会儿骡队的一切也预备好了,静待出发。德日进告诉我:"这是一天最好的时候。"

店中三怕

在旅店中头一个难事,你受也得受,不受也得受的,上已提及,就是臭虫。臭虫差不多每个旅店中都有,真可称之为旅店的标准动物,不过有时运气较好时,臭虫或者少一点罢了。关于这一种恐怖,我们常常设法免除,然而完全达到目的时很少,有几次迫得无法,睡在人不睡的地方，如放草料的小屋，但同时又有别一个可怕的事代替了。

第二可怕的，更是无法免除，就是骡马粪臭。中国北方的旅店，凡是旅行过的人，没有不知道的。山西南部及河南西部等地的店的构造，大致是中间一个大院子（稍好的店有一"腰房"——过厅专为饲牲畜之地），常是为马粪盖满，而四周围以备旅客住居的房子。山西北部的店稍微改良的，就是住人的地方和住骡马的地方分开，但若收拾得不清洁，也是免不了这一怕的。

第三怕更可怕，就是店主人。这样的店，照理似应该便宜而不应过分地要求，或苛待旅客，而事实上大得其反，东西顶坏，代价顶贵，甚至有时还暴厉非常。所以民间有谚谓"走不尽天下的路，吃不尽店家的亏"！

我们从大同起，到北平止，无一日不在三怕之中，及今回忆，尤有令人不寒而栗之慨。因约记数语以志鸿爪，以见我国衣食住行中之"行"之一斑云云。

冀家沟的雨

我们出外旅行，最怕的不是上述之三怕，乃是怕天时变更，常常下雨，使我们不能出外工作，而蛰居于小店中，饱受那"三怕"之苦。最令我们不能忘记的是在冀家沟的几天。

冀家沟是山西保德县一个小地方，但在地质上及脊椎化石上，是很有名的。因保德是三趾马地层，及所含化石最著名的地方，而尤以冀家沟一带为最著。在脊椎动物化石,未经科学家搜集以前,这里的化石坑早被开掘,以之作龙骨用。居民每到秋后至春初闲暇的时候,大半从事这样的工作。开的有许多化石坑洞,地面上及山坡早已搜集净尽了。开采出来的东西,虽也有比较完整的,但大部分把大的打碎成小的块,以便易于收藏。他们似也有分类的法子,就是把牙存放在一起,所谓龙牙;骨头又存放在一起,所谓龙骨。因为龙牙的价值比龙骨高些。在冀家沟一带,几乎家家都存有一堆这样的货物,每到一年一定的期间(大约是春初),有龙骨商人来此收买,以转运于全国各地。所以保德是供给外地龙骨和龙牙很重要的地方。此地化石,经科学家亲身采集,以民国九年、十年间奥人斯丹斯基(Zdansky)为始。斯丹斯基不但在保德采集了极丰富的材料,且在附近地方如以北的河曲,隔一带河而归陕西的府谷也采了许多东西,这东西的大部分,现在已经研究完竣了。

我们这一次去的目的,固在考察地质,但采集化石标本也是重要目的。我们到保德县城不久,即直去冀家沟,以便从事采集。不料我们初到,接连下了好几天雨,我们住在一个很小的土窑内,饮食起居都不方便,一种苦闷的情况,真令人难以笔墨形容。

但是我们最大的苦闷,还不在此。我们来的时期,正在秋初,秋禾初长,农事还很忙,一般冬天以采龙骨为副业的人,我们得不到他们的帮忙,而经大雨以后,所有化石坑洞,均为水灌满,尤其是我们根本不能采集,因为化石坑洞,都是内低外高,雨水当然易于流入。

因此种种原因,我们冀家沟一行,不曾得到我们所预期的成绩。可是我们偶尔也得到很好的标本,聊胜于无。

雨止后本即想成行,可是事实上,我们还得受一受店中的苦闷,因为路都被雨水冲坏了,到处漩涡水沟,骡行尤其困难。原来山西西北一带——陕北也是如此——既无森林,一般农民耕地尽力地在山坡上种,又不筑堤涧等收水的工程,所以天旱的时候,固然缺少水分,地里的养料,不能被吸收。即使有雨,而雨水的大部分,都很快他流,由高处向下,初成为细流,继又归于小沟,由小沟集成大沟,而入于附近的河中。因此每次大雨以后,好像把地皮冲洗了一回,不但田地中肥料养分被冲洗以去,有时连田禾本身也为之冲倒。所以每次雨不但于田禾无益,而且有害,只有很细小的雨,田禾才能得到实在的益处。可是这样细小的雨,往往太不够用,其总结果是无论雨多雨少或天旱,这一带照例是荒年,不能丰收,除非在特别合宜的情形下,才可以有一次丰收。至于上边所述流入河中的水,又为沿海平原地方每年秋末水灾的大原因,更是十分显明的。

黄河峡谷

山西、陕西间黄河两岸的情形,和潼关以东不同。潼关以东,黄河虽尚流于两边较高的平原中,但都为土质——黄土或三门系的泥沙,有时候有些上新世的东西。再到郑州以东,两边更低,甚有许多地方,河床比四围平原为高,所以易于泛滥,常闹水灾。山陕间的黄河,流于峡谷中,两岸高出约五十至一百米,都是古生代或中生代岩石造成。而红色土及黄色土，多遮于高原顶部，或挂于峡之半坡，在岩石较软的地方，如由三叠纪页岩、砂岩造成的部分，此等现象，不十分显著。但岩石较硬如奥陶纪石灰岩，则峡谷性至为显然，成为一种特殊的风景，如保德附近，再向北不远，以至巡检司以南，黄河穿奥陶纪石灰岩，成为黄河峡谷极壮伟的一部分。黄河流至韩城的龙门，又穿斯纪的石灰岩，所以也造成相似的风景。

且说我们离开冀家沟后，沿黄河向北行，中途遇见这样的风景，格外可以提起人的精神。就地质方面讲，也是很有兴趣的。如我们在距火山不远的地方，发现了几处含有化石的地点。所不幸的，就是途中遇雨，使我们不能不中止工作，而在附近一小民店内安身，差不多又饱尝那三怕和下雨的苦闷。

但在这一回，留给我的回忆，不完全是苦闷，至少有一点别的情绪，是我不能忘记而乐于回忆的。在这一民店中，是一小家庭，母女二人（也许还有别人，不过我就不知其详了），女孩不到十岁，一副天真烂漫气质，令人见而生爱。这女孩子对我们尤其是我们中有一位洋人特别感觉兴会。对于我们的样子、我们的服装、我们带的东西，小至一把刮胡子的刀、一块胰子、一条手巾，都是特别地有好奇心；特别的东西如望远镜、照相机等等，更不用说了。因此我不免感觉到乡下孩子的可怜。

她当然没有读书的机会，她当然从此终老。最令人感觉到苦闷的，是她那两只脚，还紧紧地缠着……

但是她自己，竟毫不感觉到怎么样，依旧天真地笑着说着，对

上：保德以北之黄河峡谷
中：河曲东巡检司附近之黄河与黄土
下：河曲的"河曲"

上：府谷北（河曲对岸之三叠纪地层）
下：由河曲起身前河岸留影

在黄土沟中

我们种种惊奇地看着。我念她的可爱，又念她可怜，而我又无法可想，只有任她过她那自己以为很快乐的日子，在纷纷细雨的天气中，我仿佛忘记了店中的"三怕"，而反怕未来她的命运。

羊家湾

我们由山西河曲渡黄河，到陕西府谷县境的麻地沟。未过河的时候，就听说两省交界的地方不十分平静，常有土匪出没。因此我们照例要求几个军士保护我们，按我们出外调查，遇有不平安的地方，请人保护，大半是无所谓，不过是自己壮壮自己的胆子，可以说完全是心理的治疗法，可是有的时候，非常有用，因这些军士，往往与土匪有相当关系，土匪当然可予以谅解，使所保护的人平安过去。在土匪区内，往往可以平安通过，十九就是这个原因，我们此次能由河曲过麻地沟到羊家湾，又由羊家湾到哈拉寨，就是一个实例。

从河曲保护我们过河到麻地沟的兵士，已令人望而有土匪之感，但还不十分厉害。最可怕的是由麻地沟到羊家湾护送我们的兵。据说领兵的连长，两星期前还是土匪，后受招安，才成为军官的。但正因如此，我们道上很为放心。

由麻地沟起身向北，渐见黄沙满地，举目寂凉，令人有塞外之感。但从地质方面讲，并不怎么荒凉，依然有有兴趣的东西可寻得，有重要的材料可为我们观察到。所以用自然科学家的眼光看，世界各地，处处都是好地方，而沙漠不但不照一般人所诅咒的那么害怕，反而是科学家的乐园。我们在沿途除普通的地质观察外，找了不少的古石器时代的石器，不但采得极好的标本，且因标本上的性质，与存在的地位，足以帮助我们断定它们的年代。

羊家湾为蒙古一王爵驻地，我们来此，事前已由麻地沟的当局通款过，所以很蒙优待，就住在他们的家里。虽然说是王爷爵位，不过一个大地主罢了。伺用人很多，牛羊马等家畜无数，所以经济方面、政治方面，都有相当的威权，他住的地方，虽然在平地上，却也窑洞似的建筑法，外表如房式，而内边是洞子式，真是冬暖夏凉。有很大的院落，许多间客房，预备别的王公或喇嘛驻居，室内收拾，虽然旧式，而整洁可居。

我们在此住了两天，除看了附近地质外，知道一个很有趣的蒙古习俗，就是住宅以内，绝对没有厕所，据说在屋内大小便是很忌讳的。至于何以如此，就不得而知了，不过据我推想，也不过畜牧生活传延下来的一种习惯罢了。

羊家湾的街市，距该王公驻所还有许多里路，我们惜未得去一游览。

羊家湾到府谷

由羊家湾到哈拉寨一带的景色，和之前到羊家湾差不多，足以令人有荒凉之感。地质上只能旁证来时所观察的，亦少兴趣。觉得沿途可以有为的地方很多，奈国人注意内地局部的战争，而不肯对边荒的西北予以实质上的建设。譬如以羊家湾地方，尚不通邮政，其他可知。回想我从前在德国做地质旅行时，那到处有汽车路，到处有电杆，到处有明信片可买的情形，不知我国在多少年后，才可办得到。念至此，不禁令人一叹！

哈拉寨比较上算一个大的地方。街镇很长，我们蒙特别优待，住在一个商号中，但在三间相通的大屋子内，一端的大炕上睡着八九位，一夜抽大烟，谈闲天，这个出来，那个进去，使我们一夜不能安卧，很悔受此优待而不住在小店中。次日起身，因天气不好，未能多赶路，住在清水堡。我们已由长城外，又到了长城内。清水堡为长城内一军堡，就形势和建筑的遗迹看，原来很好，但现在则颓废不堪，只有破砖烂瓦，供人凭吊。我们住在一个小学校内。学校的隔壁，即为以前驻军官长驻节地方。衙门的局势，看去也不小，可是十分之九都塌倒了。

过了清水堡，即向府谷前进，不但行人村庄也较以前为多，即风景习俗也都熟得多。即就颜色讲，哈拉寨以北，大半都是灰白的，而愈向南走，红色的土愈发育，途中看去，几乎四围全成红色了。以北耕地很少，可以看出蒙古式的生活（真正的蒙古包尚未见到）；而向南则到处耕地，成为中国式的生活了，内地人民向北伸张迁徙，很为显著，所以这个界线不可靠，而逐渐向北推移。

府谷琐谈

到府谷后，因行装尚放在对岸的保德，乃过河去，仍住在以前住的地方，地在河岸高处，风景清幽。本想立即回府谷起身西行，但天雨不止，只得住下，虽然风景好，也免不了苦闷。过了两天，河水依然涨着，而天气已晴，乃决冒险过河。计前后在保德住了许多日，又因该县县长崔君招待颇好，免去许多困难，临走时，颇不胜惆怅。

我们过河用一大船，船内连我们一行和骡子都在内，起初还好，及转入波浪中，船身一上一下，有一丈多，河水打入船中，衣服行李尽湿。有一个时候，真是危险万状，颇有听天由命之感，幸骡子因惊怕伏船中不敢动，故船户尚能驾驶，不至于出险。不一会儿，船已出波浪区，心稍静，随见河上浮死尸一具，想亦渡河而送其生者，不禁令人尚有余惊。原来黄河两岸各地，全为秃山而无森林，以致下雨时山洪易生，河水剧涨，所以最易发生意外。

在府谷也住在学校中，地点虽不如保德的好，然亦开窗见河，颇有可观。在此又有幼时同学的陈君，招待一切，尤为便利。到府谷后，本想立即起身，但因天气仍未晴正，时雨时止，朋友都劝不必起身。又说去道沿谷沟行，在夏季往往天晴无云，而山洪可来，因有时上游急雨，常来极骤的山水，使人避逃不及。据说对于由府谷到榆林等地公文的迟延是无罪的，也不过表示山洪的可怕罢了。

在此既无特别东西可看，于苦闷中乃向药铺打听龙骨，一般人所谓龙骨，即我们所谓化石。打听了好几家，请他们把所有的送来看，但大半破碎不堪，不足以研究，但也可以认出大半为犀牛类、马类、鹿类等化石，学术材料，如此摧残使用，真是可惜。

在此还有一事足记的，就是那位待我们很热诚的杨先生，他对学术，似乎很有热心去研究，可惜不在正当基本上面。他著有两种小书，其内容是发挥永动机器（原来名词我不记得了，意思是不用原动力，而可以永远动着），但可惜根本上难以成立。我觉得在交通不便的地方，有志研究的人，因没有良好的环境而误入歧途的，当不止杨君一个人。

府谷为陕西东北角的一县，辖境辽阔，地方苦瘠，而此时正是奇旱时候，所以一切都现出灾相，不能和对河的山西相比，幸而地方上平安，还勉可维持。我在此遇见了好几位近同乡，又是同学，招待我们最殷的为陈君，我们并说了许多以前同学时的情形和故乡状况，不免引起人童时的回忆和对于故乡的悲哀。

化石的长城

我们这次旅行，得有机会把长城穿了许多次，如在小石口、河曲和清水堡等地。由府谷向榆林去，又是沿着长城走，长城在我国历史上的位置和重要性，用不着我再来赘述，而在现在的中国，失去它的意义和重要性，也是当然的事实，无可讳言。我这里所要说的，只是我见了长城的一点感想，而且是每次见了长城的感想，只是这一点。就是长城已成了一种化石了，而这个化石化的长城，又日渐消灭，大有不多久便看不到这块大化石的杞忧。

长城既失其意义与重要性，我们当然只能把它当作化石，不过长城虽无它实在的意义，却有它化石的意义。一块稀有的化石，当然应该特别爱惜珍重，不过事实上各处的长城已颓废得不堪了。长城本身如此，和长城连带的各关口、堡等，都是如此。我们每回所看到的，不是一堆破砖烂瓦，就是塌倒的城楼城墙。有时候连这些都没有的，只是微微的隆起，指示我们那里是长城的遗迹。试思这样一块好化石，破烂得成了这个样子，哪能不令人痛心呢？

由府谷向西北，过固山堡、镇羌堡等，都是长城以内的重镇。原来沿长城除大有重要者名为关，如雁门关、居庸关等，次要者名为口，如小石口、杀虎口等，此外在长城每隔约四十里设一堡，即当时的兵站。我们已经过的如阳明堡、清水堡等，这些地方，都令我发生深刻的化石的感想。

沿途天气并不很好，时雨时晴，幸尚未遇山洪，却时有戒心，各堡则位于高原上，可免危险。我们尝冒雨工作，倒也别有一种乐趣，在镇羌堡附近，看见近代人的头颅骨骼露于地面，也不知是乱坟，或是由其他原因而死的乱尸，但令人颇感生命的微碎。

我们自府谷到神木，因不放心地方上的治安，有两位警察护送。这等警士，都是老弱残兵，所拿的枪，还是旧式装火药的来复枪，所以若是真有土匪的话，是毫无用处的。不过因他们地方上情形熟悉，且可以领路，所以还很有用，尤便利的，是我们在固山、镇羌二堡，都能住于"公所"中，比旅店清闲而干净。又他们比起大兵来，像我们在麻地沟所有的，容易对付，也没有那么暴横。

这一带的路，大半在黄土、红土夹道中，大雨后，道路冲毁的很多，行走时非常困难。有时候表面看去，似乎是很光很硬的路，但骡子走上去蹄子往往陷入其中。因为底下是空的，而骡蹄又很小最易陷，有时候整个骡子可陷下去或倾倒下去，因此我们不能不雇一个探路的，以求免除此危险。至于骑骡子的困难，也是很多。

我所骑的那一个，尤为胆小。它最害怕的是皮子，一见就惊跑，我那匹骡子，又没有适合的鞍子，只简单地坐在背上，所以每惊一次，我照例要掉下来一次。以后我稍为伶俐些，每见有驮皮革的牲畜或车子，便预先下来，但也不能完全避免危险。

神木古禽龙的足迹

从府谷起身，走了四天，才到了神木。神木在陕北算是一个很重要而富庶的地方。城垣的建筑与街市的规模，都很有可观。我们最初住在一个店中，因臭秽不堪，又念神木归陕西，算来可充大同乡，乃向县署及学校交涉，搬至县立学校中住宿。不料这么一来，在此地遇了几位旧日的朋友：一是任县长的赵君，一为教育局局长刘君，都是以前在北平认识的。这里学校，规模还算很大，建筑也很新式。惜于这时候学校正在放假，无从参观其内容。

在神木的一天下午，我们打算上东山去看看。县知事赵君也有兴会作陪，东山距城不过一二里路，片刻即到。河的对岸，也有一道低山和这面相当。实在讲起来，为河谷两壁，并不是什么东山西山，我们姑且从俗如此称呼。沿山坡有许多庙寺，远看如悬绝壁，到庙那里，俯视神木县城，砖瓦历历可数，对过山外则黄沙茫茫，远接不日即要去瞻仰的河套沙漠。沿途且赏玩风景，且向山上爬登，到更高处，另一庙口，无意中看见一块石头上，有伟大的足印。德日进根据他在比利时等地的经验，立刻判定为禽龙的足印。该足印宽长均有一尺多，其动物的伟大可知。赵君初不辨为何物，经我详为解说，亦即释然，并十分高兴，即差人拾回，送到我们住的地方。所找见足印的地层，为神木砂岩，其下为下侏罗纪的绿岩系，所以不为侏罗纪上部便是白垩纪底部了。

由此再上，即到顶部，也有一个庙，东望一片，纯为高原，具有小冈阜。向平原前行数里，为红土堆积最发育的地方。我们在此，又采集若干化石，才信步回来。在途中流连风景，可以了解现在所走的地方，在陕北高原上，神木县城在河谷旁，两边所以很高，也无怪称之为东山西山了。

第二天叫了一个石工，把禽龙足印那块石头两头削去，以便容易装箱。德日进和我则仍到昨日所到的地方去采集化石。最有趣的是昨日我所采的一个田穴鼠化石下颚的前部，今天在此又找到同一化石下颚的后一部。回寓一接合，恰是一个完全的。记得在伍捕塞拉时，维曼教授告诉我，他们在以北斯匹次贝尔格采化石，中有一鱼龙脊骨，仅有一半采回，过了七八年之后，再到那里去采，又于山坡之下部，采得另一半，回来一对，竟是一个，惟因时代关系，成了两种颜色。今我此事，虽只隔一天，而情形颇相似。午间县长赵君请吃饭，在这里所吃的也是海参一类的东西，因此等食品被一般人目为饮食中上品，所以较好的席都免不了，虽在极大陆的地方，也可以吃到海洋的产物。

在神木共住了两天，所得的印象很好，神木在陕北算是很富庶的县份，地方治安也很好，在旱灾的陕北，总算还比较过得去。

左:化石的长城(神木县)
右:老人与牛(河曲县)

上：骡队的午憩（由神木至黄土面途中）
中：黄沙无垠中的征途（由神木至黄土面途中）
下：沙漠中的河（由黄土面至大堡当）

在沙漠中

　　八月七日早,从神木起身,我们的骡队因有一月多的训练和实习,起行下卸以及路上均很如意,时间也比初起身时节省得多。出城不久,即过河折向南,再向西南走。初人烟尚稠,过十余里后,渐不见村落。再前行即爬上高阜。至高阜顶上后,望荒沙无垠,风力所成的风向及背风向,起伏于沙岭上,行程至此,始真令人有沙漠之感。途中亦无地可以打尖,幸我们预备有食物,即在半途休息中充饥。再继续前行,愈行愈荒凉,惟沙岭少而变为草原,极与所谓戈壁者相似。因骡夫不认得路,竟走迷失,所幸此地尚非绝对无人烟的地方,还可以向附近遇见的人打听,得以不至于终于迷失。下午到一小村,名叫黄土面,有一二店可住。顾名思义,此地当有黄土。所以我们卸下行装之后,还可在附近看看第四纪地质,并采了几块石器。

　　次日由黄土面起身,所经仍为沙漠。惟沙丘下为固结之最新统地层,为我们观察的主要对象。傍午过一河,亦南流入无定河,而注于黄河,河两旁尽为沙漠,行旅极为困难。过河后不远,到一地名柴头沟,为一比较大的村子,附近亦多树木,亦有耕地,全因这条河的缘故。在此打尖并观察附近地质,下午仍西行,所经地方,荒凉又复如前,傍晚至一地,树木甚多,居民也不少,为自神木后所见惟一大村子,名叫大堡当。此地田园栉比,一切颇与内地相同,实可称为沙漠中的桃源,我们到的这一天,恰有赛会,并有大戏,因之格外热闹,家家都被人住满,我们竟找不到地方居住。好不容易费了九牛二虎之力,才得到一家院中,行李与人,都得露宿,幸天气很热,比在屋内喂臭虫还要好些。此地的居民,大半都是由南移徙来的,都是汉人,他们耐苦耐劳,遇到可以耕的地,甚至不可耕的地,都耕种,此种精神,真可佩服。此地房屋很低矮,照例没有砖瓦,全由泥做成,家家差不多都有一个大院子。晚间在戏台前一游,所演的戏为一种变态的秦腔,并且十分粗恶,但此地能有此戏,也算不错的了。台下男男女女,熙熙攘攘,颇为荒旱中不易见的现象,或者此地既为沙漠中,耕地不大受一般天灾影响,而系一例外。卖小吃食的以及台下种种情形,都使人获得印象深刻的内地北方景象。

再次日,由大堡当出发,经柳巴滩,晚抵距榆林二十里之古城湾。沿途景物,与前两日所见相同,且更为荒凉,以南不远,长城遗迹隐约可见,颇令人起历史上的感慨和塞外的悲感。地质上所见的也如前,而更饶兴味,因在途中发现一极有趣的含化石地方,采集了很多的楔齿类化石,至少借此可以断定沿途自黄土面以来所见地层的年代。本打算今天赶到榆林,但因途中有耽搁,所以只得在古城湾住下,此地南距长城很近,长城在这里的比以前路上所见高些,炮台也还有不少,仍存其遗迹。

行路难

在中国旅行是一种艺术,不比外国交通便利地方。都市有都市的困难,乡村有乡村的困难,稍一不慎,轻则耗费时间,重则还有其他损失。这尚不说到治安问题,若是有土匪,当然更为困难,即无土匪，对付地方官署和士绅，也不容易，最困难的当然是军队。这是我们旅行中所得的抽象的总观念。若是一一列举起事实来，又得费许多话。可是凡老于旅行的人，对我所述，均能了解，也都同意。我们这一回旅行，因有些地方借住教堂，虽也另外有一种烦腻，但可免去其他不少困难。

除了人事的不便以外，还有道路的困难，中国交通不便，道路不讲究，稍不留神，便有危险。譬如我们在由府谷到神木间的许多地方，在山谷中走，此一带夏季往往因急雨易发山水，所以未走以前，必须仔细打听。不但要本地天气如何，还要附及于将去的地方。听说有时烈日当空，亦有山水，乃因数十里外有暴雨的缘故。我们此次虽未遇到，但也是不能不小心的。

第二个最可怕的，就是山陕北部人所谓"漏"，也就是我们那里人所谓"撮泥"。原来北方大河旁或湖旁，天雨以后，有许多部分，表面看去很干，或虽有泥水，而看去似不甚深，但一到内边底下，全是软的稀泥沙。稍不留神，愈坠愈下，可以整个地埋入其中，在渭河岸上，有时可将整个连车骡带人埋住。此等软沙泥地方，在我们由保德到府谷，以及到神木一带，好几次遇见。幸我们特别小心，所以无事。

还有一种漏，虽不如上述的危险，也相当的讨厌。黄土道上，往往雨后，下部或侧面大部，被雨水侵蚀，只留浮皮，骡子脚又小，易插入，于是往往可以陷阱似的把骡马陷入土穴中。如陷入不深，骡子用力拔出，也要受一惊；如陷入很深，可把骡子半身陷入。因在平地，大半于人没有多大危险。此等情况，我们路上遇到好几次。

总之，在中国旅行，除人事的困难不计外，道路上的困难也不少，须随时留神。瑞典的爱迭生曾说我国只有足印，并无道路。可谓侮我国已极。但有些地方，却是实情。试问问我们对于大多数大道小路，有什么人力的方法，使它宜于行旅。是不是仅凭人马自然地踏来踏去，而成功所谓路呢？言至此，实可发一叹。

小北京

且说我们八月十日清早离了古城湾，向西南行，不久就进了长城。长城虽已成废圮，但一进长城，对于山河景物，总觉得亲切一点，这实在是受了历史的旧观念的影响。二十里路不一会儿就到了城下。把城兵士照例盘问，我们说明原委之后，仍不让我们进去，据说要向师部请示。一会儿见我们护照上有"中央"字样，以为我们是中央派来的什么代表，于是对我们十分恭顺，又说师长要亲自来接。但不到一会儿，此等说法，已成过去。因为他们看"中央"下还有一长行字，始知我们为不大重要的人物，乃放进城。进城后，依德日进意，寓于城内天主教堂中。行李卸下之后，即到师部谒见此地师长。井崧生，为蒲城人，民国以来，坐镇陕北，对于陕北治安的维持，颇称得力。到师部后，因同乡关系，有许多人都彼此相识，或不相识而一提及姓名都知道。但井因有公事，未得见，乃返寓休息。

次日上午出榆林城，沿河而上，到城西北一带考察，采集了不少化石，可为成绩最好的一天。下午井在师部请吃饭，所以未他去。饭后又游览城市，并到职业学校、师范学校等地参观。榆林为陕北重镇，所以学校还不少。城市也相当繁荣，并有小公园，花木杂列，若与城外的一片荒沙相比，自有天渊之别，所以榆林也叫小北京。学校一方面，一切设备还算完善，中学建筑尤好。倘与外界交通更为便利，这里的发展，当更有进步。次日上午，仍往昨日去的地点采集化石，下午则天主堂神父做东，请我们，井亦来，宾主尽欢，可算盛会。

在榆林住了两天，所得印象很好。就是地质方面，特别从新生代方面看去，也是很有兴趣的地方。惟风景上颇觉荒凉，俗话说"榆林城外一片沙"，即已写尽榆林附近景色。但顾名思义，此地当有过榆林。变为沙漠地，当为近代事。据井君说，两边山上，现在还有榆树根保存。如果此话属实，更可证明我民族摧残森林的可怕。我们于十三日由榆林起身向南，沿大道行，初出南门，两旁有石碑石坊甚多，看去与长安大道不相上下。向南的大道，系沿榆林河，沿途虽过几个村庄，而荒凉枯旱的景象，随处可见。至此才可见真正的荒村苦况，远非都市中人所可梦见。南行四十里，到一地方名叫归德堡，虽有住户客店数家，而残破不堪。我们在附近做一点地质观察，在此住下，并在附近采掘一回化石。本地居民对我们面貌都很狰恶，令人对之，不期而生戒心。

次日由归德堡再南行到鱼河堡。鱼河堡的堡垒尚存在，不比归德堡那么荒废。但西北城外的沙子，不但已填满城壕，且已和城一样高。由外入城，可以不由城门进来。此等情形，即可证河套沙子南侵的激烈。倘陕北对于森林不讲办法，恐沙子的南侵，还会有加无已。也许若干百年之后，西安城也要和鱼河堡一样了！

在鱼河堡也因要看看附近地质，停了半天，住了一宿，天气很热，至不能耐。附近古石器遗迹不少，颇有些采集。次日起身东南行，竭一日之力，晚上到了镇川堡。沿途经过几个盐池，路仍是沿榆林河，两边时有阶状地形，及新生代后期堆积可见。镇川堡地方很大，街市亦较整齐。我们住在一个大店中，见有北往榆林上学的学生，坐的架窝子，上边插的白旗，颇令我回想到六七年前在北京读书，每年回家的乐趣。此等滋味，只能成为回忆，而永不会再来的了！

在黄土沟中

由镇川堡南行，即到米脂县。米脂也是陕北一重要县份，城郭很好。但我们在此并未停留，即折南行。沿途有好几个地方，地质上均很有兴趣，但都未能久留做详细勘察。在一个地方找得一块极大的新石器时代石器，因太重不能携带，我们把它推在人不易损毁地方，留待以后采集的人。下午住四十里铺，介于米脂和绥德之间，为一大镇，位于榆林河东岸。所住之店，前边为瓦房，而后半则为深入于黄土中。可以说是一半穴居，一半房居，此等房陕北一带很多，纯粹的黄土住宅也不少，有的收拾得十分讲究，真是冬暖夏凉，比房子还好。陕北建筑上有一件极可注意的事，就是有的房子盖在平地，不与黄土崖连接，但其大致式样还是保有黄土窑洞的样子，内圆而外方。

第二天由四十里铺起身，南行四十里到绥德县。绥德也是陕北一重要县份，前尚有第四师范设于此。所以也是一个文化中心。城在榆林河西岸，我们为赶路计，未打算在此居留，所以也没有过河进城，即由此折向东行。计由榆林起身至此，都是沿榆林河，此河以南称无定河，东南流入黄河。我们由绥德沿一条沟东行，两边皆黄土高阜，以下有淡红土层等，确是岩床，仅于沟底部偶尔可见。沟道有时很窄，上望蓝天，一带碧青，俯视谷水，残流欲断，黄土沟中的情景，也可同沙漠地方一样地引起旅客的荒凉悲凄之感。

这一天由绥德东走了三十里，到三十里铺即住于此。在沿途所见情形，大体上极与山西保德、河曲一带的情形相似，我们在此也做了一点观察，次日继续东行，并在一地采得化石。一切情物，与昨所见的相同，令人印象最深的是晚上所到的石堆山。自绥德以东，沿途在沟中，眼界很窄狭，沟面即为大黄土高原。但一至石堆山，始知我们所站地位很高，东可隐约望见黄河河谷。中生代岩层上的黄土一类的堆积，全被以后侵蚀洗去，露出秃山，仅偶有小小部分尚残留着一片一片的黄土。此等事实，不但可证明所谓黄土，覆盖于古岩之上，不过较薄的一个包皮，其厚度远不如前人想象的那么深，且可见以后侵蚀的剧速。是夜所住店中，臭虫特多，十分猖獗，几至一夜不曾合眼，也是印象很深的一夜。

黄河渡口

八月十九日，由石堆山起身东行，初所经道路，为中生代的山地，道路崎岖，行走艰难。行八九里后，回视石堆山已高悬山顶，益与昨所见参证。再前行即入一沟中，不久沟中亦有水，因之渐有树木，景物上远不如以前的干枯。沿此谷东行，愈走景色愈好，再前即为黄河所阻。从府谷与黄河作别，到此又遇见了，沿河北行，至宋家川，归吴堡县管，为黄河渡口，系东西交通孔道。从石堆山到宋家川，仅四十里，所以到此很早。在此地邮局中得收若干北平信件，知一切安好，颇慰旅怀。下午上两边高处探察，可以清楚地看出这一部分的黄河历史，两边地层与其彼此关系，与在保德以北看见的大致相同。回寓之后，访本地公安局长，一见相谈之下，始知局长薛君，为民初在西安的老同学。他为吴堡人，在地方服务，而我与之在此相逢，亦算奇遇。据说县长渊君，为我们旧日的博物教员，惜距县尚远，不能去访。

次日天阴雨，黄河水又大涨，但我们为赶路计，决仍过河，乃至渡口，而船急切预备不好，一刻不能开，我们乃在雨中到岸旁小谷中视察，得古石器若干。船开以后，初尚平稳，但一到中流，浪非常大，与由保德过河时不相上下。过河后即到山西境，镇名军渡。下船后检查甚严，时天雨不止，衣物尽湿，乃卸行装于一店中少休。

是日一天，天雨绵绵不止，困处店中，颇令人心焦。傍晚天雨略止，夕阳从薄云中呼之欲出。近望黄河的对岸吴堡县，城在西北，高挂黄河高岸上，西南河滩为宋家川，那就是我的家乡所在的陕西。这滚滚的黄河水南流到距我家乡不远的潼关，而又东去。我呢？也是旅踪漂泊，同这滚滚的水差不多，一任浮流罢了。

再次日天虽未晴，但雨已住，乃于上午到以北东山顶上去看，以与在宋家川那边所看的相对证。因在此地两岸高处，都发现三门系介壳化石，所以于地史引证上颇有兴会。下午由军渡起身东行，

上：吴堡渡口一
中：吴堡渡口二
下：在黄土沟中（山西中阳）

沙漠中的树(大堡当)

从此又与黄河作别，不知几时始得重见。从军渡以东，有一事，与陕北迥不同的，就是已有汽车道。虽然还没有汽车来往，路还没有全部竣工（但路的基础已大备），我们还骑在骡子上慢慢地走，但一看到这时代的产儿，精神也为之一快，仿佛已前进了好几世纪似的。这可见山西比陕西物质进步上，较进一筹。路沿一山谷，西行十余里，已达高原高处，约高出河面一千五百米。由此舍河谷越岭，红土黄土堆积，沿途分布很多。又渐下降，计共走了二十里，至薛村。镇很大，地有河流，可资灌溉，所以农产旺盛，地方亦较陕北所见各地富庶些。

在薛村住了一宿，二十二日又起身，由此向东的大道，经柳林镇离石县以达汾阳。但我们为观察山西最西南部沿黄河一带地质计，决由此南折，过离石河入一条谷中。天气上午还晴着，下午细雨不止，难以行走，勉强走了四十里，到一镇名叫许家坪。附近有许多有兴会的东西可看，我们采了很多的化石和古石器。所住的店十分简陋，这一带的店多为居民副营业，一方面耕种住家，一方面客人也可借住。店主媳妇的装束，为交通便利的地方绝不可见的。其束发的样子，后边高高凸起，蝎子尾巴似的，和我们家乡影戏中所见的相同。此等古式，已为数十年前物，而在此孤陋地方，还保存着，若借以判别文化时代，不免要后退半世纪。

今天终日郁郁不快，并非因阴雨中旅行，实因这天为父亲生辰。去年此时，我在家，父亲尚忍痛谋家事种种善后。去年此日又为二叔去世百日纪念，故家中略有仪式。当日家中情况，及父亲音容，尚历历如在眼前，而今父逝已半年余，家事校事俱陷万分困难中。

我又做客异方，随地飘零，虽对山水感觉自然科学上的兴趣，然一念及老父与个人家境，则此荒山野水孤村冷店，与夫一草一木一砖一石，无非成为引愁资料。工作毕归店后，细雨不止，益增人愁苦。人生遇此，真所谓大无可如何之日也，还有何可说！

旅店中的雨夜

二十三日天雨已止，乃收拾起身。一因道路泥泞不易行走，一因沿途所经多为有兴会地方，随地采集并观察，因此一日之力，才走了三十五里，到一小地方名叫什么牙岔。在一小河旁，居民只有三五家，地极荒凉。第二天又爬一山脊，路很难走，过山后沿屈产水以达石楼县。石楼县虽简陋，但比在陕北所见情形，似还好些。

二十五日本欲起身，但自昨夜下起雨来，竟日不停。旅店中的烦闷，挥之不去。幸可与德日进谈谈各种事情，但他因天雨而感到的烦闷，并不在我以下。所以说不到几句，便不知不觉地又谈到天气，而又无办法，其结果仍是无聊，硬混时光罢了。

我们在阴雨中，又听到些地方上的消息，就是据县政府的人和本地人讲，向南向东，地方上都不大平静，时有土匪出没。我初听此消息，十分惊异，因为山西是所谓模范省，向以地方治安好著名。就我们此次旅行的经过，除在河曲县有若干不平静外，其他地方，全都很好，何以这里不模范而平常了呢。后经打听，才知一来因此地一带较为偏鄙，自来模范的程度差些；二来，时有陕西中部一带的土匪，在山西运烟土，其行为与土匪差不多。由陕西来时，带的是烟土，当然是全副武装保送；回去时路上无事，若遇有可意客商，所以也有时打劫打劫，练习练习，免致技痒，并也可增加收入。地方政府因关系复杂，也竟无法，所以大体讲来，并无大股土匪盘踞地方。但我又听另一位讲，以东某山上，官军与土匪正在开仗中，其详情不得而知，好在我们打算南行，也没有仔细打听的必要。

因路上既不大平靖，地方当局允派两个保安队护送我们前行。他们虽有武器，也不过那么回事。我常说出外遇危险地方，请兵或民团保护，实是一种心理治疗法，聊以自己壮壮胆罢了。二十六日起身，一天到隰县，次日由隰县到大宁，二十八日由大宁到一小地方名叫下坡地。二十九日由下坡地过吉县，到三堠镇。三十日自三堠镇过乡宁县到填平。几日来虽地质上不时有兴趣观察，但景物上却没有什么特别可记。我只能依小说家的有话便长、无话便短的老法子，很快地丢过去。但这一段所见，也有一点引起人感想很深的，不妨说一说。

最令人感觉的就是对森林的摧残，在山西、陕西以北许多地方，所经差不多完全是秃山，森林早已被摧残，好像一个人死久，骨和肉都没有了，不大引起人的悲思。独在这一段路上的许多地方土山坡上或山脊顶上，还有若干的树木，但看不到维护的样子，而被摧毁的情形，却到处可以看到。换句话说，就是自然长的林木，正在被人摧烧，正和一个人正在被杀，或刚才死去，血迹殷然，安能不令人难受呢？

再次就是交通困难的样子，此地距大道已远，算是边鄙地方，而又是崎岖的山中和高原上，所以交通上连车都没有，只有人走或是骑牲畜，我们的骡队到此，已算是最进步而最阔绰的交通设备了。

在丛山中

由乡宁南行，路渐上高山，一夜住山中一小地方名填平，虽不是顶高处，却也算很高的地方，大约因为地势较平，所以有这个名称。此地只有一家客店，简陋非常，数年前德日进与桑志华在山西南部旅行，曾经此地，据他说他们也曾由此地经过并在同一店中同一房子过夜。这间房，黑暗无光，一个大炕，几占了全屋面积的十分之八，炕头有一大锅炉，那所余可以住人的地方，至多不过十分之一。他说时隔数年，重过荒山中同一地方，有说不出的一种异感。

我们在填平的那一夜，天晴，空气清新，又很冷，虽所住旅店如此简陋，而傍晚山中的景致与夜间万籁俱寂的情景，令人印象也很深刻。大半人生静思动，动思静，老是环链似的连续着。人生的经历，也就这样地印成了。

三十一日离填平南行，仍在丛山中，路较前更崎岖，所特别的就是过填平以后，有好几处山坡上，还有比较好的丛林。大约因此地为石山，不宜于耕种，所以还勉强保留着。行不久越山脊，过分水岭，已为山的南坡。沿一河谷南行，沿途杂木横生，野花放香，谷中流水，两边奇石，都呈佳趣。午到一小地方名叫圪丁石，从前德日进在此采有若干奇异之寒武纪化石，但不充足，我们过此，特意停留，以便多采集些。化石在石灰岩上，且在一小瀑布旁，石光而硬，极不易工作。第二天上午还工作了半天，下午才离开圪丁石

左：茫茫不尽的征途（山西乡宁）
右：旅店中包理标本

上：汾河上船桥

左下：黄土沟与城楼

右下：灵石县的"灵石"（陨石）

南行。河谷时宽时窄,羊肠曲折,于观察地质中,流连两旁风景,旅途中一切麻烦与身世的苦闷,都可暂此忘却。

行数十里后,即出山谷至平原,又是一种风景,出了荒山,东至农产茂盛的平原。田园栉比,村舍相望,风景颇与我的家乡相似。最引人注意的除许多别的树木外,是柿树到处都有,真令人不禁起了乡思。此次旅行至此,为距家乡最近之点。家变如昨,父亲新葬,而又家事崩坏不可收拾,安能不令我西南引领,不胜依依呢?

南行地势渐下,至稷山县,已到汾河岸上了。所住的东关大街上,街市比之石楼、隰县等县当然好得多。昨日因在圪丁石没有睡好,兼又受冷,以致今日一天身体发热,下午愈厉害,仅能勉强工作,到店后即休息。

九月三日早南过汾河,看看汾河近岸的地质。河水很大,过浮桥,或可叫船桥,即以木船连接浮于水上。上至汾河南岸土原上,北望前数日所经之山,峙立如屏。向以南远处,亦可望见凤凰山,流连许久,始寻旧道返稷山,下午即由此起身,折而东北行,发热比昨更甚,几难支持,行五十里,到一地方不大记得什么名称(柴镇?),即住下。到店后病势更重、更急,颇怕为传染急症,德日进亦甚担忧,看护周至,至可感激。在此没有可靠医生可请,只有忍耐着,第二天上午休息了休息,较昨略轻,乃仍起身,走了六十里到故城。九月四日赶到临汾。此为一大县,有教堂,乃去访一英国医生加以诊察,幸无大病,才放了心。

溯汾河而上

沿汾河一带地质，从前德日进与桑志华已看过，并有报告。我们此来经汾目的，在把山西西部、陕西北部等处所看的淡红色的地层，与沿汾河的相当堆积，做一比较。其结果有的证明以前的观察不误，有的也校正了以前若干谬说。从临汾北行，经洪洞、赵城等县北上，沿这一条路已有很好的汽车路，交通较为方便，物质上也比以前的地方进步得多，但关于我所感兴趣的材料，却不十分丰富了。也因我身体有病，精神来不及，所以虽有许多地方，因我注意力不及，疏忽过去了。

我们一直沿河北行，过灵石县看了那块大陨石，即灵石名称的由来，由此再进，到崔家沟，看看地质。再前过介休而至平遥，平遥为交通上一要地。因不但南通潼关大道，而又西由汾阳过军渡以达陕北，因之地方十分繁盛。由此向太原有两条路可走，一是绕太谷，较远，一则取道徐沟。我们为快计，决定走徐沟。过徐沟时，遍街上贴有关于什么徐沟惨案的标语。究竟什么是徐沟惨案，内容如何，我因匆匆过境，无从打听，也无心去打听。我只觉得到此地已感觉到我国内最流行而时髦的空气了：贴标语、散传单、发宣言、打倒、拥护……这些把戏，幸而在偏鄙地方还看不到。一到这里，才感觉快要到大的都市了。

在徐沟这一段路上，有许多有趣的事情，使人不易忘记。沿汾河的汽车路，由平遥过太谷、榆次，而到太原。所以过徐沟的这一条道上，荒凉起来。本来这一条路是大道，路的宽阔样子还看得见。只是车已绝迹，许多地方为泥水盖满，有好多地方非常不容易过或竟不能过，这路正和长城一样，也化石化了。因此我们有时须避开大道，找小路走，但地理不熟，在广漠的平原中，又有秋禾遮着视线，因之常常把路走错。到徐沟以后，索性听说以北直通太原的大道半为泥水填盖，无法过去了。据本地人讲，惟一的法子还是到榆次，然后由那里再走太原。原来我们由平遥过榆次的目的是图近，而今适得其反，真可说是弄巧成拙。

这一条大道所以不能走，自然是因已有了汽车道。但这只是片面的说法。山西境内只有两段很短的铁路——一部分正太，一部分平绥——汽车路虽较多，但也有限得很，何以别的大道便如此衰败？在外国，铁路密如蛛网，汽车路随处都有，而并不见废弛。如莱茵河河中有上下轮船，两岸有平行的铁路，交通不可谓不便，而一般的路，还是非常好，走的人也非常多。如此看来，当然另有原因，绝不是汽车路一修、大道废弛的简单论断所能说明。别的事业不发达，人民对于路政不爱护，而只怪汽车路，汽车路未免太冤枉了。

且说我们因向北不能走，只得东绕榆次。但根本不知道路，只得找了一个引路的。这位引路的很有用，我相信若无他，绝不会找到榆次，或虽可到而要费很大的气力。因所过的都是小路，在秋田中，极不易找。因在徐沟耽误稍久，走到半道，天已黑了，前边又遇到一条河，这河就是洞涡水，自东来西注于汾河的。河水很大，时又天黑，恐怕有"漏"，幸由本地人探试前行，得以平安渡河。过河后仍沿河走，这时已不大看得清白较远的景色，虽有明月，但因有云雾，并不明亮。又走了约有一点钟才到一小地方，距榆次还有八九里，夜行不便，只得住在这里。

第二天是九月十三日，早起后，见所住的地方就在河的岸旁。附近秋禾繁盛，树木也很多。起身后渐走人烟渐稠，景物亦愈佳胜。不久即到榆次县，看到汽车，看到火车。在榆次未停，对城市也未及细看，即径北行。初沿铁道，后距路轨较远，至此距洞涡水已远，地势略高，风景已改变，完全是北方黄土地方的样子。傍午走至太原，依德日进的意思，住在该地天主教堂中。太原的天主教堂在北门内，我们进南门，差不多横穿全城，至教堂已下午四点钟了。

太原的一瞥

太原我并未到过，所以一切还觉得新鲜。这时候的太原，在中国政治上颇占重要位置，此时冯玉祥已到晋祠，北方时局俨然以太原为中心。但我们对此也无从下评判，我们的希望只是国家可有进步，不只以标语宣传等东西自欺欺人。

在此我们打算由火车回北平，在大同雇的骡子，已用不着了，计从大同出发，每天六骡，每骡每日洋一元六角，数十日来，除临时在几个地方小住外，可以说是骡上的生活。我们的骡子大体上还都好。德日进的那匹，尤为可爱，健壮而忠实。我的那个黑骡稍差点，途中使我掉下来数次，但总算还好。其余的也都及格。至于骡夫呢，固然有几个十分捣蛋，但细想起来，他们也为生计与环境所迫，当时虽不免令你生气，事后觉得可恕。今至太原，一旦要与两个半月来共同生活的一群人一群骡相别，也觉不快。我们没有他们，如何会绕这么一个大圈子,如何会有若干成绩,如今他们舍我们而去了,临别的时候,我照例说:"明年再见罢!"

打听京汉的车,说是即由太原起身,到石家庄,遇不到特别车,所以还不如在太原等。下午我们到城东看见黄土堆积,到了第二天,索性无事,只得游览游览城市。城内除一小小公园,有水一池及杂耍若干外,无可游玩的地方,街市热闹,到处无非生意铺子。到山西大学找新常富,想看看山西大学的地质系,因在假中,新又回国,未得要领。都市虽有部分很繁华,而无多可观,太原给我的印象不过如此:繁华而荒凉,热闹而孤寂!

在太原住了两天,九月十七日由太原起身,到石家庄。十八日即乘北上车回平,三个月的旅行,算是结束了。

满游追录

引子

我前在北平求学七年,足迹最东只到了一回天津,还是六年暑假后北上,因大水灾京汉不通,绕道徐州、天津而返北平的。十七年二月由德取道西伯利亚回国,才有机会看一看东三省,自然是由满洲里经哈尔滨、长春、奉天、山海关的这一条路。但那时完全在火车上,又没有十分停留过,差不多一半的时间全是夜里经过,所以也看不到什么。《去国的悲哀》中一点零碎的感想,也不过万一中所见的一点,绝不能代表整个在东三省所见的一切,但这却是我生平第一次经过东三省。

十七年这一年,是我生平最不幸的一年。家宅被焚掠,二叔遭害,慈父病逝……以致陷家境于不可收拾的地步。但我对所学所事,仍不敢存一日灰心的念头,因只此一点,可稍慰父心于地下。所以数年以来,还是兢兢业业地做分内的工作,除在北平及附近的周口店外,还做了几次旅行。这一次满洲里旅行,是回国后第二次地质旅行。由出发至回平不及一月，而所见所闻，又很零屑，所以最初没有打算像山陕旅行一样地记出来。不过现在回想起来，零碎虽零碎，而究比上次所见的亲切些、详细些，因此决也把所见所闻大略地记下来，作为重过东三省的一个纪念。

葫芦岛

十九年四月二十三日晚，车由北平出发。这时距结婚仅只两星期，不免有些儿女的私情，可是绝不能以此误却正事，国桢很了解这一点，所以表面上也欣然促我就道。车将开的时候，她和外舅母及她的妹妹弟弟等一律到站相送，这一送倒引起了无限的惜别情绪！不过转念一想，以前旅居北平，将近十年，过的全是旅店式的孤独生活，如今在北平，居然有了家室，远行时居然有这许多的人相送，心中反为之一慰。一会儿汽笛一声，车慢慢地移动，在彼此以目相视、挥手表示别离、默祝平安时，相距已在数十尺外，渐渐地望不见了。

地质调查所和我们一前一后赴东省调查的有两批。一批是王恒升和侯德封君，另外有两位北票矿上练习员随同考察，还有就是德日进和我。他们前几天出发，先往葫芦岛该地考察地质。我们现在也是往葫芦岛，意在会到他们以后，一同北往通辽及其他地方。调查虽有两批，而调查的性质稍微不同些。王君一队，所注重在一般地质的调查，又特别注重有用的矿产。我们也注意于一般的考察，不惟特别注重于化石的搜集，尤注意于新生代地质的观察。因为本年东三省情形很好,治安也无虑,所以翁先生向东省当局接洽妥当,使我们有这么一个好机会前去考察。

一夜车中,无事可叙,次日午,就到了连山车站,为往葫芦岛的支线的分岔的地方,所以在此下车。车站人员因知我们前来,所以招待特别周到,随即赶上赴葫芦岛的小火车前往,因相距不过三十多里路,所以不到一点钟工夫也就到了。到后即由监督开港事宜的人员招待,随即移往给我们预备的地方。王君一行,因外出调查未遇到。我们稍事休息后,也到附近看了一看,晚间始与王君一队全体会晤,自有一番欢喜。

葫芦岛实在不是一个岛,乃是一个小半岛,在辽东海岸西岸,恰和东边的营口对峙,距北宁路线很近,无论就商务上或军事上讲,都是一个很好的港口。所以东省当局很努力地从事建设,一方面可以对付日本帝国主义的侵略,一方面也可以自树一个海军的根基。不料计划已有数年,而还未十分成功。现在仍努力从事,不久将举行开港典礼。此地地质的调查,也是应当局需要而从事的,这不能不算万分纷乱时局中,一件可以当得起"建设"二字的事。

且说我们在葫芦岛住了三天,食宿均由当地招待,白天到野外看看地质。此半岛的岛脊,正是一个山脊,三面环水,当涨潮时,波浪不住地向岸头打来。又远望海水接天,别是一幅图画。自从十二年我去国时,看了海景之后,这是第一回在中国地面看到海景,自然有一种愉快。

照原定的计划,我和德日进到葫芦岛,并不打算久住,意在与王恒升君一队共同往通辽,因他们早来数天,当可竣事。不料一来因此地调查不能照预定期限了事，一来因他们还要到以西一百多里的锦西西南某煤田考察，因此我们不能不决定暂时分道扬镳。我们打算由此往北票一行，并附带着看一看那一带新生代地质，然后折回北宁线，约定和他们在打通北宁分岔的大虎山车站会齐。如此一来，我们的时间不致白费，可多看一个地方，而又可与他们有联络。

到东戈壁

　　四月二十七日，由葫芦岛起身到连山，转车到锦西县，又转往北票去的车。由锦西往北票的支线，沿路布置尚可观，车亦整齐。初在平原，继入山地，虽沿途地面情形可以看到一二，但车行太快，难做详确观察。晚即到北票，在北票住了两天，北票煤矿公司竭诚招待一切，使我们得看看附近的情形。三十日由北票东回，过沟帮子，到高山子车站附近，有一小山为石灰石山，且大半被采掘，乃下车看看，果然与周口店的很相近，也有裂隙堆积，可惜没有找见骨化石，而此地石灰岩也不是奥陶纪而是震旦纪。

　　高山子车站很小，附近也没有客店，我们与车站长交涉，就在站上的公事房里支开我们的行床。但这房子只有一席之地，两床一支，几乎转不开身。附近只有卖烧饼和面的，就买些充饥。虽然在主要路线上，而此地显然很偏僻。由车站后西望，平野一片，茫无村落，时近黄昏，尤感清静非常。这地方虽小，却睡得很舒服，人疲觉夜短，一夜易过，已是次早，即搭车到大虎山。

　　大虎山距高山子只十余里，片刻即到，此地为北宁线的支线，打通路的起点（大虎山到通辽），所以交通上是一个重要地方，但地方却并不大，房屋很简，或者是正在发展。人性非常狡猾，令人起一种不快之感。下车后，初到一旅店，地鄙小而索价甚昂，乃至另外一个，也不便宜。但无法，只得将就住下。稍息以后，即出外上山。我们本来计划是在此与王君一行会齐，以便一同北赴通辽，不料候了一天，还不见到，次日我们乃往以北不远一煤矿八道壕去一看，在那里采了不少白垩纪化石。早乘车去，晚赶车回，王君一行还是不来，无可奈何，我们乃决定起身。起身前，当地兵士查店，盘查得很详，我们的任务说了半天也不能令他们明了。临上车时，店房把账开来，比在北平住上等旅馆还贵，可谓大竹杠。

五月三日上半天车行，打通线，中途由车窗外望，已固结的沙丘连续不断，茫茫旷野，荒凉异常。此地样子已与前在河套南部所见相差无几，所不同的，河套南的沙丘正在活动，这里则已固结了。车站到车站距离也很长，在车上看，许久也不见人烟，倘若我们是步行或用骡子，那当然更愈形荒苦了。

下午到通辽，下车的时候，正是狂风骤起、尘沙飞扬的天气，数十步外不能见人。车站又是才成的临时站，距市尚远。幸于狂风中雇得俄国式的马车，这种马车，此地很多，可见外国人东西之来我国，真有无孔不入之概。我们到此，首先要找的是铁路上工程处韩君础石，因由王君介绍，可资照拂。马车在路上跑了几个来回，好容易才找到了。一切由韩君招待，我们当然不感觉什么困难，我们至此，只有候王君一行到来再前进。

照我们调查计划，是先沿铁路走做初步观察，如遇有兴会地点时，再下车，或到最终地后再折回，详为考察。但由大虎山来至通辽一带，虽在车上，已可看出地质上之无何兴会。因地形为旷野一片向下切蚀出的露头非常少，而旷野上不是已固着的沙丘，便是荒草或沙石。据韩君讲，通辽以东、以北数百里，全是如此，以西距兴安岭山脊亦需数日之力始可达到。这样说来，通辽地质与天津、北平间地质同一是不大可能的了。

但我们到通辽的次日，决做一小旅行，以期万一有所得，惟一可去的地方就是辽河岸。希望在河岸可以得到切面，或者于河谷的历史可以有发现。河岸距城市还有数十里，雇马车去，不一会儿就到了，未到河的岸畔，即大失所望。因河仍流于茫茫旷野中，地势极平坦，无甚可看。河很宽，两旁均为新成的泥沙，下切不过一二尺，只得由原道返。

下午王君一行来，相遇甚欢。会谈结果，北行由小道往洮南，因地方不靖不易走，西行又较远，且不便，结果决一同搭火车过郑家屯赴洮南。我们旅程的另一目的地，就是洮南了。

二龙索口

五月五日，由通辽起身，这天天气无甚风，而一切又赖韩君照料，所以很方便。差不多一直向东走，也完全在平野中。这条路也是新成的，所以各站均尚简陋。也是因地方荒鄙的缘故，不能充分地发展。将到郑家屯时，始望见东北不远有孤山峙起，殊饶兴会。郑家屯在地质上当比通辽有趣得多。可是此时票已买到洮南，而行李也挂的是洮南的票，事实所限，只有前行。在郑家屯须换由四平街来的车，两车时间恰相接，省时省事。转四洮车后，见车中一切，与南满车中布置无二。其他铁路上设备，也仿佛是南满路的模样。此路名义上虽为中国的，而形式上、灵魂上，早已是日本的了！

到郑家屯即折北行，初为低山地，不久仍入大平原中。傍晚到洮南。下车后入市，街市距车站还有五六里路，也要坐俄国式马车。寓一大店中，店中一大院子，四围为房子，并有炕，一切还算清洁。在此住下，觉附近亦无何可看，且兴安屯垦区的政治中心不在此，而在以北距此不远的洮安。到洮安与当局接洽后，始可决如何做旅行。因王君系受地质调查所与此地屯垦督办邹作华之约而来调查矿产，德日进与我则借以看看新生代地质。

次日由洮南上车到洮安。洮安距洮南很近，不到一点钟即到。到车站时，邹派人来接，寓一旅店中。城市为新建，距车站不远，旅店也是新盖的，据招待的人说，明日可见督办，再定调查计划。下午我们至郊外铁路上一采石子处，深掘可四五尺、三四尺不等，全为或厚或薄之砾石层。其年代因无化石，不能确定，但大半当为三门期的堆积。

所谓兴安屯垦区，在东三省，差不多是一个特别区域，督办邹作华在此地锐志开垦，使以前荒僻之地，大有逐渐繁荣之势。此等精神，在内地尚绝无仅有。洮安城之一切建筑事业，前途定有可观。我们在此的希望，是借此能西行，一探兴安岭。倘当局能予以方便，则于最短期内，可成此工作。七日早见邹先生，邹为人颇精明，其衙门亦简洁有生气。接见之后，便问德日进是否当过兵，德

上：六牛犁田（兴安屯垦区二龙索口）
中：荒野牧牛（兴安屯垦区二龙索口）
下：马鞍山（兴安屯垦区二龙索口）

上、中：哈达庙帐幕

下：骆驼队由哈达庙出发时之情况

答道当过,又与我们均做数句简单谈话,对于我们请求之赴兴安岭一事,以为外人绝不能去,因恐有探搜秘密的危险。至于中国人虽可去,但须候其拟招之某君来后,始可再商。于是我们虽见了督办,关于旅行的计划,可以说全无结果。大家不免觉得失望,悻悻而返旅店,无聊已极,然既已至此,只有静候罢了。

后在督办署中谈话所得的口气,和我们讨论研究的结果,知发生困难的原因有好几个,第一是德日进的关系。德见邹时,打的裹腿,所以邹一开口便问他当过兵没有。据他自己说,他于此为内行。殊不知德虽当过兵,却为纯粹科学家,且系神父。我们虽再四为之解释,终解不了他的疑心。第二仿佛邹觉得我们一行,都是年纪很轻的学生,不像阿奈尔脱(俄国人,邹曾请他看过矿产)那么年老,又有白胡子,似乎不相信我们还可以会看什么。总而言之,不放不知底细的外国人去,又不信中国人能力会看什么,因之不免犹豫起来了。

在洮安闲住着,非常心慌,又兼感伤风,喉痛咳嗽,极为不快。因从北平起身时,天气已很暖,只带了较薄的衣服,而未备很厚的。至此天气一变,尚是初春景象,所以不免有些伤风了。一直等到五月九日,才稍得邹的谅解,允许我们到以西二三百里的二龙索口一带去看看。因该地有煤矿,并已开采,且已请俄国人阿奈尔脱看过。也许邹的意思,是先借此考考我们。但无论如何,我们能有此机会一去,是非常高兴的。

由洮安起身,共两个大载货汽车。除我们外,还有在二龙索口采矿的某君,另外有十余兵士随从,以示保护。自洮安出发,起初一百余里都是平地,村庄也很稀,午间到一村中休息,居民因见我们,都把门关了。后经交涉,始得入内,吃喝以后,并未给钱。据他们讲,到东北凡到民家只要被招待,照例无须给钱。如给,主人反不好受,由此始悟奉军迭次在内地驻扎,对民间也是如此的理由!下午所走的路,渐有低山,庄村尤稀。因路上延误,至日暮尚距目的地很远。因之只有夜行,也辨不出附近是如何景象,幸因有某君,不致迷途,终得到二龙索口,即寓于采矿办公处内。系在一民房中,屋低而小,十分简陋。更有技师二位,均内地人,对我们十分和蔼。

次早起来一看,见所住的房,院落很大,房屋构造非常简单。墙由石或砖砌成,顶上横以细木,上盖草即成。我们在二龙索口共住了五天。第一天看附近地质。第二天往西走约十五里,到放牛山。第三天做了一个较长的旅行,向西北坐汽车去,走了七十多里,到马鞍山。该地有铁矿,因去一观。沿途所经地方,颇有兴会。马鞍山风景较其他山都好,有多久不割烧的野草和矮矮的小树林。惜我们时间所限,急去急返,无暇流连。第四天到以南数十里的四尖山。第五天到东北方去看,惟因天雨,中途又折回。此地为侏罗纪煤田,但因地质构造关系,殊不丰富。

在二龙索口一带观察的结果,印象很好,就是我国人正在努力垦殖,而此地外国人势力,可以说是完全没有,若与北满、南满沿铁路地相比,真有天渊之别,若能发展,实是未可限量。以西虽距兴安岭尚远,而我不知是否可去,但由东往西,总算走了一程,而且居然见了许多山,也可说是不虚此行了。

十五日由二龙索口回洮安,仅有一二地方去看。今天为家庭惨变纪念,我漂泊无定,家事仍不可收拾,所以终日为之不快。回来幸无耽搁，傍晚即到。到后即决商进止。由各方观察，在此屯垦区内，似难如意工作，乃决离此他去。王君一行，拟北往黑龙江，至龙江以北，但须先与洮昂路局长万国宾（在洮南）接洽。德日进与我因偏重新生代，决由此直赴肇东，因多日前，彼处曾发现有骨化石，欲去一看。决定以后，即定次日离洮安，在洮安先后住了多少日，觉一切都很好，惟对我们大猜忌，使我们不能如意工作，未免有些遗憾！

昂昂溪

十六日由洮安起身，与王君一行作别，各道珍重，并托王君转洮南万君处请为保护，因王君拟即日赴洮南接洽。车开后，随时注视两旁风景，仍大半在茫茫平野中。惟将过嫩江时，有些地势的剖面非常好，很有下车的必要，惜我们票已买好，只有前行，这便是用火车做地质旅行的不方便处，此等地方，比较起来，用骡马太慢，用火车太快又不如意，还是小考察团用汽车的办法最好，但又不易实现。过嫩江向北行，地势尤平，下午到昂昂溪。

昂昂溪为中东路的一车站，由洮南至龙江的南北铁道，在此地交叉，所以交通上算是一重要地方。我们下车以后，拟入市找一旅店住下，由站至市，路并不远，而索价极贵。到市后，至招待我们住的旅店中，窄小而污浊不堪，白日入内，已令人欲呕，对德日进我实在有些难为情，此等旅店的污浊生活，稍文明的国家，绝不会有的。但我们至此，亦无法，乃将行李放下，然后与德日进至郊外高冈地方一探察，期望可以找到较有兴趣的地方。及一到后，始见遍为沙丘。地质上昂昂溪完全建于沙丘之上，不禁令人失望，废然而返。闻以北不远，即有石器很多，但我们今天不能去，且亦无去的必要。市外有庙会，且有大戏，所演的什么，无从知道，但看的人非常多，戏场中情况，与去年在河套南大堡当所见，大致差不多，而比较都市化些。

此地街市，除中国商店而外，俄商也不少。居民中白俄亦不少，完全是中东路的关系，市上卖的东西，中西俱全，较大埠差不多也有些半殖民地化了，可为一叹。我们路上计议，此地附近，既无东西可看，乃决即日东往肇东去，听说大通车夜十二点多有，因此我们因怕在那污浊的旅店中受苦，决移到车站上去，计划已定，即决搬出。店主初不愿意，但经允付若干钱之后，也就允许了，少不了又被敲了一竹杠。

车站虽然人多，但比之店中却清洁得多，要吃东西，站上卖食物处也可以买，方便得多，因此我们不能不庆贺我们计划得成功。但车到半夜才有，此时不过下午四点钟，要在站上鹄候八个钟头，也实非易事，无聊时到站外一游，站外长街市清洁异常，树木杂生，与昂昂溪市上相比，不啻天渊。盖因此地多为俄国人住所，相形之下，令人惭愧无地，我国人不争气如此，又安怪外国人日日谋欺我呢！

太阳落后，我们坐在候车室中，彼此均感烦闷。到十点多钟因站上快要卖票，人渐多，又得时时留神行李。一会儿忽有二兵士到我面前，问我是不是姓杨，同行的外国人是不是姓德，我很惊异，何以在此会有人找我们。接谈之后，不禁好笑。原来王君到洮南后，请求万国宾设法保护我们，于是由万用电话通知省垣，又通知昂昂溪的军警两界，当地奉到命令时，我们已下车了，所以车站不曾遇见，而他们拼命地在街市搜寻，沿旅店去找，竟找不到我们的踪迹所在，万不料我们会在车站上守候着。直到将开车时，他们才到站上，见我们为一外国人一中国人，乃探询，遂得找见，其实我们所需要的只是安全而不是庄严的保护，在沿铁路地方实可不必。十二点半车开，我们在车上还可睡几个钟头。

肇东的失望及归途

天明到天草冈（？），下车也有人来招待，导我们至一旅店中。旅店很大，也还相当地干净。不过大家还都未起，一二茶役导我们至一屋，照例有一很大的炕，上面放一小炕桌，吃茶吃饭都要在炕上，和山西一带大致相同。稍微休息之后，我们即决赴肇东。由此可坐汽车去，当地军警，还派了四个兵随行，据说由此往肇东，不十分平靖时，有匪类出没，那么此等心理的疗法，也许竟用得着。由天草冈赴肇东，虽过一二小阜，但大致为旷野平原，无特殊之露头可看，肇东附近，全为所谓满洲黄土，地形上无剖面，我们至距肇东数十里，即感觉此地无何希望，但前人言之有据，也许有出乎意料者。

肇东县城并不大，但还整齐，入城即寻一小店暂住，其店比在昂昂溪所住的，些许好一点，稍息之顷，派一人去送一名片到县长处，一会儿县长派人来，以旅店不好，请我们到商会去住，我们始不愿，但乐得有干净地方住，也就搬去了。搬去之后，与县长及当地人士谈话，遂即说及骨化石事，据说以前所谓发现骨化石，为前任杨县长任内事，杨已他调，现任不大接头，又说所谓化石系采自某井中，一存学校，一则已不知去向，我们急请将存在学校的那一块拿来一看，半天拿来，为一大腿骨，最奇怪的是该骨的化石程度、颜色和其黏附的土，同山西、陕西一带产的上新纪化石一般无二，绝不像本地的产品。问他们此化石系从何处得来，说是自某井中，询以年月，有说已十余年，有说已五六年，有的且说不知道，于是我们更相信，这块化石来源的不可靠，另一块已失，无法旁证。至所云产化石之井，虽不远，而已用石砌好，无法探察。这样看来，肇东探骨化石，可说是完全失败了。下午到城外一游，出西门，到一村子，又绕由北门返。附近除沙质黄土外，一无所见，益信我的推测不谬。目下我们惟一的急务，就是要离肇东了。

十八日早坐汽车回到天草冈，仍到原住的店中，因那里尚有着一部分行李，收拾后吃饭，饭不好而价极昂，此等竹杠办法，殆为游东三省者所不可幸免之事。午间上火车赴哈尔滨，拟自彼南下回平。天草冈距哈尔滨不过几站，一个多钟头即到，未下车前，车门全关闭，检查护照。下车后，住大旅店中，经若干日过那简陋旅店生活，今一入大都市之大旅店，几同另见一天地。

哈尔滨，我十七年回国时曾经过一次，但是在夜间，只见了车站大概，所以今虽重来，而实等于初游。此地为华北一大埠，胡适之许之为中西文化交界地。次日一天在此地文物会的陈列馆参观，看了不少的好东西，如满洲一带出产的骨化石（不是肇东那类的），齐齐哈尔等地石器等，又会见俄国人阿奈尔脱，彼于北满地质调查很多，其家有一小工作室，陈列颇精致。夜间即搭车南赴长春，二十日早即到长春，转南满路，到昌图下车。因此地有些地层，颇有些兴会，下车以后，到站外一小店中，小而十分精雅。沿南满路日本人的势力非常大。昌图车站外，市面几乎有一多半是日本人的。我们稍休息后，到附近看地质，午间回来，有几个日本人（穿的制服）竟向我们盘查为什么在此逗留，可谓无理已极。然国家纷乱不已，外国人势力因之一天大似一天，也实有取咎之由。下午又到以西山中看了一看，较之前所经各地，颇有所得。

二十一日离开昌图，午间即到奉天，但赴北平的通车晚间才有，在此无事，与德日进到街上游览一下，并到一公园中，日本租界内一切很整齐。下午上车，在车中过了一夜，次日过天津时，德日进下车，一二日后再来平，我则径回北平。

这一回旅行，自四月二十三日到五月二十二日，为时整一个月，所过地方，也不算少。但一方面因所经地方均为平原，又无露出的剖面，一方面为地方特殊情形，不能如意工作。还有一原因，就是我们都约定要参加中亚科学考察团赴蒙古，所以不能在东久留，必须早归。因此工作上实无大成功。但在另外一方面，我们借此也知道了所经区域的地质地形的大概，也可以补充我们对于中国新生代和较古的地质上的知识。所谓得不到东西，也就是得到了东西，挨一拳也得一诀，至于风土人情上的观察，也可算是我们所最感兴会的。

戈 壁 初 恋 记

参加中亚考察团缘起

美国纽约自然博物馆在我国曾做了许多次的科学探察工作。在云南，在四川，在陕西……以后集中于内蒙古。其名称简单称之曰中亚考察团。最初几年的工作，完全由美国主其事，中国方面，毫不过问。该团在内蒙古于地质上、古生物上，尤其是中生代、新生代的爬虫类及哺乳类化石上，有极重要而有兴趣的大发现。十七年在内蒙古采集的东西八十三箱，在张家口为官厅所扣，于是起了交涉，各方面亦群起而干涉。此事经交涉而定了合同，大意不外美国人工作，中国亦须参加。至于处理标本，亦有条文规定。这八十多箱东西，于是年秋季，在北平经一番查验后，亦即放行。到十九年，该团在内蒙古又拟做工作。照所协定的，中国方面亦有团长一人，由张惠远先生担任。此外亦可参加一二人，我因地质调查所所长翁先生的推荐，得与德日进加入此工作。不过因该团工作，为时较长，我们可以斟酌参加一部分，其另一部分，再由其他人去接充。

当我们赴东三省去时，该团团长安得思尚未来平，一切尚未就绪。所以我们还能趁机前往东三省一去。在途中即接电报，谓一切已就绪，中国团长张君亦由广州来，专等我们回平，即可出发。

我五月二十二日回平，二十三日即知一切，遂打电报给德日进，请其速由天津来，因出发日期定为五月二十六日，又一次旅行要开始了。

到哈达庙

二十六日由北平西直门车站起身。同行的除德日进和我外，美方有安得思为团长，谷兰阶为古生物学专家，唐木森为修理化石主任，维曼为地形学家，杨马格为汽车主任。中国方面有张席禔君。此外还有雇用的许多人，大半都是技工、厨役等。正午开车。此时正是五月天气，麦梢初黄，野风一吹，麦浪起伏，非常好看。此时睹此景，往往使人有无穷的希望与快慰。快要收获了！前行过南口后，即入山中。这一段正是我当年的旧游地方。在两旁山中做地质图时种种情形，与张君相谈往事，犹历历在目，而不觉已是六七年以前的事了。又念到六七年南口一带所经的沧桑，尤其是西北军退守南口的情形，我们虽在车中未能下车一探旧游，但这种感想，竟是挥之不去的。

车过青龙桥后，即入平原，与同行谈笑，毫不感行旅的苦闷。晚九点到张家口，即到考察团所预备的地方住下。地距车站较远，为瑞典人某养马的别院，布置甚好，晚饭在瑞典人家中吃，但其本人不在此,我们因为团中人,所以也就不用客气。

第二天由张家口起身,共计四辆汽车。一车为普通车,安得思自开,旁为维曼坐。张君和我,坐在后边。其他三车都是载重车,运的是所需东西。一由谷兰阶与唐木森换开,上面坐了几个工人,一由杨马格开,也坐了几个人。最后一车系中国人开,另一位坐的是德日进。出张家口街市以后,依次前行。时天朗气清,我们精神也因之十分焕发,觉得前途希望无穷。过万全县后,在河旁一大树下吃午饭,全是辟克尼克[1]的风味。再前过膳房堡,即上山,车行很费力。顶上即为万全关,长城废地,尚有形迹可辨。旁有一关帝庙,并有老道二人。安得思因来过许多回,竟与他们认识。

万全关为内蒙古与河北在地形上的分界处,由关上南视,万山俱在脚下。由此向北,即为蒙古高原。不但地形如此,即道路居民,亦觉与以南不十分尽同。途中不时遇见骆驼和牛车等,大半都是转运货物的。傍晚到了张北县,算是由张家口以北往内蒙古去最后一个大地方。县城矮低,看去好像一个村堡的城。但城门由本地产的玄武岩造成,不但结实而且因是黑色,具有气孔,颇显特别风味。进城寓于路南汽车店中。下车稍休后,与张君至市中一游,虽简陋却很热闹。因某庙中有戏,入内一看,看戏的人比北平任何戏园子都多,且不收票,真可当得起民众的娱乐。在汽车店中,我们分住于几个房间中,房屋式样与在华北习见的大致相同。每间里边,也照例有一个炕。我们也照例用我们的老法子,把行床支在炕上。为防

---

[1] 英文 picnic 之音译。——编注

臭虫光顾起见，四周放些防臭虫的药，临睡的时候，杨马格讲："这是最后一夜在房底下睡了！"使我对于来日的旅行，特别感觉着兴趣。由张家口到张北县，约一百一十里。

五月二十八日起来，收拾一切即起身。一切费用账目由安得思开，用不着我们操心。店主开的账，异乎平常地贵。安得思交涉要少给无效，安怒极，连喊："土匪！土匪！土匪！"因安也会说几句中国话，店中一方呢，只要钱赚到手，也不管骂的是什么了。我国店主索价无度，不但外国人瞧不起，即我本国旅人过此，也不胜其竹杠之感。

出张北县北门前行，沿去库伦的电杆大道，不久过河，河底颇软，一车坠泥中，半天始得出来，幸尚能一一平安过去。路的方向，大致向西北。道路宽阔平坦，有许多段，比北平的马路还好。前行入蒙古高原中的山地，附近已无开垦的地方，汉人耕种的势力，尚未到此地。两旁山中无树木，但野草杂生，青绿可爱，亦有意趣。途中数遇羚羊，安得思驱车追赶，放数枪一似命中，但驱车到该地，则已不见。此种打猎情形，有时很有趣味。再前行不远，又遇许多羚羊，安连命中两头，均捆载车上，算是安今天的成绩。沿途曾过几个庄子，但大的只有一个，名叫什么贾不色儿。村子中一半为蒙古包，一半尚是中国式的土房子，居民也是蒙汉杂处，此等情形，活是一幅汉蒙文化交界处的图画。闻附近匪甚多，乃稍有戒心。前行途中，望有十余骑马的，均有枪，遇我们避至路旁小阜后，安为防万一计，集四车于一块，并实弹，开足马力驶过，但竟无事。或者所遇并不是土匪，而为内蒙古士兵，因见汽车来，恐怕马惊走，所以避了一避。在一小河旁休息，午饭后，仍前行，路似在蒙古高原的丛山中。前行不远,舍电杆大道，取一偏东的路，也是很好的路。时于山坡中见蒙古包一二，此外全是茫茫的旷野，介以起伏的小山坡。到下午四点多，即到一蒙古包很多的地方，并有一所建筑很好的房子，即为教堂。这地方就是我们要到的哈达庙。地依山坡，东为一盆地，环以群山，形势很好。我们就庙南空旷处支起帐幕。地上有许多大圈子，据谷兰阶讲，还是他们前年在此的遗迹。

骨化石的探寻

中亚考察团所用的帐幕，竟完全是国货，系已在张家口买的。帐幕的构造很简单，以二木棍支起，上横一木棍。布的四围，拉着钉于地下即成。一端为门，两边可开可闭。帐幕的大小不等,惟有安、谷所住和厨房用的为大的，其他都是小的。我与张君同住一帐幕中。两直木棍外，一边支一床，中尚可置一木箱子，当桌子使用。吃饭全在安的帐幕中。因地方较大，当间有一顶轻便桌子，四围八九把交椅，都是随带的。安照例坐在首一位，其背后木杆上缠以手枪，颇有山上大王风味，就是短一个压寨夫人！

我现在不能不匀出几行来，说一说哈达庙的教堂。教堂完全不是严格的教堂式样，不过有些中式而有些洋化的房子，墙涂白色，内部却完全是洋式的，收拾得十分简洁。主事的为瑞典人伊克生，另有二瑞典妇人，听说他们在此不但做宣传宗教工作，且兼营其他业务，在这一区，无人不知，连土匪也都害怕。从前安迭生在以南

上：哈达庙牧羊
中：滂江羊饭
下：狼帐篷

上：谷兰阶采掘古象
下：德日进采集介壳

各地采集化石时,他们很帮忙。安得思连年工作,也多得其臂助。今年亦以此地为存储汽油的地方。团中信件,亦可由此地转。内蒙古为喇嘛教民族的地方,而耶教传教的,不问三七二十一,竟无孔不入地传去,而收效居然良好。倘若西洋文化在中国传教算一种侵略的话,他们的侵略,也深入内蒙古腹地了。

在哈达庙的第二天,便看看附近地质。再次日竟大雨大风地闹了一天,不能出去。枯坐帐幕中,与张君闲谈。出外遇雨天,真是一件最不幸的事。但在帐幕底下听雨、看雨,却也颇有风味。也许因为是第一次,新鲜些的缘故。

三十一日天气转晴明,上午到西南山中看地质,下午与安、谷、德等到东约九十里地方探有骨化石的地层。我们共坐的系一载重汽车、一普通汽车。先到一地,荒野中有蒙古包三五个,另有一小中国式房,亦为传教的房子。在彼招待的为一西妇,此等人传教的精神,真令人佩服。后转至一个地方,山谷中黄土期堆积甚多,虽找得若干骨化石,但不甚多,绝无大规模采集的可能。时天渐晚,乃回到停车的地方。车停于二三蒙古包附近,所住全为蒙古人。妇人身上所戴珠子,多不可言,包内当间可生火,四围全是可以睡觉的地方,虽在旷野中,而此中气味,合羊粪、牛粪、骆驼粪、狗粪为一,并杂以毡的气味和陈腐的食物味,真令人不敢在这里久停。上车回走不久,天气乍变,狂风骤起,黄沙飞扬。天空中太阳变成惨血的颜色,沙子打在脸上极痛,又未多带衣服,加以寒冷,实在难受。此时车还拼命地开着,我伏坐车中,以与狂风抵抗。风极烈时,车也开不动了。风略小时仍前进,但带路的因风大,竟迷失了路,走了远道。

正在焦急中，忽经一蒙古包，一人出来领路，这位就是前几年给安得思赶骆驼的，大家全很高兴。到哈达庙，已日落，狂风仍未全息，但已好得多了。

照今年考察团的计划，是往哈达庙东北四五百里地方去探采化石，以便与他们十七年在二连以东所做考察的地方相连接。但以东沙丘太多，而大汽车不易通过。再该处一带虽有土人带来若干骨化石，但此产化石地方究有多少，是否值得全体到那里去，须得看一看方能决定。因此他们决于六月一日去一部分先探探，因不能全去，而中国两人只能去一人，于是张君去，我留帐中。外人则安、谷、德三位，我虽不愿留，但亦无法，好在他们去，至多三日即回，而我在附近也可看看别的东西。不料到下午他们又回来，据说中途车坏，只走了数十里路。次日又重新出发，我在哈达庙附近看看，但因不能开汽车，不能远行，不免有点遗憾。到三日晚，他们回来，据说化石很少，到处都有些，而且十分破碎。但所得化石虽少，已足以知其年代，亦不无所得。

向戈壁走去

向东北去的计划，既然不能实现，他们乃决定仍向北"不毛之地"去。所谓不毛之地，就是戈壁野地中有露头的地方。他们决先到上一次去的那地方，再由彼向附近做有计划的采掘。他们决定粗重东西如食料、汽油等，由骆驼经小道运去，一共一百多骆驼，都是伊克森代购的，于六月六日起身。今年带骆驼的另为一位，据说那一位老带骆驼的喜喝酒,所以不用了。起身以前,自然有许多麻烦。最要紧的是重量的分配,不但使各骆驼都驮得适如其分,并且要使两边东西轻重差不多,安所带的几位采集化石技工,除两个外,其余都随骆驼行走。出发而后,蜿蜒成长蛇阵,在旷野中衬着绿草远山,实是好看。头一个骆驼挂有美国国旗,不解既名中美合作,何以没有中国国旗呢?

其余的人和汽车于七日出发,先由哈达庙起身向北向西行约数十里,即至由张家口往库伦的大道,两旁都是山地,而路的平整宽阔,却和马路一般。汽车行驶平快异常,初尚攀登慢坡,数十里而后,渐渐下降,已舍蒙古侵蚀面的山地而到了真正的戈壁。所谓戈壁,就是平原的意思,蒙古人叫作戈壁,不过同平原不同处,在乎其上面常有一层或厚或薄的石子,大半是由风的侵蚀作用残留下的。到戈壁后,一望平野,如在汪洋中。再前行,即到滂江,为戈壁被侵蚀后一低地。此地在各地图上都有,有电报局似为一大地方,但不过几家人,电报局的房是中式的,到此安赴内打电报,我与德日进到沟中看看。不一会儿有俩蒙古人骑马来,喃喃不休,所作何语不解,但看其形态,好像是阻止我们似的,不久乃起身,离开滂江数里,才停下吃午饭,全是在哈达庙预备好的。饭后再前行数里,始过一小河,据说这就是"滂江"了。

前往经过一带沙子路,地软车重,十分不好走。我们下来拼命推车,经很久时间才得过去,过了这一带沙子路,便又是戈壁平原。在平原中,望不尽的石子和野草。有的草较多地方,一块一块山的圆堆好像小墓堆似的,不时望见羚羊成群,在戈壁中游行,安自然又要打,他打枪的本事很好,几乎每猎必中,我虽也常旅行,而无此本领,不免暗暗惭愧。再行不但遇羚羊,且有狼,打了一回,但没有命中。在旷野中,看到此等野兽,和我所坐汽车打猎的情形,令人又向远古有史前的时代回想,但又想到现在世界物质进步的样子。总之,现在坐汽车上打猎也好,石器时代人用石头木棍与野兽抵抗也好,同是人类进化史上的一页罢了。

照原来计划,由哈达庙起身,即日就可到目的地。但因途中略有延误,看看天已晚,而距目的地尚远,过沙漠地百余里后,便舍了电杆道,取偏东的一条路。天暮时到一湖旁,有一庙,名叫什么卜里哥苏木,一名东百灵庙。数年前失火,现在重修,但不如以前规模之大。附近有好几十个蒙古包,俨然为很大的地方,我们汽车经过时,出来看的人很少。大约蒙古人的好奇心不如汉人。过庙不远,到一井旁,因既不能赶到,乃决在此住宿。安、谷等以天气干燥,未支帐幕,张君与我却因为未惯,所以还支起来。为行李简便起见,大部分的帐幕和床架都由骆驼带去,所以只有把被褥放在地上睡。幸而湖边沙子很软,只要找一地有一点微坡,头向上脚向下,臀部造一小凹,也可以很舒服地躺着。

第二天早晨起来,草草收拾妥当,即起身,由卜里哥苏木到东须宜地界的古里乌苏去,因只有数十里路,不久即到。先到井旁,后又上山,找扎帐幕的地方。因不合宜,又转到他们十七年所住的地方,名叫什么象帐篷。因为他们在内蒙古,如到一地方无名字,就随便起一个名称,上次在此找得许多板齿象,所以他们就叫此为象帐篷。

到象帐篷后，支起帐幕来，一切都收拾好。因时尚早，乃往以西一带探寻化石，发现了许多破碎的骨化石，而没有十分完整的。据说因为上年在此工作很久，而新的剖面，又未露出，自然是没有什么东西可找了。

第二天，谷、安、德和我坐汽车向以东三四十里名叫乌拉草坡一带去探化石。因为所去共一汽车，所以张君和我只能去一位。安说上回在哈达庙张君既去，这一回可轮到我了。这样看来，我们两个来一个就得了，何必都来到内蒙古，留一人看帐篷呢？这一方面，以前未看过，但地质上与象帐篷附近同一建造，这天找了几块很好的东西，在一地并发现大批的骨头，有大规模采集的可能。于是决定次日全体搬去。那地方吃水还要到附近的井中取水，但有汽车运水，所以尚不感不方便。我们于六月十日由象帐篷起身，往昨到的地方去。将行至化石多的地方，遇两狼，安驱车急追，但狼忽下坡，瞬即不见，悻然而返。因此谷提议叫此地为狼帐篷。于是我们便住在狼帐篷中了。

狼帐篷的生活

到了狼帐篷以后，大家的工作分开。归纳说起来，最重要不外两种：一是继续在附近各地找寻化石，附带地看地质，德、张与我均感兴趣。一为已发现的化石设法采取。因坚硬而小的东西，当然随见即可捡起，但大块的东西，须要费采掘工夫。又因此地许多大化石，因地质关系及风化较久的缘故，往往十分腐烂，若不施以精细小心的手术，万难无损伤地取出。最要紧的是加稀的石来克，一次不足，连加多次，俟干后，再糊上棉纸，棉纸干后，再用面水和麻布糊上。如此干后，即可保化石无损。此等工作，在古生物上也很重要，因不如此，往往说不到研究工作。我参加此次工作，除看地质采化石外，最感兴趣的，也就是这一点，因此得了一些经验。此外担任绘图的那位地形学家则从事测图。

现在我可抽暇把狼帐篷一带的地势，大约说一说。我们的帐篷在戈壁平原的沿边上，向东是略有起伏的戈壁；以北一二十里即可到象帐篷附近的井；向南也是沿此戈壁沿边，一望不尽；向西最是好看，刚在我们帐篷的脚下，就是很陡的立坡，为较后起的侵蚀所造成的立坡，或陡或较平，又有许多小谷，因这里地层较硬，相间层次清楚，又兼都是平铺，而未受变动，又兼颜色不同，底部红的上部白的，中所夹石灰岩层又是深灰色的，所以侵蚀后的剖面，非常好看，像刀切下的有层的点心糕一样，和教科书上画的地层一样的清白。这就是所谓不毛之地，为寻找化石最容易的地方。再往稍远处看，又是较低的戈壁，上边也盖着石子，远望戈壁尽处，便是一个湖，湖那边的庙，就是我们上一回经过住过一宿的庙，在天气晴朗时还可望见，用望远镜看，尤其看得清白。最有意思的还是再极目向西看，又是较高的平原戈壁，其高度和我们支帐幕的地方约略相等。但地质上那里的东西古一点，为第三纪初期，亦有化石，即所谓阿山头建造。所以我们所住地方，恰在一盆地的边缘，四围高，而以有庙的那湖为最低。烟雾苍茫中看去，真好像大海一样。而我们就住在海边上，最好看的还是日落的时候，内蒙古的日落，凡是到

上：狼帐篷所猎之小鸟

下：在狼帐篷的生活

在狼帐篷小憩

过内蒙古的人，没有不赏鉴的。尤其是微雨乍晴后的夕阳，照得世界上所有的颜色，都可以在天上找得到。

再说我们在狼帐篷的工作，最重要的是采掘的工作，德日进和我有一天在狼帐篷以南十几里的地方，发现了许多骨化石。后经试掘，底下蕴藏极富，最重要而最多的为一种板齿象，其下门齿变宽，下颚前部亦扁平，而成为勺子状，大约是在湖泊边生活，以湖边介壳等为食物，为刮取食物容易计，所以成功此等变态的奇兽。此外犀牛、鹿及若干肉食类也还不少，其年代为上部第三纪，确定的年纪，还须等化石详细研究以后始能知道。张君和我有时也帮着做一做采掘工作，但我们更感兴趣的，还是在各地找化石，也可以说是猎取化石，像拿枪打羚羊一样，找化石实是一件很好的娱乐，并且还可以增长人的忍耐性。许多时候、许多地方找不见很好的东西，绝不能令人失望，令人灰心，因为受求知欲的支配，所以还鼓着勇气。最后若有所获，以前的辛劳，也就都有了代价。细想起来，人生忙忙碌碌，也不过如此如此。

到狼帐篷已住了五六天，骆驼队还没到来，我们因为只带来软的部分，所以每天晚上，还是在地上睡觉。骆驼久不来，大家全很着急，因为一切用品，均由骆驼运，倘再过数日不来，不但要停止工作，而且要闹饥荒了。一天晚上正在吃午茶，忽有人喊道："骆驼来了！"大家群出去看，果见东北戈壁尽处，有很小的一串东西，像链珠一样，渐走渐近，现出骆驼样子。安得思少不得大忙一阵，摄其电影。

最初打算在狼帐篷只住两个星期，即转到别的地方，但因为化石愈找愈多，愈掘愈掘不尽，已近二十天，还没有完的希望。我们因想借考察团多看些地方，以便于地质上多些经历，并不是多找化石，因为找下化石，还是送到美国去。所以我们和安、谷等，真是同床异梦。因没有一刻离开此地的希望，便感觉到烦闷，因近处地方都看完，而较远地方不能去，从事采掘，固然很好，但多而有些厌了，烈日炎炎，有时留在帐篷内，比外边还热。我仍在这样的生活中，惟一的希望，就是迁地为良。但事不能由我们做主，只有硬等罢了。

到狼帐篷以来的天气，都还没有什么。特别大的风雨有过几回，也并不大，但六月二十二日那一天晚上，却是最可纪念的一夜。傍晚即起风，入夜更厉害，杂以雨滴。我们为备万一计，把帐篷四围的钉子，都钉结实。风大得点不着灯，只有草草睡觉，但风越刮越大，雨越下越急，帐中的两个直棍子，不断做激烈的摇动。帐幕的布，也一上一下地掀动。这样情形，如何能够安枕。因想在这样风雨的夜里，睡在茫茫戈壁，听着风声雨声，却也有些意思。正这样想着，张君忽喊道："不好！帐篷倒了！快起来！快起来！"语未完，果见帐篷向我这边倒，原来张君睡的是迎风的那面，此时不设法，帐篷真要被风刮倒，那就不可收拾。于是一方使劲抗着杆子，一方呼救，叫那照料杂事的老头子。此时也有其他几个帐篷倒了，呼喊之声，不绝于耳。一会儿老头儿来，再钉了一钉，才可勉强支持，帐内也全湿了。次早醒来，大家见面的谈话，都以昨日的风雨为资料。帐外所存东西，除火酒以外，无多大损失。

我们采掘化石的地方，离大路较远，而此处地旷人稀，所以住了此地很久，竟没有什么人知道。但过了几天，便来了两个蒙古

采掘古象化石

采掘古象化石

左：小鹰
右上：乌鸦
右下：小黄羊

上：井旁的马群
中：井旁的骆驼
下：百灵庙的村店

人，他们穿的长袍大裤，兼有靴子，头上照例还有辫子，衣服质料虽好，而脏不可言。又过了几天，来了两个蒙古兵，据讲是奉王爷令，不许在此掘东西，令我们早他去。但安极会对付，或软或硬，也就无事了。我们在庙附近有一天看地质，也有人挡阻，听说他们迷信，最忌讳人在红色地层中掘东西，确否不得而知。蒙古人骑马的本领很好，无论男女，都是一样。在这里，距离不以里为单位计算，而以"一冒烟"计算。所谓一冒烟者，就是骑在马上一跑，马后尘土一扬就到的意思。他们拴马的法子，因旷野无树，用绳拴其二蹄，其法颇巧，我曾见有拴马的地方，他们也是如此拴法。

有一天安得思、张君和我吃午饭以后，打算到"象坑"（以南十余里，产象化石极多地方，名之曰象坑）去，安开车，张君和我坐在后边，但走了五六里路，遇见两只狼，安即大动猎兴，开足马力追赶。不幸附近地略有崎岖，而狡猾的狼却走较崎岖的道，因之汽车赶了很久，才较迫近。安即止车放枪，似命中了一个，及开车到那里，竟找不见。正犹豫间，一狼自草深处跃起前逃，安至此，一不做，二不休，又上车追赶。狼跑得很快，而车也跑得很快，在戈壁平面上大追其狼。足跑了有一刻钟工夫，相距较近，乃再停车开枪。虽伤了狼，而狼又带伤跑了，此时安才想到还是到象坑去要紧，乃决驶回，可是四围一望，茫茫戈壁，四看都一般，方才因赶狼急迫中，没有十分辨方向，此时竟不知要回象坑去，该朝哪个方向走，踌躇了半天，还是安自决主意前进。但照我看来，其方向恰与象坑背道而驰。旋车沿一大道前进，也是我们以前所未见的道，向前看，远山变成近山，分明愈走愈远了，乃向之说明路有错，此时安亦知路错，但仍不知该从什么方向走。此时天密阴着，看不见太阳，又未带指南针，茫茫戈壁中，正同汪洋大海一样。据安说，车因未打算远行，所以未装汽油。现所余汽油，最多可走六十公里，万一乱走，再找不见，就非停在半道不可。后张君和我的意思，都以为顺此大道折回为宜。安于无法中却也赞成，回驶约有十多分钟，下一坡，上一坡，我们的狼帐篷即近在眼前。这一喜，真非同小可。原来赶狼时，颇朝东走，安误以向南，所以走失，虽竟无恙，但也很使安担心。（按：安回平，在报上发表谈话，说是中国人迷路害怕，并且要水喝等无稽之谈，其实害怕的还是安自己，而我们的水壶还满着水，也用不着向他要水喝。安为人好大喜功，为在报上乱吹计，遂不觉信口雌黄，而不顾事实，实为可笑。）

自六月十日搬到狼帐篷，已二十多天，尚无移走消息。安一因大雨而后，没了火酒，一因要送化石回平，乃决定回平一行。前次他们所采东西，一整批地运回，现采取渐采渐运的主意。也许因上回被扣，于是学乖了。安回与杨携，共两汽车载化石。化石由谷日前监视装箱，装得十分坚牢。化石的装箱，也须有相当知识，以在箱中毫不能动为原则。安走了后，我因受暑热，极感不适。发热头疼，只有留在帐中。幸团中有医生，热心诊视，三五日热退，而身体却大大地疲弱了。七月四日，美国人在戈壁庆祝他们的国庆时，我已能勉强起来。看外人对其国庆的热烈，不禁百感交集，念到我国现在乱七八糟乱打的样子，真可令人哭又不是，笑又不是。

安、杨一去，十余日不见回来，在安未回以前，我们还是照前

上：狼帐篷附近的砂岩

下：内蒙古兵士

左：戈壁上的憩息（图中人为张惠远君）
右：戈壁上的追求（图中人为杨钟健）

一样地工作。虽然有时可跑到较远的地方，但究竟有限得很。急于搬走另看别的地方，而终于搬不动，真令人无可奈何。好容易等到七月十四日安、杨回来，但还无搬走消息，照原定计划，德与我来戈壁，以两月为瓜代之期，我们回去，所中另派人再来，转眼就到两月了，而我们在内蒙古所见，远不如我们当初所预想之多。到七月二十一日，安忽宣称定次日回平。德同我亦同去。其所以不搬的原因，就因此地化石尚未采完，所以回去的原因，就是还有许多化石要送。我们回去，当然也可以，不过我们希望能除狼帐篷以外，多看一"帐篷"，对其地质，得个大概再回去。今既如此决定，德与我全很失望。但因事实所限，亦是无法。

归程

在狼帐篷住了一月多，野外种种生活，虽有时烦闷，但大体上却异常有趣。今一旦要离去，不免令人依依。张君因为团长关系，决仍留此。但察其神情，似甚郁郁。张君在此，不能充分工作，施展宏猷，宜其如此。二十二日早，和谷、唐等作别前行。也是两车，装满了东西，除安、杨、德外，地形家韦君也同回去。车上装满化石，因此很拥挤，我坐在第二车顶上，车走时，摆动十分厉害，前后或左右，动辄二三米。若不把捆箱的绳抓好，很容易跌下来。因生命关系，所以特别小心。回去的路，未走来时的原道，而较近，不久即到电杆大道。上午十二时即过滂江，下午两点到哈达庙。为赶路计，稍休即又起身，南行到贾普塞尔附近，渐见耕地农民。将到张北时，因新雨不久，有一段路十分软，车曾陷于软泥中，很费力才推出车来。此时日已将暮，夕阳返照，在半空极浓的云雾中，照出万道光辉，美丽异常。内蒙古将与我暂别了，我对此景，不免加倍地留恋。因路上有误，到张北时县城已关，叫了半天，始得开门进城。由狼帐篷到此六百余里，一天赶到，据安讲，为他在内蒙古旅行的第一次。

在张北县仍住在汽车站中，少不下又被敲一回竹杠。二十三日由张北县起身，由此到张家口只一百一十里，所以不久即到万全关。下望重山叠嶂，再下就到内地了。在张家口住一天，把所用团体的东西交还，二十四日乘早车回平。

参加中法科学考察团漫记

起身前的纠纷

中法科学考察团发生的原委,早已在各处发表过,在下这里不必再表。我因地质调查所所长翁咏霓先生的介绍,得代表地质调查所、北平研究院和中央研究院参加。原定二十年四月初旬起身,不料发生两个纠纷,以致延期。

第一个纠纷,是中法两方的误解:法方不等中国团员到齐,便把爬行汽车开出去,在北平未等候。汽车上又未挂中国国旗。因此中国方面颇不满意,而提出抗议。此外中国本身也有一点小纠纷,毋庸详述了。

第二个纠纷更为重要,就是法方所备汽车的轮带——特别式样构造,以期宜于沙漠中旅行——即所谓爬行汽车的大车轮,不知因甚缘故,常生破坏。车出发时,在昌平县附近沙河桥上把桥弄坏,后虽勉强开到张家口,但还是将汽车停留住了,非从巴黎寄新车带以备应用不可。

因以上两层关系，所以虽然起身了好几次，却均未能成行。中国团员不久也星散了，法团方面只好等候。直到五月初，情形渐渐变好，汽车已全开抵张家口，新车带也快到，于是决定起身。中国团长褚民谊先生，于五月十五日始可到平，因事实上的便利，和德日进的函约，并得了丁在君、翁咏霓先生的同意，决于十二日由平起身。因照最后计划，是于五月十三日先由张家口开两辆轻便汽车前往百灵庙。这样办法，可使我们早日出发，在途中考察些东西，借以等大队到来，所以我们乐于参加。

离情

人是有情感的动物，当每一度离别时，总免不了引起惜别之情，我这次离平，也不禁起了这样感触！朋友方面，有新由德国返来的汤君元吉，经了三年的久别，才刚聚首，又要天南地北地分离了！家庭方面，除了人情，又有许多事情使人不能忘怀：母亲久客思归，四婶卧病医院，国桢生产在即……凡此种种，无一件可以使人放心，又兼故乡家庭的纠纷，惨变纪念的将到，在在均足引起人的悲思！

五月十五日，原为吾家惨变及二叔遭难三年纪念，因我远行在即，提前于五月十日举行纪念礼，因此日为先祖父生辰，故同日纪念合并举行。

十二日早，将行李收拾完毕，即赴车站，母亲、四叔、国桢及妹等均往车站送别，同事中有裴文中君亦到。这时候有千言万语的离情，却一句话也说不出，一会儿车要开行了，忍痛上车，仅以目相视,默祝一切安好罢了。

车中同行的有法方团长卜安,彼此也没有什么话可说,更无心看两边沿路的春色,只好看看报解闷,后来看国桢给我带来的小说。平绥车是有名的慢车,不但走得慢,且在各站上的耽搁尤大,八点多才到张家口。德日进及法方许多人均到站相接,一同到他们的寓所。吃饭后彼此认识了一番。这时我忽然起了一种回忆,就是回想到十二年去国时所乘法国船上,看见那些法国水手、水兵的样子,和这里开车的以及机器匠等人真有些相像。从前我常和德日进在一起,并不觉得他是法国人,现在真如同到了法国一般。

"又是一回!"

十三日早,吃早点后即起身。起行的两辆普通汽车,头一辆为裴筹和两个中国人,第二辆为德日进、自然学家雷猛、一个开车的和我。另外卜安和许多人驾一辆爬行汽车送行。起行所走的路,正是去年与安得思所走的那条路。过万全县、膳房堡,而达万全关。德日进与余不禁同声喊出:"又是一回!"

到万全关上,看见长城遗迹,还是去年那样颓塌的样子。只是关帝庙那两个道士的衲衣,似乎换了一件新的。两辆汽车当在张家口起身时,挂起法国旗子,到郊外时,不知何以自动取下,及至到了膳房堡又挂起来了。我单人在此,又无职权,所以只有隐忍不言。爬行汽车送到万全关即折回,两辆车单独北行。

十二点多些,到了张北县,初拟留住,后又决起行。在一饭铺,草草吃了些东西,又寄国桢一明信片,告知行踪,即动身,完全沿向库伦大道行。初还有太阳,不久下起雨来,幸只有一小段路稍泥泞,他路均可畅行,雨不久亦止。行抵距贾普塞尔一小河旁,即去年午饭的地方,不觉又深刻地引起来我的回忆。过了贾普塞尔不久,即过赴哈达庙各道,但我们仍沿正道行,四点多了,到四里崩即住下。四里崩有管理汽车支局,尚有中国式的房屋,屋内有两铺大炕,还有一堆牲畜粪,以备烧火炉和烧炕用的。我的床支在两炕之间,并且在一堆粪的旁边,也不觉得怎么不干净了。

四里崩风雪

一夜无话,只是半夜即觉寒冷,次日天明,听见说是下了雪了。于风声呼呼、雪花乱飞中起床,向外一看,触目皆白。寒风侵骨,加上毛衣、毛裤尚不觉其暖,时已五月,尚见飞雪,也算今年所未料及能赏的一个奇景。无法启程,只有留住在小房下。

所住四里崩地方,去年来往系经哈达庙,因此未到过。地东距哈达庙只十五里,北到滂江一百八十里,南到贾普塞尔九十里。据说此地到百灵庙七百七十里,但以带路蒙古人所开路线,与绥远地图相对,找不出一正当的路线,有许多地名也找不出来,不知是什么缘故。

下午天已放晴,我们踏着雪出去游玩了一回,顺便看看地质。山坡积雪,深浅不等,逆风的地方,差不多露出地面,坡背面至少也好几尺深。有好几次雪曾没了我的双膝。回想北京现在,已是夏天,而我们这里,还完全是三冬景象,也算是奇遇了。

游玩回来后,就吃晚饭,这里还可以吃炒木樨饭、木樨汤一类的东西,杂以咖啡、牛油,真可算是中西合璧了。

同行的都是法国人,而我又不懂得法国语,听他们说笑,非常热闹,我自己免不了十分苦闷。吃饭以后,他们立刻就睡觉,好像已成习惯。而我躺在床上急切地睡不着,越是睡不着,越要思东想西。这正是旅行中最痛苦的时候,其实也是最有意味的时候。因为平时忙迫,不及回忆,借午夜睡不着的时候,可以回头看一看自己。

在泥泞中挣扎

十五日天气已大晴,决定动身。一早起来,即收拾一切。天气颇冷,穿上所有衣服,还不觉怎么暖。车开之后,关上车门,始较暖和些。路旁的景色,虽然大部分还为雪盖着,但已分裂成一片一片的。断断续续,一块白,一块绿,煞是好看。

车向北行约百里,离开向库伦的大道往西北行。数十里之后,经过一凹地,因初雪之后,甚是泥泞。我们的车在这里遂堕入泥中了,急切间弄不出来。用尽种种方法,才告成功,但已耽误了三四个钟头了。

过此不远,就到了西苏尼王府,建筑不大而整齐,且完全为中国式的,看去也还庄严。至于内部情形,却毫不知道。再行若干里,一小蒙古包中,出来两个人,遮着我们的去路,乃是驻守的兵,三言两语之后,又各取出他们的枪,旋又出来几个兵,似有动武之意。

上：百灵庙
下：百灵庙与喇嘛

上：爬车
中：在乌尼乌苏卸汽油
下：巴个帽脱庙

但经解说之后，化为无事，放我们前进。

前行百余里到一个地方，叫作三河多。时大风乍起，黄沙飞扬，天色立刻变暗，因而虽未天黑亦只好歇下。除开车的法人外，我和德日进、雷猛、裴等全宿于一蒙古包中。在蒙古包中留宿，尚为头一次，颇觉有些意思。蒙古包为圆形，上有天井，可开可闭。门甚小，须伏身而入，包中四围可放柜箱等物，中间则有炉可以烧火。地上全铺的是毡，亦很干净，不过这一个蒙古包好像是很好的一个，其余就不能一概而论。我们三张床一支，里边连站的地方都没有了，第四个人就地随便地睡在一张床的紧旁边。所谓三河多者，不过荒野中几家人家，所有的不过十几个蒙古包和几群牛羊而已。入夜以后，狂风呼呼，雪杂以雨滴。犬吠不已，令人不能无戒心，但一会儿也就入了梦境了。

次早醒来，收拾而行，雪早已消完了，只有望不尽的绿草乱石和一起一伏的崎岖长途在我们面前。至波罗太庙，据说在此分路，路偏北行，即至乌里雅苏台路。另一路偏南为往百灵庙的路，我们沿此路西南行，经过一大庙叫沙拉茉莉庙，即在沙拉河旁，河源自以南的山地向北流。以北不远，即为美国中亚考察团发现一大渐新世盆地的地方。

再走一走，渐渐看见几株榆树，峙立于荒野中。不久，入一谷中。自此向下不远，即到一大河谷。谷旁一大庙，且有中国式房子若干，便是我们的临时目的地百灵庙。我们住在汽车站中，下车以后，照例有一班人围着我们。

"你伺候他们几年了?"

百灵庙在绥远西北,约五百里;包头东北,约四百里。有汽车由绥远可达,不过中经一段山地,稍有困难。由绥远来所运的东西不知道,听说去绥远的车,以鸦片为最多。本地除蒙古人外,汉人颇不少,都是做生意的,大半是包头、绥远一带的人。人民的性质种种,以及说话口音,全为山西式。几家中国式建筑,至少屋内的布置,同山西北部完全一样。

如今且说我们到百灵庙后,便暂且住下。一个中国商人同我攀谈,三言两语照例的话而后,他问道:"你伺候他们几年了?"我听到这话,不但不很生气,而且引起我许多感想,绝不能怪他。因为在一般人眼光中,中国人和外国人在一块,中国人照例是伺候外国人的。况且我们此次同行七人,除四个法人外,那两个中国人,就是伺候他们的,而我穿的又和他们差不多。且进一步言之,中法科学考察团的发起,虽云中法对称,而发起动机及种种,完全以法方为中心,中国人之参加,不过陪着他们玩玩罢了。广义上讲,未尝不是伺候他们。可是再转过来一讲,就我所感兴会的学问上言,得此机会,能看看内蒙古、新疆,扩充我不少学问上的见解,解决了多少疑难。又有经验很富而虚衷下怀的地质学家德日进陪着我,随时可以讨论,随时可以请教,未尝不可说这整个的考察团,是伺候我,伺候同去的我们中国人。这层深意,可惜那以为我是"伺候他们"的中国人不能了解罢了。

决定在百灵庙住一日。此日上午,考察考察附近的地质。下午向北行，约七十里，到一王爷府。裴筹为要看看王爷，德日进和我为要看看地质，总括起来，也是彼此利用。沿途附近山谷中，有些榆树，都是很低下，在这样荒漠中，很难为它们还能够生存。此地大约为中国最北有树的地方。过戈壁后，库伦附近，始再有树。

到王爷府那里，我们也没有进去。因我们所感兴趣的岩石，比王爷还要厉害。看完之后，仍取原道回百灵庙，决次日再西行，往乌尼乌苏，目的是送汽油去，我们决借此机会前去看看地质。惟为时尚早，关于旅行中最有兴会而印象较深的数事，写在下边，以消磨时光。

最令我每天感到奇异的，是早上一睁开眼睛，便吃一杯很浓的咖啡，于我最为不惯。据说他们都习以为常，事实上已成了瘾了。在床上脸尚未洗，口尚未漱，而要喝没有牛奶、糖又少的咖啡，在他们当然有必需，觉着好，而在我实是受罪。不过现在不喝，一会儿想喝亦没有了，所以也就喝了。至于一日吃的东西，有些可以吃，而大半都是没口味，也只好忍着吧。

其次是用的床。式样颇为奇怪，据说是专为此次考察队而计划出来的式样。关起来只是底盖相等的一个铝质箱子，打开之后，取出里边装的铁棍，先以四铁棍插在那开口的四角，再张开，加上两边的支棍，床即支起。铺盖等均放在箱中，取出后即铺在床上。不过支的时候，有许多困难，非练习几回绝不能措置灵便。

我们所坐的两辆汽车，虽不是爬行汽车，而车的构造也很特别，于旅行方面，有许多地方的确是很便利的。坐人的地方在最前边，顶上及后边均为放置东西之用。关于遇见沙子及泥的设备，也有一些。除了一般用的"千斤"以外,如宽的板子和帆布等,均为必要时使用。还有一点,就是许多应用的家具,都挂在车厢的外壁。如此车内可省出地方来存放别的东西。至于机器的结实,乃是必然的,用不着说了。

孔雀落之夜

为要送汽油起见,决定到以西偏北、距百灵庙约七百里地的乌尼乌苏去。我们均把行李弄得愈简单愈好,因此我只带了被褥,而未带那复杂而硬的床。

西北行约三百里路,没有什么困难。在距一地方名孔雀落不远,有一段沙子路,颇为难过。汽车好几度陷入沙中,经长时间始能把车弄出来。且推且行,费了好几点钟工夫,才到了孔雀落。孔雀落只有一个蒙古包,里边住着两个中国人,是做生意的,主要是卖米面以供给来往的客商。我们把两车并放着,相距五六尺,一边放下那两块宽板,然后盖上盖行车的帆布,俨然成为一小帐篷。草草吃过晚饭以后,我们就在两车的中间,打开被褥,就地睡下。满地都是石子和羊粪,但也顾不了许多了。睡下以后,万籁俱寂,虽然没月亮,但也不是漆黑。由很大的布的开口中,一眼可望见这广大的荒野。在荒野中睡觉,此为第二次。第一回为去年六月在东百灵庙附近,但此地比去年那个地方还要荒凉些。风虽有,天气也很冷,但还受得住。疲倦之中,一夜一会儿也就度过了。

次早起来,再继续前程。沿途遇见行旅颇不少。有一批,似是一家人，据说是往北京访班禅的。其他都是由甘肃来的客商，大半是贩皮毛和鸦片的。这一条路上看来，行人很多。不像由张家口往库伦路上那么荒凉。因为库伦完全落于俄国人手中，在俄国人支配之下，华人无立足之地，所以商务也中落了。念及此，真可浩叹！我们行不久，到一地名黑山头，盖因附近的玄武岩而得名的，此地驻有兵，所谓保商团，护送来往客商。

黑山头距乌尼乌苏只一百多里地，得一蒙古兵引路，所以下午即到了乌尼乌苏。

乌尼乌苏地方，远不及我们所想象的那么大，只有几个蒙古包，住了许多做生意的汉人。在此有一意外的发现，就是又看到多少年前曾给美国中亚考察团带骆驼的那位蒙古人。去年在哈达庙向东行，归途中遇风沙，遇此人指路。今年不期而又在此相遇，真有巧不可言之处。彼此都十二分地高兴，据这位说，他给两位德国人带骆驼，是在附近测量汽车路线的，详情我就不得而知了。

把汽油卸下之后，为时尚早，乃取原道东返。抵黑山头，天已不早，乃在此地住下。睡觉的法子仍与昨夜同，四围遮得不如昨夜严紧，又兼风沙很大，所以不如昨夜舒服。附近中国商人很多，夜间有箫声自荒沙中吹来，虽不十分好听，而睡在黄沙上听此，也颇有一番风致。

次早起来，已是五月二十日了。另取一道东归。归来时的路偏北，此次偏南。中经许多地质上有兴趣的地方。因路上没有什么耽搁，下午五点即回到百灵庙。远看高冈上一爬行汽车，车上插有中国国旗，知大队已于先一日到了，心中十分高兴。但下车之后，始知法方全队已来，而中国方面尚未到，不免悻悻。惟闻褚民谊先生已抵张家口，大约他们不久也要来了。

吃不饱

百灵庙住的地方，在汉人所营的小村中的汽车站中，有一个大院子，被考察团租用。我们未西行前，只有两车，觉得很空。现在回来，见到处都堆满了东西，车辆、行李，无一不是乱七八糟。大约法国人于组织上不甚见长，也是无可讳言的事。无线电台那一辆车，则停于院外山阜，线台已支起，车前国旗飘扬，倒也颇可观。

除中国方面团员、团长尚有七人在途中外，所有的东西，可以说都来了。吃饭因已有了厨房，一切都很正式了。不但有轻便的椅子，桌子也有了，而且刀叉齐全，俨然是大餐气派。不过关于吃的，我还得说几句，就是吃不饱和吃不惯。吃的东西，虽有汤甚至咖啡，样样都有，而样样都少。最感困难的，是没有真正面包吃，而代以瑞典式的饼干似的黑方块面包。据广告上说，是英国国王也赏识的。我前在瑞典，也吃过几回，不过这个既干且硬，很难用以充饥。也许是我个人如此，不过我之所以吃不饱，不能不说这是一个大原因，故不免发几句不平之鸣。至于吃不惯，那更易解。但却不是我吃不惯洋饭，实在是所备的东西有些欠佳。再进一步说，他们预备的东西，当然很齐全，如各种酒类、咖啡、水果等，均应有尽有。不过我觉得有些太繁杂，不实用，而且不是旅行必需的。若用中国式的办法，可用少数的钱，而得到加倍的丰富食料。即用外国的办法，如去年美国所备的，也比他们经济而适用得多了。

二十二日午后，褚民谊一行都来了。相见后颇为欢欣，惟中法两方面，尚时有小纠纷，但不久均解决，大约不日可以全队西行。在百灵庙所见而可记的，除喇嘛与做生意的汉人外，别无可述。喇嘛终日无所事事，以念经为生活。汉人在此营业的已有数十家，做的俱是蒙古人生意。因地当东西大道，凡由甘肃来的货物（以羊皮、鸦片为大宗），以及由绥远西行的货物（布匹、洋火等）均经此，所以商务也有一些。经营的人，山西人为最多。中国北方山西、山东人之向北发展，南方广东、福建人之向南发展，是我民族上最光荣的事，很可以代表我民族的精神。

大队西行

经过长时间的预备和收拾，整个的中法团员车辆等终能于五月二十四日上午七点钟由百灵庙西行。总计共有爬行汽车七辆，普通轮子而亦特别适于长途的汽车三辆。连同中外团员，以及使用人等，约四十人，也可算大规模的了。

所谓爬行汽车，车前有一可转的圆筒，车后的大轮由数小轮组成，作圆角长方形，而前面略宽，车轮加以极宽之皮带，上加以钢瓦。行动之时，小轮即不断地滚于带之上，此所谓 Caterpillar[1]。因此行沙地或软地皮，可以支持车身，不致下坠。机器各部，均特别坚固，

1　履带。——编注

所以不但可以载很大的一辆车，而且车后可以挂一辆小车。小车的车轮，以及大车的前轮，完全和普通汽车一样，不必赘述。

至于车内的布置，前边除司机外，有四个座位。一个在前排，三个在后排。车的后面分为许多空格，可以放箱子等。后边拖的小车也像前车一样，有空格，不过是在当中，可以放床等。四角是放水箱的。小车顶上带有帐幕，即以此小车为基，上支柱子，支起时甚为便利。

计起身的爬行汽车共有七辆，除一辆为饭车，一辆为无线电用车而外，其他五辆，均为载人及载物之用。总括起来，爬行的汽车，对于沙漠地及载物的种种便利已如前述。此项车在内蒙古及其他西北等地，非常适用。至于那两辆普通车，亦颇有若干便利的设备。

如今且说我们出发以后，取道我们以前探过的南路，暂以乌尼乌苏为目的地，向西进行。因已整队出发，照着预定的计划前进，这时心中也较畅快。行四五十里，车忽停住。原来前边遇见黄羊（羚羊），几人放炮。卜安射中两只。曾记得去年同安得思在内蒙古时，以枪逐击黄羊为常，安甚善射，而坐的又是轻便汽车，几乎每见黄羊必射，且每射必中。四五月的食料，以黄羊为大宗。今年所乘的车，分量重而驰驱较笨，绝不能追逐黄羊。只有特别合宜的机会，方可射得。今天能射得两只，也算不错了。现在看见这事，不禁引起我去年一部分内蒙古生活的回忆，所以附带说两句。

沿途遇见东来西往的客商不少，大半都是骆驼队，多少不等。由西来的多自甘肃，所载物，除鸦片而外，为羊毛等。西去的多半是由绥远，以布匹、火柴为主。这些商人，以极简单的生活，运并不十分值钱的货品，又兼长途的跋涉，费用甚重，再加以到处重税，所余真是有限得很。他们这种在沙漠中买卖的商业，倘新式交通一发达，恐要受打击。但他们这种精神，实在值得我们钦佩。

行约一百一十二公里，到羊肠子沟（六大股、五大股等商人经营的地方），路在丛山中，因天已晚，遂住下。在附近河中洗足洗脸，总算是难得的机会。以后就支起帐幕来，中国人八人，同住一帐幕中。这个帐幕前已说过，以后边的拖车为脊，支起也不费事，不过有许多地方并不如中国式的帐幕实用。中国帐幕最大的妙用，是可以迎挡任何方面来的风，使风力减小。而爬行车的帐幕，不但三四面有低的支成的布墙，且一面特高，最不适宜。

自中国团员全体加入以来，早晨起床，那一杯咖啡的罪，可以不受了。清早起身时，每人瑞典饼干、面包二三片，多了不许吃，夹上一点鱼或牛酪。至于午饭，多在中途吃，也是简单，不过面包由三片增到四片或五片，再加上一点肉和果子酱罢了。所谓一片面包，不过一片干饼大小，长不过二寸五，宽不过二寸，厚不过二分。这样当然不能充饥，只可以当点心罢了。晚饭比较丰富些，就我们这夜所吃的为标准来说，一汤一肉一菜，再加上牛酪，面包就只有四五片，虽然说是整份的洋餐，无奈仍不能充饥。平心讲起来，在这荒凉的蒙古高原，能吃这等东西，已是了不得，绝不能再嫌不好。而且虽然不能吃饱，但无论如何看来，绝不至于饿死。只要不致流为饿鬼，于愿已足，何敢有分外之求。不过所令人不平的是，他们法国人对于法国人方面，显然表示出种种优待，酒可以随便喝，糖可以随便吃，吃饭时另加特别新造的面包；而对于华人，则件件加以严厉的限制，实在令人难堪。据说法方车夫及工人最难对付，不能不给他们酒喝，这层我们当然可以原谅，不过面包的不平等待遇，令人实百思不得其解，难道中国人的肚量比外人小，可以少吃几片面包吗？还有一层，这次他们带的大厨房人等，尤为可恶。管理厨房的共五人，一法国人，四中国人，就每天吃的东西（大半是罐头等）和工作而言（一天大半只吃一回热食），绰乎有余暇。而他们的工作，实在不如我们所期望的那么灵快。尤其是他们的习气，令人望之欲呕。视外人若天神，对国人若走狗，目空一切，形态可鄙，从前朋友常以为外国人用过的中国人，中国人再不能用他们。我不相信这话，现在才深信其言之不谬。至于他们所受的待遇，非常之优，有极平常的一位，月薪大洋六十元，食用尚在外。比地质调查所的调查员还阔绰，难怪这班人如此形态！去年安得思所带的一班人，已不堪入眼，但比之今年这班人还算好得多哩！

二十五日起来，继续西行，不久即出山地，行于平原，介于南北二山岭间。以后过了那箱子样的两小山至哈柳图河，知至少这一段路即徐旭生一行曾经过的。到哈柳图河时，天已很晚，幸有月色，尚勉强走了几里，到一个不知地名的地方住下。

夜间月照当空，天空无一片云翳，而又没有风。深夜之中，极其沉静。在广漠的蒙古高原中，消受此静寂朗明的月夜，真算是一种福气。

又到乌尼乌苏

二十六日午间，过有蒙古兵驻守的黑山头，不知因为何故，丝毫未经检查即放行。我们的护照，自北平出发，至今尚未用过一次。若比内地五里一盘问、十里一检查，觉得方便得多了。

路仍是时在河谷、时越高丘、时疾行高原上。原来这地方，就地面情形看，可分四种。一为山地，而此山地，又代表一古平原之面，而后来侵蚀的，学术上名之曰蒙古侵蚀面。自四里崩出发以来，以致羊肠子沟、乌尼乌苏等山地均可归此类。二为戈壁平原，较蒙古高原低得多，上面极平，大半覆以石子，覆以绿草，到处汽车通行无阻，此等地方，即一般人所谓草地，宜于畜牧，面积约占所谓戈壁平原之大部，名之曰戈壁侵蚀面。侏罗纪以后的盆地堆积，几乎全在此地形中。三为湖沼或河床地，即古湖沼及河床干枯缩小后所遗之部分，大半有丛草集生而不连续。丛草堆积聚起来，可挡沙土，因之更高，状若圆丘，视之俨若墓坟。此等地方，多而不大。最后那一种，即为沙漠、沙丘等，则为更进一步侵蚀之结果。黄沙茫茫，植物稀少。我们此次路线所经，因极力避免，所以经过沙地很少。此日所经各地，前三种都有。要在这里把这些不同的地形详细地测绘出来，首先需要的是可靠的地形图，其次当然是精确的调查。

下午三点，又到了乌尼乌苏。我们住在河的西岸，到这里才有机会再洗一回脸。水虽然很凉，幸天气尚暖，所以不觉冷。因风很大，所以把帐篷支起来，并且支得十分小心。听说明天下午才动身，当然明早可以多睡一会儿，同行中有人恐路上受饿，在汉人包中定做了许多饼，以备不时之需。

乌尼乌苏河谷也很宽。以现在所至地看来，最近代的力量，绝不至于使河谷成这种样子。我觉得此种河谷的造成，至少在三门系，或者要更老些。河流的方向，大部分向北，注于戈壁大盆地中。但是否以前有时候向南流过，也是一个疑问，且是一有兴趣的问题。

次早我们在附近山中做了一度小考察。回来沿一河谷，在山里边。此河谷很宽而很深，而一出山口，在洪积世之冲积沙层上，但割了一道很窄的河道，注入大河中。由此可证此宽而深的部分之形成，当然是很古的了。

向着荒凉的旷野走去

二十七日午，一切都安排妥当，向西进行。车中满装了汽油，几无隙地。因再西直到酒泉，再无存油之地，所以不能不如此预备。乌尼乌苏以东的路，以前均经探过，以西完全没有。现不取道三德庙，以避大沙丘，而想由此找一新路，以利进行。因据说在外蒙古与内蒙古的边缘，有一条往新疆的新路，沙子最少，宜于汽车，以前苏德朋（Söderbun）曾走过一回。苏德朋最近尚替新疆省政府工作，想造一条横贯东西的汽车道。我们前在乌尼乌苏，所遇曾为安得思拉骆驼的人，也是替他们工作的。但是内蒙古地面极大，而车过遗迹，又不易保存，人又稀少，所以以前的路，很无法追求，正和探新路一样。从此到酒泉这一段路，的确是途中最困难的一段。因自酒泉以西，全沿大道进行，当然没有什么。成问题的完全在这一段，然正惟如此，所以特别有兴会。人能在荒野的自然中，做求真理工作，而新的山川环境，又时时呈现面前，的确是一种大娱乐、大安慰。虽有旅途之苦，也是值得的。

初起身数十里，路全在花岗岩中。因风化侵蚀的结果，俱呈各种奇形怪异状，道路也较为崎岖，比花园、公园中人工造成的山石好看得多。及到了水成岩的地方，便无此奇趣，可是另外有它的奇景。这天道经一大河谷，谷中榆树颇不少。自百灵庙以后，有树的地方，便算此地。河谷中沙子很厚，对于硬重的车全无抵抗，因之行走颇不便利。所带的三辆普通轮的汽车，尤为困难。若是一车陷入泥中，可用爬行车从后推行，倒也发生很大的效力。推不动时，须将轮下沙子铲去，以减阻力。这天有一辆车坏了，修理好费时半天，因而只走了三十多公里，便在荒谷中就地住下。登高一望，平原在望，知不远即可出谷。

当夕阳将落的时候，光线由近地面斜射上来，呈各种奇异美艳的颜色。天空云彩，经夕阳渲染，更为好看。当这时候，忽然听到叮当的铃声，从远处送来。顺铃声望去，原来是一大队骆驼商人，自谷外平原缓缓而来。骆驼队在风景中本是一最好的点缀，又兼在这将落的夕阳下，更有难以描写的诗意和画意。

次日出山谷，为一大平原盆地。远望有二塔，呈柱形，乃为经天然侵蚀力而残余的，并非人工所为。是日风很大，黄沙飞扬，非戴风镜不能睁目。旷野茫茫，但有狂风声与汽车声相唱和，景象颇为凄惨。行至中午遇一井，适值用午餐时，乃在该处略事休息。井中之水，咸不可耐，勉用之，下咽而欲呕者数次。然除此水外，又无他水可饮，为解渴计，只得强一用之。

在此井旁，遇一山西人，是在此处做生意的。只有两头骆驼，一个人孤行沙漠，观其体格健壮，意态闲适，真令人不胜景慕。因为我在沙漠旅行，既有新式的汽车，带着丰富的食料，又有许多人同行，虽然很苦，但究竟不算什么。而这些骆驼队商人，在这荒凉的沙漠中，每日不过行数十里，饮食上又十分简单，非有绝大的耐力和吃苦的精神，绝不能忍受。至于一人孤行，当然更为困难，安能不令人钦佩！

因路上沙地太多，而普通汽车又难于前行，所以不但进行的速度很慢，且要时时推那三辆车。以一天的工夫，才走了三十三公里的路程，反没有普通骆驼快了。主事的人，仿佛也感到太慢，所以决定晚上继续前行。夜间十辆汽车连接前进，灯光彼此可见，前后亘十余里，又兼皓月当空，清风送爽，真也别有一种风趣。但所不能不引为憾事的就是不能好好看地质，白天在汽车上看地质，已算很粗的方法，而今在月光底下，更是不可能。恰在这一段，两旁有很好的红砂岩露出，大约是白垩纪的。若真有恐龙一类的化石，那岂不是成了"无缘对面不相逢"了吗？

行至十二点，即就道旁住下。近来露宿已成习惯，不以为苦。但因听说次早四点即须起身，算来不过四个钟头，打开行李又收拾，觉得不值。体倦已极，即在车中睡。但车内满放着汽油，没有空地方，腿也伸不直，手也没有合适的地方放，似睡非睡，混了一夜，不到四点就起来。因连日喝水不干净，颇有闹痢疾的趋势，一天三四次，所以晚上更睡不安静。清早起时，东方尚作鱼肚色，大家全未醒，清静非常。一会儿间，东方已现淡红，而微带黄色，渐渐变深。片刻中，一轮红日自水平线徐徐升起，真是好看。在戈壁沙漠看日出，简直同海中看日出一样的壮观美丽。非身历其境的人，解不出其意味来。

早间吃了点心，随即西行。上午经过一段一段极大的平原，平原上面简直是水平，即所谓戈壁侵蚀面，上面盖以石子，其铺的大小平均一律，比人工做得还要好些。按此等石子，大部分系由以前侵蚀残剩的，以前堆积，当至少比现在厚，风力侵蚀的结果，细小的被吹而去，重大些的残留下，久而久之，遂成这个样子。此等石子，积至一定厚度，即可以保护地面，不致再侵蚀，或至少可使侵蚀速度降低。原来此等保护地皮防止侵蚀降低的办法，或是由于植物，如草的生长，或是由于残余石子的加厚。倘因另种关系，使一地方的石子减少，或没有，或无草等，侵蚀马上便加快，而继续其造成低盆地的工作。此等情形，在内蒙古到处可以观察到，为内蒙古地面之形成很重要的一个原因。

且说我们午间到了一座庙，名巴个帽脱庙。附近有井，遂在此地吃午饭，也得有机会把脸洗一洗。自出发以来，洗脸一事，早已视水的有无为转移，不一定每早起即须洗脸，或每吃饭后必擦脸等事，只是遇井而洗。万一遇不到井时，只好不洗脸。巴个帽脱庙和大部分的蒙古庙一样，是西藏式的建筑，白墙平顶，上加以红边。我们并没有进去，因对这个不感什么兴趣，门口有若干榆树，颇使沙漠有一点生气。今天天气特别热，在太阳下，温度在五十四摄氏度，冷下也三十五六摄氏度，真令人不耐。幸饭后在庙门口可以休息，不致在阳光下硬晒。开车以后，时来凉风，倒还好些。

附近所经，有许多地方有白垩纪以后堆积，大半为红色粗砂岩，有时有土质。凡能有机会观察到的，都好像没有化石。但我们走得如此地快，而较远地方的露头，又不能去看，即看的地方，因时间不允许，也不能算是仔细。所以究竟是不是真无化石，或有，而为我们所未及见，就很难断定了。

由巴个帽脱起身，已下午四点多。但极热时已过，途中甚为舒畅，无午间酷热之苦。初沿一河谷走，两旁时有榆树，宛如马路。不久即入山中，经一大平原。时天已暮，而仍继续进行。据说许多开车的都不愿夜行，空气很为紧张，大喝其酒。外国工人喜欢喝酒，不如此不足以鼓其勇气，所以他们特别预备许多酒，而酒不给中国人用，当然为主要原因。但卜安应当委婉声明，解说工人所以必须喝酒，而大家自当原谅，绝不致发生误解。

入夜以后，我在车上渐渐睡着，一切情形，完全不知道。及至十一点多，恍惚中醒来，见车四围皆为奇形怪石，知已又入花岗岩山地。时风声呼呼，寒气逼人。虽夜间为时不久，即到第二天，仍须早起，但因昨夜没有睡好，遂取出床褥，即支在山头，在月下成睡。

计最近数日，每早四点钟起来，十一点多才停止，一日差不多十九个钟头。中间早餐、午饭延误可五六点钟，而所走每日亦须十余小时，所行不过五六十公里，其原因是路不好，车太重，又兼有三辆普通汽车，当然可以原谅。不过长途茫茫，如此速度，不知何年何月始可抵目的地，而何年何月始得返北平，真令人焦急。每天时光，以十分之八九消磨于车中。下车不能远去，考察更不能，尤为苦闷。

陷在深沟中

五月三十日清早醒来，看见所睡地方，四望皆小山丘，又在同一高度，知又在蒙古侵蚀面上。上面流水侵蚀遗迹尚在，此平面上当曾有过后期堆积，而又为以后侵蚀冲去，因之古地面又露出。行李收拾好起身，一方面又摄电影，因之很慢。行不数步，车下一大坡，不久忽又停止。下车前视，才知道车入一河沟中。前有二处，甚窄狭，车不能过。惟一的办法，就是要把窄的部分炸开。但他们没有一致的商议。有的在这边开路，有的在那边填一坑，工作极不一致。中国人方面，有尽力帮同工作的，也不过搬一石，或掷一石，而亦莫解其究竟。最后尽半天之力，放了一炮，把山石的一角炸开，修好一段路，可使车通过。修好后，吃午饭，休息，至下午四点，始过此难关。以后车又由沟中，绕到山上，曲曲折折，始到另一低地。这日的工作，总算起身以来最难的一部分。

出山地，入低地，时有长墙一道，即所谓边墙，由石造成，宽而低，其内部（南边）不远，尚有一古城遗迹。这个边墙，当与百灵庙以南的"旧长城"是一个东西，或当归于一年代。如果照徐黄君的意见，为战国时物，当为长城的先河。但地点如此向北，当时中国文化，是否即到此地，未免可疑。可惜我一刻解决不了这个问题。但无论如何，此墙必为中国人所建，而时代必很古，乃是无可疑义的。

我们到此已晚，次早即起身，所以没有工夫细为调查，又未能到古城遗迹一视，十分遗憾。我们到此城墙时，正当夕阳已落、晚霞犹存的时候。茫茫黄沙，青青野草，中有一道颓废的倭城，长城似的，蔓延于旷野。此等景象，已是可爱，又兼不能不令人回想到中国远古文化的盛况，而现在城垣的化石化，怎能不令人凭吊呢？

这一天因为在深山沟中，耽搁甚久，所以只走了九公里，便在长城内一井旁住下。附近有几个蒙古包，男子却不在家，只剩了几个女的和其惟一的财产（牛羊等）。我们买了一只羊，以做食料，因好久打不到黄羊，肉食将要断绝了。

晚上吃饭的时候，中国团员方面，忽接到一种命令式的警告，以为若干团员不应在厨子方面表示吃不饱，且谓白天见车陷不动，而作壁上观，多数并不帮忙云云。此等说法，一部分纯为误解，而一部分尤其是太看不起中国人。按车发生问题，大部分为机械上事，当然须有计划，始可工作。至于普通推汽车、搬石子等工作，中国团员方面，无不努力帮忙，何尝作壁上观？说到吃不饱一事，确为实事，向厨子述说，是随便说笑，并非嫌吃不饱而向厨子要求多吃。在沙漠中旅行，当然要吃饱，即使吃不饱些，亦只好为息事而忍耐。不过中国团员之所以愤慨，不在吃上，而在待遇之不平等上。何以洋人可以随便吃面包，并且可以喝咖啡和酒，而对中国团员，则一再对厨房讲不许吃用呢？此等待遇，实令人难堪。中国团员，并不是为吃而愤慨，实为待遇太苛而愤慨。

第二天一早起来，仍过那长途仆仆的生活。前行不数里，即遇见一段巨大的沙丘。去年、今年虽在内蒙古两次，但所过的地方，不是山陵地，就是戈壁草地，此等大沙，只有十八年在陕西北长城外沿看见过。但此地的沙丘，比那里的更大，最高可十五米，延长如蛇，极目不尽。我们路程，幸为横穿，所以尚好些。沙薄的地方，有不少的柽柳树点缀其间。虽可稍杀沙漠的荒凉，却也代表真正的沙漠，因此等植物为沙漠性的植物。此等真正的沙漠地，就是爬行汽车过这些地方，也很费力，何况还有三辆普通轮子的汽车。因此单用以爬车推行的法子，不能够用，于是就把爬车的拖车卸下，先拉过普通汽车到没有沙子的地方，然后回头再拉拖车。这样办法，不但费事、费工夫，且费汽油，但也没别的好法子。

沙丘底下，常看到新石器时代的石器，可代表此处远古的文化。惜大部分埋在沙子下边，所以不能做尽量的采集。

午间休息，吃午点时，天气照例是十分酷热，几不可耐，想避又绝对没有阴凉地，而又没有一点风，人急智生，许多人就去躺在汽车底下，以求取得一点阴凉。吃午点时，忽听卜安对郝君讲了许多不客气的话，我仿佛只听到一句"……你还没有饿死啊！"此等说法，太不合理而无礼貌了。

下午的路，虽然比上午好点，但车路沿一河谷行，沙子也不少，或推或拖，都是时时免不了的，所以速度并不快。河谷中时见榆树三五株，孤立夕阳下，灰黄的沙，斜铺在谷旁山坡，也自是绝妙的风景。用自然科学的眼光看去，无所谓干枯的无兴趣的地方，不一定一般人视为好风景的地方就是真好的，渺无人烟的沙漠、酷寒的两极都自有奇景，只看观察的人能不能领会罢了！

前已说过，此次由乌尼乌苏向西这一段路，不敢说一定是探险，却的确是尝试的性质。其目的在求免去以南的大的沙地（如由三德庙），而同时又不能过外蒙古，虽然三德庙走过一回，却经过一段外蒙古地界，因此当然免不了困难，而困难中尤以陷于深沟的一回为最。但过来不久，据第一辆车上人讲，在两三处看到有走过的汽车印迹。以前除苏德朋外，别无人坐汽车向新疆去过，当然是他们一行无疑了。途中遇见的汉人，也说以前不久，曾有汽车经过。因此卜安等很高兴而得意，以为路线大致没有走错。

这天晚上到了一个地方，名叫哈也尔阿马脱，有十几个中国商人，大半都是山西代县的人。所以今夜的住地，颇觉热闹了许多。

又在戈壁过生辰

前几天在车上沉思，就想到今年又要在戈壁过生辰了。又到了六月一日。我的生辰，对于别人当然没有丝毫的关系，不过就个人而言，一个人的生辰，正是一个人回想他自己的过去——困苦的也好，甜蜜的也好——之最好的时候。但是我又感到茫茫人生，没有可资纪念的，所感觉的只是漂泊无定。我想我若能够把过生辰的各个地点，在地图表示出来，必然很有趣。可惜我现在不能做这一点小工作。所记得最亲切的，就是去年今天，我随中亚科学考察团来内蒙古，行踪正在张北县北的哈达庙。那时候探险的方向尚未定，安得思等数人，先往以东探察，而我与张君则孤居帐中，过那单枯的生活。其种种情况，尚历历在目。今年此日，虽仍在内蒙古，却到了河套西北距家乡数千里外的哈也尔阿马脱。此地旷野，举目茫茫，黄沙无际。虽有碧草云星点缀荒原，冷清情况一若象征着茫茫的人生。此日在北平的慈母以及妻子家人，以及相知的师友，必念远人。我在荒野，亦不觉期然而然地想到他们。这就是我过生辰的代价。因为平常生活来不及有这样的沉思。

哈也尔阿马脱的中国商人，全住在自己盖的蒙古包中，有固定的地方营业，为百灵庙以西内地商人在此经商的一种进步。因去年在滂江东北一带所见内地商人，都是夏季出来，带些货物，游迹无定，和沿街叫卖的小商贩差不多。至于这一带所见的，却都有一定的居所。而且往往一商号在相距数百里之内有几个分号。哈也尔阿马脱，在沿途所经各地，实是商业比较集中的一个地方。据他们说，外蒙古因独立的关系（其实是附于苏俄），对中国商人严加禁止，因此商务等于停止。此地北距外蒙古界不过数十里，沿交界每三十里，有五兵驻守，防视甚严，如临敌国。但我国方面，却完全取不抵抗不理会主义，真可算大国民好气度了。

吃早点以后，到一汉人所居包中参观。见内部颇整洁，地上全铺的是地毡，一望而知其为一殷实的商号。入内见给卜安办事的那位，在内抽大烟，遂出，另至一包中，其中不及前之好，却也可观。商人招待颇殷勤，我们在里边买了些酒吃，又有葡萄干下酒，总算过了生辰了。我并买了一把蒙古人用的刀箸，以作纪念。此刀可挂腰间，蒙古人无人不有，却是由内地做好运出来的，十分粗恶，价洋两元，并不便宜。以后又见到外蒙古用的货币，其纸币十分精美，显系在莫斯科制造。银币也很好看，有一元、五角、三角等种。每元合中洋三毛多。在此地买卖东西，须以货就钱，不能以钱就货。

如尽一元购物，物若不值一元，必须添购他货，补成一元之值，觉得很不方便。但因铜元不通行，亦是无法。

无事的时间，最不易过。上午既不动身，转觉日子很长。好容易挨到午，急切到不了吃饭的时候。烈日当空，无地可乘凉，乃坐于汽车中看看带的闲书。正在看时，忽听后边起了大哭声，细辨其音，却是同行郝君景盛的声音。我初以为他是和别人开玩笑，故作此声，但立刻辨出是真哭，却也不知其为什么缘故。经仔细打听之后，才知方才发生一件极不幸的事，就是法方卜安竟毒打郝君，于是在我生辰这一天，竟添了很可痛心而又很可注意的事了。

原来卜安、裴筹等，正在那里照电影，并测日的高度。郝君疏忽未察，恰从前面走过，妨害他们。于是卜安竟责郝君，始出恶声，继则拳足交加。郝君始终并未抵抗，因之身受数伤，念及被辱，遂不免痛哭。此事发生后，中国团员方面都十分愤慨，会商对待方法。但意见甚多，莫衷一是。有主张全体退出的，有主张局部退出的，有主张忍耐同行到肃州或回北平再交涉的。郝君因身受奇辱，绝不愿再同行，而全体退出又有困难，结果遂依第二方法。新闻家周宝韩君，一方因不平此等暴行，且念郝君一人，中途恐有不便，一方面任务上比较轻些而且自由些，乃告奋勇退出。决定以后，即由团长通知法方，法方立即同意，只说了些照例官话，十分抱憾罢了。

此事发生后，我个人有许多感触。此事的曲直与背景姑不论，而随便动武，无论在何国何地何时，都不能说是文明举动。中外合作的事，向来是中国人吃亏。主要原因是中国不出钱，外国人尝目中国人为揩油性质。虽在我国方面，以为是在我国国土内，此等要求为当然事。但国势如此，又与强权即正义的原则相背，因此不是所采的东西，大半入于外国人手，就是参加的中国人，也要受许多无谓的闲气。去年与张君席禔参加中亚科学考察团时，即有此感想，我们也讨论过。然安得思虽为一著名流氓，尚未做出此等打人奇事，今竟出于法方，我只有打一句照例的话："不胜感慨之至！"

郝、周二君既决定中途脱离，乃将行李取出。没有多大工夫，一切已清理就绪，为作纪念计，我们还在一蒙古包前照了一个全体像，遂与他们握别。我们仍要前行，遂登车。一会儿我们车开了，反是他二人先送了我们的行。此时心中有说不出的一种感触。法国人方面，毫没有一点惜别的表示，好像没有那么回事似的，就在这样情形下，把两位团员中途丢掉了！

车行起初数十里，经高高低低的沙地，介以小平原，景物上无甚特别可足记的。因为沙子还不少，所以不时还要推车。一会儿遇见自西来的一大队骆驼商人，一问之下，知道是从肃州来的，已走了四十多天了。

再前行不远，经一绝大盆地，其上面为真正戈壁侵蚀面。侵蚀的部分，露出很好的露头，惜无时间详细考察。在此平面上，最宜于汽车行驶，马路一般的平的路，铺以戈壁石子，介以青草，四望奇平，令人时时发生没有尽头之感。在这没有尽头的戈壁中，不禁想到郝、周二位，又不禁想到我个人的前途。人生茫茫，不也同这广漠无边的戈壁中旅行一样吗？

太阳西下入水平线，又放出彩色灿烂的光辉，好像给我们道晚安似的,又似预示明天还是好的天气,因之好像感觉到未来还有若干希望似的。但是我们却仍是前进着,黄昏中继以月色,月色下增以汽车的灯光,使人不由得起了沉思。

这一天自下午三点起身,到晚上十一点半才止,共走了四十八公里,到了一个不知道名称的井旁。我们现在的生活,虽不是逐水草而居,却是逐井而居了。车停之后,也没有正式做饭,草草吃了点东西,不管饱不饱,便打开床铺睡觉。我所用的床,因已练习了许多日子,手熟些了,所以能很快地支起来。但是睡在床上,仰视皓月当空,星辰点点,实是睡不着。大家全都入睡乡了,而我还是双目齐睁,不能入梦。万念俱来,思前想后,愈难成睡。愈不成睡,愈要思想。夜间不能睡觉,是一件最不幸的事,何况在旅途中!可是因为有些疲倦,也不知什么时候,居然睡着了。半夜只听风声呼呼,时时把床也震得摇动,但也只是蒙头而睡,管不了许多。

第二天一早醒来,虽然风很大,幸衣物收拾得还好,所以未致被风吹散。把行李收拾好,吃了早点,即开车。这时候风更大了,不但大风,而且夹着细沙石子,恰恰前途这一段路在沙丘中,所以沙子更多,而车又时时陷于沙中,需不时或推或挽,更添困难。在飞沙走石的天气中,相距数尺,即对面不能相见,有时但听汽车声,而不知车在哪里。坐在车中,只见地面上沙随风起,飞行极快,不遇障碍物不止。遇见沙丘时,可看见沙丘上面沙子流动,其背风向风的堆积情形,真是绝好的一种地质现象的实际观察。

狂风怒号中旅行

坐在车上不戴上风镜，眼就不能睁开。车内积的沙土，至少有二寸厚。脸上也为沙土盖了，耳孔、鼻孔、口腔内无不满塞着沙土。在此情形下，我们还是照常地走着。念及此，不觉精神为之一振。竭一上午的力量，才走了一二十里路，就停在风沙中吃午饭。我们坐在车中，由厨役送来。食物入口，不敢用力咀嚼，因一嚼即有沙磨牙，得一种很不快的感觉。吃完以后，有人送来咖啡，别人喝了以后，车夫问："何以不给姓杨的喝？"那位工程师说："中国人不能喝咖啡，杨君是中国人，所以……"这样的三段论法，于是乎取消了我的喝咖啡权利。其实我并不爱顿顿饭喝咖啡，即使完全不喝，也绝不致饿死。不过此情此景，太令人难堪罢了！

正午以后，风稍小些。沙土也不照以前的剧烈，同时对于两旁的地质，也能尽力所及地看一点。在停留休息的那一会儿下车，竟在石灰岩中找了不少保存得很好的化石，如珊瑚、石燕之类，为自出发找见化石最丰富的第一次，可惜没有工夫多为采集。

下午天气转好，本可多走一点路，不料一辆车忽出了毛病，收拾了三四个钟头才得竣事。可是天已黑，只走了不远一段便住下。这天也只走了四十公里。趁车坏的工夫，我们又得看看地质。

说到坐爬行汽车考察地质，实是很困难。此次组织，本只是横贯亚洲的大旅行，而不是什么学术考察，与中亚考察团及西北科学考察团绝不相同。后二者以考察学术为主，一切设备，都是为考察学术而设的。遇有学术上重要地点，不但可以停下，即停数十日亦所不惜。中法学术考察团,虽中国方面以此命名(法方自称横贯亚洲大旅行,中文称则曰中法委员团),但实在以旅行为主。所谓考察,不过附带罢了!就我们地质方面说,距路线稍远的地方,当然不能去,所有可以看的机会,不过下列几种办法:

第一,是听车前进,而只在车上看两边的山景。有些岩石及地质结构等,当然可以看出一点来,不过大半也有些不能解决或证实的。同时路旁的石子,也成了观察的对象,因由石子的种类多少等,往往也可以推测出附近有什么东西。但一方面实在东西拿不到手中,而车又是动着的,所以除非特别容易认得的岩石可以看出来,如石灰、砂岩、花岗岩等,有的就不确定,靠此方法找化石,更不可能了。幸德日进先生经验丰富,有可靠的判断,而我因他对于坐汽车看地质,竟也得了相当的经验。

第二,就是趁午间吃饭,或中途因机器太热休息时,或是因车坏停止时,可以看看地质。但此机会,完全要靠运气。因车停在地质方面较好的地方,当然可以,不过十有八九,都是停在地质上没有若何兴趣的地方。停留最多的地方,不是井旁,便是沙中,真是无可奈何!

第三,就是遇有特别非看不可的地方,才请将汽车停下,下车看一看。但不免要看司机的颜色,又不能到远的地方去,又不敢多留。总之也只得到极近的地方急急忙忙打一块石头,跑着去,跑着来,观察一点东西而已。然此层还仗着德日进的关系呢,他请车停留一会儿,他们还不好意思不答应,所以借他点光,我也可以看看。若只我一人,那就不堪言了。刘慎谔君采集植物,也大半只有上述的两个机会,而这一点上,往往还要碰钉子。

其实不但地质、植物如此,即纯粹法方的自然科学家雷猛,也是如此。只有借机会考察采集,而不能认真切实,所以并不是专对中国方面如此。总之他们的目的是在试汽车,不过约几个学者,充一充幌子罢了。

这天还住在荒野的草地上。第二天天气较好,走的路也多些,经了许多山地和平原,晚上到了一个地方名叫班纪巴拉哈,计共走了八十公里。总算起来,为走路最多的一天。到班纪巴拉哈时,也晚上十点多钟了。夜色苍茫,看不出什么来,只听说这里是一个较大的地方,内地商人在这里营商的颇多,比哈也尔阿马脱还要大些。到第二天一早醒来一看,也不过有十几个蒙古包峙立荒野中罢了。商人乃大半为山西代县人,对我们的行装、汽车都表示奇异的样子。说起话来,他们都很和气,若问他路程,不是说"可还远",就是说"摸不清",又有的说"几站几站",究竟这"站"有多少里,有多么长,他们也说不来。原来内蒙古地面广大,而又未切实测量过,他们商人往来只以骆驼住夜作站。站的长短,很有出入,明了的距离的观念,却是没有的。不过据我的经验来观察,他们说的里都是很小的,不如内地北方的大。譬如说有四百里,汽车经过的公里,不过一百五六十里,合起来也不能过三百里(每公里合中里一点七一多些)。

从班纪巴拉哈向西行,因为路经过地方,都是侵蚀后的山地,沙漠较少,所以走得很快。夜间到了一个地方名叫第尔苏呼托,译言第二井,也是丘陵,沙原中一个有水的地方,也有几个内地人在此做买卖。近来每天都是四点钟就起来，收拾妥当后即起身。午间吃饭后休息，到下午三四点钟才继续进行。到晚上照例要趁着凉夜走两三个钟头，此等办法，当然有许多方便的地方，不过夜间休息的工夫感觉要少一点。一天最困难的时候，就是十一点以后到下午三四点钟，这时正是一天最热的时候，车停下时在车中尤热，车外又无可避热的地方，阳光下温度总是在五十度以上。下午四点钟以后渐渐好，日落后，温度便很快地降低，这时候又非穿厚棉衣不可。总之内蒙古气候的特征，就是极端的气候。热时特热，冷时特冷，刮起风来也是特别大，而无风时却一点风也没有……是绝对的大陆气候。

因极端的干燥，雨量更为稀少。我们自出发以来，除在四里崩遇雪，只遇到几次雨滴，而没有遇到真正的雨。在哈也尔阿马脱听该地的人讲，附近有十年没有雨。那么山陕甘肃等省，前遭酷旱，当然不足惊异。大半内蒙古西部比东部更干燥些，所以虽有戈壁平面，而草并不繁茂，地中应有的植物亦不茂盛。

由第尔苏呼托向西，方向大致向西而略偏南，沿途北有山岭，大约为与外蒙古交界处。以南不远即为大沙漠，即地图上所谓小戈壁，为宜于汽车行驶计，沿此山脊而行。而我们之所以找不到大的盆地堆积，这大概是最大的原因。但我们在这附近找见一个地方，地质上十分重要，因为可以解决不少许多日来的疑问，而把太古震旦及古生代后期的关系，弄得较为明了，总算十分痛快。

这一天走了八十三公里，也算不少，路上除遇见了由西来的一队商人外，一个人也没有见到。方向还是向西，晚上住的地方没有井，惟每辆车上有若干水桶储水，所以吃的水尚不成问题，而近来又以不洗脸为常，所以还不觉得怎么不方便。总之，凡旅程上不方便的地方，近已习惯了，遇有不方便处，反可处之泰然。所住的地方，听说距额济纳河岸只有一百多里，明天一定可到，心中颇喜，因为旅程又可告一小小段落了。

次日已是六月六日。清早起身前，尚抽暇看了附近一近生代地层，没有找到化石，沿路此等地层中，所看都似没有化石，也是离山太近的缘故。动身时已快七点钟，每天早四点即起，而常需三四个钟头始能成行，固由东西繁杂不易收拾，而他们弄得事事繁乱，人又多，这也是主要原因。

西行数十里，仍大半在山丘中行。到一地遇二三内地客商，据说离河岸有二十余里，但走出二十多公里，依然还看不到河的影子。直到由清晨起身行有六十多公里，才远远望见一带绿郁郁的林地，知将到河岸。南望河岸山丘，看到真正的大沙丘，前望河的对岸，也是山丘。两岸都是大沙丘，而中间有这一带河，附有森林，尤为奇美，真可算是沙漠中的沃地。

到河畔约在下午一点多钟，便在这里住下。住的地方虽说在河畔，可是还望不见河，因此地河谷，宽可十余里，又杂以柽柳、胡桐等林地及草地，所以望不见河。此地有许多树木可看，又兼到了这地方，总算是旅行数日来所预想的一个目的地，所以心中很为高兴。计自百灵庙起身经乌尼乌苏、哈也尔阿马脱、班纪巴拉哈、第尔苏呼托等地，到此共走了十四天，计路程共八百八十三公里。所走的路线，从百灵庙到哈三图以西附近的一段，与徐旭生走的一段差不多，而他们偏南取道三德庙，我们的偏北，但到额济纳河，他们又偏北到黑城,我们则又在黑城以南数十里,因之路线不免有出入。我们在河岸所住的地方,据附近人讲,名叫瓦窑套来,因附近有一瓦窑而得名。按额济纳河有许多名字,地图上名为坤都伦河,又名弱水,俗又名二力子河,凡南山以北之水,均入此河中(以南之水,则多入黄河中),北入居延海,为甘肃西部一条很大的河,颇有灌溉之利。

额济纳河畔

到额济纳河这一天下午,总算把脸洗了洗,饭也吃得比较丰富。却有一点事有些煞风景,就是买了一头牛,正在路旁枪毙,牛被击一枪,即行倒地,但四肢不时伸曲,状极痛楚,有七八分钟工夫,高叫数声,极凄惨难听。最可注意的是其他许多牛闻声群来环视,此时又有人向牛打了一枪,牛才绝命,而群牛亦散。此时不禁动了恻隐之心,食颇不甘。

一会儿太阳已落,而半天云霞作奇异色彩,照耀于远处沙丘、近处丛林中,尤为美丽。真是一幅绝妙天然图画,可惜我这一支秃笔,不能描写尽致。

这天忽听说次日不起身,所留汽油不够到酒泉了,须三辆载汽油足的车先行,余车向南能走多少算多少,那三辆车再由酒泉把汽油运来给这些车子。究竟详情如何,历来团中事无大小,向不公开,所以也无从知道,所知道的就是三辆车先往酒泉,而他车只能在半途等他们。原定次日才起身,到了次日,本定下午三点动身,而收拾不能妥当，到四点半那三辆车先行，其他车又定次早再动身，三辆车内有卜安、裴筹等，中国方面有姚、焦二君。下午无事，到东边闲游，先过若干沙丘，后遇数小湖，法人某下去游泳。可惜我没有此项本领，不胜惭愧。不久即从此道散步回来，穿丛林，过草地，骆驼、牛羊、行人，均在这美丽的夕阳碧野中点缀风景，令人不禁身心怡畅。晚上吃饭，正是所杀的那头牛，不吃肚子饿，吃又好像心中不快似的，"闻其声不忍食其肉"，虽是不彻底的办法，也是人情所不能免的。

两夜睡在此地，都是被狗叫惊得不能安寝，一狗吠后群狗和之，而团中所带的狗又在床头，大叫而特叫，真讨厌已极。虽听说以南约四站路便有土匪，但这里还太平，所以虽闻狗叫而尚不甚惊慌，依然在狂风呼呼中蒙头而睡。

我们是八日早晨起身，起初在草原上走，以后渐入林中。林全系柽柳和胡桐集成，柽柳冢触目皆是，大者如小山，一望无际。胡桐树虽也不密，而彼此相接，也算是林。车在此中，曲曲折折行走，并看不见真正的路，有时走在狭处，树枝打在车身作乱响。遍地都是落下的枯枝碎木。倘在内地，此等森林，早已被摧折净尽了。在此林中旅行，逐目虽无大变化，而奇趣横生，完全是和林木打交道。不一会儿又过河，河床虽无水，但河两旁林木、河床中沙子，也是可爱的。据说因上流灌田，水不易下来，到秋天倒有水了。我在车中常常想到赫定和徐旭生等在额济纳河畔的生活，他们在此过国庆节，其欢乐情形，实令人神往。他们在秋天，所以看到河畔这样美的林子的秋色，各种颜色的叶子都有，又兼河中有水，思到这上面，

上：额济纳河畔
中：过额济纳河
下：额济纳河岸的柽柳

上：天仓大车
中：爬车上照电影
下：酒泉北之长城遗址

那是多么美丽啊！可惜我们不能饱此眼福，总算遗憾！只有凭河岸，而联想其秋之美罢了！

初行沙丘，介以森林，过河行十余里，沿河旁平原行，只此平原似为戈壁侵蚀面而较低，有许多部分仍盖以森林。在一林中，见有中国房子遗迹，但已无居人。再南行不远，途上见有车印，可证明离汉人住区渐渐近了。这一天走了四五公里，住在平原一个森林旁，晚上有风并不很大。次日起行数十里后，见许多汉人，在沿河放骆驼。不久，路又折向河的东岸，森林已没有了，依然是广漠的平原，惟南有一带山突起，峙立平原中。按此为天山山脉最东部分，德文地图上所谓Kököula。竭一日之力，走了一百一十公里，就住在Kököula的附近。此山脉为额济纳河所割穿，河流旁芦草池塘很多，近岸也有不少的树木，风景的佳丽，比瓦窑套来，又是一种风味。

因附近有山，下车后我们即拿上锤子上山看岩石，全为真正的震旦纪石灰岩。以前我们虽找到些这类岩石，但全不能确定。今在此就岩石性质上看，确切无疑，心中很高兴。这座山很高，离地面在二百米以上，我们爬到山顶，可向四边看，西边河对岸有山，为天山东脉，以北为戈壁平面，以南也是戈壁平面，向东及东北，有小山一群，峙出地面。在黄昏中这些山宛如孤岛，峙立海面。山脚下的沙层，好像海岸上波浪的花波。总之在山顶的感觉，简直完全像在海洋中一样，不觉心脑为之清畅。时已日落，即寻小路下山，到停车的地方不久，即感觉到一个很大的痛苦，就是蚊子。昨夜虽有蚊子，因有风，还不觉有多么厉害。现在河边又无风，而蚊子又大，一咬一个红疙瘩，所有的人都叫喊蚊子厉害，我把这地方叫作"蚊帐篷"。

"就是土匪！"

这一夜除了平常的事体外，又添上新的惊慌。听说以南不远就有了土匪，行旅很不安全。吃饭的时候，代理团长宣称要守夜，并指派了六个人，都是法国人。得到这个消息，不禁令人有种种感想，因之一夜都不曾安寝。第一令人惭愧而不解的，何以在内蒙古境内十分安全，而一入内地，就有了土匪的惊恐？由张家口向北，在满蒙居民交替的地方也有一很著名的土匪区，今向南行将近内地，又是一土匪区，可见土匪实是内地的特色，怎不令人惭愧呢！第二，法人虽带了武器，但对大批土匪亦是无策，至中国人，则除给法国人当差的以外，团长、团员都没有武器。倘真有事，我们还要借外国人庇护，更是惭愧。第三，想到人的生死，也实没有什么了不起的，不过匆匆半生，一事无成，父亲身后各事，一点未办，且上有老母，下有妻子，本身责任很不算轻，若在沙漠中丧命，未免令人不能瞑目。

但一觉醒来，已是六月十日。虽有匪讯，也不能不走，不过很有戒心。起身后仍沿河东岸西南行，戈壁平面，一望无垠。有许多地方，也被侵蚀露出底下地层，看来好像应当有化石可寻，可惜没有充足的时间，就让这些好的露头跑过，所惟一的希望，就是盼望以后有机会再来罢了。

起身后走了二十多公里，忽看见前边来了一大群人畜，大约有一百人,所骑骆驼、马驴等类,人有一半穿的是军衣,带有枪械。车停之后,有人和他们说话,据说是护送什么人的。我问了其中一人,问他们向什么地方去,他说要上宁夏。不一会儿起身北行,汽车开了,走不远遇见前面开的一辆普通汽车,才知他们——军人——曾把那车包围,并实行搜查,又把那带路的蒙古人的刀子拿去,直到后边将有大批车来才罢手。这样情形,当然不是正式军队了。我问那带路的,方才过去那批似军队而非军队的人,究竟是不是土匪。他说:"就是土匪!"事过之后,才有些胆怯。我们之所以不曾被劫,完全因为我们人多又有武器,并且有外国人,且汽车样子奇怪,未免有些吓住他们,真算侥幸。

这天到天仓后,才打听出那些人就是马仲英的溃兵,因与马步芳冲突失败北逃,沿途当然抢劫,至于所谓真正出没此地的土匪,我们却未见到。

由天仓到酒泉

此后平安南行,但道路又多沙子,因之前进很慢,不久,又过河到河西岸。原来本拟取道毛目县,后因传闻毛目也不安静,乃决由河西直向酒泉行。汽油不大充足,只有尽力前行,找一地方,以待先往酒泉的汽车运来汽油再行前进。过河后,到一村子名叫天仓,遂在这里住下。天仓村子很大,沿河西岸,长三十里,云星村户,若断若续,总名天仓。计自百灵庙出发遇见真正村庄,以此日为第一次,居民都是汉人,大半是由甘州、凉州一带移徙而来的。一切都代表是真正汉人的神气，如耕种，有庙宇，有墙垣，有坟墓……

车到之际，照例有许多村人围看，乡下农夫对我们有一种和蔼可亲的神气，令人难忘。所令人感到不快的，就是人民穷苦的神气已到了万分，看来外表的衣着，简直比非洲人有过之无不及之势。有一妇人面黑如漆，衣服破烂几不能蔽体，也在旁跑来跑去，而外人视线集于其身以为乐，真令我们中国人有些难为情。但这的确是我国的实情，除自怨自责外，又有何法？

我们就住在一家空院子内，听说这家房主在多年前被烧了房屋，并杀了五六个人，因而搬了家。我们因要休息几天，所以把帐篷支起来。自百灵庙出发以来，只用过两回帐篷，在此算是第三次了。村中男妇，因我们不但是异客，且有洋人汽车，无一不令他们惊异，又兼晚上唱了一回留声机，更令他们惊奇，因之人山人海地前来观看。他们人多极力向前挤，于是拥挤不堪，洋人不能耐，不时报以恶声，并实行驱逐。到第二天来看的人更多，牛拖大车不绝于途。这一带所见的车非常简陋，而车轮特别大，直径比人还高，车身非常小，只可坐两三个人，大约是为易于过河而不能不如此。

我和德日进借在此住的机会，做了两次短途旅行，都是骑驴。坐了许多天汽车以后，忽换了驴子，也觉十分有趣。第一天到了北十余里地方，采了若干化石。于地质构造上，也有一点发现。第二天向南走，到一山名叫大红山，因为这山的岩石完全是带红色的大理石。去时向西，在山坡中行，回来时初沿河，后顺大道。大道以西，河以东，为居民耕种地，住户三五相望，但不连接。所有田地，全靠灌溉，不靠天雨。所以较高地方即不宜开垦，若上流干燥，水量过少，流不到这里，还是束手待毙。总括起来，也是间接地听天由命罢了！

沿途田园，一片青绿，黄色的村子点缀其间，又有庙宇坟墓，完全是内地一般，不禁令人有故乡之思。就风景看，非常令人满意，但就所遇见的人物看，就令人不胜感慨。最令人难受的，就是男子十九而带鸦片烟色，女的没有不缠足的。而足样尤为难看，脚比袜子大，袜子比鞋大，所谓肥、肿、翘，三难看无一不具，真令人看了难以为情。此地情形，看来还是二十年以前的样子，一点也没有改，而又兼时局关系，处处表现民穷财尽的样子。

在天仓住了两天之后，没有什么工作可做，渐渐感到烦闷，急盼前往酒泉取汽油的车子即日回来。法国人吃饭后无事，有的出去打猎，有的往河边洗澡。帐幕中闷而热，温度当下午二点四十二三度，乃外出在树荫下乘凉，但蚂蚁及小虫子却大为骚扰，令人应付不暇，不过清风送爽，总是较在帐篷中舒畅些。我们休息的树林是一排杏树，但树上一个杏子也看不见，问了问，才知当开杏花时，天气太冷全冻死了。

这两天在天仓，因地方不靖，仍守夜。中国人也加入，每夜六人至七人，每一点钟一人，以防不测。十三日夜间，轮到我守夜，并且是第一班，时间是晚间十点至十一点。吃晚饭以后，他们都睡去了，惟有打无线电的那位在车中打电报，我则坐帐中候守卫时间来到。到晚九点多，打无线电的那位忽喊叫有灯光，自南来车子了，我遂出看，果见以南远处，有光如豆，但甚明亮，且不时移动，知为汽车无疑。不到一会儿灯光也大些了，并且可看出放射的光辉，此时许多人都已起来，并有人以汽车灯光向南照放，使光对射，以便其易于看见。随后又放了两个天花炮，不到十分钟工夫，两辆汽车已到面前了。知他们满载汽油而来，决仍一同往酒泉，再由酒泉西行。大家因车已到，非常高兴，又因决次日清早即须起身，守卫一事作罢，因之我实际上并未守卫，依然照常去睡。

十四日一早，当然有一番预备起身的忙迫，叠行李，收帐篷不算，他们灌汽油，拆无线电台等，都很忙。本处人围观的很多，并争着要空的汽油桶、木板等，甚至纸片、碎铁无物不要，且彼此相争，真有些观之不雅，并且极力向前拥挤，妨害工作。法国人怒色相向，始行退后。中国人用好言劝止，反而无效，国民教育的不发达，实为可慨。早点以后，卜安带无线电乘汽车先行，其余的车子，到十点钟才起身南行。计在天仓住了四天，临行反觉有些不舍，但人生就是如此，也就随着汽车呜呜地走了。

大致方向向西南，及把天仓村子走完后，又是一片荒地，没有人家，经过大部分低的山地和平原，于夜色苍茫中到一地方。看有土堆高耸，似有人家，及下车一看，始知为湖沼残余的堆积。

一夜无话，到次日仍继续前进。过了两道小河，最后一河较大，两岸似为黄土期之沙相堆积。西南方面，三门期及上新统尚于河旁高处，保存尚完好。附近有高寨峙立，保存尚好，不如自 Kököula 一带所见之颓废。再南行人家渐多，到距酒泉约四十里地方入长城。这里的长城，完全是土修成，大半已颓毁。再南行过数支河后，即见真正黄土，表示已到中国北方，在地质上可算一大变化。内蒙古地形，直到酒泉，以南到南山，则成为西藏式了。

酒泉以北的河，名叫北大河，就是东流入额济纳河的支河。在河北岸，黄土及其底部砾岩，可以看得清清楚楚。再前行即见葱绿一片，树木繁生，一切有活气，令人心神畅快。至下午三时，到酒泉城。入城时，看的人很多，有万人空巷之慨。车开到城东南隅的直东会馆，为中法考察团租用的地方，会馆很大很新，建筑还未完竣，因时局不靖，工程中止。

到酒泉后，始知前八九日，马步芳与马仲英在此冲突。虽无大战事，却有小冲突。马步芳被中央任为暂编第九师师长。马仲英被击溃，逃往安西敦煌一带。我们十日所遇的匪，就是马仲英的兵。若是早来若干日，或不免受惊恐，就不能不归功于运气了。

计自额济纳河畔的瓦窑套来到酒泉，共走了八天。但在天仓住了三天，实只走了五天，共计路程为四百二十五公里。若从北平到最终目的地——疏勒，现在走了虽不到一半，也有一少半了。旅程至此，可暂告一段落。

酒泉以前名肃州，为嘉峪关以内第一重镇，以前有镇守使驻此。城内汉、回及蒙古各族都有，有一万余人。南一百余里，即为高四千余米之祁连山脉。山上积雪，经夏不消，惜为云雾所遮，不易见其庐山真面。附近因有河流灌溉之利，耕地颇便，树木亦茂盛，以杨木为最多。风景与渭河流域的二华一带颇有相似处。经数日沙漠旅行，现在能看到这等地方，其乐可知。

还是向西

照原来的计划，到酒泉后，下午即起身向西。但是一来因为到得很迟，二来因为有一辆车有些坏，须加修理，所以决定十六日下午动身。但这个是法方的决定，中国团员方面被他们看作行李一般，事事丝毫不与闻。自从到酒泉后，中国团员颇有一种酝酿，就是若从此再被当作行李看待下去，要争一争人格和主权，和法国人算一算账。两方面都有理由，很难判是非。

就过去一个月的经过情形讲，凡关团中事情，不论大小，绝没有一同商量过，凡是法国队长所说的，都是命令式的禁止的话，什么车上不得吸烟啦（但他们自己却吸），不得嫌吃不饱啦，不得向内地通信啦等压制人的事。六月一日的事情，尤其令人发指。团中有无线电之设，原为与内地及其他地方通消息、谋团员之便利的，但自出发以来，没有正式公布过一回消息，中国团员尤似无发送消息的权利。像这些情形，而反称为中法合作，岂不令人齿冷！

但从另外一方面看，所有的设备，全是人家的，人家有钱有车有武器，中间忽然夹几个中国人。就中国人看是在中国旅行，占点便宜不为过分，但在外国人看来，尤其是在眼光狭小的法国人看来，好像我们跟他们要饭吃似的，于是处处露出不悦之色。而我们则时有吃人嗟来之食的苦痛。想开一点，觉得我们可借此跑一跑一般人所不易至之地，又可得不少的科学知识，用彼此利用的观点看去，未尝不可以忍耐一点，但若从严格的合作原则及站在国家的观点去看，当然有不可忍受之处。

上：酒泉的"酒泉"（在东门外）
中：沙枣园子土人之原始住室
下：赴哈密途中

上：赴哈密途中（明水附近）
中：一棵树官兵与缠回交战
下：由哈密雨后望东山

因有以上的原因，所以中法考察团在酒泉发生了一件极可值得记述的事，在本章内我大略地要讲一讲。

且说我们十六日早晨觉得不能走，乃于此日上午，到此地有名的酒泉去游玩。泉在东关外大道以北，泉水并不旺，附近有一小湖，湖中长满了芦草，可供人凭吊的就是酒泉的建筑物，虽说重修不久（民国初年肃州镇守使吴某修的），大部分已颓废不堪。就酒泉本身看，有泉有湖，附近树木很多，极目碧绿，远山在望，景物颇不恶。而又近在城边，实为酒泉县惟一游览地方，应该加意爱护，乃竟如此……能不令人神伤！

从酒泉进东关，做营造纸业的很多。纸由马兰造成，最粗的质极劣，另有两种较细的，可供平常使用。后又游左公祠、周公祠等。左文襄公祠初在城内，规模很大。十一年始移东关，现改作学校用。回城以后，即同中国团员六人用早饭，因自到酒泉，我们已实行不与法国人在一块吃。此地吃饭，每日两次，早饭约七点到九点，午饭下午三点到五点，约与我家乡相似。吃饭的地方，在一比较大的饭铺内，六人所吃，不过炒鸡子、炒猪肉丝、生拌萝卜及米汤饼等，所费三元至四元，以比北平的生活，可贵数倍。

酒泉离我故乡在三千里外，可是不但社会组织、语言风俗，令人一看即知和那里极为相近，就是衙门的规式和大的建筑，以及野外黄土的城堡，都是足以令人想到故乡。不过这里普通的房子都很简陋，且大半都是平顶的。庙宇也很多，各省会馆也不少，建筑都颇好，且大半有北方式的戏楼。经商的以山西人为最多，河北、山东、陕西人也不少，明了这一点，就可以了解何以上述一切和内地北方各省极相近了。

晚饭以后，就借电报局讨论合作或不合作、西行或是东退的问题。讨论的结果，还是投票决定。主张忍辱西行的三人，即姚锡九、郑梓南和我。主张东退的也是三人，即褚先生、焦绩华和刘慎谔。主张东返的最有力，无论大家向东或向西，而个人意志不为转移的是焦君。虽两方票数相等，但郑君因为和褚先生的关系，不能西行，只有向东，这么一来，当然向东成了多数。可是究竟少数必须服从多数与否，或是主张向西的人，可以不可以向东？当时并没有讨论到。不过向西还有一个大难关，就是据卜安交给褚先生的那张由法使馆转来新疆驻京代表的电报说，新疆绝对不许中国人入境，电报上并说来到新疆是可以的，但只许法国人进省，并且最好连用人中有中国人的都不用带。如此说来，当然是严格拒绝中国人入境，并不是客气话了。不过新疆是中国地方，而不许中国人入境，实在有点说不过去。而且褚先生也曾接到新疆金主席电报说，中国人来，不胜欢迎，不过同法国人来，是引狼入室。像这样前后矛盾的态度，究竟新疆当局葫芦里卖的什么药，我们实不得而知。而我在酒泉感到的困难，就是若褚先生和大部分中国人不去，我们是否不被拒绝，实无把握。万一被拒绝，到那时进退维谷，岂不是没有办法吗？

此外还有一个事实上的大困难：照名义上讲，此次西北之行是中法合作。虽然说到新疆，与西队会合后，才正式用中法名义，事实上早已用了。倘中国团长和大部分团员不去合作，名义当然取消。既是取消，是否能令法国人单独西行，实一问题。照道理上讲，当然不能让去。褚先生下午与当地军事长官商洽，请暂留法国人在此。

一方面致电中央请示。为减轻马步芳的责任起见,并电甘肃主席马和行营主任顾祝同说明一切。这么一来,就是将不能合作情形,请示办法,在未得回电以前,连法方也不让前进。

到晚上,当地长官要看法方护照,以后即说明请暂留此,并禁止发无线电。理由是以西有军事,为安全计,暂请留此。法方于是大生其气,以为当地长官无礼,把他们扣留在此,又用引起外交问题等语威吓。但他们却不知此举全在中方,而主要原因又在他们处置不当,不过中方并未明白言明。适卜安用中法双方名义,向已叛溃的马仲英打了一个电报,要求通行,尊马为总司令,此电为马步芳扣留,故尤令中国人不能满意。

十七日在酒泉住了一天。一天所做所说的,无非关于此事,看来短期内不能动身,乃决定十八日趁间赴城南约三十里地的文殊山一游。究竟前进或东返固未定,而团体发生如此不幸,万一回去,也是无味。并且自出发以来,又一点未得到家中及友朋消息,实在令人焦灼。但事已至此,也是无法,只有利用机会,尽责任以内的事罢了。

傍晚无事,吃饭后,在街上闲游。我们的行动极为一般人所注意,在他们本地人看来,或以为我们是奇装异服。在酒泉街上遇见一戏院,设在五省会馆的里面,入内虽不买票,而要交纳相当的钱,我们即入内一看,所演的戏虽不认识,但音乐腔调,完全有陕西梆子的意味。我们在内不久,不但全戏院观众的视线完全集于我们,即台上打家伙的、演戏的,也对我们予以深切的注意。停立未久即出来,上北城楼,看一看全城风景,幸城上兵士并未阻挡,且表示相当欢迎。

在城楼上望见全城，除官衙、庙宇及会馆，几乎全是平顶而且为黄土所造成。此地气候干燥，不常有雨，所以如此土房勉强可以支持。城北北大河自西蜿蜒而来，两岸绿草如茵，比北平公园中人工所养的真要强过千万倍。以西北远山尽处，据说就是嘉峪关。城东著名的酒泉，树木和房屋还隐约可见。最大的壮观还是向南看，南山在一百余里以外，自平原突然起立，峙立如屏。山岭的积雪，尚清晰可见，其雄伟壮观，令人难以形容。经年积雪的高山，在国内我尚为第一次见到，惜目下不能亲往一探奇景，不禁怅然！

十八日清早，向师部借的马已到，共八匹，四匹供褚、姚、焦、郑诸君近郊游览之用，余四匹为德日进、瑞蒙、刘君和我用，目的在探文殊山。此外还有两位兵士随行。出南门向南行，除道路和村落以外，差不多都是碧绿的。沿路和村旁的树木，及一眼望不尽的田亩，又兼几道清流，穿流其间，真不料干枯的西北，乃有这样好的地方。我们一会儿迷了路，向村人探询，他们都是很和蔼地告诉我们，并且给我带一段路，其一种自然的真诚，实深印人脑际。再前行一程后，经一大河谷，不远即到山下。沿山坡又入一谷道中，两旁庙宇人家极多，一望而知为一名胜地方。但我们目的却不在此。刘君乘机采集植物，瑞蒙也去采他所要采集的东西，德日进和我入山去看地质。始知文殊山的造成并非古的岩层，而为第三纪堆积，且构造特别，为中国其他地方所未见，大半为砾岩杂泥沙，但未得有化石。流连许久，乃仍骑马回城，及到寓，已是下午六点了。

现在又要回叙到在此所遇的纠纷。法方因不许起身，不许通无线电，非常愤急。由卜安用法国外交部特派员名义，给马步芳去信，要求准其通行，并谓另取一新道，绕过安西，一切安全责任，由彼自负，不与地方当局相干等等，语近恫吓的地方很多。中国方面，由褚先生以团长名义给法使一电，历叙委曲求全经过，及求全皆不可能之苦衷。此电由古物保管委员会转，就外表看来，双方均很紧张地进行。而法方始终还不了解，所以马不允许走的原因，系由中国方面指使。

但到十九日，终入于短兵相接的境地了。中国方面闻听法方强行要走，恐马负不起责任，乃写一长信，词与致法使的电报略同，请于必要时以此搪塞法方。恰法方以命令式的信，向师部要求放行。师部乃谓只要中国团员无问题，本人绝不为难。因此当晚饭以后，卜君即请褚、姚二君详谈一切。于是乃由双方将过去情形，尽量吐述一番。卜安极力承认以前行为之不当，并归罪于自己年幼，请为原谅。至中法合作，则必须贯彻到底。如中方团员不西去，彼亦只好留酒泉，等待西队。随后约就，再由中方团员会商，交换意见后，再定办法。

于是中国团员又开起会议讨论，大致不外或维持原议，等中央回电到来再说，或恢复合作，而附加以若干条件。我因个人兴趣重于考察，倾向于隐忍同行，前已表示过。此晚空气，不但褚、姚二君态度软化，即极激烈之焦君，亦颇见和缓。刘君同郑君，当然不生异议。于是全场空气一致主张合作到底，而定了七个条件。最重要的是法方更换队长，由总机械师蒲吕代理。留裴筹在酒泉，不准继续同行。以后电信之来往，一律公开。并由姚君司专责，若至新疆不让某方入境时，两方均不入境，等等。并订该条件时，由中方三人、法方三人签字以示郑重。

二十日早，褚君即以底稿示法方，听说法方对于更易队长及留裴筹在酒泉二事，认为绝不可能，其他各条件则可照办，并希望中方不必苛求过甚。及到午间，法方忽同意，队长可以更易，而裴筹因事实上关系必须同行。以后又由法方提出，如万一法方留裴筹时，焦君亦宜留此，意在作为交换条件。经再三商量的结果，中方允许裴筹可同去，惟限制其职权。此等不具体的限制，法方当然同意。于是所谓"酒泉条约"者，签了字了。中方签名为褚、姚、焦三君，法方则为卜安、蒲吕及德日进。凡上所述，都是实事，个人不愿在此表示意见。我惟一的希望，就是继续照原定计划工作，新定条约可不成具文，而能早日返命，完成这一事罢了。至于个人，由此一回和上一回与美国人合作所得的精神上的苦痛与日俱增。而其他不如意事，又十之八九，真敢宣誓，以后再不照这样与外国人合作，而做人家的傀儡了。

计议既定，当然又是西行的打算，因之不如以前疑云疑雨地犹豫不定，所以精神上反觉痛快。不过所谓法方人物，还未说过，似乎可借此机会追述一下：

查法方本有两队，西队自巴黎来，其中人物不详，只知团长是哈德。自北平西行的为东队，由中法人员合组而成。法方之队长即卜安，海军少尉出身，年三十左右，为人颇精干，然未免意气用事，且时有孩子气。同卜安计划一切而又可代表全团全体的为裴筹，是卜安惟一的重要军师。据以后可靠调查，裴筹是一位冒牌法国人，他本是俄国人，大约为避嫌疑的缘故，把语尾的"斯克"去掉。他英法文都说得很好，德文也懂一点，中国话说得也很不错，只是很下流。

听说他曾在西北军做了多年事，不知怎么又和卜安混到一块，为人极暴躁，尤轻视中国人。凡中国人顶坏的毛病与坏心眼，他都学会。所以卜安用以对付中国人，十拿九稳。此次中法事件，他可以说是中国方面指出的一个罪魁。

其次就是总工程师蒲吕，对于他本行事当然是个能手，对人也很和气，英文说得很好，不过因往殖民地数次，也沾染了许多恶习气，瞧不起弱小民族。法国方面，研究科学的团员只有二人：一是德日进，和我共事已三年，为人和蔼可亲，对什么人都很好，他本人是醉心于科学；再则为自然科学家雷猛，年尚轻，新从学校毕业，天真烂漫，不过以后受别人传染，也带些坏毛病，实为可惜。此外技术人员如医生一，电机师一，无线电机师一，都是可好可坏，无足重轻的人。另外有一名叫加儿的，他的职务不大知道，只见他忽而画各种住居的房样，忽而管厨房，忽而吹喇叭叫人吃饭，为人一天到晚口中不断地说废话，自清早一起床到晚上睡着，可以说嘴不休止。和这位先生对劲的还有一位，名叫毛理士，个子很矮，年岁已在五十以上，而一天到晚做鬼脸子，开不应开的玩笑。这两先生，都不大瞧得起中国人。

再次的就是开车的，计共有九人。而我比较可以辨别出详细性质的不过数人，大体上讲都很好，耐苦耐劳，而天真不多事，真是上好的工人。此等人对中国人的态度，完全以别人的态度为转移。其中有一位在饭车做司机的，除开车外，兼总管厨房一切事宜，为人很能干。又有一位，听说是他们汽车公司老板的什么人，资格很高，据说不过借此实习，确否不知。

此团和中亚考察团及西北科学考察团相比，今年用的中国人很少。因无须采集，没有用此项技术人员，而开车的几全是法国人，所用的几个中国人，全是十足的洋奴气，一个比一个坏。给裴筹襄办一切的那位，尤为趾高气扬，目中无人。听说办理一切东西，所得手续费，由他们二人平分。可靠与否，虽不可知，而他举足的重轻，也可见一斑了。那惟一的中国开车夫，为人倒很好，尤能耐苦。厨房共用了三个人，一位姓杨的，因为在途中说了一句吃不饱被革职，将由酒泉东返。其他二位月薪，自到酒泉后，六十元加到八十元。厨房工作，因设备完善，且每吃时，大半东西都是现成热的，所以工作十分简单，而他们还不能措置得宜，且时时向人发脾气。自以为吃洋人的饭，中国人无可如何，时时予我们以难堪。此等人既无知识，又只知逢迎外人，可笑又可怜，不禁为之一叹。

由张家口起身，引路的换了许多，有一始终未换且很得力的蒙古人，名叫宫布，是四里崩人。前曾为西北科学考察团工作，到过哈密，汉话说得很好，衣饰已有若干时代化。就他所任职务讲，还算能干，为不可少之人物，对于西北旅程，也十分熟悉。

绕过安息前进

这一天还有一件事，值得在客中纪念一下的，就是在酒泉过端阳节。本来出发以来，旅途匆忙，什么都忘了，哪里还想得起这已废了的佳节。不过这天早起去洗澡的时候，街巷家家门口都挂有柳枝，才知是端阳节，又有油糕等食品点缀节气。大约因为此地没有艾叶，所以用柳叶代替。虽然是废节，而民间还是依然。在城乡间，尤觉有味，而客中逢节，尤令人不能无感。幸数十年来，做客已惯，一会儿也就不觉什么了。

洗澡的地方，是酒泉惟一的澡堂，只有池塘。前两天就通知掌柜的，请其于今早换清水，并设法不让他人先洗。但当我们到时，已有两位在那里洗了，通身疗疮，令人望而生畏。质问掌柜的，据说都是师部来的，无可如何。但既已到此，只好脱衣下去洗。池小而浅，尚算干净。水很热，或不至于有什么传染病的危险。洗完后，即去吃早饭，算是最后在外另吃的饭，因和约既定，言归于好，已定规今晚再在一块儿吃饭了。

我的行装很简单，收拾行李，三分钟即可完毕。当地教育界及公安局等送来礼物多件，却之不可。他们曾对我们谈到甘肃近年情形，极为凄惨。省校长曾说："你们也跑到我们这人间地狱来了！"前年陇南等地事变，回汉民死难者不下三百万人，而内地人及外国人何曾感觉到，这真是人世最残酷的事。又提及现在南山乡下一带的还是以树谷糠为生。国家太平，茫然无望，人民苦痛，有加无已，再添有许多枝节事情，更为催命之符，前途真就不堪设想了！

我们二十一日早离了酒泉，因街道很窄狭，一点多钟的工夫，才绕过了北门，听说有四五十公里，路全为前由天仓来时的原道，所以也没有什么特别可记。不过郊外景物如画，居民相望，颇令人不胜依恋！四十公里以后，已入戈壁，仍到了沙漠中，尝那茫茫长途的风味了。傍晚过一地方，名字不详，这天共走了八十三公里，大致向北偏西。

二十二日早行数十里，过一地名叫沙枣园子，只有破穴数所，居民一家，并没有枣，不知何以有那名字。这里住所的样子很特别，就地掘穴作圆形，而可隔为数室，上围以矮墙，盖以草泥即成。就其式样言，介于蒙古包与黄土洞之间，而用分室办法，比较为进化。居民是天仓人，在此做草料生意的。过此向西北行，午间到一地，名叫泉红泉，地在山中，有泉水，故名。但泉系以骆驼粪围作池，水虽清，而粪臭甚烈。下午穿二山岭，路甚难行，而风景甚佳。自酒泉出发以来，总算酒泉条约发生了一点效力，车行或止，由蒲吕定，且不时请示褚先生，褚先生也很高兴的，觉得自己有了一点实权。那位裴先生也安分了许多，不像以前的张狂。晚上立起无线电台，发出电报，也分散大家看了看，且经褚先生签名才拍发。不料这天夜里收到了一个很坏的消息，就是褚先生的父亲在籍病故。褚先生得此消息，悲痛异常，即我亦不胜悲凄，触动个人身世的遭遇。幸褚先生肯忍痛前行，仍愿完成此项使命。这天共走了九十二公里。

二十三日上午的路，虽已出山，而仍有小岭，还是很难走。方向仍向北行，由清早起身地方走了二十七里，到一有井的地方，名叫红柳疙瘩。此地有疙瘩而无红柳，亦不知因何得名。同来的一辆普通车专为送油，至此折回，由崔君开驶，给裴筹开车的那个听差的也同行。我们只留了九辆车同行。薄暮的时候，遇见一群骆驼队，是向哈密去的，由包头出发，已走了四五个月了。自酒泉出发，附近数十里不计外，所经的真是渺无人烟的地方，比内蒙古还要荒凉。戈壁上边，连草也没有，不足以养牲畜，所以除去过路人外无居民，真令人有"今夜不知何处宿，平沙万里无人烟"之感。这天只走了四十七公里,就在沙丘中过了一夜。

不知什么缘故,二十四日早起身不数里,便迷失了道。两个有轮子车,绕道探路前进,其余依大路走。但七个爬行车后行,不久不见那两车来,即停下等候,去一车去探听,还不见踪。后无法,只得全依那二车的车迹前进,正午始追上。然因此已耽误了好几十里路,这天只走了四十六公里,到一地名为木头圈子的地方住下。木头圈子有蒙古包五六个,算是自酒泉出发以来人多的地方。这里蒙古人对内地人十分诚恳,可以算是亲中一派。晚上立起无线电,因自北平起身以来,至今未得北平一点消息,焦急非常,酒泉以西,电报不通,恐也没有在新疆接到消息的希望。因于无可奈何中,曾打无线电一个与国桢,但不知她可不可以如期接到,又能不能立时回给我消息?我万里长途,所感苦闷的,就是没有平安消息,倘一二日内,能有好音,也可慰私心于万一了!

二十五日早收拾好以后,仍向北行。以北不远即为马宗山,为自酒泉以来惟一大山,山势奇伟,可以说西接天山,东与前过之Kökӧula山相连。行数十里,即到山根,蜿蜒而上,车行颇为费力。闻附近有土匪数人行劫,为附近居民所毙,尸体尚可见,但我并未亲眼看到。过山岭后,路大致一直向西,路北为大戈壁,有时且又入山中。途中遇破屋一处,已无居民。到下午天气虽未阴而很冷,约为十五度。所住地在一小山旁,可避风,尚觉好些,计此共走了七十九公里。

二十六日仍继续向西行,路又走入向东西之山岭中,时为丘陵,时为平地,颇不易行。上午过一地方名明水,在地图上为一大地方,是新疆、甘肃交界地，但在车上不大留神便过去了。午饭时在山岭最高一关上，过此即为大戈壁平面。下午阴云密布，颇有雨意，夕阳将落时，在沙漠中望见一大群骆驼队。就近探询，才知是中法考察团的骆驼队，于去年十二月由包头起身行，毫无消息，以为是失掉，或为土匪所抢，今忽在此遇见，真算出乎意料，大家都很高兴，决前行数里，等骆驼队来取些东西。第一号爬行车，在中途忽把所拖之车丢下，开车的尚不知，径自开去。拖车前杠陷入地中很深，可数寸，也算是一个笑话。晚上因天气不好，支起帐篷，睡下不久，便下起大雨来。自北平起身以来，除在四里崩遇雪以外，并未见过真正的雨，所以今虽遇雨，心中反很清快。这天共计走了一百零六公里，打破多日以支帐篷睡来未有的纪录，实在因为大部分路好走的缘故。

这日总算入了新疆省了，但并未经过正式关卡。因为新疆当局对中法科学考察团中方或法方态度两歧，因此大家全有各种猜想。如今已到了新疆地面，倘到了有正式官衙地方，不知对我们是何态度呢？据说要过的关卡名叫庙沟的，西北科学考察团入哈密曾经此地，距这里已不远了，明日即可到，数月来的哑谜，到明天始可揭开。

二十七日早起，天已晴，继续前进。途中仍为戈壁平原，极易行走，数十里后，经一被割蚀之洼地，与滂江极相似，确同时造成。红色堆积，触目皆是。白垩纪地层，亦十分发育。地质上算为有兴趣地方。前行不远，即到一地方名叫梧桐圈子，也并不见有什么梧桐，或者原来有此树，后来砍伐尽净了。

照原来的计划，下午即到庙沟。不料吃午饭时，他们在一块商量商量，恐庙沟驻军麻烦，不如直赴哈密，到那时即有事故，总比在小小庙沟易于接头解决。且据带路的说，以南不远，有路可走，因为他们带骆驼走时，为避捐税起见，尝干这等勾当。计议既定，于是实行偷过庙沟，时天微阴，且时有雨滴，三四点钟时，天空东部有虹两道，一端在北，一端在南，接住地面，造成完全的半圆，汽车自东向西，恰像从此伟大的虹彩圈中穿过。我笑着说："这大约是新疆欢迎我们的彩牌楼吧！"路仍在沙滩中走，但因崎岖，较不易行。到日入后，至一小河边，计一日仍走了一百零五公里，即就荒野住下。据带路的讲，地约在庙沟西南三四十里，那么偷过关卡已经成功了，可为一贺。听说由此至哈密至多不过一百余里路，明天必然可到。休息定后，在附近河中洗了一个澡，水清而不冷，沙漠中有此，不能不算一件痛快事。

到哈密之日

二十八日早起即收拾西行。地入平原，距山渐远，平面又为砂岩所盖，地质上没有什么兴会。时而假寐，行数十里后醒来，见有许多正在修筑的回民居室，完全是地下生活，掘穴甚深，上盖以草土，窗即留在顶中。惟内部布置，颇楚楚可观，内外通的甬道尤为精致，惜没有工夫详为研究。再前不远即遇见许多回民，男的戴那特别的小帽，上有绣花，大半青黑衣，脚蹬黑皮靴。女的穿红花袍子，多垂双辫而赤脚，颇有几分欧式。到这等地方，遇见此民族，一切都起了很大的变化。民族，语言，风俗，宗教……都不大一样了。就是和内蒙古比，也完全不一样，蒙古族的痕迹，到此可以说是很少了，不过汉人无论经商的或居住耕种的还不少。

再往前行不远，忽陷泥中，半天才得弄出来。一会儿已集了许多附近居民，汉、回都有，但回人最多。据几个汉人说，他们是在此做生意的，因前途有战事，不敢前进。又说以前不远，就有回回和官兵对峙，又说驻星星峡的新疆兵已全部开回，正在途中。有几个回人也是如此说。但究竟真相如何？人人言殊，也分别不出真假。我们当然还是前进。归纳起来，大约哈密附近有事都是真的了。因此遂不禁起了戒心。能不能为哈密官方容纳为另一问题，而眼前问题，却是如何可以安全地到哈密。

在这地方，即吃了些午点。围的人不少，都对我们有一种奇异的感想，我们自觉亦很特别。吃饭后即开车前行，不一会儿就到了黄芦冈。黄芦冈为一镇市，即在星星峡到哈密的大道上。为由星星峡的电线和由巴里坤（泌城）电线汇合处。车将到黄芦冈时，两旁两排电杆迎来，令人有一种莫名其妙的感想，又遇到新时代的产物了！车未进街市前，市民闻声逃逸，胆大些的见车入街后，没有什么奇异动作，也渐渐走出来。有的告诉我们前边不远正在开仗，恐我们过不去。但已到此，进退均不好，两相比较，还是前进为佳。车中所有的枪，都实起弹，很有刀出鞘、弓上弦的风味。隐隐间也听见前边不远有枪声。此时我无武器，兀坐车中，前途为吉为凶，真不可知，事已至此，个人既不能自由，更无主意之可言。只有跟着前进，一切的一切，付之命运罢了！

车前行不远，忽又停住。原来有两个兵士见车来，吓得向草中藏匿。被发现后，始站起来。向他一问，才知是官兵大队前行，他们被丢。两位兵士所穿衣服,一位有军衣而无军裤,一位有军裤而无军衣,所拿的枪也不一样。据说并不是兵,是经商的商人,被军队抓来充兵。自言连枪都不会放,如何能当兵。听其口气,并非大队把他们丢下,乃是他们丢下大队图逃。他们说对打仗害怕,如今逃无处逃,有家难归,说到伤心处已哭出来了!我看到此,亦觉凄然。法方照相的还为他们照相,留作纪念!

一会儿向前行,车在沙丘草地中走,走得很慢,沿途见遗的脸盆、衣服很多,知快到前线。果然不到几步,大车难民、兵士遍地都有,稀稠不等。也看不出分布的阵势,只见有若干人还在那里指挥,不时也有枪声。有许多死兵躺在路旁,鲜血的红迹触目皆是。大车之外,还有许多骆驼,大约是行李。骆驼和拉大车的骡子受伤的很多,或已死,或未死。许多难民,有的在车上,有的在道旁,大半都是妇女儿童,都在涕泣,状至凄惨!

此时我们车也再不能前进了,只得停下。许多兵士都来围看汽车,连仗也不打了,经打听之后,才知他们是星星峡退下来的队伍,因东路不靖,奉长官命退哈密,不知怎么为附近的"叛回"知道,在附近一棵树地方埋伏下,于昨夜经此时,被缠回[1]轰击。官兵因不曾准备,很受损伤,双方战至今午,始将"叛回"击退。据说由于哈密城内来了队伍接应,并有大炮、机关枪等,所以结果尚好。说起我们汽车旅行来,他们在星星峡早奉有公事,都很知道,并不为难。最

---

[1] 清代至民国中期称维吾尔族为"回回""缠回",20世纪30年代,"缠回"之名称更改为"维吾尔"。——编注

有意思的是考察团所派往星星峡送汽油的一位姓吴的，因事起仓促，乃将汽油埋于地下，入军充兵，随队亦到此，相见之后，他就脱了军衣，销了差事，加入我们这边来。

此时战事已大致停止，不过不时还有枪声。西北远处沙丘上，有一部分正在对战。一会儿官军的最高军事长官团长也来了，同行的焦君暂同他计划一切，指挥防御。一般兵士见汽车来，忘记作战，群围着看汽车。作战久的兵士向汽车上要水喝，受伤的请医生救治，而我们的人大半忙于照相。法方借此时机，照了不少的电影，所有在我国调查来的外国人所照相片影片，这次可算奇珍材料。

我在车中坐着看看，又下车来走走，无事可做，亦无计可施。触目见伤兵难民，心中起了一种莫可言状的悲痛。此等惨事，听得不少，而目击却还是第一次呢！一位受伤的兵在那里负伤痛哭，号叫不已，看那样子，真还不如死了好些。又见一位已被打死的回兵，躺在沟中，有人前来把头割下，又剖开胸膛，把心剜出来，携在手中，我真不忍正眼去看。听说军队上的规矩，打死敌人，必须取其心生吃，以为可以壮胆，又有人说用以祭阵亡士兵之用，不知何说为是。但无论如何，未免太不人道了，而且在回汉不睦之下，此等办法，尤足引起双方恶感，心中不觉凄楚。前望不远有丛树，听说就是一棵树地方。树中有火焰冲天而起，原来是火烧房子。一会儿，哈密的队伍一队一队地都来了。此时似已无事，想即开车前进，不料有车忽坏，须稍修理。军队双方会合以后，即决进城，一队一队地向西进。但看军队前进不久，忽又停住，说是又来了大批"叛回"。随即听见枪声又起，显然战事又起了。接着轰然数声，就是官军放开花炮了,又有机关枪接着放了数下,但一般兵士却聚集一起,未见动作。我们车在后面等着,想到若官兵得胜,当无危险,或许可以进城。万一不支,真是前进无路,后退不能,结果将不堪设想。我生平亲临战场,实为第一次,虽然说此等战事,不是真正的战争,但既然开火,又在火线之中,死的机会总算很大。又想我来,并非作战,不过加入中法考察团像做客似的同来罢了,万一不测,也当和那被难的平民一样等于鸿毛,未免太不值了。由此不觉想到家世,想到父亲身后各事一点儿未办,家事仍是无法收拾,老母在堂,妻子亦无消息。耳听着炮声轰轰,眼望着弹烟弥漫,真令人欲哭不得,欲笑不能。人生到此,除见危思命外,真也没有第二个办法了。

不到一会儿枪声停了,据说"叛回"也逃散了,究竟方才枪声中死了多少人,详情如何,也不得而知,更无法追问。队伍又开步前进,大车和骆驼可以走的仍傍着队伍走,我们的汽车也夹在当中,卜安等坐的车和饭车先开行了。在队伍中看见绑了一个缠回,双耳已被割,股上穿了数洞,周身血迹,上身一丝未挂,据说是活捉到的"叛回",身上且搜出有马仲英的公事,为马的副官。事若属实,则马西来与"叛回"联合,似可证实了,不过此等惨状,又引起我无限悲感。而那位先生,态度反甚安闲,步履如恒,似毫不以为意。

汽车夹在大队中行走,又兼沿途都是沙路,所以反不及大车快。好容易半点钟工夫才走到一棵树,村中烧的残烟犹存,村内杳无人迹,只有几只狗守着,却也不吠行人。村中白杨甚多,峙立黄沙中,此时日已下地平线,夕阳返照,灰色的军队、蔚绿的河水和青草、金黄色村庄的墙垣,另是一幅杂配的图画,引起人说不出的感想!

一棵树为哈密附近一大村庄,地很好,徐旭生先生西行时即过此,对此地的情形很多称述。不料不到几天,附近竟作战场,而一棵树一变而为杳无人烟的荒村了!

汽车在军队大车、骆驼之中前进,走得格外慢,道路仍在夹渠中,两边为高的沙梁和丛草,视线不能达十数步外,所以不免仍有戒心。一到了路较宽的地方,汽车究竟快些,可以向前开。最先开过那些载重的大车,车上大半是妇女和伤兵,伤兵的血痕令人不忍细看。有的在车上还在呻吟,有的简直像死了一样,或真已死了。骆驼队前为大车队,再前就是马步队,浩浩荡荡向哈密进行。此时路已出了沙地,到了戈壁平面。在戈壁沙漠上看到这些人、这些兵士,还算第一回。不一会儿所有军队都在我们后边了,再前进就遇到了耕地村庄,虽然时已薄暮,看不出详细来,但田园树木的美景和村庄庙宇等建筑,和内地也差不多,可惜居民都逃走了。听说坏的入山为匪,好的进城避难,因之美丽的田园,竟处处表现出离乱的样子。

在汽车灯光下过了好几道看去似乎不大坚固的桥梁,幸均无事。到晚九点多钟,才到了哈密城外。西北郊外空地遇见了先来的那两辆车,据说卜安已进城与当地长官接洽,并买了许多蔬菜。当地长官即请入城,但卜安意思要住在城外,那么我们今夜就要住在这里了。至于究竟何以不进城,却也莫知其所以然。晚饭后,又在旷野中睡觉,但回想今天一天的遭遇,却也真有些可惊可叹,实为生平不常遇的一天。这时皓月当空,残星可数,城上军队号声,更鼓声和近处远处犬吠声不时送来,哪里睡得着。约有两点钟工夫,有些行人经过,犬声更烈,大概就是军队到了。明知到此已脱险地,"叛回"所在地点在山中，距此尚有四五十里，也不会即刻就来，所以却也安心。但是此时心中所感觉不安的，不是自己的安全问题，却是种种乱七八糟的感想。想来想去，也想不出所以然来，只是心中觉得空寂……一会儿也就恍惚地睡去了。

这天共走了八十八公里。

计从酒泉起身，共走了八天到哈密，所经路，不是安西、星星峡的大道，而是较北一条骆驼道。以西庙沟一带一段，西北科学考察团徐旭生先生一行走过，以东一段则没有走，因为他是直从额济纳河下游来的。计由酒泉到哈密，共经路程六百四十七公里。

　　恐怖的哈密

第二日一早醒来，看见哈密城就在附近，不过一二里路，我们住的地方，就在大路上，也有电杆。但大路两边，都是坟墓，东边、北边都是高山，为云雾所盖，看不见山岭。附近居民来参观汽车的已不少。不到一会儿，由城里来了一辆汽车，内坐哈密县县长徐君和省里一委员袁君，系奉师长命来欢迎我们的。开车的为一德国人，到新疆不过数月，谈数语之后，褚、姚、焦及卜安等即进城，随之见当地最高长官朱师长，我们则留在这里。来向法方接洽的人，由卜安负责招待，中方的人由团长负责，所以我反甚安闲，就是有些事情莫名其妙，好在不在其位，不谋其政，且乐得不闻不问。

午间与几个本地人闲谈，才知哈密汉回事件，发生已数月，大原因由分设县治遭缠回反对而起。此办法非常正当，无如缠回不悟，又兼官方应付稍差，以致激成事变。据说"叛回"数目不详，大约有千余人处于山谷中，但枪支并不多，惟他们因时常打猎，所以枪无虚发。自事变发生以来，招抚数次均无效。打了几仗，官方均不利。因之官兵多胆怯，而"叛回"势愈汹，除在东山某地为大本营外，以西至了墩以东，均有其迹，北山中亦有。哈密往东向西，电信均不通，在孤立无后援中。总而言之，汉回问题自来不是一个小问题，倘能处处主持得宜，自不难将此问题消灭。万一不当，星星之火可以燎原，前途就不堪设想。且说我们目前的问题，亟待解决的就是如何可以西进，东返绝不能，留在哈密尤无意义，只有前进为宜，路虽不通，也只有想方法。午间进城的诸公回来说，接洽甚为圆满，当局派四汽车和数十兵士同往，当不难通过。惟希望先进省城，以后再西行，此层也不难变通。决定三十日早起身，看来很可乐观。下午他们又都进城应饭局，我本想也进城游玩一回，但不知为什么鼓不起兴会，所以就孤守在汽车旁。

下午三四点钟的时候，北山上的黑云愈集愈厚，渐渐向南推展，不到一刻钟，已把半面天遮住了，电光杂着雷声和风声，知道一场暴风雨就在我们的眼前。我设法去支帐篷，而只有郑君和我二人，我们的车因要修理，行李完全在外边放着。如果下起雨来，一切都要淋湿。为保全行李不湿起见，决计把行李移至拖车上，再草草地把帐篷支起，无如此时蚕豆大的雨点已往下降了，一会儿更兼风力太大，好容易费些力气才能把帐篷勉强扶起，而不能支起。此时大雨倾盆，尤其向风的北面最烈，雨中杂以雹粒，打在帐篷上叮当叮当地响。看外边地上，已水深数寸，遍地横流。行李底下，也有些浸湿了。好容易过了一刻钟工夫，雨才小点，不久便停止了，沙土上边的水，一会儿也就渗得干干净净。

这一场大雨下后，天气格外清爽，空气分外新鲜。最令人叫绝的是那被盖在云雾中的北山、南山完全着雪白的草帽，比在酒泉看南山还佳。一因距离较近，二因正在雨后，特别清白。最特别而有兴趣的为东山，上面很平，割蚀不烈，好像刀切了几块豆腐，放在山上似的。底下的地层去向，也隐隐可以看得出来，惜我们无缘前去一游。然此等阿尔卑斯式的山，在哈密附近，的确为哈密生色不少。听说"叛回"的根据地，就在东山下一大谷中，看到这里，乃又回想近日所见和哈密一切情形，不禁令人感慨不已。

晚上打听由城里回来的消息，却说明天下午始可走，究竟为什么，也不得而知。下午为国桢写一信，托友人带进城内投邮，据说向东、向西俱不通，不收信，只得又收回。

就近数日来种种情形看，事事仍都在法方，由卜安出头，裴筹也很要露出，中方不但未加干涉，反似承认。其他酒泉条约中比较重要的无线电、照明等，只实行了一次，即成具文。如今连第一条也推翻了，可见酒泉所定的东西已不值一文钱啦。当初为什么要立约，后来又为什么不守而背约，此中情节及原因，我虽为团员之一，如要问我详情，我简直一点也说不出来！只得以莫名其妙答之罢了！我个人早已承认是一件行李，惟求平安可以回到北平，别的也无法去问，处此境地，当奈之何哩！

这天晚上仍住在原地方，据说城内长官因恐住在城外有危险，今夜决请进城，昨夜已替我们担心不少了。但卜安坚持不可，并又用在酒泉用的那一套法宝来搪塞:"如有危险,由本外交部特派员负责,不与地方长官相干。"就种种方面看来,这天晚上住在城外的危险性比昨晚要大些,有人主张中国人单独入城,我颇不以为然,于是仍旧原地住下。当地长官为保护起见,派来几个兵,据说就是明天同我们一块走的兵,不过壮壮胆子,如真有事,也是无用。

新雨之后,极清凉,而正在圆圆明月时候,尤为可爱。不料在这样的风景下,因为此地时局关系,总也不能安心睡,尤不敢脱了衣服睡。晚上犬吠较烈,即为惊起,但又寂然无事,其实是心理作用。一夜易过,起来已是三十日,吃早点之后,听说今早又不能起身,必下午三点才出发,城内有车来接,我就趁机进城去一看,前行不远,即入西关,有一道围墙围着,城门很宽大。进城后,即直赴师部。沿街兵士多极了,师部门口,完全旧式,十分庄严。进去后,由朱师长招待,朱为一文人,在新已四十多年,可算一员老将,为人和蔼,穿的长夹袍。寒暄之后,卜安等即接洽起身等事。据说有一辆车坏了,在此等后边来的骆驼队,可用带的材料修理,因之裴筹决留此办理一切,请朱照料。谈完之后,卜、裴即辞去,而中国团员则留署谈话。谈笑不久,忽有人报城外有"叛回"前来,据说有一百多马队,自西向东进,并说为防万一计,城门已封闭了。当时即觉形势严重了许多,姚君特为上城去看,也说亲眼看见了,并说向汽车停的地方方向走,令人不禁为他们捏一把汗。而我们的行李尚完全没有收拾,如今关在城内,也有些令人着急。朱师长公务忙迫,让我们到他的后花园去坐。后花园地方很大,就在城墙底下,城上防守的兵士,十个一堆,一堆一堆很清楚地可以看见。园中杂植白杨、垂柳及许多草花，虽不十分精致，而自成风趣。大家在那里闲谈，好像把军事忘了，不久朱师长和褚先生商量事情，好似和调解此次事变有关。但闻自发生事变以来，官绅已调解数次无效，褚先生虽为中央大员，但实力上是否可以做到，实不敢定。况且内容究竟，尚待调查，如办起来，恐非三数日内所能解决，那就不能即日西行了。

不知谈天的话锋怎么又讲到是否西行的问题，和在酒泉的说法差不多，有人主张留在哈密，让法国人单独前去，有人主张共同行止。议论分歧，真令人不解。商议的结果，只有姚君和我仍主张西行。倘若实行起来，又要东西背道而驰了。但我对此等议决，已不如从前之重视。酒泉往事，便是前鉴。这时最要紧的问题，不是留或返，乃是赶快到汽车的停留地。据城上人讲，汽车有开动的模样，又不知真情如何，方才所说的那一二百回人来至城下有何动作，向何方去了，谁也不知道，也没有人去打听，可算是一件奇事。就表面看来，似已不大要紧，遂决出城，但不准有车出城，只好步行。县长为保护起见，商朱师长派了二十多个兵随行保护，于是我们才离了师部，步行回汽车所驻的地方。

出了师部，沿街人对我们照例十分注意，兵士走在我们的前面。此时出城心切，街上种种，都无心赏玩。城门内兵士尤多，城已封闭，门洞内并堆了许多沙袋，以备必要时之需。门开之后，城外要进城的人蜂拥先入，我们稍候才得出去，出城便是一关，也还有些兵，但不如城门内那样多。转了两个弯子，到了关口门，门也是闭着。未开之先，带兵的长官下令，叫兵们均装上子弹，以备万一。出关后，经一段破房屋，便是旷郊，这正是最危险的地方。看那些兵士面孔，大半都是很畏惧的，长官持刀在手，也显出很严重的样子，他们把队伍散开，有的到前面去探，我们六人也分开前走。究竟附近有没有"叛回"，我们当然不得而知。为防万一计，所以才有此等做作。当时沿途严重的样子，好像生命就在旦夕，令人现在回忆起来，还不禁悚然。其紧张的程度，实不亚于在一棵树时看开花炮。但当时却也处之泰然，只有一步步地走着。不料到较高处一望，汽车已不见了，分明是开往别的地方去。才前进数步，始见两辆汽车停在距前驻地不远的一个园子门口，知他们移来此地以图安全，才觉放心。又见卜安及加儿骑在马上，做巡视状，大约是见我们带的那几十个兵散开作战的样子，探视探视！我们到后，见园内树木繁茂，草花杂生，不料他们竟找到如此好的地方。乃令兵士回去，此时我们尚未吃午饭，得到此，拿些饼，和以糖果，聊以充饥。

到后，和法方商量，据说今日不走，定明日一早西行。谈到兵士同行问题，卜安以为最好不派一兵，亦不必派汽车，只我们单独前进，万一要派时，可先行三四十里。察其语气，是为保持中立。以为万一遇见回兵时，可以和平解决。若有官兵跟随，则难免产生误会。此等办法，细想亦有道理。至此我才明白何以他们不主张进城去住。当时大家对此办法，亦无异议，那么就静候明日来到，整队西行了。

这时天气尚早，乃出园的后门一看。后门外有水一渠，极目尽是田亩，可畅心神。与附近人一谈之后，说早间曾来若干缠回，因城内开火轰击退去。我才想起早间的枪声，实是有因，不是误听。又说午间来的一二百人，并未远去，即在附近四五里停着。有一拉骆驼的，被拉去又逃回了……这样看来，这一夜也要担相当的心才好，不过此处四围都有墙垣，总比前两夜无遮护的好些，所以反觉得放心。晚间此园之少主人来，才知园主姓吴，原籍大荔，移此已三代。吴充商会会长，对于调解此次事件，曾出了多少力而无效果。看其少主人口气，似有请我们的中央委员出来调解的意思，但事实上办不到，只有敬谢歉仄而已。夜间城里又来了兵，除分布四边外，又在大门外掘战壕，但也是平安无事地过了一夜。不过在此等情景下，不能十分安然睡觉，像在世外桃源的戈壁上那般！

冒险前进

七月一日早，收拾一切，虽说三点钟就起来，而七点钟才动身。动身前园主吴君差人送来一羊未收，约等回来再领。有一位团长要求同行，但系化装。车过西关，看的人有万人空巷之概，因道窄狭，且转弯太多，所以走得很慢。临出街时，在路旁看到一缠回死尸，头已被打得血肉模糊，不辨口鼻，外人于是又得了照相的材料，而我又添了悲伤的感触！过此街尚为民田，不久即成未开的荒地。连日在近郊中过恐怖的生活，今得启行，又到旷野，不禁心神为之一爽。不过前路茫茫，为吉为凶，实不敢定！走了已有一二十里路，忽后有一兵骑马驰来，原来是拿着朱师长给褚先生的一封信，说哈密军事紧急，瞬息万变，前云派汽车及兵同行，不克实行，为慎重计，请大家一同回去，从长计议。这自然是朱师长脱干系的一种说法，但兵士之不偕行，正中了法人的下怀，哪有我们再返回去的道理？即中方也以前进为然，即由褚先生回一信，说明一切。

这天车上有一件可以值得记的事，就是所有八辆车都挂的是法国旗。前次在一棵树遇事前，法方促将中国旗卷了，专挂法国旗，意思是如此可以免去危险。及到一棵树遇中国兵，又把中国旗拿出来。今由哈密西行，要经过一段缠回区，于是中国旗又被卷起来。不过据我看来，这一般民众，是否见过红白蓝三条布，是否知道是法国旗而不敢乱惹，实为一大疑问。我看外国人在中国旅行，完全以中国人怕洋人的心理为得力的护身符，官厅的护照固然等于废纸，就靠民众辨别旗色，也是靠不住的。现在我们且要借此等心理，去过这一道难关，想起来不禁戚然。

沿途经过几个大村庄，头铺、二铺、三铺，规模很大，都有店家，但所见大都是残留的几个汉人，缠回很少。到处现出十分荒凉的景象，和在哈密以东所见的差不多，这分明是受了战争的影响。途中见了几次或三五个或十几个缠回，大约十九是叛变的，不过对我们都没有什么举动，或者真是法国旗的力量。三铺村外，有白骨塔，据说是清末西征将士埋骨的地方。当年西征，平定回疆，总算清末一件盛事。如今山河如旧，而回汉又起争端，不知这塔内白骨有知，做何感想。

再西行过了几个地方，都比较小，据说前边不远，三道岭子与了墩之间为最危险的区域。果然快到三道岭子时，即见路旁电线，或有杆而无线，或有的连杆子也毁坏了。到三道岭子为时尚早，看村中阒无人迹，大家都跑下车去看。中国人为避万一计，未下车，只枯坐车中。此时德日进在附近找了许多石器，我于是又很后悔胆子太小了。前行数十里,到一地方名叫梯子泉,天已黑,不能前进,只得在此住下,今天已走了不少,共计一百零三公里。听说前距了墩不过数十里路,因之不免大有戒心。梯子泉尽是破垣,而居民只有一家。听说因此地闹鬼,所以人都走了。徐旭生先生游记中已说过,可见不只是受了此次战乱的影响。停下不久,见了两个人,就是在这里住的。说是一两天前有八九十马队"叛回",由此向东去了。又说不让行旅西行,怕的是传递消息到省城去,有一行人因强西行遇害云云。这样看来,今天晚上这一夜,也是很严重的。

吃晚饭之时,曾说似乎今夜应该有人守夜才好,以备有事。但法国人方面对此似毫不在意,好像有把握似的。我不解他们在天仓何以兢兢地守夜,而在此却反处之泰然。或者以为有一副洋面孔,即可作护身符了。中国人方面当然格外兢兢,但看大家神气,似又不肯向外人示弱。其结果只有采你肯拼命我也拼命的主意。自己虽并有种种责任未尽,事业未办,万一不测,实觉不值。但人家的责任不见得比我还小,至许多人的命,至少比我的更为贵重。大家既不在乎,我还何必在乎,此时可以自解而安慰的,只有如此!起初原说不必打开行李,就在车上草草睡一夜,万一有事,起来也方便些。但一会儿不但洋人把床都支起来了,中国人也都一齐支起。吃完饭以后,即和衣睡下。此时一轮已开始残缺的月亮从天际涌起,远观茫茫的戈壁旷野,近看几棵白杨和残废的墙垣,旷阔之中,尤添凄凉的景象。

睡在床上许久,终是不能入睡,好容易有了一点蒙眬的意思,忽然听见喊道:"起来!起来!那不是缠头骑的马来了吗!"原来是姚君惊呼的声音。听说他亲眼看见有三个人骑着马自西来，绕在我们住的西南，相距不过数十步。当时狗狂叫得很厉害，他们就避到废墙的后边去了。这时那李君也起来，说也看见，于是他就告知卜安。卜安很镇静，只请李再前去打听，告以我们是过路人，并非军队。李去后，卜安又睡下。李去后半响才回来，据说走近缠回时，对他做放射欲击状，李急伏至地始得免，亦未多言。此时褚、焦、刘、姚君早已起来，却谁也没有主意，也不肯向法人商议办法。一会儿转坐车中，或仍卧床上。法方一车夫起来时，又为卜安呵止，看来是绝对取一种不闻不问主意。但是狗叫声，一会儿厉害胜一会儿，不时又作怪声，不但我不能睡着，连卜安也起来了。看了好几回，但终不能与对方接头，只有静待。一会儿好像寂静些，他们似已去了，但一会儿狗又狂叫起来，仿佛是告惊。以理猜度，或者缠回想前来探察数次，但终因一方有狗，一方觉着我们未全睡觉，所以未敢近前。最后又在远远地方听一枪声，似在所住的北方。我这样躺在床上，看那皎洁的月亮走得格外慢，急切到不了天明。狗叫得紧时，也只有蒙被而卧的一个方法。因照卜安说万一来时，中国人可静坐车中或床上，不必露面，他好与他们商量。所以除无计可施外，还是无计可施，只有双目炯炯地躺在床上，因此念及关心我的家人和朋友，此时正当在酣睡，何曾想到万里外的我是这个样子呢！

好容易一夜未睡地挨到天亮，心里想道："哎呀！总算又活到七月二日了！"早点而后，即行起身。路上所见电线几无一处不坏，电杆也十个有九个都倒了，比之一棵树附近所见有过之而无不及，知已到变乱中心。果然前行一二十里，即见远处有二三十骑缠回横着大道,可惜我所坐的车子在中间,不知头一辆车最初和他们如何接头。我所见的,只是看到有一匹马跑到车旁,后又随车到他们跟前。据说这一匹马,是先来报告说可以许我们过去,因他们已接得有"公事"。大家停住之后,还有许多人和他们照相,又给他们照活动电影。他们的服装都是黑色,又有皮靴,和别的缠回差不多。挂枪而外,还携有架子,据说是为瞄准用的。照相完后,第一车即先行,其他车跟着走。他们还在旁边一一领首致敬,这一关又算平平安安地过去了!现在想起来,所以可通过的原因,并不是靠那外国旗,还是靠他们这些碧眼黄发的面孔,思至此,不觉惭愧,然而又有什么办法呢!

　　遇了他们而后,前行不远,就到了了墩。群树杂生,围着清水一池,倒也是沙漠中一块胜地。不过也是一个人都没有见,收税的卡子,更是房在人空,其余都是些破屋子,说不尽的荒凉景象。在附近途中看到几顶军帽、几件军衣,大约就是前几天此地打仗的遗痕。过了了墩以后,因高山较近,戈壁的大冲积层与其下的红土,被割蚀得非常厉害,成了许多小沟小岭。我们的路正要穿过这些沟岭,一上一下,十二分地不好走。再进便进了天山,一小地方名叫一碗泉,就在群山中。从一碗泉到下一站即车轱辘泉,仍在山谷中。不过一过车轱辘泉,道路即急转直下,颇容易走。下行至一盆地,地皮太软,车行即感困难,这盆地的当中,即为七角井子,为向吐鲁番和古城分路处,算是一交通要地,不但有县佐和邮局,且有电报局。

　　七角井子街上,充满了兵士。一打听,才知是省城派赴哈密的

上：天山峡谷（由七角井子至鄯善途中）
中：胜金口居民
下：鄯善附近之沙丘

上：吐鲁番农林会
下：迪化鉴湖

队伍，共有三连，精神都很好。汽车在此装了些水，听说由县佐向省上去了一电报，说明我们的行踪。诸事办完以后，即开至距镇市数里的地方住下，计这天走了九十三公里。停下之后，遇见修理电杆的技师，据说由西路沿途修来，每天只修二三十里路，若真无特别事变，或者不久就可修竣。晚上竖起无线电来，不知又发收了些什么消息。我上月二十四日所发之电，至今未收到回电，或者在公使馆即被认为不重要而被扣留了？此次出门已近两月，未接任何消息，为历来所未有，真苦闷不堪！

七月三日，沿看有电杆的路前进，因往古城的路无电线。初行路尚平，继渐出山，前行不远就是东盐池。有一车忽出毛病，等了有两点钟未修理好，但却借此机会看看附近地质。大道恰在一大背斜层中走，颇为清白。前进道即入深山中，过一小村名叫胡井子。由胡井子至西盐池，道大半在狭谷中，两边壁立，仅可通行一车。仰视天空只有一带之隙，前望或后顾，皆系羊肠曲折谷道，重峦叠嶂，风景佳绝。西盐池有一大店，店中有井，水甜可饮，乃在此稍停取水。过西盐池前进，仍在万山中，数十里后出山，路全向下行，又大半在戈壁平原上。自早起走了九十八公里，即过了土墩子以后快到七克达木的一小地方住下。附近有渠，在闷热中可在渠中洗澡，全身顿觉清凉。自过西盆地出山以后，地势急转直下，宜乎愈走愈热。照路线要低下到海面数百尺底下的吐鲁番地方，夏季酷热，在世界著名。现在虽距吐鲁番尚远，而风吹到身上已热乎乎的，穿上单衣单裤还是汗流浃背。若回想到前几天在戈壁上凉风习习的天气，直不啻有冬夏之分。

到了七月四日早行，路上遇见许多驴子，都是向七角井子运粮草的。新疆地旷人稀，繁华地方全在沙漠的沃地中，彼此相距常数百里，若行起军来，连马吃的草也要远自数百里运去，其他的困难，也可想见。前行不远，即见许多村庄，即为七克达木。虽有汉人，而大半所见的都是回民。男的除戴各色的小花帽外，穿的白衫子长与膝齐，颇有些与外国医生穿的大褂相似，脚穿皮袜子，和与袜同色的靴子。因在夏季，也有不少赤脚的。女的颈垂双辫子，大半穿的红花长袍，只有极少数穿青蓝的或黑的花布袍子，大半赤着脚，有穿鞋的，和男的差不多。听说已出嫁的女子都是双辫子，左右分垂；未出嫁的，则为数在两个以上。起初因我看见许多很年轻的也是双辫，不大相信。后来一打听，才知回民结婚很早，十二三的姑娘，已出嫁的很不少，顶上也戴着小帽，不过和男的微有不同，有的还附有穗子。但就大体上看来，男女装束全很简单而整齐，如同穿着制服一样，在回民多的地方，几疑已在阿拉伯、土耳其等地了。

由七克达木向前走，愈走人家愈稠，村堡相连，因地皮多黄土，又有河水灌溉，于是成了沃地。白杨、水渠、麦垄遍地，田舍三五，杂横于万绿中，真令人赏玩不尽。最令人起相反比较观念的，就是这肥沃的耕地在南边，恰衬着广大的沙山，沙浪起伏，一望不尽。这一边是干枯的沙漠，那一边是肥沃的土地，两种绝相反的景致，可表现于一幅画中，天地间此等奇景，真不多见，哪能不令人神往呢！

此地已距鄯善县城不远，因路走错，所以未进北门，而进的是西门。鄯善为一繁盛县份，街市很繁盛，汉人也不少，大半是经商的。

街市铺面全很整齐，铺子门前的红纸对联和汉人住户门前的对联，立刻令人感觉到汉人文化已深入此地，不能和内蒙古相比。进西门即为县公署，据说公署已于数月前预备下地方招待我们。车即开入县衙，中法全体人员即到所预备的上房休息。县长马晋君招待甚周到，并备午饭，是中饭西吃，布置十分周到。此时烈日当空，酷热异常，为自出发以来所未有。一水壶挂在车旁，原盛的是冷水，此时倒出来，水可烫手，至少有七八十度，热力可以想见。因此在鄯善只留停了五小时之久，但未到街上去游览，不能不算一小小遗憾。到下午六点钟，天较凉，因恐白天走向吐鲁番热不可耐，乃决计夜行，遂即起程。夜行最不受欢迎，因不能看沿途地质，但亦无法，只有听之而已！

炎热天气到"火州"

出县署过钟楼，折向南即出南门，南门外有一大河，自西流来，西望河流曲折，来自天山，两岸绿林丛茂。向东南看，即见沙漠山丘横前，又是幅绝妙图画。过河上小黄土高原，两旁俱为灌溉肥地。再前人家渐少，但河由南门南折穿成一大河谷，两岸山的露头极好。除鄯善附近之黄土外，此地至少有两个已受变动而成倾斜之建造，一为深红色含石膏层及红沙层，倾斜面较大，其上有另一建造不整合的地层，为灰色沙土有结核，倾斜面较小。此二者均当为第三纪下部地层，惜匆匆中，未能找得化石，以确定其年代。但鄯善附近各地层于第三纪、第四纪层序上最饶兴趣，可为断言。如此二地层均有化石，将来详细研究，实为必要之中心。车行不远，路线折向西南，道穿此红色地层，地层成一小背斜状构造。自此即逐渐下降，要到那海面下的吐鲁番去。时日已在水平线下，但天际云彩尚红，一块紫，一块黄，使我们对夕阳还有所留恋。惟太阳虽已落，而温度还是很高，热风吹来，闷人欲死，未到吐鲁番已尝其味道，如此所以对于吐鲁番真有谈虎色变之慨。所惟一的希望，就是赶明日上午到那里，不必久停，即再前行。听说过吐鲁番不远，路又上升，一到真戈壁，即较凉爽了。

一夜似睡非睡地坐在车上。一会儿车停了，乃是遇见沙子，一会车又到平路上，走得很快，但统统都是向下。自鄯善近郊起，一直走了一夜，可以说下了一个大坡，足有一百多里长，而坡还未下完，这不能不说是世界上一个大坡了。天明以后，向以北行，十分平坦，而平坦又慢慢向下，愈北愈低，南边不远，就是一低山岭，其岩石和鄯善以北的红色建造相等。此夜的路，即沿此西下，天山之有此前岭，与南山之有文殊山前岭不谋而合。推而言之，凡大山前，差不多均有此，如喜马拉雅南的西瓦里克，亦是一理。

五点多到了胜金口，为一河谷，自上述之小山岭中割穿而出，因路在山岭中略偏北，所以连木沁、苏巴什、胜金等村均未过，至此又与大道相接。胜金口亦有数十家居民，都是缠回，也有经商的汉人。我们到后，围观的人很多。在此地略事观察地质，红色建筑的走向倾斜，一如前丝毫未变，而河谷两旁上新统后之三门及黄土时期之古河床，均清白可见。在此地吃早饭，但所用饭总不可口，而天又热，食欲不佳，因而只勉强吃了几口。计自四日早起身，走了四十八公里到鄯善，一百一十六公里到胜金口，计昨夜尽一夜之力，共走了六十八公里。

　　七点多从胜金口起身，不但景物未变，南边小山岭，北边是低地，而我们还依然地向下走。这伟大的坡，还没有下完，看高度表不过海面上三四十米，那么再前即至海平面下，由高的蒙古高原递降至此，真令人不堪回首，有下海之感。

　　前行二三十公里，渐见黄土，与鄯善的黄土完全一样。离吐鲁番不远，果见土筑房舍连连续续，已到近郊。在近郊看到许多回民坟墓，坟墓上边修建很整齐，并非如汉人坟墓之圆形土堆，而为整齐的长方形，上且以泥土做成圆尖状，或其他形状。颇有些特别大的坟墓地，尚有大的如明堂一类的圆形建筑，惜我去此道太远，不能详细调查。但回人注重坟墓，与汉人之注重坟墓同，这是毫无疑义的。不久车即进吐鲁番，旧城亦名汉城，穿城出西门到农林会，亦名农林试验场，房舍旷大，兼有树木，门前又有水一渠。吐鲁番县长接省电，知我们将来到，乃以此地为招待所，门前并结彩张灯，表示欢迎，计由胜金口到此，共三十公里。到吐鲁番时，正是十二点多钟，天气晴朗，当然很热。但未到此以前，对于此地的热非常害怕，及到此后，也可以耐受，却也实在因为非耐受不可而只有耐受罢了。

　　到此本当即前行，或照原定计划七爬车当向西进，一车进省接洽。但到此稍休息之后，知问题尚不如此简单。据县长言省有电来停止工作，如此则非一二日内所能起身，而这炎炎的火州（吐鲁番古名火州），不能不暂作休息的地方了。

吐鲁番照我们汽车所走的路，东距哈密共四百四十一公里，除鄯善至胜金口小段外，和徐旭生经过的路线完全一样。吐鲁番为天山南麓一要地，比之鄯善还要繁盛，地在一大盆地中间，在海平面下。盆地最低地方，还在此地面南部，因而天气夏季特热，冬季亦比新疆及其他地方温和些。居民大半为缠回，有二城，一汉城内钟楼东为县署，西为前军事衙门，现驻有军队。城内亦有商家，但远不如以西二三里之回城的繁盛。县长裘大亨君，浙江人，精明能干，为内地县长中百不得一之人。军事方面，最高长官为工兵营长绳君，陕西凤翔人，忠厚可敬。此日下午完全在寓所休息，屋内最高温度有四十五度，所以大有不能支持之势。夜间虽然比较凉，而也还有四十度左右，况又不时有热风，热风吹到身上，比站在烈日下的热，又是一种难受。听说这还算此地不最热的天气，我只希望早日离此，不要在此过那更热的天气。

六日还是一样的热，褚、姚诸君入城与县长有所接洽，以后姚、焦二君和我往回城游览一次，除多数为中国商务外，缠回亦多，商店大的也不少，都收拾得还整齐，不照内地的脏污碍目。在此用钱，须用本省票子，计一元可合三两八九乃至四两龙票。银元亦可用，但并不受官民欢迎，有时折合起来，反要吃些亏。

下午县长请中法全体吃饭，即在农林会内，又有营长等作陪，在这等地方，居然完全西式，实令人惊异。照当日商议结果，虽省上有电来，请全体赴省，但卜安等商议结果，决一车进省，其他在此暂候。进省的车，除卜安一开车的及随从一人外，中国方面褚、姚、焦三君均偕行。我们留在火州的人，但望早日接洽有完满结果，离开此地，不再尝受酷热的苦就得了。

七日早，绳营长请进城一叙，初到一大药铺中，铺主张姓，也是陕西人，在此已数十年了，不过回去过几回，谈到故乡离乱情形，实在觉得还是在外糊口比较好些。铺面完全和内地陕甘一带式样，但规模极宏大。掌柜的所住的屋子四围无窗，只有一天窗，较凉爽些，这样只有天窗的房子，和蒙古包不免有些相像，或许与之有若干关系，也未可知。不久又来了许多人，汉回皆有，大半为本地主要绅商。绳君虽一一介绍后，竟记不起一个姓名来。午后与绳君赴其衙内午饭，地方颇大，内有兵数百人。绳君给我吃一顿陕西的臊子面，为数月来尝不到的乡味，惜天热面热，不能多吃。回寓时过西街，见有学校、教育会，又见电报局，门上且贴有局长上任的报条，完全和内地前三十年一样。昨在回城，见县长任乡约，亦有喜报遍贴于乡约的门口，可见此办法在新疆还是很通行的。

火坑中的烦闷

未到吐鲁番以前，本定在吐鲁番不久停，至多一日。褚民谊和卜安都作如此想，但天下事竟有许多为人意料不到的。到吐鲁番不久，即接到迪化来电，说是奉中央命令停止工作，并请一律进省，从长计议。当时褚、卜等都未料到会有特别的恶化，所以仍都希望可以得迪化当局的谅解而前进，便是六日下午褚、卜、姚、焦等驶一车北行，也只是去亲身疏通性质，料不到有若何的恶化。但实不料在炎热的吐鲁番，我们只是失望地等着，而且不断地有烦闷消息，使我既不能工作，又异常地抑郁！

八日等了一天，九日等了一天，十日又等了一天，还不见有省上的任何消息。每日住在寓所以内，如果要到较远的地方去看地质，既不可能，而近处又没有什么地方可去。天气又是特别的热，身上几乎什么都不穿而竟自汗流浃背，避热的法子，只是饮冰镇过的凉水，或是不时到坎渠中洗澡。因为此地水料的供给，全借天山的雪水，回人乃筑成许多渠，有一道渠就在我们住所的旁边，所以洗澡十分方便。此外并可尽量地吃甜瓜和西瓜，吃饭的时候，已把热汤取消，或改喝温汤。总之凡可以止热生凉的方法，无不用尽，而依然是汗珠满额，手不释扇。并且因为吃瓜果太多，许多人都吃病了，大半是吐泻和痢疾。起初我还很健壮，但一两天之后，也有了痢疾了。

炎日当空，无可消遣，法国人多以唱留声机为惟一遣闷方法。在此能听许多唱片和跳舞音乐，未始非一快事。有的三五成桌打扑克，我则看所带来的《春明外史》[1]，此书述前多年北平社会及官场情形，惟妙惟肖，结构虽少欠一贯，而用笔殊不恶，为近年来长篇小说中不可多得之杰构，幸有此书，聊可遣闷。

吐鲁番为考古上一很有名的地方；前多年有德国人在此调查，成绩甚著。而吐鲁番在考古学上的声名，也因之加高。我们此来，有一位法国人对此略有兴会，而本地居民竟以回教经典、古货币以及玉器佛像之类来求售，索价很贵，无人敢买。我对此兴趣不甚浓

---

[1]《春明外史》为作家张恨水在北平创作并在北平发表的第一部长篇小说，在《夜光》上连载即轰动，不久出单行本。——编注

厚，又兼所有均平凡无奇之品，不敢问津，亦不必问津。

在吐鲁番住得无聊之余，也到汉回两城内去游玩了一两回。回城在汉城以西二三里，商务比之汉城繁华得多，因汉城是政治的中心，而回城则为经济的中心。居民当以缠回为最多，但汉人营商的也还不少。新式的铺子，如洋货铺等，几全为天津人；旧式生意，则多为山陕人。缠回开的商店，大半没有柜台，但店内及店前，地方杂陈各物，营业人的神气，以及货物陈设与种种样式，同埃及阿拉伯一带的极为相像，令人感觉到的确到另外一文化区了。

住吐鲁番无聊，而省垣消息又不来，令人焦急。于无可奈何中遂于十一日到距城约三四十里地方去做地质考察，总算得了当局许可。乃雇两辆轿车，同去的除德日进、刘慎谔外，还有法国人雷猛。所去的地方，名叫什么燕子崖和黑山头子，就在由吐鲁番赴迪化大道不远的旁边。初出发，完全依大道前行，后为抄近，乃舍大道走过一河，河水已干，而两边风成沙丘甚多，很不易走。久住在吐鲁番试验场中不能出来，今一至郊外，心神备觉清爽，又北望地势愈低，已可望见最低部分，四围高出，虽平平无奇，却也算一奇景。

但燕子崖和黑山头子附近，并不是平原，却是一带低山脉，此低山脉并非由固结的古的岩石组织而成，却是略具红色，大部为灰色的沙砾等岩石组成，与前在文殊山和鄯善所见的十分相近，当为一个建造。横穿此山有一河谷，两岸有黄土堆积，地因肥沃，树木茂盛，风景可称佳绝。在此地流连了约有两个钟头，打算回去，因有一二位尚未到，乃在河边上候他们。附近村中人，有几个很好奇地来围着我们看。但问他们话，他们都不懂汉语，我们又不懂回语，

上：天山雪岭

下：天山中之哈萨包

上：白杨沟之一
下：白杨沟之二

所以只有相对以意态表示而已。有两个穿黑衣的缠头,自出吐鲁番不远即跟随我们,我们停,他们也停,我们走,他们也走,我们上山,他们也上山。德日进向我说,恐怕是由县政府派来监视我们的,我看倒是有些相像。真料不到我们的一举一动,会有如此的重要。故又不大相信这话。

坐车回时,为避来时那一部分沙子起见,即就近由大道回来。可是沿路大半在戈壁石砾上边,我国旧式轿车在上走着,实在颠得难受。此等轿车,虽在近海各都市已不时髦(但北平还有),而在这些地方,还是交通上惟一利器。有的并且收拾得非常漂亮干净。在吐鲁番只有县长坐的是一辆俄国式马车,其他交通上一般使用,都还是此种轿车,在黄土地面上还可以对付,一遇石路,即颠摇不堪。尤不适的是在车厢内坐的人,双腿须盘起来,我们中国人坐车内,真算受生平未受过的罪。所以德日进常是坐在车厢外的右边,以便腿可以伸下去。且幸路不太远,不久到了原住的地方。一进大门,便接到由迪化来的一个电报,无论中国人还是法国人,在久候无消息的渴念中,对此莫不特为注意。但拆开一看,乃是褚、姚、焦三位打给我们的,大意是说中央已有明令,停止工作,金主席[1]已电中央请示,彼等在省守候消息,并请我们留在吐鲁番的三个中国人也往省上去同等消息。并谓如同意时,即派汽车来接,但对法方如何处置,并无一字提及,因此不免使法方有些失望。

---

[1] 指金树仁(1879—1941),1928年新疆"七七事变"后,就任新疆省主席兼总司令。——编注

我接此电报后，即料省上空气并不甚好，而断定中法科学考察团遇一极难转圜的难题。此中真实情形，究竟怎样，非我所知，所感苦闷的，就是参加此多灾多难的考察团而不能实际工作，不禁为之浩叹。德日进素能乐观看事，而近来也很悲观，默察法国人目下的态度，也料到去省的卜安不能回来，也觉得全体去省上也许好些，可以早些解决。只是他们未奉队长的命令，不能擅自行动。我们中国方面三人，接省上来电后，有一度交换意见，而无大结果。郑君主意很坚决，非往省上去不可，而刘君和我，则感觉乍然抛下法方不管，听其自然演化，于人情上未免有些不忍，所以希望最好法国人也一同去，较为稳善。后来经县长裘君极力说省上既有此电，我们非去一次不可，不能顾虑法国人。并谓如不去时，恐将来更生误会，更生枝节，反不好办。看那样子，分明省上对彼另有吩咐，所以在此等情形下，我们也只有不顾一切，回了省上一电，说是："极愿赴省，车到即行。"换句话说，就是我们已决心，若是省上车来，我们就暂与法方脱离关系，或者永久脱离，而完全不管他们了。虽然有德日进关系，然我为中国方面关系所限，不能不如此做。

当我们发电到省城时，吐鲁番县政府对住在吐鲁番的中法团员，另有进一步的行动。县长来说，奉省主席命令，要验护照、检查行李及所照电影和所带枪械等。这分明是一种不客气的表示，而裘县长因办过外交，办得非常客气，好像并没有令人过不去的地方。验查行李和护照，法国人都没有什么异议。护照收去之后，把行李一一查过，由裘县长和绳营长亲为动手。法国人有几个人照的相片，裘君必要扣出几卷，初法国人颇不愿意，但终交出。法国人查完以后，为要表示中法待遇一样起见，我们的护照也被收去，我们的行李也被查一回。随后裘即开始要枪械数目和已照的电影、照片等。蒲吕此时是事实的代理队长，对最后一节，颇为反对。意在此是考察团中物，团长未在，而队长也未在，彼未便擅自做主。但经一再交涉商榷，并由裘县长说明，若是交出相片和已照电影，或可早日上喀什去，于是法国人欣然就范。

这样匆匆地过了一天。因在检查的空气中，倒也忘记了炎炎的长日和酷热天气。经这一番检查，考察团愈是可以乐观的方面少，而悲观的方面多，无形中留声机也唱得少了。又加上大家个个闹肚子，而电影师因日前出外，坐轿车受震动，半身不遂病又犯，卧床不起，真令人有祸不单行之感。全场空气十分寂寞而烦闷，我于百般无聊中，也只有读小说消遣罢了。事已至此，只有付个人命运于大自然命运中，听其演化而已。

十三日晚间，县长请吃晚饭，并约在县署内冲洗所扣的相片。席间还是照常应酬，宾主尽欢而散。十四日为法国国庆日，县长送礼祝贺，又在一处聚餐，也是极尽欢畅。省上褚先生等并有信来祝贺法国国庆，仿佛毫无什么隔阂与不痛快的交涉似的。去年在内蒙古，与安得思一起过美国的国庆，表面上看来，都是很热闹的。我途中曾读《徐旭生西游日记》和斯文·赫定所著《长征记》（*Auf Grosser Fahrt*），所记他们十七年在额济纳河畔庆祝中国双十节那样狂热，真令人神往。便是那样，也大半是特意做作，然比之现在的强为欢笑，总还好得多。

法国国庆日的次日一早，裘县长即来声明，前天所带去的电影不是全部,大致并没什么,但今奉省令,要把所有已照各片及电影一律扣下。语言之间,并已指明一棵树一带所照之片与所摄之影绝对不能不扣。由此看来,省当局必已知法国人在一棵树照影等情。但由省至哈密电报不通,不知如何可以知道。法国人为要早到喀什去,对此虽不满意,但也不十分争执,已是"既在低檐下,怎敢不低头"了!

法国人在此等情形下,无计可施。据德日进说,大家的意思也是最好一同到省垣去,到那里与主席一见,或者很放心而让大家继续前行。但我私度,问题当不致如此简单。德日进以赫定前事为例,以为赫定在哈密也有相似的困难,但一到省城,杨增新[1]一见很高兴,也就允许一切。但德日进不明了此次中法间另外有许多纠纷,意义更重大。如果中央停止工作的命令属实,而此问题当然将更复杂……总之德日进还是较为乐观,而我则十分悲观。

耐到七月十六日,午间省上终于来了一辆汽车。但汽车过大门只停了一下,只有前与卜安、褚等开车的一位法国人下车,其他人一概到县署去了。开车的那位一进来,大家全很注意,都想得到真确消息。但法国人一见之后,全都气愤愤的,一望而知其无消息,德日进的面色也和平常不一样。最可笑的是那位自然科学家雷猛先生,当我们面以法语辱骂中国人,又怕我们不懂,特说德文以表示之。究竟省上情形如何,我们也不知与我们何干,而彼之态度如此,适

---

[1] 杨增新(1864—1928),1912年被北京国民政府任命为新疆督军、省长,1928年6月被南京国民政府任命为新疆省主席兼总司令,同年7月7日被刺身亡。——编注

足自形其眼光狭小罢了。

横穿天山

　　这一天适逢县长裘君借法国人爬行车往距城约百里的某地方去游览，因此省上来的委员，到县署无负责人可见，不得要领。他们派人来要求派一爬车去追寻，因为他们来坐的车汽油不多。但我想中法感情已至此地步，此等要求当然要遭拒绝，所以向他们婉辞。而他们还是要求，结果终碰了一个钉子。据说由省来的共有两位委员，一是到吐鲁番和鄯善一带另有公事的，另一位，是专为应付我们而来的。下午县长回来，会同那位委员来，此人系军界中人，服装很齐整。寒暄之后，说明来意，乃是接我们赴省的。另有褚先生一名片，上草数句，大致相同。法方也接到卜安的信，也须赴省，于是便决次日起身赴迪化。究竟到迪化又将如何，谁也不得知道。县长也许知道一点，而我们无从探悉，但以常理度之，必是凶多吉少。可是事已至此，到省上去总算是进一步的办法，一切到省可以略为决定，至少比死守在吐鲁番强些。能与炎热的火州作别，总算是十数日来天天盼望而竟能如愿的一件快事。

　　十七日清早，一切都收拾完竣，再进城向县长辞行，大队的爬车，整个儿地出发。除郑君坐在省上来的车中以外，余因事实上的方便，仍坐爬车，不过位次略有更动。省上来的汽车和在哈密所见的那一车完全相同，色黑，有座位两排，车前面顶上有"SK"两字，大约是新疆省的意思，外有罗马数字，一定是表车号，但不解何以既无汉文，又无回文，而偏用英文和罗马数字。经过很长时间，爬车始能一一从试验场开出到大街上，于是始和火州作别。临行时，县长特意嘱咐我，到省时，不必多出外，少发言，但究何以必须如此，却未言明。惟我乍听此言，心中不免一阵难受，此行原为做学术考察，不料不但目的未能达到，反致思想上要失去自由了。到省垣去，显然成为畏途，岂仅前途茫茫而已哉！

出发以后，蜿蜒前进，路与十一日往燕子崖回来时完全一样。最初省垣来的车在后面走，后因爬车太慢，竟自前行。爬车仍是浩浩荡荡的，十多日来欲看而看不到的状况，今又看到，心中不觉为之一快。过燕子崖附近后，路又穿入小山岭中，再前即爬到戈壁面上，而前所谓小山脉，反在足下。北望天山起伏，山脊若继若续，最高峰之博克达山，在此已可望见。中午到头道河子，而省垣来的车已早到两点钟，可见爬车之慢，而轻便车之快。在此地吃饭休息后，继续前进。过了几个小地方，回视吐鲁番大盆地，如一深海。南望高山如屏，山脚冲积砾岩甚多，时代当很古。再前到一大道，即为由省经托克逊去喀什的大路，自此再前，路即逐渐入山，风景较前愈为秀美，山坡上红色的岩石衬着将落的夕阳，尤令人不觉神往。

再前太阳已落，但为赶路计，仍继续前进。车因有的出毛病，丢在后边，我们一辆车在黑暗中孤行，车灯在山谷中照耀，有时我们还可以下车在黑暗中看看石头。愈前山路愈狭，车愈难行，行了八十八公里，到一地，名后沟，先到的车已停下休息。于是便在此地住下，住的地方在河滩，滩上石块叠叠，几不能支床。河中流水甚大，声颇震耳，四围亦有些树木，风景很好，倘有月色，必更佳绝。我因今天感觉非常疲倦,所以草草就寝。但有两件事不能不补记一下,一是法国人一开车的,名古斯他夫,起身时忽有病,沿途病又加重,车上劳顿,当然为病重的主因,因此更增加考察团烦闷的资料。一是刘君和厨子言语冲突。自卜安去后,能懂英文的听差李某,亦随同去省,法国人全不懂中国语,所以事事须能说法文的刘君代劳。厨房车夫以如何拔鸡毛、如何煮鸡子,吩咐中国厨子,均请刘君代译。不料刘君照译之后,中国厨子大为咆哮,并肆口谩骂。此等受外国人豢养之流,完全以为别人都是像他们一样地跟着外国人混事,毫不知尊重,真令人发指。我看近来通商大邑,凡外国人足迹多的地方,此等人甚多,其心理最污卑、最无聊,并且最危险。我无以名之,姑称之为亡国心理,阔者自买办起,低者至差役止,无不如此,真可浩叹!

十八日清晨起来,始看见住的对过有一家大店,并有数人家。我在河畔洗脸,见水清非常,凉风水声,可令人忘倦。河两旁树木丛茂,风景虽不奇绝,而亦可免俗。听说再前不远,即到岭上,爬车急切收拾不妥当,乃与德日进先步行,并可略看地质,路在丛林中,过河数次,水声与鸟声相和,景致殊可令人心快神驰。行十余里,即再上爬车,遂即舍此河谷急向右折,上爬山坡,坡长可十余里,但尚不十分奇突。坡尽处为岭峡,过前即下坡,但下坡后不久又有一坡当前,这一坡之坡度,至少有六十度,颇不易上。所有人都下车步行,爬车须择轻的车拖重的车,因所拖的车有的必须放下,留得坚固而轻的机车去拖,如此辗转拖拉,颇费时候。在此耽搁,至少有两点钟,才得继续前进。过此道路便急转直下,没有什么难走的地方。下望平原中房舍清晰可见，对面偏东，即见最高处之博克达山，峙立天空，白雪青天相映，景色如画。

下坡即过一大河，源自博克达山来，而穿山南流。昨在后沟所遇之河，就是此水。河水穿割厚而硬的山脉，确非易事，但竟成事实，真算有志者事竟成了。在河边休息，大家全洗脸洗脚，过河有一收捐税处，不归迪化县（因早已入迪化境）而归吐鲁番县，所收之税，大半为由吐去省的棉花、葡萄等。再前行十余里，便到了达坂城，居民繁多，为自吐鲁番出发以来惟一的大地方。居民以缠回、哈萨克为多，但亦有不少的汉人杂居。过达坂城向西北行，路径复入戈壁中，所不同的，就是两边不远都是高山，北山的砾层满堆各山谷，几把山口堵闭。再前行数十里，过数小镇，西北望一湖，夕阳返照湖面，湖岸杂草丛生，又时有大车沿大道行走，于是造成了一幅天然美丽的图画。在此停下吃晚饭，此时有病的那位，病势十分沉重，幸车中有特别设备，可以把座位变成卧床，病人可以仰卧。旅途如此重病，不免令人生同情怜惜之心，而十分不快。省上来的车，已请先开行，以期可以早些进城。又听说医生已托该车进城带些冰来，以便看护病人使用。因此为要早些收到冰起见，决定吃饭后仍继续前进。此时太阳已落，而天空却有弯弯的纤月，挂在疏淡的繁星中。再前行不久，月已西落，昏黑的夜色中爬车呜呜地努力前进，在车中疲倦已极，也就半睡半醒地待着。车外情形，完全不知道，有时仿佛觉得车止，有时忽又前进，车声嘶嘶，知又到了难走的道路。

这样前行，足有四点钟，到了一个地方，也不知叫什么名字，车才停下。据说就住在该地不走了，因为已遇到城内派来送冰的人，所以停止，以便病人不致再多受颠簸。听说此地距迪化不过十余里，已算省城近郊，就和到省一样。于是在夜色苍茫中，草草收拾床铺入睡。

十九日一早醒来，看见四围都是不十分高的山丘，以西有一小湖，所住地距湖不及一里路，后边山坡的深黑岩石，似有发掘遗迹。就近往看，为侏罗纪砂页岩。并找得鱼鳞遗迹，可证其年代。吃了早点以后，即上车起身，此地距城很近，不远已见河谷旁边现出繁华的街市，乃是迪化的南关。不料到南郭以前，车为驻军所阻，要得城内允许。正在疑虑交涉中，忽有两骑自城内奔驰而出，一即为留省十余日不得西行之卜安，其他大约为一哈萨克人，系卜安的随从。法国人见卜安至，群狂呼"首领"，并与其热烈为礼。但不知何故车忽倒转不进城，据德日进讲，住所距西门近，特绕道进西门。但转回之路，已走一大半与来时的路线一样，显系不是进西门。问之德日进，又说要进东门，实令人莫名其妙。但事已至此，只有听之。最后一直又转到昨夜住的地方，才取另一道折向北，又行八九里，到一形似大庙之建筑，及询之附近居民，才知为教场。于是车即停而不动，看其形势，是决意住此。因为不但把病人移下，而其他人也陆续把行李移下，厨役等且正式设备做饭，我对一切情形不甚知道，但就外表观察，颇觉此等做法不很合宜。因法国人不进城，显可发生其他误会，至中国人似尤有进城的必要。后经打听，才知省当局为法国人初预备一个大的驻地，人车可并容下，后又中止，而以人与车分为两处，法国人恐其把车封扣，且事实上人与车亦不易分开，因出此计。不到一刻，城内已有人先后而来，褚先生偕省招

上:白杨沟之三

下:天山中的森林(一)

待员涂君亦来,说明我们可与他们住在一起,乃于即日下午入城。计自十七日由吐鲁番起身,三日即到省城,共计路程为一百八十八公里,西行旅程,又算走了一段了。但究竟此后行止如何,真同未猜出的哑谜一样,谁也不知道。

迪化之形形色色

当褚先生到我们所停的地方时,便说午间还有一个欢迎会,也请我们去。但我自觉无被欢迎的价值,颇不想去,可是他们一来说非去不可,二来觉得借此进城看看也好,于是就同他们一块进城。刚进东城门,就见四省会馆(浙江、江苏、江西、安徽)门口车马盈门,门上张灯结彩,两旁军士排列,森严异常。我们就在军乐扬扬中入内,里边布置甚为堂皇,来宾非常多,自然没有一个认识。开会时,也照例读遗嘱,向遗像三鞠躬静默等。主席致开会辞,极力推崇褚、姚、焦三君,以为是"中央代表",其他各人,只以"各位先生"四字概而括之。以后褚、焦均有演词,而褚先生因此日适为其父逝世周月,触景生情,颇为伤痛。焦君则劝改良同乡会。我等自觉无说话必要,所以毫无表示。会完后吃饭,我与刘君即辞出,再到法国人的驻地,取行李搬入城内,与褚先生同住,以示中国人一致。因此地日落即封城门,所以尽先办理。德日进对此当然也无话可说,且看以后的演化而定行止!

我们在迪化所住的地方,在城内县署斜对过,一般人称之为蒋公馆,据说是一位蒋师长的私宅。但何以蒋师长不住在这里,何以我们可以住在里边，也无从探悉。房门前张灯结彩，有五个兵士荷枪把守，出入时均行军礼。门内一旁为招待员住所，入二门为上房，姚、焦二君住着。南房因有客厅，褚先生住着。我同刘君则住于北房。二门外不但张灯结彩，且贴有红对联，表示欢迎。每门口均有一对大红宫灯，顶上横以红布，颇像办喜事的样子。

省当局派招待褚先生等的共有二位：一位是个科长，天水人；一位是个县长，江西人。招待十分周到，所备食品，亦丰美非常，且有俄国香槟及其他各种酒。但这样的招待，究竟是善意呢，还是恶意呢，谁也猜不出这闷葫芦里为何物。

到迪化的第二日清晨，涂县长即招待我们去洗澡。澡堂为天津人所开，设备虽平平，但在迪化已算是顶摩登的了。姚君亦同洗，关于他们前多日在此间的生活，姚君颇告诉不少，使我得很深刻的经验与感想。洗完澡后，我欲访西北科学考察团中国团长袁希渊君，涂君即带我们前往。袁君所住地在南关，我们坐的是俄国式的四轮马车，片刻即到。与袁君在迪化相晤，彼此均十分欢悦。袁君在此地工作三年之久，不但科学上有重要发现，为人景仰，即处理考察团种种事务及应付地方当局，渡过若干难关，实亦有令人可钦佩的地方。

涂君与姚君和不一会儿也来此地的褚先生，均先后他去。袁君和我乃决骑马去访德日进，因袁君在此有若干马，出外很方便。由大街折向东，绕城东南角而向法方所驻的地方——教场——前进。该教场在无线电台的旁边，三铁杆高插入云，数十里外可见，所以目标很清楚。到那里见到德君，我们又是一番快乐，但我们因本身处境的情形，又兼袁君告诉我们他三年以来的经验，不免又使我增加若干忧郁，但事已至此，只有听其演化罢了。

到迪化的第三天（七月二十一日），上午闷坐室中，无事可做，虽然这里布置得很好，食品也不恶，但讲到空气，还是在帐幕中好。而且无工作可做，想写一些东西，又苦无从下笔，只有把时间消磨在谈天中。下午因各厅道在同乐公园设席，请褚先生等，我竟也得附骥参加。所谓各厅道，乃是各厅长，如民政厅长、教育厅长等。至于道，虽然已经取消，却用以包括其他重要官员，如行政长、特派交涉员等，全城文武，齐集一堂，自有一番盛况。同乐公园位在城外临河，中有鉴湖，风景颇佳。所吃的饭，照例从下马点心吃起，到杯盘狼藉止。我因连日饮食不宜，肠胃又感不适，而应酬又非所长，只不过备格罢了。

我们后到迪化的人，本拟即日拜见金主席，后因时间关系，始定二十二日午进见。金之公署，距所寓很近，计去者除我们三人外，还有褚先生和招待员涂君。金为甘肃河州人，年约五十岁，上年杨增新遇害后，即继为新疆主席，人颇和蔼，见面后，由褚先生一一介绍，寒暄数语，即退出。关于团体工作事，一语未述及。

我们觉得这样在迪化住着，实在太无聊了，乃于下午同刘君雇一车出城，刘君可采一些植物，我则借以看一看附近地质。其实出外考察，绝不能如此简单，不过闷居无聊，出外走走，可以稍舒积闷。至于法国人，更是无聊，工人们起初尚修理汽车，后渐无事可做，或打扑克，或听留声机，他们最苦痛的是不能向外边通消息，西队情形，尤不明悉。我们到此后，通电写信，表面上虽很自由，但人人有戒心，不能说自己想说的话。

采集后，绕至南关袁君处闲谈，袁君意尚可以工作，彼并愿极力帮忙。但三数日来，目击种种情形，所谓工作者，究可做到若何地步，实为疑问。据省方传出消息，说是中央有电来，最重要几句为"停止其工作，保护其出境"。至对中国人如何善后，并未涉及。所谓停止工作，当然指中法全体而言，出境是如何的出法，均未言明，大家亦无一致之集议，又无具体的主张，一听其自然变化，混天又一天。宝贵的光阴，竟如此过，其烦闷实不减于在吐鲁番的景况。当从吐鲁番起身时，对前途尚有若干希望，至今始觉前途希望甚少，非常黯淡。

由南关归来进城，在某街看有陕西会馆字样，建筑从表面看也十分壮丽，乃停车入内一视，中殿、正殿均新修，颇壮观，惜尚未油漆。看馆者为一道士，省垣西某县人，询在此馆之陕西人情形，据云官界人不多，大官绝无，大半为县知事一流，其他以商界为多，惜我无一人认识、无一人可找，只有悻悻而返。不过在此看见陕西会馆，颇令人有乡土之思。

金主席拜会之后的两天，完全消磨于拜会其他政界、军界人物，由涂君领导我们到各厅长、各行政长和其他重要人等，第一天没有拜完，还须第二天。其实不拜客也是没事干，反可借此消遣，每到一地方，自然少不了一番应酬和客气。所有我们拜会过的人，对我们都非常客气、非常和蔼、非常诚恳。他们十九都是关内人，在外多则四五十年，少则亦一二十年，真所谓老口外了。下午无事，照例似的到南关找袁君谈天，有次遇不到，悻悻而返。

法国人方面，仍住在教场。初到时，据交涉员陈君讲，主席的意思以为教场为军用地方，住此不便，且距城稍远，招待难周到，坚请另移地方。但法方以为此地十分好，且有病人，又说机器已坏，迁移不便，俟一切恢复原状后再移。惟对所指定的地方，又嫌种种不好，其真意实在是不愿搬。省方则对法国人表面很压迫，初到时即连夜施以检查，又派去许多兵，以示保护，又禁止打无线电，可见金主席对中央电报很为重视。

自从我们到迪化后，以东军事情形，很不清白。但据传说消息很不好，有的说巴里坤已经失守，因之省上人心十分浮动。听说金主席派本地乡约及缠回阿訇等前往宣慰，省中又派大员鲁参谋长前往镇压一切。据德日进告诉我，省当局要求借用无线电及汽车，卜安已允将所带的一小架无线电赠送，至于借汽车，则严词拒绝，其理由是该汽车不适于军用，且未得其团长的同意，不能做主。最可笑的竟说他们的汽车不能助长任何一方，俨然对汉回之争采取中立态度，至省方是否有此要求，我无从证实。以常理推测，当不致有此可笑的举动，而法方如此答复，也真令人发指。

法方既允赠其小无线电于省府，遂即试验是否可用，并由省无线电台人员主其事。但法方不知怎么，自己竖起他们的大无线电杆来，趁试验的空儿，大通其消息。当时大家因恐生枝节，严守秘密。此次偷用无线电，我竟得到北平寓中一点消息，为出发以来第一次好音。现在回想起来，还觉好笑。

七月二十五日，我同德日进至以西红山嘴子一带看看地质，因时间所限，仍不敢远行，但也有若干成绩。

二十六日，金主席在边防督办公署设宴请中法科考团全体人员，并有当地高级军政要人作陪。大家对于金主席的盛意全很感激，吃饭后，法国人卜安、照相师和德日进，决与邮务长某（丹麦人）前往俄国人避暑地方杨木沟（即白杨沟——编注）一游。德日进因借此想看看地质，颇愿与我同往，但因车上座位有限不果，我们只有留在迪化过烦闷的生活罢了。幸尚有南关袁君处可去，略解积烦。

白杨沟之游

就连日在迪化所感觉的空气看来，目下要到喀什去，或正式有一痛快之解决，实为不可能之事。表面上的理由，是候中央回示。但中央回示何日可到，谁也说不上来，也没有把握可以料到。现在所知道的，只是停止其工作，保护其出境。至于是否另有其他的办法，实难逆料。

在此等情形下，我们一天一天地住着，闷郁无聊，难以尽言。在无可奈何中，颇想找一点工作，刘君也同此感。我们很想就二三日可往返的地方去看看，我们打算要去的，暂定为两个地方：一是博克达山，在天山东，为天山山脉最高峰，风景绝佳，我们想鼓起褚先生的游兴，以便我们也可以顺便沾光。省当局已答应，并允以汽车送去，但后因东路军事吃紧，汽车全供军用，未能果行。另外一个地方，就是前边提过的杨木沟，在迪化南一百二十余里，为天山中一谷，风景极好，为俄国人夏天避暑的地方。第一目的地不能成行，我们乃努力实现此计划。涂君盖向县署接洽马匹，终得了四匹

上：天山中的森林（二）
下：白杨沟之四

上：迪化西北科学考察团总办事处（自左向右为德日进、袁希渊、刘慎谔）
下：迪化鉴湖的一瞥

马、一位县役,乃决定二十九日与刘君前去。照原来计划,还有德日进,但德至前一日晚始返,再预备起身来不及,于是只有我们二人。二十九日早晨,由蒋公馆出发,刘君、我、县役各骑一马,余一马夫行李,出南关过河向南。时旭日当空,天朗气清,又兼两边景物宜人,心神为之一畅,连日积闷,消失大半,实为到迪化来第一次快事。

南行十余里过数村,再行二十里到二十里铺,下马休息,忽有人自后追到,换另一马。询问后,始知此四马都是乡下马,被县中拉去的,因一马病,故来换。我们逛游,却无形中骚扰百姓了。再前行,路即入戈壁,一望无山,是一片平地,杳无村落,惟因为入山一大道,所以路上尚不时遇见行人。前行数十里,距山较近,始渐见人家。时已过午,县役领我们离大路,绕小道,至一住民家,据说是本地乡约的女婿家,院内为牛马粪填满,有牛六七头,羊则已放出去。房主领我们至上房,室虽简陋,但主人一种竭诚招待的样子,令人感觉到乡下人的纯真。据他们讲,省城拉车、拉夫甚急,有许多邻家的车已被拉去,他们吓得多日不敢进城,这分明是受了东路战事的影响。他们都是汉回,民族语言和习惯俱和汉人一样,就是信奉回教,头上戴的小白帽以与汉人别。

在此流连约两点钟,即收拾起身。临行给他们钱,坚不肯受。据县役讲,他们是照例不敢受的。由此再前行,方向大致向东南,人烟渐多,风景亦不若戈壁上之干枯,实是由于距山口近,有灌溉之利的缘故。沿途小水渠甚多,均系由上游引来的支渠。不久已近山口,望见山坡河谷,呈阶梯形,甚为清晰。此河谷名大西沟,系集天山附近各谷之水北流，过迪化而流入以北盆地。入山之后，两边林木茂盛，水流淙淙，又值夕阳将下，牛羊尽在归途，其景物之佳妙，为自北平出发以来所仅见。山谷中树木繁茂与河流情形，使我回想到德国明兴的依沙河，两边情况，固有些相近，但不同的地方究更多，而我竟有此联想，真也算奇怪了。

刘君沿途采集植物标本，走得较慢，我独自策马前行。进山谷后，道在河岸，行路甚纡曲，景致清幽，惟时已薄暮，尚不知所欲到之杨木沟究在何处。以理推之，当不很远。问之过路人，则云尚有三四十里。风景虽好，究不能露宿，而刘君尚未到来。我恐走错路，又不便独自前行，不免有些着急。不久刘君与县役均来，乃加速前进。此时日已西落，惟山顶尚留有阳光，马蹄嘚嘚，迅速前行。询之县役，云以前不远，拐弯就到。但走了半点多钟，还不见拐弯地方。天已昏暗，而所欲到的地方仍不到，实令人急躁。幸此时一轮明月，在东方山凹处涌出，不但使我们可以认得路，且此等风景配此明月，另有一种风致。再前不远，即舍大西沟向西折，闻即所谓杨木沟者也。但入此沟后，丛林更多，路愈难行。沟中水很大，羊肠路途，曲折甚多，过一回，又一回。道旁古林天成，树枝杂横，稀疏处明月穿入，隐约可见。小径旁水声淙淙，使我们彼此不能很清白地讲话。此刻虽然还未到，但睹此奇景，不但忘却走路，且忘却疲倦。平常皆以在万山丛林中孤独夜游为绝佳事，今竟能做到，即此一夜眼福，亦可算不虚西北之行了。

这道河穿了又穿，过了又过，明月已由东方升到很高的天空，杨木沟虽已到，而我们所到的地方，即住人的地方还没有到。有时望见山坡一二灯火，也有狗向着我们叫，但仍不是俄国人群住的地方，也不是我们要住的地方。问问县役，老说前边不远就是。但走了一程又是一程，仍不见到。此路若果走过一回，也没有什么，今为初游，不免令人生戒心。再前遇一蒙古包，县役因我们发急，不愿走了，即在此求借宿，主人慨允，我们即下马入内。内火光熊熊，方煮烹夜饭。主人为哈萨克人，一家五六口，全住于一包中。其老母已老态龙钟，腿部又有病，其妇正依火做茶，其他小孩三，均已入睡。我们到后，他们于欢迎中表示其惊异。他们说话，我们当然不懂，幸有县役任翻译（也是哈萨克人）。吃茶后，身体温暖，出外颇感夜寒，仰望皓月当空。此时万山俱寂，夜露侵人，流连片刻，即入包内安睡。我们的卧铺，即设在当中，主人们则卧在四围。此等生活，当然十分感觉不适，但并不觉不快。所遗憾的是头部向低处冲外，因之脚高头低，一夜不曾十分安睡。

次早醒来，已烈日高升，出外始见山的真面目，松林四围围绕，山色青翠可爱，西望包幕重重，即是杨木沟中心地方。昨夜至此而未前去找一较好住处，可算功亏一篑。我拿上手巾，到河边洗脸，水很凉，但清可鉴人。洗后，再上山坡略一散步，附带看看地质，即回包吃早饭。饭后决前行，到人烟稠密处再寻住处，即骑马前行，别时，主人并殷勤照料一切，实在可感。

起身后，走不到一刻钟，便到了目的地。山坡上蒙古包两大排，但均相隔较远，远看如一条街，最好的是此等包都在厚的绿草上，两边山坡，却为茂林，都是松树，并没有杨树。据云，所以叫杨木沟，实因以前有杨树，今则全被砍伐尽了。到此后，由县役接洽。忽遇一汉人在此养病，有一包独住，慨允我们附住数日。此君姓杨，伊犁人，在省交涉署任事，因病在此静养，对我们竭诚招待，一见如故，真令我们感激。在此稍休息即吃午饭，饭后杨君和一位哈萨克人又陪我们一块儿上山。

我们连县役都骑上马，一行五位，沿河上行，其风景较之昨夜相似，而又是一番景象。因昨夜为月色，而此时则在阳光下。过住居人多的部分后，河谷渐窄狭，树木亦渐多，景致亦愈令人叫绝。行不及数十里，遇一瀑布，水自山岭一奔直下，凉风侵人，暑热全消。再前山坡甚突，几无去路，但小道蜿蜒而上，过一岭，而再下至一河谷中。此河谷亦向下入大西沟，为同一水系，我们又沿此谷前进，河谷不宽，而水很大。这一道河过了又过，有时因河太窄，绕山坡走，路更崎岖。无论谷底或山坡，全为树木，风景比昨日所经尤为壮丽。天气时晴时阴时雨，晴时日照当空，在林中望太阳，好像太阳也跟着我们走。阴雨时夹以雷声与水声，互相唱和，不但不感觉不快，而转觉其景况实为人生不可多遇之奇景。假使常常过都会生活的人，也许不能了解此中的好处和乐趣，但我们能有此行，实觉得享尽人间清福了。

沿河上行，愈行水愈小而愈狭。行约三十里，我们一同去的那位哈萨克人导我们至一蒙古包中稍憩。因此君之父为乡约，在本地哈萨克人中较有声望，且无人不识。入内主人款我们以马乳，经过相当炮制，带有酒性，味酸甜，与陕西西安之稠酒味相若。哈萨克人以此为主要饮料，比牛乳还要喜欢喝。在此休息约半点钟，即仍骑马前行，我们向主人道谢而去。白扰一场，颇觉过意不去，但据杨君讲，此处风俗如此，至其地若不受主人款待，则其主人如同受侮辱一般，真可谓之古风，与世俗日下之都市生活相比，不啻天渊之别。

前行十余里，即到此谷尽处。由小道到山岭上，始望见岭前又为一大谷，谷前尚有雪山连绵，此雪岭高耸云表，风景至为可爱。据云欲达该地，马行尚须两天，天山之伟大，于此可见一斑。倘我们知道在省城，究尚可住多少日，时间若来得及，而省当局又肯帮忙，则攀登雪山，实为最合宜之工作。奈事与愿违，徒唤奈何。我们至此，本拟即归，但望见谷坡有些蒙古包，杨君急欲一会，我们遂又下山前往。但此三五包，自岭顶望，虽觉很近，但马行好久才到。到后，我们至一哈萨克人包中休息，包中布置极华丽，且有极美之床帐，据云系新娶妇者。新妇貌极秀美，正为其婆母梳头，可见此等人亦有孝思。主人仍款我们以马乳，惜我不能多喝。趁休息时，我至附近一露头，略看地质，并得一二化石即返。时已下午五点，计程距住处已在五十里以外，遂立即动身，循原道而回。

杨君和那位哈萨克人，各骑马驰驱前行，我们骑的马既走得慢，而我又不敢跑得太快，只有慢慢前行，所以遗在后边。刘君沿途尚要采集标本，因之更留在后边。过山岭重入河谷后，夕阳已坠，而我前行不见杨君，后又不见刘君，念距所住地方尚远，心颇兢兢。幸有一骑马的哈萨克人，亦往白杨沟，彼略可讲一二汉语，我即请彼与我同行，彼亦欣然。惟彼骑马非常快，我尽全力始可勉强赶上，穿河时幸有彼前导，我得不迷径。再行不久，月已东升，景物与昨夜相似而更好，因此地树更多，水更大，景色更清幽，故虽在兢兢中，尤不时赏此佳景。直到过那小岭与午间所见瀑布地方，知距住所已近，心始释然，始专心赏夜景，又惜不久将与此不可多得的旅行作别！及到住所，已九点多，刘君因有县役同行，幸亦未迷路，至十点许，亦赶到。计今日往返约十小时，路程可一百余里。所过景地，无一处不有画意，无一处不佳妙，实为我近来印象最深的一天。

照我个人的意思，次日即可返省，在大西沟口附近可住一天或半天，借以看看那地方的极好的河成阶梯地形。但刘君因昨日赶路太多，未能好好采集，坚欲再溯河谷的上游去一回，我不便违其意。但因此谷已看过，仍决留此，在附近看看。吃了早饭以后，杨君和我上以南一个支沟，沟西岸蒙古包连续相接，据说都是俄国人，白俄、红俄皆有。西洋人好与自然界接触，善享清福，无论什么样人都是如此。在此流连许久，又循原路返，与杨君访迪化邮务长夫人。邮务长为丹麦人，其夫人为挪威人，携带小孩在此避暑。其所住之蒙古包，收拾得非常整洁可爱。凡地方经西人一收拾，虽至简陋的东西，也弄得很雅致，颓堕、废弛如我国民族者，实是不能望其项背的。

下午闲居无事，又同杨君及哈萨克人骑马上北山，登山巅可望见省城。据杨君云，天气晴朗时，城楼及重要建筑均清晰可辨。再北望大盆地，汪洋一片，有如大海，不禁令人有登泰山小天下之感。时天气转阴，雨亦续至，乃急急返，俯视白杨沟中，风景令人爱煞，惜我不能在此多流连。归时与杨君相熟之哈萨克人给我们吃鹿肉，据云，日前某哈萨克人曾在山中猎得一鹿，其角甚大，已卖给某人，价八九百两，我因来稍迟，未得看看该鹿角，以增学识，殊为憾事。鹿肉味极甘美，杨君及哈萨克人均习以手吃，即所谓抓饭。我亦有时仿效之，但终觉不惯，仍改用箸。

次早即收拾起身，在此住了两天多，一切招待，都赖杨君，其殷殷情况，令人不忘，殊可感谢。由原路回去，上次来时，因在夜间，看不清白，归途中一树一石，都看得逼真。然此景此地，来不久，又要舍弃而去。旅踪漂泊，人事靡常，诚不知几时才得重来，因此又不免动了惜别之情。不久即到白杨沟口，转入大西沟，路转向北行，对过阶梯地形清楚如画，惜无充足时间可以详为研究。刘君因沿途采集植物标本，又遗在后边，我独自骑马前行，虽感孤闷，亦自有趣。将近谷口时，行人渐多，大半系上下转运食料的。出谷口前行，至一渠旁，下马休息，并洗脚及上身，借以候刘君。不料等了一时余，仍不见影子，乃骑马又行。迪化西南之红山在望，不怕迷失方向，但因小道支渠太多，竟迷失路，幸所走路并不绕得太多，至戈壁中，仍归一道。单骑孤身，在荒凉的戈壁中行，亦自有一番意趣。所遇行人，无论汉人或回人或哈萨克人，莫不引起他们深切的注意，问了好几次，却因不懂语言，无结果而止。

走了有两点多钟，始出了戈壁到二十里铺，乃下马休息。与店伙接谈之下，始知其为陕西凤翔人，到此已二十余年。另一老人，年已七十许，也是口内人，但自幼即到此，左宗棠平回之事，尚楚楚能道一二。今曾几何，而边陲垂危，不亚于前，真令人不胜感慨！时已不早，不敢久流连，乃复起行，天又滴雨点，愈不得不快行。行十余里后，天仍阴，不辨为什么时候。怕城门关了不能进城，乃更马上加鞭，仍由南关进城，直到入了城门，才把心放下。到寓所后，不久天又放晴，夕阳尚挂在檐头。计自七月二十九日由省出发，在山中盘桓两日，八月一日由白杨沟回省，往返虽只四天，而看了生平不常看的许多奇景，地质上亦增加了若干新知。今又来省城的烦闷窟中，依然是张灯结彩的招待所，度斗室孤灯的景况……

迪化的烦闷及其他

天下事最苦闷的，莫过于做自己不欲做的事，到己所不欲到的地方，见不愿见的人和说己不愿说的话……总而言之，违本人意志的言行。但此等情形，虽任何人也难免，尤其处在现在的社会和国家中。我重回迪化的情形，正是如此，从前万不料在迪化会有如此长而无工作的勾留。

褚先生一行，虽比我们早到许多天，但他们每天都有事可做。褚先生在此很受当地人士的欢迎，常有演讲，一讲就是好几点钟。褚先生又善写字，当地人无论政学兵商，莫不以求得褚先生墨宝为荣。故褚先生以一天二分之一的工夫去写字，颇有应付不暇之势。褚先生顶精通的是太极操，北平报上早已大为登载过的，在迪化也是一样，褚先生在此并收了许多太极操信徒，每早必练习若干小时。所以褚先生实在是很忙。姚先生既代表中央军政部来此，当然也有其重要工作，所以也很忙，听说对省当局还上了不少条陈，以供采纳。至于焦君，也是所谓中央代表之一，亦自有其任务，而焦君又喜欢调查习俗，好照相，所以也是十分忙。因此只有刘君和我最感无聊，无怪要低一级，因为自到迪化后，褚、姚、焦三先生，均丢了中法科学考察团团长或团员的名义不用，而称为"中央代表"，三君似受之而不愧。我们既仍为团员，又在禁止工作之列，当然与之不可同年而语了。

在此似可把卜安及褚先生与姚、焦诸君初到迪化的情形补记一下，因我迟到十余日，一切都是褚、姚诸君告诉我的。

省当局既有电致吐鲁番，请中法考察团全体到省，以便从长计议，又在此筹备热烈的欢迎，省中各厅长以下重要官员，每日自早至晚均在南关迎候。他们空等了好几天，好容易才迎接着，接到之后，由当局招待至蒋公馆，卜安和开车的法国人，也同住在一起。此时褚、姚诸君已表示携有重要礼物，因之金主席筹备很隆重的礼仪，蒋主席的相片放在一个彩亭子里边，另外蒋主席赠予金主席的宝刀也占了一个亭子，然后由军乐浩浩荡荡迎入督办公署。其礼节无非静默、演说、鞠躬等，我也不必细述了。单说仪式举行以后，主席请吃饭，据卜安讲，这次饭一直吃了足有四五个钟头，其馔之盛可知。席间褚、卜均表示大批人均在吐鲁番坐候，拟即日离省西上，等由喀什回来，再为欢聚。姚、焦二君，本定到迪化就算交差，所以无表示，金亦点头许可。不料卜安太性急，必欲当晚即须出城，回寓后，即收拾一切，准备出发，姚并向卜安说，一切主席已谅解，可以西行，卜对姚之努力，并十分感谢。不料卜、褚正在收拾完毕即要上车的时候，涂君由省署前来，说是主席的意思，请暂留省，稍缓再行。并谓若是褚先生要去时可以去，至卜安则万不能放走，以符中央停止工作之意。此时褚先生觉着很难堪，不发一言，而卜安尚暴躁，谓除非开枪，亦要出城。及车到门口，即为七八个武装兵士挡住，不能前进，卜安至此，亦只得忍受。

自此波折后，当晚空气大变。省方派人检查卜安及另一法国人行李，并收没其枪械，又拿走了护照。姚、焦二君，亦主建议中央，非停止工作不可，不准西进。此时的褚先生，当然有其个人的苦衷，因褚先生总想委曲求全，把此事弄个有始有终，不料事与愿违，反弄了一鼻子灰。而卜安干急无用，又使其在酒泉的法子，以软法子动人，向省当局写了一封道歉的信，无非是说自己如何年轻不省事，路上不该打人，又不该遇事不会将就……一直说到不该不听劝，擅自要出城，末了无非是请求原谅，并望早日放行的话。此信为法文，由姚君意译为中文，其字句之间，不免又加些作料儿——自己年幼无识、举止荒谬等自打嘴巴的话，应有尽有，一时传为笑柄。好在卜安不大懂中文，也并不感觉什么难受。

我听到这些话，才略一明白为什么我们老是在吐鲁番等了许多日子没有消息，为什么那里也闹检查行李、验护照等事。后来褚先生等觉得西行无期，一切尚须候中央回示，不忍令我们在吐鲁番久等，所以商请金主席派一汽车接我们。而此事卜安也感觉到法方全体有来省的必要，也派其开车的回吐，因此我们大家才能于十七日由吐鲁番起身，向迪化进发。当时我们有若干希望，及到省经数日的观察，觉得至少中法合作是绝对没有希望的了。

省当局向我们表示，如中方人欲做调查，可以自由，省方并可担负经费。当局此等厚意，我们当然感激，但一单独调查，虽小团体，亦须有种种筹备。尤其是在内蒙古、新疆等地方，食物、帐幕、使用人等均非有充分之预备不可。至省方虽慨允担负费用，然与我们主管机关之关系如何，未见明言，因此我们觉得单独工作，事实上大

上：迪化教场考察团住处
下：在迪化与法国人辞别

有困难。所以到迪化不久,我即表示,事已至此,愿与团长一致行动,取道西伯利亚东返,以免在此徒耗时日。德日进对此很谅解,并且我们共同工作,亦有好处。据法方的观察,倘中国人离开团体,法国人单方面进行,也许要顺利些。

如今再续记我们回到迪化的情形。到迪化后,个人有一个好消息,就是翁咏霓先生给褚先生来一电,说是东回旅费,筹汇不便,请褚先生代为设法。这一来我可不致为旅费担忧,只也像行李似的跟着东回罢了。

八月二日,为褚先生及中国团员、法方团员公宴金主席及各重要官员的日子,我和刘君因此须赶回,否则在白杨沟还可多流连几日。因金主席的关系,假座督办公署内,一切筹备,都是涂、师二君担任的。吃的是西餐,和上次金主席请客时是一个厨子做的。厨子为缠回,做的菜也很好。此日宾主间的酬酢,又是一番盛况,自不必说。大家至此,也就忘了一切苦闷,且寻欢乐。这次请客,是回请性质。省垣各界于褚、姚、焦三君初到省后举行过盛大的欢迎会,我们到省时,还沿街看到欢迎"中央代表"的标语和帖子,他三人对此也要回请一次。惟这次是在前几天举行的,幸我和刘君正在白杨沟,得免当场出丑。但就《天山日报》上所载着的看,也是很热闹的。

由白杨沟回迪化后的情形,和未去以前的生活情形一样,不过希望中是东归胜于西上。每天无聊时,看看此地的《天山日报》以解闷。《天山日报》为迪化惟一报纸,除星期日外,日出一大张,用国货纸印,只印一面。材料大半都是自平津、上海等地抄下来的,所以许多不是新闻,而是历史。所刊的专电,未注明时日,也无从断其是什么时候的电报。不过自从"中央代表"到省垣后,《天山日报》上增加了极新鲜的材料,打开七月初旬和中旬的报一看,几乎每天都有关于"中央代表"的新闻。尤其是关于欢迎会三位先生的演说词,足登了一个礼拜。褚先生对新疆省政治党务,都有批评,谓办得非常之好,虽未完全党化,而一切一切,都已三民主义了。姚先生也有讲词。焦先生并力劝大家注重体育。会场中充满了许多欢欣的空气,我们由报上还可以看到,惜我这里不能完全抄录下来。

三日午在阎厅长[1]公署中吃饭,这里还叫作建设厅,因为内地衙门名目换得太快了,边疆的人,实在有点赶不上。阎在新疆为资格最老的一人,杨增新遇害时,阎亦在座,身中四枪,均未中要害,有两颗子弹留肉中,时作痛。此次中法考察团来此,有医生手术甚高。阎闻之,乃求为之剖取子弹。褚先生亦是习医的,允为帮忙当助手,于是竟给阎把两颗子弹均取出,也可算阎君的大幸。因在此地有此机会,实是不容易的。昨日请客,阎术后未去,今特约在此便饭。阎极健谈,饭后竹战,有姚君参加。我们均先后回寓,过无聊之光阴。

自我们到迪化后,常有些卖古玩、古董的来,以古物求售,其价甚高,大半是玉石字画和敦煌经。在此买玉石和敦煌经,还有可说,而字画则都是口内来的,在此买它,似乎有些冤枉。褚先生买了许多前清给蒙古王公的诰封,还有些意思。此外他们买的皮包、地毡也很多,这些都是本地出产,他们乐于买下,以作纪念。

---

[1] 阎毓善(1872—1933),时任新疆省建设厅厅长,对新疆经济的发展,颇有功绩。——编注

这几天德日进和我，于无可奈何中在附近做了两次小旅行。一次在南关，先在袁君处吃饭后，袁君借给我们马，到南关以南，看看第四纪地质，许多黄土，或似黄土的堆积。一次我们两人坐车往水磨沟，并由水磨沟东南行，直到侏罗纪煤层的地方，有三四十里。水磨沟，以用水力推磨而得名，风景也很好。地有兵工厂一，听说兵工厂厂长为陕西人，前多日曾来一名片，表示候意。但因会见不便，至今终未见面。因在此仿佛只有厅长一流的人物或省当局特许的人，我们才得见，其他人士，仿佛不配见我们似的，所以无会见机会。此地无线电台台长王君，也是陕西人，互相知名，急于见我，然不便到蒋公馆来。有一天我因某君约，特至其寓去访，见后述及种种情形，使我真听所未听，闻所未闻，增加了不少的常识。

有一天，袁希渊君在南关吴某宅中设便食招待中法人士，袁君在此多年，地方情形十分熟悉，对付人也很拿手，我实在不胜佩服。学术界将来再有事西陲，组织领导之任，实非袁君不可。

由南关回寓，接到一个很好的消息，就是我们回平经西伯利亚的护照已办好拿来了。前已说过，我们到迪化不久，鉴于环境，乃决东返。东返自必取道西伯利亚，自必须要护照。这里请护照的手续，先向省府主席请示，请其允许发护照，允许之后，始分发外交特派员公署。在外交特派员公署把一切手续办好后，商请当地苏俄领事馆签字，签字后，退交外交特派员公署，才能由此分发。据一般人讲，这几道手续，都很不容易经过，即使允许而不驳回的话，最快还至少有十天半月的搁置。据说请一次护照，至快得一个多月，还要无什么意外事。我们既觉得以东归为宜，乃决照手续请护照。褚、姚、焦三位早到，早已请过。并且姚早就讲他的无问题，早已办好了，一旦到手立即单身独行。我们后到的三位，于上月星期日前后才去请，据说是不成问题，只要当局答应让我们走。但事实上，谁也没有把握。当我们自白杨沟回来之后，主席有回信，说是所请当然照准，已着速办。这第一关已过，其余只是时间问题，一喜非同小可。但姚、焦二君的护照却发生了一点波折，听说他们请护照的职业，注的是"新疆外交顾问"，到了俄领事馆发生了疑问，说是报上载的各位大名是中央代表，姚君去拜领事的片子，又印的是军政部参事，前后分歧，不便照准。因此褚、姚、焦三君，颇彼此埋怨一下，幸外交特派员公署力为设法，主张换了前衔，以实报。于是终于八月五日这一天，六个护照一齐拿来。虽当下未成行，而成行的路条子已有，总可算告一段落了。至于请护照和拜领事等详情，惜我无工夫详为记述。此外还有多少多少的见见闻闻，也只有同样地付于不记了。

　　护照到手，东归已不成问题。乃于八月七日全体向金主席辞行，谢一切招待盛意。见面时，金主席颇感会之不易而别之速，还劝多住几天。下午与褚先生同游同乐公园以解闷，至鉴湖，某君招待坐船游湖中。亭阁如画，杨柳夹岸，颇为有趣。褚先生谈及将离迪化，尚未看到"秧哥子慰郎"，不胜其遗憾。某君闻而慨告奋勇，谓明日即可在此地看。原来新疆缠回有一种习俗，就是每年在八九月间，工作较闲时，有一种通俗跳舞，所表演的大都为男女相悦之事，缠语妇女叫秧哥子，所以名叫秧哥子慰郎。第二天上午，到德日进处谈东归事，德亦甚满意。下午即约大家上同乐公园，不料等了好久，不见动静。一会儿来了几个奏乐的，而无女子。一会儿来了两女子而乐人又去。两女所穿的并不是缠回式服装，已十二分汉化了，举止妖冶，一望知非正经人家。大家等得不耐烦，请其姑试一回，而竟说不会，并谓无论有无乐人均不会跳。褚、焦最后给她们照了几张相，竟自无结果而散，而一天又过了。

与迪化作别

八月九日，金主席又请客。计三星期来，每星期都在公署内吃饭，不过主客不同罢了。这天算是金主席为我们饯别，并且只请中国人，有各重要官员作陪。吃的中国饭，共两桌，席间又是一番应酬，自不消说。吃了一下午，江浙会馆又请去。原来那里在开平民医院筹备会，并代欢送中央代表，我们几个小人物，也附了一下骥。开会后，褚先生又有一大演说，足有一个钟头，把医院的过去和未来都说了。

十日上午，又到德日进处，因辞别在即，反彼此不胜其依依。我与德日进，自十八年以来，做了许多次长途旅行，在实验室中，我们彼此过从亦多，今一旦留他在此，固然法方终必有办法，然舍彼而去，终觉于心不快！彼谓如可能时，当作一二小旅行，因此地天主堂德国神父或可对他帮忙。他惟一愿望，就是能南登雪岭一看，我只有祝他计划可以实现。他说将来法方解决，不外留此专等西队到来，或一部分去接。果如此，则他能到南路的希望很少，从地质上的见地看，不能不算一大损失了。但我希望能全体去，可弥补我的遗憾。

由德日进处回寓，即收拾行李，金主席送给褚先生的礼物十分丰厚，无非地毡、玉石、皮毛、鹿茸、羚羊角等。就中送给蒋主席的最丰，其他亦有送给各部长、次长的，但并不如送褚、姚、焦三君之多。所送三君的东西，不分上下，因统以"中央代表"目之，自然是平等看待了。刘、郑和我亦沾了些光，紫羔皮筒子两件、玉章两块，即此礼物，虽为金主席盛意，我实觉受之有愧，但却之又不恭，只有留下。此外还送来一千两省票，不知何意，大约系零用的。听说褚先生等到省之初，金主席亦每人送四千两省票，此次东归旅费，全由省方面担任，听说另外还有许多优待，但未证实，似难相信。总之，金主席爱惜"中央代表"，真可谓无微不至了。此外各重要官员，也都有礼物送行，也是按等级分配，连袁希渊君也送了许多吃的东西。此次西来，学术成绩虽然很少，而礼物上竟是饱载而归，从某方面看来，也可算不虚此行了！

晚上坐上马车，由涂君领导到各重要衙署去辞行。刘君前本已决定一同东行，所请护照，亦已领到，但临时因尚欲工作，决仍留在此地，所以辞行时刘君未去。所到地方与初来拜客的地方差不多，不过有的只到门上留张名片，不曾进去。最后到法国人所住的地方去辞行，但卜安、德日进及其他重要人物均未在，只与司机等几个人谈了一谈，并照了一张相。临别时，褚、姚、焦三君并付厨役等许多酒钱，系用他们三人名义，显然予我们未给钱的人以不好的面子。不过此等差役之坏，一言难尽，路上种种不幸事，虽另有别的原因，但此辈无知厨夫，也负一部分责任。今不加惩罚，反与所谓"酒钱"，何异奖励人作恶，我实在不愿如此，所以即使是面子上下不去，落一个吝啬名，而精神上却很快活的。

晚饭在省党部魏君处吃,也是别宴。关于新疆党务,褚先生观察得很清白,有极中肯的批评,就是:"有党而无党务,无党务而有党员……"

八月十一日这一天,的确是值得纪念的,这天所要走的路,虽仍向西,而事实上和心理上均已觉得是归途了。自七月十九日到迪化已三个星期多,虽也勉强做了些事,而大部分时间,消耗于无所事事,自己意志不能固定中,今居然有一天实行归去,颇感愉快。无论法方是否仍在继续进行,所谓参加中法科学考察团者,至此已告结束矣。

清早招待处还备整席送行,省当局招待之周,真令人难忘。关于起行计划,由省到塔城,由省派汽车送,汽车前两日省府已指定,早上即来,但行李太多装不下,计只褚、姚、焦三君的东西和礼物等,已有二十多麻布大包,其结果须要第三辆汽车,因此等了又等,直至中午,第三辆汽车才来把东西装下。

午间金主席亲到招待处送行,金主席出门,威仪甚盛,惟所乘亦为俄国式大马车。袁君因我们要走,也来相送。我比袁君来得晚,而反走得早,袁君虽一再希望我能留此为西北科学考察团工作,但是环境不能允许,只有辜负盛意罢了!

下午一点,始得出迪化城,沿街悬旗欢送,为中央代表助趣不少。至西关同乐公园,各厅长等还在那里设茶点饯别,道旁有数百军士立正送行,军乐扬扬,颇为壮观。各厅长自早起即等候,一个个到此时肚子都饿了。我们此时也未吃午饭,于是就在此吃了些缠头饼和饭。此时装行李的车因事又要换车,又因途中出了毛病，大为延误，直至下午四点，始得把一切置好，正式起行。一共三辆汽车，两辆车载行李，一辆车坐人，另有护送兵士五人，分坐在那两个行李车上。

车出南关后，在大道上行走，迪化附近的景致渐渐向后推移，博克达雪山愈走愈远，总算是离开迪化了。天下事每出人意料，当初觉得无论如何，大致照所预定的路线走，一定走天山南麓，一行由爬车东归。但如今天山南麓不能去，而竟要借道俄国东归了。可是转念一想，借此看看天山北麓，也算不错。不过新疆的俗话说"吐鲁番的葡萄哈密瓜，库车的秧哥子一枝花"，前两地均已领教过了，独这以秧哥子著名的库车，竟不得去，未免令人有美中不足之感，不胜其遗憾！

起身后，最令我不能忘的为袁君，袁君虽说不日可以起身，但不知究竟何日。又有使我不能忘的为刘君，刘君本定同行，忽中止，或者仍加入法国人方面工作，或者与袁君偕归。但就早上情形看，法国人卜安初欢迎刘君，褚亦赞成，后卜忽表示拒绝，谓搬至法国人处可以稍缓。大约刘君或要搬到袁君处住，省方以后对刘君，当然不会像褚、姚、焦诸君在此时看待。至其中还有许多内幕，惜我知道一点而不详，也只有不说。总之刘君继续奋斗的精神，极可佩服，可惜不察眼前环境，恐不免还会有闷气吃。

是日因起身太迟，行九十里到昌吉县城。因天气已不早即住下，入街后，不久即见有一家店门挂红彩，系事先预备的地方。店很简单，其结构与陕甘一带的店极相似。

塔城闻见

到店后，与焦君进城南门，略一散步即返，市民对我们特别注意。回店后，县知事正与褚先生谈话，县知事不料我们在此住，以为以此为过站，所以设备颇简率。十二日由昌吉起身，不久即过一大河。河水深极，不易过，由马拉车，始得平安过去。河名大西河。所经地，为一大黄土平原，南为戈壁，北为准噶尔大低盆地，地形极为简单。以南天山在望，层峦叠嶂，惜均无福，不能实际一观，殊为憾事。行一百余里，过一河，较大西河为小。再西即到绥来县，入街后，两边全城学校学生与军队排队相接，市上亦遍挂国旗、党旗。县知事等导我等到一史姓家中住，因史为本地一巨富，房屋极为华丽，屋内陈设亦应有尽有。县知事及地方各机关均竭诚招待，各校排队至院中请褚先生校阅训话。褚先生虽自迪化出发以来，身体不大舒服，但亦力疾致辞。吃饭后，姚君忽提议要看秧哥子慰郎，县知事慨允，即招乡约组织，夜间即在庭中演舞，其大致均男女相悦之跳舞，不过为调情舞，以手足及目示意，而并不相搂抱，像社交舞一样。有几个跳得很好，惟女人中来的只有二位年纪很大的和三位年纪很小的，因妙年女子多不肯来，褚先生目之为烧头尾，以不获睹中段为憾。

十三日早，褚先生本还想再看一回慰郎，借以照电影，而增加旅途材料，但姚君赶路心切，立即起行，遂作罢。此日过了好几道大河，最大的即为绥来县附近的玛纳斯河，现正在修一大桥，以利交通。过了好几个大平原和以北盆地的边缘，大半为丛林，风景多可观。据说以北丛林深处，尚有虎及其他野兽。走了三百五十里，到乌苏县。距乌苏不远的河水很大，天又将黑，幸县中派人来接，引路过去。在乌苏的招待和绥来差不多，惟所在为一缠回家。县知事为湖南人，年事已高，双目又失明，但官兴还很浓。

　　自省城到乌苏，为大道分岔的地方，向南大道通伊犁，向北偏西则通塔城。十四日早，我们即取此道起身，向北横穿盆地，回看天山之雪，尚高耸云表，而我们此时真要与之告别了，不胜依依。向北行过头台车排子、小草湖到三台则，已有小山岭，再北横穿此山岭而到庙儿沟。天已暮，但据此地电报局人讲，以北二十里有地方可住，乃再行，至二十里泉。此地某哈萨克人为本地大地主，手下并有许多民团归其指挥，俨然是一方大王。他为我们立刻在空地支起新的蒙古包，里边一切十分洁净。听说金主席的儿子去德国时，亦在此过夜，住在此蒙古包中。彼又为我们杀羊，夜间即吃那所谓抓饭。但大家长途疲倦，多早休息，皆不能好好地吃，未免有负盛意。

　　十五日早起身，仍在山中行，有一部分山势且高，路亦很窄狭，将至坨里时，始出山再入平原。此地方有人悬彩招待，盖省上公文一行，沿途皆知，都当大差使迎送。再前即至额敏县城，县知事招待特别殷勤，另由塔城来的某君，系奉塔城行政长官命令来此迎接者。午饭后即起身，县知事送数十里始别去。我们一行至下午三点即到塔城，黎行政长以下许多人均在街头相接，我们随即到所预备的地方—商会中住下。计由乌苏到此，共七百八十里，由省至此，约一千四百里。未由省起身前，一般人都说两天可到，但我们竟走了五天才到。

塔城缠回人名喀什卡克，为新疆西北一重镇，商务颇称繁盛，各种民族杂居，汉人也不少，经商者以天津人尤多。南北不远皆有山地，中为一小平原，又有河流穿过，所以附近土地还算很好。十六日上午洗过澡，即游览街市及附近大地主的几个大园子。原来此地有钱的哈萨克人多有大园子，广植树木花草，既可游息，又可生财，一举两得，有几个布置楚楚，极为可观。街面上商务也很盛，俄国货物充满市面，一切消息，十九都是仰给于俄国。至于我们行期，因褚先生到塔城后，病并不减轻，为慎重起见，非休息几天不可，行期因之未定。由此到最近铁道站——阿牙古斯——尚有六七百里路。至该地之方法有三：一可乘俄国飞机，四点钟即到；次可坐俄国汽车，一日可到；再次则坐大马车。乘飞机、坐汽车，据说都比较可以办到，但多数意见主张坐马车。马车虽慢，但可以看看山景，所以我虽有些怀疑原提议，而却相当的赞成。

到塔城后，本地长官人士，均做破格的欢迎。头一天黎行政长[1]借巴依园子请客，有当地重要人物作陪，不但有盛饭可吃，再有秧哥子慰郎可看。缠头音乐、拳斗、杂耍等等玩意儿，由正午一直至薄暮，始尽欢而散。第二天为县知事设宴招待，除以前有的东西而外，还有大戏一台，分两班子表演。一是秦腔一类的乱弹，一是走马式的小调，班主不时来请点拿手戏。一切习俗举动，前二十余年见之于我的故乡，不期此时竟在此也看到，盖因此地一切汉人

---

[1] 应为黎海如（1885—1933），国民革命军陆军中将，时任塔城都统兼行政长。——编注

上：汽车渡河（昌吉以西）
中：绥来县建筑中之桥
下：二十里泉所住之蒙古包

左上：塔城哈萨克人吃抓饭
右上：哈萨克妇女
下：塔城欢迎褚先生之盛会

文化，系缘西安兰州大道西上。距离虽远，而习俗语言，反很相近。

这两天的盛会，褚先生因病体未愈，只第一天的会来看了一下就走了，其次均未来看。褚先生病虽不算怎样重，只是身体有些发热。黎行政长极为关心，驻斜米巴拉丁斯克的中国领事牟君正也在此，亦极为帮忙，请苏俄使领馆某有名医生诊视。一二天之后，病始告痊愈。到八月十九日，塔城各界欢迎"中央代表"，褚先生已能亲自参加。此日由黎行政长主席，宣布开会，并对褚、姚、焦诸君表示特别欢迎与敬意。褚先生旋即演说，演词非常长，且由当地某君译为缠回语，以求普遍。褚先生词中对新疆现在省当局方面，及金主席以下各位维持西北、保障西北的功勋，极表崇敬。以后焦亦有演说，对汉回关系颇有发挥。演说完后，吃饭，仍是从下马点心吃起，并有缠回跳舞助兴，至天黑始散回寓。

褚先生病愈后，不但到各处游览，照例取其册子请人签名，并且写字。惜此地知褚先生能书者不如迪化之多，故褚先生在此地写字有限。我们一行在此流连了好几天，惟对于行期，始终未定。初因褚先生有病，现病已好，始决即日起身。雇车等事，均有黎行政长料理，省事已极。经好几次商议结果，始定二十一日起身。起身前，尚有一事足记者，就是在塔城的外交上的应酬。原来塔城驻有苏俄领事，莫斯科派中亚细亚外交专员某近亦在此。斜米巴拉丁斯克中国领事亦来。新疆当局与苏俄，在此显有外交上或其他事务待决，毫无疑义。惜我们不大明白，不能过问，亦不便过问。褚先生等颇觉在此有拜会一次之必要，非正式的会见，当黎行政长请吃饭时已见过。此日除姚君外，大家全前去，专与俄外交特派员及领事会见。此外交特派员言辞锋利，态度闲适，一望而知其为一外交人才。席间彼极力表示中俄之关系，彼谓无论中国情形如何，无论中国对苏俄态度如何，苏俄对中国民族则极恳切注意，而表示亲善。彼并详细询问中法科学考察团之经过，及路上发生纠纷的情形，褚先生皆有详细答复，并表示中俄关系之语，但不十分针对。苏俄外交特派员并表示在其国境内，当可尽量予以方便，且劝乘飞机前往，褚亦允考虑。辞出后，会商结果，仍决乘马车。因一切已预备好，不便更改，对苏方盛意，则派人道谢。

二十日，为在塔城最后一日之流连。早上去洗澡一回，该澡堂为回人所开，系蒸汽澡，入内脱衣后，至一温度极高室中，不久即出汗。然后随意用冷热水冲洗。我因洗不惯，只草草了事。洗完后，出闲游街市，并买了一二件小东西，以作来此的纪念。连日因天雨，街上非常泥泞，但一到俄国人从前的租界地，则较好。晚间商会会长在某银行中请吃晚饭，又是一番应酬，而这一天也就如此过去了。当初由迪化动身时，绝不料在塔城会留这许多日子，但事实竟是如此。至我们在此情形，省当局亦均知道，并有电述及省东军事消息，说是很胜利，不久就可解决。此地种种宴会及欢迎会，正和在省一样，我一点不感兴趣。因我非党国要人，参加此等会，实益增惭愧。所以能早日起身，早到北平，为我惟一的愿望，别的事只有付之一笑罢了。

终归又混到我们要离开此地的一天。十一日由迪化起身，二十一日又由塔城起身。由此起程，更多一番意义，就是又要离开中国了。自十八年二月回国以来，现在又要去国，看看苏俄的情形。

是日早四点即起床，收拾一切，但因人多行李多的关系，直到十点才能出发。马车五辆先行，我们及送行的黎行政长等乘前来的汽车前去。开至街市尽头，当地人士代表排列送行，并备有点心、香槟酒，大家喝过后，即谢盛意，再登车前行。道在一平原上，两边山岭，均历历在望。由塔城到巴克图卡，约四十里，一点多钟即到。到巴克图卡后，仍有中国把关人员迎接，并备茶点。据说往西再过四五个电杆，便是俄界。此地中俄交界，在平原上，一旦有事，无险可守。当初国界在以西数百里，国界日蹙，差不多是各处边界极平常的现象，言之令人痛心。

休息片刻后即前行，果过几个电杆即入俄境。中国电杆直插入地中，俄国电杆则用两石碑夹起，十分坚固，因之极易分别。过界不远，就是俄国驻守所。守关卡的俄兵站为洋式，并有无线电台、守望台等。以我国关卡相比，有天渊之别。在此只看了看护照，黎行政长及牟领事均同来，彼等均有正式护照，毫无困难，即上车再行。走了一里多路，才是苇塘子，为俄领一小镇，所设关衙，均在此地。至关上后，俄方招待很周到，塔城俄领事及苏俄外交特派员亦均来此，俄领事领我们到他的寓所，验行李的事，由黎行政长派的人替我们照料。

十一天的去国

俄领事住的地方，离关卡不远，房虽简陋，而十分整洁，除外交特派员外，尚有一俄商人在座。彼等招待吃午饭，备有酒、鸡子及冷罐头等，听说都是由塔城带来的。席间由俄领事致辞，述欢迎及欢送之意，关于中俄关系，亦多暗示，与外交特派员（彼临时退席）之态度完全一样。褚先生亦有答词。吃毕后，褚先生尚留此，我们返至关上看行李，因沿途不用的行李及照相机、中币等，均须在此封以铅弹，以免沿途重验。临往领事处去时，褚先生及大家公推褚先生之秘书帮同塔城派来人照料，我们当然十分放心。不料及我们到后，我之行李完全未封以铅弹，我向之询问原因，回说是不为我当听差，语甚负气，大有动武之势。中国人彼此合作精神与组织，于此已可见一斑，夫尚何言。乃设法补封，封后，马车夫之马尚未喂完，褚先生亦未到，还不能动身。直等到下午六点，马也喂好了，褚先生也来了，这才起身。起身时，与苏俄领事、外交特派员及黎行政长、牟领事作别，再向西进行。

出发时，东望祖国，颇生了不少的感想。最深刻的感触是此次我们去国，纯为假道性质，本非必要，但因国境内交通不便，必须如此。正和云南人由北京回云南，要取道安南一样。国家交通如斯，思之殊可惭愧！国土交界地方，我国方面并无若何国防设备，而俄方此地，有无线电台，有飞机厂，有汽车站。汽车路直通中亚细亚铁道，此铁道即约略与我国国界相平行，用意可知。听说由莫斯科开兵到边境，一星期可到，返视我国情形，真令人不敢设想了！中俄目下外交关系，是没有恢复国交的国家，但新疆与苏俄外交，曾在十八年中东路有事时尚照常，这当然是局部事实问题。但苏俄外交，对于中亚细亚一区，显另用方法对付，无可疑义，此方针将来为祸为福，亦颇堪细思……

起身后，马车前后相接，褚先生一人一车，姚、郑二君一车，焦与我一车，送我们直到斜米巴拉丁斯克的某君与行李一车，另一车专装行李，排起来也可谓之浩浩荡荡。起身后不久，日已西落，前行路虽大致尚平，但也渐高，附近有小丘陵，方向大致向西北。时月色很好，旷野中，颇饶意趣，但坐上马车旅行，实又是一种滋味。走的有二十七公里，附近一地，名叫阿达街，车夫就在旷野中停下喂马，我们也就在车中过夜，草草一晚。

一夜既未曾睡觉，所以次日也无所谓起来。今日为二十二日，系父亲生辰，不料我仍是天涯飘零地生活。东望故乡，不禁唏嘘，但为着前途，也只有奋向西去。早行三十三公里，到一地名木汉其，在此又喂马。喂马一次，须三四个钟头。下午行二十五公里，到一地名巴尔呼伯，因天已晚，即在此住下。所住小店为哈萨克人家，主妇的丈夫于多日前被捉去，现尚不知下落。沿途没有卖东西的，我们吃的为黎行政长在塔城预备的面包、牛油、火腿和炒咸菜等，所以每到一地，要些开水便可吃一顿饭。这夜在此，也是一样。入俄境后，夜间一切感觉极苦而荒凉。一般人看到面包，真视同珍宝。吃完饭即休息，我昨夜未睡好，又怕在外边受凉，乃睡在屋子里边，因未带床，只把单子在地上一铺便睡。不想愈要睡愈睡不着，遍身发痒，初尚能隐忍，终致不可耐。用手电灯一视，遍地遍墙都是大臭虫，杂以小毛虫，使白墙几成了黑墙。这样多的臭虫，实为生平所未见，乃跑出去把单子收拾一收拾，又倒在车上去睡，仍是一夜不曾睡好，又到第二天了。

二十三日，清早吃了些面包，即起身，行十八公里，到吴儿街，地方较大。行二十五公里，到一棵树，又休息很久。但是夜却连夜行走。地多沙子，因竭一夜之力，才走了三十三公里，到一地名吉土巴悍。到时，天已大明。此地临河，又有小山，在河畔洗脸后，吃早点，随即又行三十三公里，到阿尔河儿，亦有一河。下午走了二十七公里，到吉阿斯他斯，又大休息。夜间走了二十五公里。第二天早上到一地名阿姨，早休息后，行二十七公里，到清河涧。下午走了三十三公里，便到了火车站附近的阿牙古斯。自二十一日由塔城起身，二十五日到阿牙古斯，走了五天，共计约三百公里。所过地方，大半为平原，大部分相当于准噶尔盆地的低地而不是戈壁。戈壁地形，有几处还可以看到。大道以南，时有山脉连绵，至阿牙古斯附近始消失。真正有岩石的地方，也过过几处，惜因旅途匆匆，不能如意调查，所以可以说一无所得。至由塔城至阿牙古斯，全通汽车，沿途大地方均有无线电台，可见苏俄建设，的确是很有进步，不只是空谈。

如今我且略一述在阿牙古斯的情形。当我们到阿牙古斯附近时，天已渐黑，远望有一群有电灯的地方，听说就是车站。但市镇距车站尚有数里，当时颇不知该向何处去。经相当犹豫，始决向市镇。行不久，有二兵即赶问我们是不是由苇塘子来的。相谈之后，始知他们是地方政府派来接我们的。二兵带我们到一地方，是预备招待我们的。一会儿来了许多人，大半都是本地方政府代表、公安局局长及其他重要人员。俄代表声称地方政府主席因病未能来。又说自接苇塘子电预备招待，每日派人去接，终未接到。此地人士对我们如此招待，真可感谢。他们都是哈萨克人。阿牙古斯为哈萨克共和国之一部,也就是苏维埃联盟之一。一切政治上人员,多为哈萨克人,但监督指导与较有实权之事,俱是俄国人。我们吃过招待盛馔后即休息。所备饭甚丰富,所住地方虽小,而十分整洁,在此等地方,实亦不可多得。

　　二十六日上午,去拜访地方政府主席。主席很年轻,和其他政府委员一样,都是有些工人气派,一望而知其为无产阶级所组的政府。午饭后,即收拾起身,一切买票和过行李等事,赖他们帮忙,省事不少。车站一切,尚在新建中,处处可以看出其新的向上的发展。惟车站上的人非常多,男女衣服整齐者很少,也似乎没有什么秩序。若在此无本地人和塔城来的人帮助,我们可以说无法上车。车到后,特别给我们预备一辆,放上行李后,地方还宽敞。惟卧铺只有三个,褚、姚、郑各占一个,焦支起所带来的木床,也能舒服地睡,其结果只有我一人没有地方可睡。但自觉能得一位置,也算侥幸,人贵知足,何必多求。一会儿送我们的人已走,精神上渐感觉一种愉快,就是觉得行程又进步了一段。车开之后,望着这伟大的平原,并回想在阿牙古斯期间的见闻,深觉此地已有种新气象,已非我们之西北所能与之比拟。倘我们再不努力,只怕只有永久地落伍了!车行不久,日已西落,但尚有月色,可以望望两边夜景。第二日早,不到九点,即到斜米巴拉丁斯克。为一大城市,附近有大河向北流,已为北冰洋水系。此地有中国领事馆,前在塔城所遇之牟领事,即为此地领事。因黎、牟早已通知此地,副领事刘君及馆员均来招待。照原定计划在此下车,再搭别的车北上。车上打听得这一次车,北到新西伯利亚城,大家急于赶路,乃托使馆诸位交涉,再搭此车北上,以免行李上下麻烦。结果可以办到，惟十一点始开车，遂到中国领事馆吃午饭。领事馆房屋很整齐，在此始看到较近的北平、天津报纸，才知道国内一点关于中法科学考察团的消息和论调。十一点由斜米巴拉丁斯克起身，除由塔城派送我们的仍同行外，领馆又派一位熟悉新西伯利亚情形的同行。我们坐的车仍是那一辆，夜间仍是过那半坐半睡的生活。惟地已偏北，天气渐冷，夜寒侵人，比之前夜，已有些不大能够支持了。我为行李简便计，且以为车上用不着带铺盖，所以把行李在阿牙古斯俱挂了号了。同行中有带衣服很多的，大有不愿借用之势，我亦不愿与之费唇舌，一夜也就这样地过了。

二十八日清早，本就应到新西伯利亚城，因车误点，到十一点左右始到。在此得到最令人满意的消息，就是当日下午八点半，就有由西向东到满洲里的大通车。因为我们的车是包车，所以一切行李均放在车上，得以从容打听一切。更因为有送我们的那二位帮忙，所以得免去一切困难。此地车站上的情形，虽不如阿牙古斯的纷乱，但人民贫穷的样子和车站上人等车的情况，和在国内许多地方实差不多。因尚有半天时间，乃与褚先生等到城内一游，直走到中央饭店那里，并吃了一顿午饭。自塔城至此，除在阿牙古斯由地方政府招待和在斜米巴拉丁斯克在中国领事馆吃了一回正式饭外，余都吃的是由塔城所带来的面包、干菜。在此能吃一顿热饭，所以实在高兴。以前听得人说，吃饭须先买票，但因我们所到的是较阔的饭铺，因而免去了此等手续。又在塔城听说干粮须带到满洲里为止，及到此打听，知大通车上确有饭车，遂把所剩的面包全给看车的那位妇人留下。

新西伯利亚城为西伯利亚一大城，因为铁路交叉，所以位置尤重要，惜我们留的时间有限，不能做进一步的观察。表面看来，人民虽十分疾苦，而公共事业方面，确很进步。下午六点即到车站，搬行李找不到脚行，只有自己动手。车站上闲人很多，易丢东西，因之格外小心。到八点半车来，即上车与送我们来的二位作别。此次由新疆取道西伯利亚回国，途中赖他二位，得免去许多困难，而他们对我们之帮助周到，尤令人感谢不尽。车为万国通车，坐的是二等，很舒适。开车之后，觉得一切困难均已过去了。因此车直到满洲里，一入国境，就同到家了一样。

我于十八年二月由德返国时，取道西伯利亚，所以由新西伯利亚起向东的旅程，可以说是重游。但一因那时候为严冬，现在为初秋晚夏，二因火车时间的关系，所以从前夜间经过的地方，现在白天经过，从前白天经过的，现在夜间经过，因此对所看到的，仍是很新鲜。总计由二十八日夜从新西伯利亚起身，二十九日过上乌金斯克、克然奴牙儿斯克、堪斯克等地。三十日过伊尔库茨克及贝加尔湖。三十一日过赤塔，至九月一日早，始到满洲里。在此数日中，除夜间睡于车上外，白天则尽量地看两边的景致。大多数地方为森林，风景十分好，尤令人感念不忘。印象最深的是薄暮过贝加尔湖畔，这时正有很好的月亮，月明，湖光，山静……清雅的富于诗意的景致，使我毕生不能忘记。

计自八月二十一日由塔城起身，至九月二日早到满洲里，恰在俄境过了十一日。此十一日所经路线之长，几倍于由北平直至新疆。交通的比较，真是天渊。至所得的感想，因旅程很快，没有多少可记。

不过就由苇塘子到新西伯利亚一带的情形看，物质建设方面，实有伟大的进步，而民众之苦，却一仍如昔。但大体言之，总算有进步的国家，较我们只说大话、毫无办法的国家强得多。我的感想正与我第一次过俄国时相同。国家政事，如盖房子，什么房子都可以住，都可以避风雨，只怕议论纷纭，相争不下，而任住房子的人老在风雨中过日子！

又回到北平

依行车表，早九点即可到满洲里，但因三十日在伊尔库茨克误点，终未能完全补上，故于十一点才到。未到满洲里前，照例验护照，并查行李。但我们的行李并未查验，车中人争在此以所余俄钞换哈洋，一卢布可换两元哈洋。我们所余的钱，则悉数兑回斜米巴拉丁斯克。到站以后，有满洲里军政长官来接，在新疆的那一套把戏，势又须重演。转行李等事，亦由他们帮忙。我们至站吃茶点，由此买票到哈尔滨，须个人出钱。我因钱不足，向褚先生借了若干。据说新疆省政府在哈埠给每人还兑有大洋三百元，如能收到，当然用不了。但我合计借得之洋，已勉强可够，所以无论收到与否，决不至影响我的旅程了。

因西伯利亚车误点，中东路车也连带误点。十二点多上车南行，眼中所见，自又是一番景象。西望天际，戈壁仍可看到。我已自戈壁西端之西跑到戈壁东边之东了！此时心中又是一番感触。沿路各站，均有军乐欢迎褚先生，褚先生尽忙于招待，我愿毕生不做阔人，以免受此无谓之招待。夜过兴安岭,以不得看两旁景象为憾。二日早八点,车到哈尔滨。褚、姚、焦因买票到长春,即转车行。我则留此小游,拟搭晚车南下。此次中法科学考察团团员褚、姚、焦三君,为政府要人,我能与之同行,名义上虽为荣誉,而事实上实为不幸。因考察上处处发生阻碍与困难,固非三君之过,但三君在名义上、职务上,均为不可免责之人。既不能防事变于前,又不能尽职责以图善后于途中于后,以致演成如此结果,实为遗憾。今能一旦与三君相别,精神上自觉愉快,为三四月来所未有。

我第一次过哈尔滨时,为十八年回国。二次系十九年春与德日进。今我又来哈埠,而德日进尚留迪化,与不可预知的命运苦斗,殊可令人生感。下车后,把行李存放在车站,先找一地方洗澡、理发。随后到旅行社把由哈尔滨到北平的车票买好,又至街市闲游,并修理我的手表。因所戴的表,自出发后一月,即停止不走,今能再把表修好备用,从此不再过无时间单位的生活。晚间由街市步行归来,途中遇在北平做修理化石工作之王存意,相谈之下,始知他与尹建勋先生同来此,在附近采掘化石,并由彼得知北平工作情形,快慰非常。后乃同彼到文物维持会,去找尹君。不料至则尹君已他出,看看报纸,借知国家情形。大概无非内争、外患、水灾一类的新闻,可令人太息。时距开车不远,乃到车站上车,王君亦同去。行李简单,一切很容易布置,就绪后,乃促王返,独留车中。但不到一刻钟,尹君与王同来。尹君在里昂习地质,只闻名而未见面,在此相逢,真算快事。彼谈采集情形,十分丰富,惜因时促,不能下车一看。车不久即蠕蠕行动,乃与尹君作别。车中一夜,九月三日即到长春,再换上南满车。车上及沿线一切，看出日本人之蛮横，与在东省势力之伟大。下午一点到辽宁，大通快车，夜十二点许有，但下午三点有一列车赴平，惟无二等车。为缩短途中无聊计，决上下午三点的车。从此上车以后的情形，还和我十八年过此的时候差不多，看不出何等进步。过大虎山后，因多走过一次，印象较深。似睡非睡，又过一夜。至四日早过山海关，此时有说不出的一种肤浅的感触：不久我离了嘉峪关向西，曾几何时，又跑到长城东端的山海关了。下午三点半到北平。到寓之后，见家中自母亲以下均都安好，并多了一个新孝，就是我的四婶已不幸病故了。计自五月十二日，由北平起身，至九月四日到北平，费时一百一十六日。所过地方，仅计中国境内，自北平至塔城约三千九百公里。自北平至满洲里，二千一百九十八公里。而我所得目前能述之于笔端的，也不过如此。愿不久仍能再有西北之行，以弥补此次的遗憾。

参加中法科学考察团的总感想

一

我将由北平起身,参加中法科学考察团,经张家口、百灵庙、额济纳河、酒泉、哈密、吐鲁番、迪化、塔城,以至取道西伯利亚回到北平途中的所见所闻,用剖面式的方法记述下来,但搁笔之后,尚有不能已于言者。

既云是切面式的方法,当然不能将所有所见所闻,一一由毫端形之纸上,不过只择有剖面价值的记载。有些亦因兴之所至,或简或详不等。有许多有趣的资料,或将永存于我的脑海中,而无与读者见面的机会。又因为时间所限,仍免不了日记式的毛病,所以关于事的记载,仍嫌凌乱而无系统。

文中所记事实,均沿途偷暇所记。仅只就当时见闻所及而记之,不一定于重要的事实全不遗漏。如郝君被打时之情形,据褚先生以后告诉我,郝君通过照相地方,卜安严阻,郝君说:"中国地方,不让中国人走吗?"及褚先生解劝,郝君说:"我不像你一样当亡国奴！"均未在该段记出。因我当时并不明了这样情形。又中法科学考察团途中发生种种不幸事件的背景，我自加入一直到迪化，完全在梦中。虽看出一点，然究不明所以然，因而对中法纠纷真相，愧未能尽情宣布。好在这并不是我的责任，所以付之阙如，也不要紧。

此外我觉得几万言的记账似的游记，没有一点结论，未免使读者生厌。今将我参加此次考察团回来所得的总感想，简志下来，权当结论罢！

二、对于中法纠纷的感想

这一次中法科学考察团的结果，无论法国人单方由喀什东归途中怎么样，但在这块招牌之下，其结果不能认为圆满，乃是一般所公认的。其纠纷并不限于郝君在哈也尔阿马脱被辱一事，自北平出发，至迪化中法两方分手为止，几无一重要地方不发生纠纷，亦无一日不在双方暗斗之中。北平为挂旗问题，张家口为照电影问题，百灵庙为坐车问题，乃至酒泉、哈密、吐鲁番、迪化，都是双方大办其交涉。不过酒泉以后，大半交涉由地方当局出头办罢了。因此纯粹的科学考察，遂大蒙其影响，至今回思，尤有余憾。不过究竟谁是谁非，我既不能把真相尽情地宣布——我也不大知道，自无从下确切的判断。不过就我已知的那一点情形来观察，可以有如下的感想。

法国人方面的错误。此次中法科学考察团所以弄出许多笑话，其最大错误，当由法国人负责。许多事不应该做，如由北平一开车不挂中国旗，途中饮食上对中国人歧视，及随地随时侮蔑中国团长的态度,均为发生不幸事件的原因,或至少是导火线。卜安年尚轻,对中国情形不熟悉,事事借重其会说中国话的俄国人裴筹。裴筹虽会中国话,中国情形亦知道不少,但大半于中国下流社会的坏方法、坏毛病很精通,而真正之情形,尚有不能入门者。裴以下又用许多洋奴式的中国人,于是更为坏事之由。至于其他工程师以下,乃至机械工人等,凡参加非洲旅行或曾到过殖民地的,因已受此等熏染,当然态度上有些讨厌。就是少数工人,本是可好可坏的,一有"大家"传授,自然形成普遍的轻视中方的空气了。然而失败的最大原因,还不在此。德日进在迪化告诉我,他们机械的人数太超过于考察的人了。他们一共十八个人,除卜安为队长、德日进为地质家、雷猛为自然科学家而外,其余人全为修车的、开车的、照电影的、打无线电的。脚比头重,当然不会有好结果。

我国人方面的错误。世上许多纠纷,往往不是一方面的错误造成的。中法科学考察团事件也是如此。我们方面的错误很多,姑简要一述:(一)事前无充分准备。自准备参加,至由百灵庙正式动身,从未曾全体团员聚集一起,商议如何进行及行装预备等。百灵庙两方因行李多少之冲突,大原因即由于此。(二)参加人员与法方犯同一毛病,真有学术兴会者太少。查中国团员共八人,团长褚先生为医学家,姚、焦二君为军事家,郑君为褚之秘书,周为新闻家,刘君为植物家,我则从事地质。以号称科学考察之团体,而如此组织,大多数人途中无真正工作可做,自然难有良好的结果。(三)以上所述,尚不是最重要的。最痛心的乃是自将出发至东三省分散,团员中常坚持反对中法科学考察团组织问题,以为根本上即不当有此组织。查此团体之是否应当组织，及是否应当与法国人合作，做此旅行，当然为另一问题，我在此不愿发表意见。此项事件之决定，自当在出发以前。如不赞成，为国家计，自应反对，起码限度，个人不合作。乃出发前不见反对，而又奉中央命令参加，号称团员之一。乃至中途，时时反对，此等举动，在伦理上、法理上、人情上都不可通。尤可笑的是许多纠纷，名义上虽有极正当的借口，而一细推究竟，莫不有极卑污的背景。大半不出吃醋争风一类的事情，令人不忍形容之于笔。少数团员，抛弃其本身责任，徒放其似是而非不负责的言论。彼此又极其钩心斗角、互相猜忌、互相利用，一如我国官场之卑污伎俩。此中曲曲折折、详细情节，自北平出发，到北平分手，几无日无之，无地不有。若一一详记，适足以污我之笔。这样的情形，怎么会有好的下场呢？

三、西北的危急

西北的危急，不亚于东北，这是一般人都知道的。外蒙古事实上已不是我国土地了。十九年我参加中亚考察团，到二连以东一带地方时，因逼近外蒙古交界，便时时有戒心。因外蒙古对其边界出入颇注意，没有护照绝对不能通行。因此内蒙古由张家口至外蒙古商务，完全陷于停顿状态。这一回由百灵庙向西到额济纳河畔一段路，有许多地方极与外蒙古边界相近。据汉人商家讲，绝对不许入外蒙古一步，在边界上节节有卡子防守，因之对于外蒙古的商务，也很凋零。

由额济纳河南绕经酒泉到哈密，去外蒙古界远一点了，看不到这一伤心事，但又有一伤心事来给我看，就是回汉的争斗，在甘肃斗了多年，至今未见平息。至哈密近郊又遇到官军与缠回交战……凡此种种，都是西北不可乐观的事情。凡熟悉和关心西北的人，都是承认的。

到新疆后，似乎汉人势力大些，哈密以西地方也平静些，但事实上也绝对不能乐观。

第一，从商业上看，大部分成了苏俄的殖民，剩下一部分又为英国夺去，汉人的经济力是微乎其微的。从哈密起，到由塔城出国境为止，所有日用品，如布匹、烟酒乃至吃的糖果、饼干，都是由俄国运来的。饼干上再印有宣传一类的标语。新疆本省的土产也是十九向西行，而不向东运。就商业上，外货充斥、国产品凋零的情形，不亚于津沪等通商口岸。换言之，也是半殖民地化了。

第二，新疆与内蒙古比，汉人比较多，而统治阶级的人尤多为汉人。其他汉人，虽为商人或其他职业，但地位上是优越的，超出于被治的民族如缠回、哈萨克、蒙古等。但是讲到民俗习惯，汉人莫不习于淫侈恶腐，而被统治者反多可取之点。如缠回率皆不吸任何烟草，汉人则大半无论男妇皆为瘾君子；回人妇皆天足，而汉妇还是缠脚；回人多讲清洁，虽很穷的家庭，十分陋鄙，而却很洁净，汉人则处处表现其污臭。诸如此类，难以枚举。统观世界上民族，凡被统治的习性，莫不劣于统治者，但在新疆，适得其反。其所以能如此，乃是以前征服时的余威，即是祖先的阴德。但此等情形，绝难长久下去。况以西门户已开，西北有苏俄，西南有英属地方，而新回每年往君士坦丁堡"朝汉"（即拜回教圣地）吸收新土耳其文化思想的很多。若本地汉人不知觉悟，中央不想办法，必有溃烂的一天。但我的意思，不是说汉人充实起来，涸愚其他民族，乃是希望汉人一方面自己努力向上，一方面亦对其他民族以平等待遇，共同建于共和原则之上。惟如此，才能消隐患于无形。

第三，便是西北的边防。由我们自北平至新疆的经过看，就可知由内地至新疆交通的困难。西安—兰州—星星峡大道，久因兵匪缘故，不十分通畅，所以反不如走草地平妥。反观由新至英俄交通，尤其是到俄国的交通，则十分便利。沿新疆而北有一条铁路，绕着重要的地方，且有支路，内蒙古也自然是如此。单就塔城讲，塔城至迪化虽可通汽车，但路并未修，并不容易走，且只限于官用。由塔城至阿牙古斯，则不但有汽车路，且苏俄的苇塘子还有飞机场，无线电更不消说。据说一旦有事，莫斯科的兵一星期内可到塔城，这是多么危险的事。年来国人习于内争，内政不修，国防不理，东北边事，固可痛心；但沿中国边界，无一处没有不发此等同样事件的可能。国人如再梦梦，那当然有应得之咎。天助自助者，我不努力，岂更能禁止人不努力。

四、爬行汽车与西北交通

西北的危急，既如上述，图补的方法也很多，我在此不能详述，但惟一的基本问题，不能不郑重略述的，就是交通问题。交通便利，一切都有办法，否则一切都是徒费。左宗棠平靖新疆时，由北平至新疆，至少军事上的交通很便利。据说特快驿马，十八日即可由北平至迪化，近则一百十八日也不行。我们现在要办的，并不是只将官厅特用的交通，乃是民众化的交通。近来交通事业发达，整顿并不困难，基本要图，当然是铁路。但在中国目下情态之下，绝难望其早成，比较容易而可收速效的，当然是汽车道。新疆省境内各大道均已通汽车，内地汽车由西安已可通至兰州以西，绥远汽车已可通百灵庙。现所缺欠的只是把不连的地方连起来，而使之规模宏大，组织改良，不但用于军事，还要适于行旅。至于转运粗笨货物，恐怕还是骆驼合算些。

此次我们所坐的爬车，于沙地及较软地皮上，诚然十分有用。且机器坚强，省油又不用水，有许多便利。但行走很慢，最大速度不过每点钟四十里，还要一切情形如路与车都很好，且其大轮带据这次旅行的经验，很易坏，其抵抗摩擦的速度，远不如以前想象之甚，又兼用之普通转运，当然车身的构造还有应改造的地方。因此爬行汽车是否为西北交通惟一利器，尚待考究。不过由北路到迪化，沿途除乌尼乌苏以西一段有山地，不大易走，额济纳河有些沙子，及由酒泉至哈密途中有少数地方很困难外（总计极困难的路不及一千里），大半都好走。至于我们的爬车虽然很慢，但比之骆驼已快得多，兹列各要站所需时日如下，以做参考：

    由张家口至百灵庙 五一三公里 四日到

    由百灵庙至额济纳河畔之瓦窑套 八八三公里 十四日到

    由瓦窑套至酒泉 四二五公里 五日到

    由酒泉至哈密（经北道） 六四七公里 八日到

由哈密到吐鲁番　四四一公里　五日到

由吐鲁番到迪化　一八八公里　二日到

由迪化至塔城　约七〇〇公里　五日到

由张家口到迪化共计三零九七公里，共需三十八日。

由此看来，就是很慢的爬行汽车，已非非机器的转运所能望其项背，而其载东西的多少，当然还是汽车好。因此若由北平经内蒙古到迪化，由西安经兰州至迪化，如各有一条很好的汽车道，那西北的交通，以爬车速度算，也比现在快三四倍。若用更快的汽车，或许比爬车还可快三分之一至一倍。如交通能便利，别的问题也就有了办法了。

五、对未来学术上工作的期望

从自然科学的见地来看，西北上几完全是尚未开辟的地方。虽然从前俄国人、德国人，近来美国人、英国人，乃至中瑞合办的西北科学考察团，虽曾在内蒙古、新疆等地有工作，但以西北如此之大，科学资料之被探得的不过千百万分之一。且西北科学考察的结果，至今尚少发表，也是等于未知的。

我们此次西行因种种关系，科学考察上并未照我们所计划与预期的那么好，虽也得了若干成绩，也是同以前考察一样的零碎，或且有些不如他们。所以此次前去亦可说是试路，而不能说是真正考察。将来从事于西北学术界的工作，还要大大地努力。充足的时间、丰富的财力、优越的人才、严格的团体训练与地方上情况的改善等，缺一不可。至于详细路线，当然临时决定。未曾去的，当然要去，即已去的，也不妨再去。我相信未来真正的西北科学工作的贡献，不但在学术界可放异彩，就是于西北本身，换句话就是于我们中国的建设上、文化上也有莫大的裨益。姑止吾笔，拭目以待。

校印后记

此书完稿于二十年十二月三十日。因种种迟延,至今才能出版,和读者相见。用新闻的见地来看,自然有许多已失时效了。

当十九年我去东三省,已然在辽宁和南满铁路各地感觉到日本人势力的根深蒂固和国人被压迫的苦痛,但这块地方,至少还在我国政权之下。我最后一次过东三省是二十年九月,我于九月三日过沈阳,想不到半月之后,空前的国难就爆发了。用历史的眼光看去,这重公案,尚未结局,倘国人真肯努力,东三省必不会久沦于异域,而河山仍有复完的一天。不过究竟几时才能河山重光,真有点难以预断,而这空前的奇耻,如何能令我轻易忘却呢!满游追录一章,因当初经过时十分匆匆,并不有多少有趣的资料,所以在本书中并不占重要地位。但我仍把它列入,也有一点纪念这块破碎的山河的意思。

说到中法科学考察团,当我完稿时,只知法方仍照预定计划进行,但还没有得到最后结局。该团在迪化经种种交涉,仍由迪化西接西队于阿克苏，由哈特统率东返。东返的路线，自迪化到肃州，大约相同，只在星星峡取了一次汽油。到肃州后，则取道宁夏、包头，也是照他们的计划。他们于二月间平安到北平，不久即由天津乘轮西返。当初的计划，是放弃由北平取陆道南达西贡的一段，而由西贡往西，则仍拟举行。不料哈特在香港因病逝世，该团受了绝大打击，于是中止，所谓中法科学考察团者，到此连法方也瓦解了。最近在报上又看到队长卜安在欧自杀……这件事如此结束，真令人有读《红楼梦》最后二三十回之感。

至于中法途中种种纠纷，以后亦无人提及，也就算不解决之解决。

在迪化后犹留下的刘君，闻取道哈什、印度，继续考察工作，约来年可归。刘君此等精神，实堪令人钦佩。在迪化常见的袁希渊君，今年已取道戈壁回来。书中人物，都已交代清白，我这里也可以搁笔了。

二十一年十月十日杨钟健记